KB173518

Die Flammen von Enyador

# 에냐도르의 화염

미라 발렌틴 Mira Valentin | 한윤진 옮김

글루온은 사일런스북 임프린트 브랜드로 과학서와 소설을 전문으로 출간합니다.

**에냐도르의 화염**

지 은 이 | 미라 발렌틴(Mira Valentin)
옮 긴 이 | 한윤진
펴 낸 이 | 박동성
표지디자인 | Alexander Kopainski
손 그 림 | Lucy-Mae Tatzel

펴 낸 곳 | **사일런스북** | 경기도 수원시 장안구 송정로 76번길 36
전 화 | 070-4823-8399 팩 스 | 031-248-8399
홈페이지 | www.silencebook.co.kr

2020년 8월 17일 초판 1쇄 발행
I S B N | 979-11-89437-25-1 03850
가 격 | 14,600원

「이 도서의 국립중앙도서관 출판예정도서목록(CIP)은 서지정보유통지원시스템 홈페이지(http://seoji.nl.go.kr)와 국가자료공동목록시스템(http://www.nl.go.kr/kolisnet)에서 이용하실 수 있습니다.
(CIP제어번호: CIP2020029174)」

에냐도르 시리즈 세 번째 이야기

# 에냐도르의 화염

Die Flammen von Enyador

미라 발렌틴 | 한윤진 옮김

글루온

토마스를 위하여.

지금까지 전투를 참 많이도 치렀지.

넌 내가 쟁취한 장엄한 승리야.

에냐도르
투미야
돌아올 수 없는 늪
트레간디르
이블리스 강
아엘프스탄
오스첸트리아
안고르
파비아
츠빌링스 섬
도른슈트랑

스키르
데모니아
갈린
토이펠 호수
슈투름 산맥
반고
하인
가르트
쾨니히스하인
엘라바르
불의 협곡
드라고니아
프론슈타인
데
N
W
O
S

# 등장인물

인간

**트리스탄** 부르크스메아데 출신 고아, 카이 가족에 입양

**카이** 트리스탄의 의형제, 마법사

**아그네스** 카이의 여동생

**슈테판** 카이와 아그네스의 아버지

**이르멜** 카이와 아그네스의 어머니

**야레드** 부르크스메아데 출신 대장장이

**아담** 부르크스메아데 소작농의 아들

**마론** '비젤'이라는 별명으로 불리기도 하며 한때 남장을 했었다.

**엘리야** 불사의 대마법사, 인간의 왕

**그레타** 프론슈타인 출신 하녀. 카이에게 관심이 있다.

**티발트** 프론슈타인 출신 하인, 고자가 됐다.

**돌프** 잘리스부르크의 노예 상인

**가바인** 고령의 마법사, 데모니아에서 정보원으로 활동한다.

**벨타인** 슈투름 산맥에 은거하는 대마법사

엘프족

**이스타리엘** 알빈가르트의 왕자

**이조라** 이스타리엘의 쌍둥이 여동생
**베리안** 알빈가르트의 첫째 왕자
아엘프스탄 지하 감옥 고문 기술자
**님룬트** 이스타리엘, 이조라, 베리안의 아버지이자 엘프의 왕
**레이나** 폐위된 왕비
**귀니퍼** 베리안의 아내이자 엘리야의 연인, 사망했다.
**호리엘** 인간 노예 부대를 이끄는 엘프 사령관
**로리안** 이조라의 옛 약혼자, 사망했다.
**코리안** 로리안의 동생, 엘프군 장교
**아레티** 숲지기 소녀

데몬족

**툴** 외모가 아름다운 데몬
**레벨** 갈린 출신, 전쟁의 군주
**아에타** 레벨의 부인
**몰구르** 데몬족 원수
**칼리스토** 데몬족 원수의 딸

드래곤족

**사피라** 트리스탄의 동맹, 드래곤족 파수꾼
**스호오크** 육감적이지만 의지박약한 드래곤 여인
**하름** 인간형으로 변하지 않는 강한 블랙 드래곤

특별 출연

**그바일로** 수수께끼 염소

# 21년 전

눈물. 염분과 수분이 섞인 기묘한 형성물. 넘어진 어린아이가 무릎이 까져 피가 날 때 흘리는 것. 불명예와 나약함의 상징. 전투에서 패배한 전사들이 종종 흘리기도 하는 것. 하지만 고귀한 엘프족 왕비 레이나는 하등 눈물을 흘릴 이유가 없었다. 다친 적도, 저주에 당한 적도 없었고 전투에 나가 패한 적도 없었으니까. 그런데도 두 아기의 요람 옆에 선 레이나의 두 뺨에 눈물방울이 주르륵 흘러내렸다.

"왕비마마," 레이나의 시종은 왕비의 품격을 해치는 그 연극을 어떻게든 멈춰 보려 시도했다. "곧 왕께서 아기씨를 데리러 오실 것입니다. 그러니 이러시면… 좋지 않을 것 같습니다."

"내가 뭘 어쩐단 말이냐?" 눈물이 그득한 얼굴로 레이나가 역정을 냈다. "한낱 인간들이나 하는 짓을 내가 한다는 것이냐?"

시녀가 조심스레 고개를 끄덕였다. "그건… 자연스럽지 않사옵니다."

왕비는 눈물을 꿀꺽 삼키며 서둘러 드레스의 넓은 소맷자락으로 얼굴을 훔쳤다. 가까스로 매무시를 가다듬은 레이나가 언짢은 눈빛으로 시녀를 쏘아보며 나무랐다. "이건 옳지 않아." 억눌린 음성으로 그녀가 토해 냈다. "아무리 그래도 내 아들은 안 된다!"

시녀는 그 이상 진언할 엄두도 내지 못했다. 대신 이번에는 그녀의 곁에 있던 유모가 나섰다. 이제 젊지만은 않은 그 여인은 이미 베리안과 왕의 두 조카에게 젖을 물렸었다. 그럼에도 그녀의 가슴은 여전히 탄력이 넘치고 팽팽했다. "아름다운 공주를 낳으셨습니다, 왕비마마." 유모가 말했다. "달빛에 환히 빛나는 저 머리카락을 좀 보세요. 신들이 아기에게 굉장한 재능을 선사한 게지요. 그것으로 만족하시어요."

"그럴 수 없다네!" 레이나의 눈가에 불충한 눈물이 또다시 맺혔다.

"약조했던 백 년은 이미 끝났습니다." 유모가 당찬 어조로 단호하게 말했다. "솔직히 처음부터 이런 일이 일어나리라는 걸 알고 계시지 않았습니까. 아노르태양의 신 님께서 왕비마마를 위로하시려 이조라 아기씨를 선사하신 게지요. 그러니 이스타리엘 님과는 그만 작별 인사를 하시지요."

한참 후 왕비는 흔들리는 마음을 다잡고 순리에 어긋나는 충동을 마침내 이겨 낸 것처럼 보였다. 그러나 연이어 깊은 한숨을 토해 내고는 카리스마 넘치는 눈빛으로 옹기종기 모여 있는 시녀들을 바라봤다. "당장 전부 나가거라! 유모와 단둘이 할 말이 있다."

왕비의 명령에 공손히 고개를 끄덕이고 한 명씩 차례대로 방을 벗어나는 시녀들의 표정은 오히려 홀가분해 보였다. 무거운 떡갈나무 문이 시녀들의 등 뒤로 굳게 닫힌 후, 레이나는 손을 뻗어 요람에 뉜 아들을 안아 들었다. 이스타리엘은 너무도 평화롭게 잠들어 있었다. 아기는 짙은 머리색을 지닌 천사 같았다. 너무나 순결했고, 순수했다. 도대체 요정들이 이 순진무구한 아이를 어쩌려는 속셈인지 그 누구도 알지 못했다. 아주 먼 옛날부터 이 산맥의 원주인이었던 요정들은 엘프를 비호하는 대가로 공물을 요구했다. 그들은 이미 엘프의 편에 서서 도움을 주기도 했었다. 이곳을 공격하는 적군을 물리쳐 주었고, 마법으로 아엘프스탄 성을 건설해 주었다. 그리고 이 모든 자비의 대가로 그들은 왕가의 피를 물려받은 아이를 원했다. 백 년마다 한 명씩. 그리고 그들의 은공에 대가를 치러야 하는 날이 바로 오늘이었던 것이다. 사실 공물을 바쳐야 했던 시한은 이미 여러 해를 넘긴 상태였다. 만약 레이나가 이번에 임신하지 못했더라면 저들은 끝내 베리안을 데려갔을 것이다. 님룬트는 쌍둥이가 태어나자 그나마 다행이라고 생각했다. 어쨌든 태어날 두 아이 중 한 명은 거둘 수 있으니까. 반면 레이나는 상실감 외에 아무런 위안도 느끼지 못했다. 호흡을 앗아갈 정도로 깊고, 극심한 상실감! 레이나는 또다시 눈물이 흐를 것만 같은 기분을 겨우 억눌렀다. 품 안에 안은 아기를 조심스레 흔들다가 다시 요람에 뉘고 아기의 작은 입술에 살포시 키스했다. "아들아, 저들은 널 계속해서 뒤쫓으려 할 거란다." 레이나가 속삭였다. "하지만 이틸달의 여신이 네게 이 세상을 버텨 낼 힘을 주리란 걸 꼭 믿으렴. 훌륭한 남자가 되는 데 꼭 특별한 재능이 필요한 건 아니란다. 우린 언젠가 꼭 다시 만나게 될 거야."

이스타리엘은 꿈틀대지 않았다. 하지만 입술만 쪽쪽 빠는 모양새로 보아 곧 잠에서 깨어나 유모를 찾을 것 같았다. 레이나는 두 팔로 아기를 안아 그저 경악한 표정으로 저를 바라만 보는 유모의 품에 넘겨주었다. "내일 아침까지 네 방에 아기를 숨겨 놓아라. 왕께서 물으시면 내가 요정들에게 아기를 데려다주러 갔노라고 전하고. 왕께서 나무라시면 이건 꼭 아기의 어미가 손수 해야 하는 일이라고 말하라."

황망해진 유모가 두 눈을 크게 떴다. "하지만 왕비마마!" 깜짝 놀란 유모가 외쳤다. "그러시면 아니 되옵니다! 그 말씀은 요정들과 맺은 계약을 깨트리시는 거라고요!"

"진정하라." 레이나가 유모를 나무랐다. "난 깨트릴 생각이 전혀 없다. 다만 협상을 좀 하려는 것이지. 그러니 이제 어서 왕자를 데려가거라!"

이 말과 동시에 레이나는 이스타리엘의 베개를 집어 들어 천 기저귀로 감싼 후 요람에 내려놓았다. 마침 그때 요정처럼 환한 광채를 뿜어내는 백금발의 꼬마 공주님, 이조라가 깨어났다. 눈부시게 어여쁜 공주 이조라는 신이 내린 선물 그 자체였다. 엘프의 왕 님룬트는 이조라를 위해 금을 입힌 황금 장미와 요정들의 권능으로 마무리된 실크 예복을 수도 없이 사들였다. 베리안이 태어났을 때 그랬던 것처럼. 반면 이스타리엘은 당장 제물로 바쳐질 운명이었다.

"그러면 왕께서 저를 죽이실 겁니다." 유모가 비탄에 젖은 음성으로 고하며 두려움에 뒷걸음질 쳤다.

"그때는 내가 강요했다고 고하렴. 내 말을 듣지 않으면 내가 이틸의 화염에서 되돌아와 끝까지 널 괴롭히고 말 거라 했노라고 왕께 고하면 널 해치지 않으실 거란다. 그러니 너와 아기가 함께 있는 모습을 누군가에게 들키기 전에 서둘러 데려가거라.”

유모의 얼굴이 몹시 창백해졌다. 그녀는 왕비가 말하는 이 협박의 의미를 정확히 이해했던 것이다. 산 자에게 복수하기 위해 망자의 왕국을 거슬러 온 영혼은 평민이든, 귀족이든, 에냐도르 네 종족 중 어느 종족이든, 귀천을 가리지 않고 누구에게나 가장 끔찍한 최악의 악몽이었다. 왕비도 유모도 그것을 잘 알고 있었다. 마침내 유모는 왕비에게 고개를 끄덕였다. 이어 아기를 가슴에 품고 서둘러 성의 어디론가 사라지는 유모의 모습 뒤로 방문이 닫히는 소리에 이조라가 꿈틀거렸다. 레이나는 이조라의 섬세한 얼굴을 쓰다듬었다. “지금은 절대 소리를 지르면 안 된단다, 아가!” 왕비가 아기에게 속삭이며 이조라의 작은 엄지를 입안에 넣어 주었다. 그러자 이조라는 금세 만족한 표정으로 제 손가락을 쪽쪽 빨기 시작했다. 레이나는 기저귀로 감싸 두었던 베개를 품에 안은 뒤 방을 나섰다. 문지방에 선 왕비가 재차 뒤를 돌아봤다. “부디 네 오빠를 잘 지켜 주렴. 우리 문프린세스. 너흰 절대 떨어지면 안 된다!” 그리고는 서둘러 밖으로 발걸음을 옮겼다.

그 시각 아엘프스탄 전역은 고요했다. 성의 일꾼들은 이미 잠들 시간이었고, 왕궁의 시녀들도 제 숙소로 물러났을 시간이었다. 엘프의 왕 님룬트는 자정이 되기 직전에 이스타리엘을 데리러 올 예정이었다. 그렇기에 레이나는 남편에게 들키기 전에 이 성을 최대한 벗어나야만 했다. 복도 모퉁이를 돌 때마다 귀를 쫑긋 세우고 잔뜩 긴장하면서 성의 복도를 살금살금 지나갔다. 드디어 성을 빠져나와 안뜰로 들어설 무렵, 우측 문가에 가려진 그늘에서 불쑥 튀어나온 누군가의 실루엣에 깜짝 놀라 뒷걸음질 쳤다. 하마터면 비명을 지를 뻔했지만 다행히도 정신을 다잡았다. “귀니퍼!” 왕비의 입에서 상대의 이름이 저절로 튀어나왔다.

“왕비마마.” 어둠 속 소녀는 떨리는 음성으로 대답하고는 무릎을 살짝 구부리며 절했다.

“지금 여기서 뭐 하는 거지?” 그곳은 엘프 왕실을 방문한 손님을 위한 귀빈실이었다. 그리고 지금은 엘리야 폰 도른슈트랑을 비롯한 인간 왕국의 사절단이 머물고 있었다.

“송구… 하옵니다. 어머님. 전… 잠이 오지 않아서요. 요정들과의… 협약이…” 그녀의 눈동자에 눈물이 차올랐다. 바로 저런 모습이 님룬트가 이제 열여섯 살 된 장자 베리안과의 혼인을 애써 막으려던 이유기도 했다. 하지만 레이나가 나서서 왕에게 트레간디르의 상속녀인 귀니퍼를 아엘프스탄으로 데려오라고 간청했다. 왕비는 저와 같은 결점을 지녔다던 엘프 소녀를 만나보고 싶었다. 하지만 레이나는 안타깝게도 저 베리안의 새색시와 많은 시간을 보내지 못했다. 그리고 이제는 지금까지 둘을 짓눌러 온 저주의 실체가 도대체 무엇인지 확인할 기회가 영영 사라지려던 차였다. 귀니퍼를 진정시키기 위해 한 발자국 가까이 다가간 레이나가 포대기를 살짝 펼쳐 보였다. "괴로워 말거라." 왕비가 속삭였다. "아기에게는 아무 일도 일어나지 않을 테니."

커다란 눈망울로 꽁꽁 싸맨 베개를 바라본 소녀는 예상과 달리 아기가 없다는 것을 알아차렸다. 순간 왕비의 계획을 깨달은 귀니퍼의 입에서 공포 어린 목소리가 흘러나왔다. "요정들과 협상하시려는 거군요. 친히 제물이 되시려는 거네요! 부디 그러지 마세요, 왕비마마!"

"허나 다른 방법이 없구나." 레이나가 단호한 음성으로 대답했다. "무릇 어미라면 자식을 지키려 뭐든 해야 하는 것 아니겠니. 설령 그 대가가 무엇이든 말이야. 이해하겠니? 필요하다면 자식을 위해 목숨을 내어놓는 일도, 누군가를 죽이는 일도 마다하지 않을 거란다."

"이해… 해요." 귀니퍼의 음성이 목 안에 돌덩이라도 걸린 것처럼 거칠게 갈라졌다. 레이나는 그런 감정을 너무나 잘 이해했다.

“네가 이스타리엘을 좀 지켜봐 주겠니?”

이제 막 여인이 된 소녀는 금발을 드리운 아리따운 머리를 끄덕였다. 귀니퍼는 보기 드문 우아한 여인이었다. 곱디고운 얼굴뿐만 아니라 영혼마저 아름다운 엘프 소녀였다. 귀니퍼는 베리안보다 두 살이 많았지만, 이러한 나이 차는 문제 될 게 없었다. 오히려 앳된 모습이 사라진 성숙미로 그녀를 더욱더 돋보이게 할 뿐이었다. 도도한 베리안이 귀니퍼의 진가를 제대로 알아주지 않으리란 걸 왕비는 알고 있었다. 베리안은 추종자들과 함께 숲을 헤매며 사냥을 하거나 제 동기들과 검을 부딪치며 무예 활동에 전념하는 상남자 기질이 있었기 때문이었다. 그래서일까? 귀니퍼가 지금 홀대받고 있다고 느끼는 걸까? 그래서 이렇게 야심한 밤에 인간 왕의 사절단이 머무는 이곳을 남몰래 배회하는 걸까?

“엘리야는…” 레이나가 한숨을 내쉬었다. “내 아들과 달리 원숙한 사내지. 노련하고, 경험도 풍부한 그런 남자. 이야기도 많이 알고, 참가한 전투만 해도 셀 수가 없겠구나. 게다가 뭇 여인들의 마음에 상처깨나 안겨 주기도 했지. 그런데 요즘 들어 유독 반짝이는 그의 눈빛이 예사롭지 않은 건 비단 그가 마법사이기 때문만은 아닌 거 같구나. 내 말이 맞니?"

젊은 엘프 여인의 두 뺨이 간신히 알아볼 정도로 살짝 붉어졌다. 이어 저를 뚫어져라 지켜보는 왕비의 예리한 눈길을 피하려는 듯 시선을 황급히 아래로 내리깔았다. 레이나는 그 이상의 증거가 필요하지 않았다. 지금 보아하니 그녀의 며늘아기는 에냐도르의 인간과 엘프, 그리고 제 목숨까지 모조리 걸고 위험한 불장난을 할 심산이었나 보다. 아니면 이미 저질렀거나. 어찌하여 귀니퍼가 그런 무모한 장난을 시작했단 말인가? 아니면 적어도 엘리야만큼은…? 제아무리 개망나니 같은 불사의 왕이라지만….

"마마, 전…" 귀니퍼가 더듬으며 말을 꺼냈다. "저희는… 그저 대화를 나눴을 뿐이에요."

"대화만 했다? 이 야심한 밤중에 네가 엘리야 폰 도른슈트랑의 방에서 그와 *대화*를 나누고 있던 순간 갑자기 베리안이 등장했다면, 그 아이가 어찌할 거 같은 게냐? 그러면 엘리야는 베리안에게 어떻게 대응할 것 같고? 그리고 마지막에는 말이다. 그 일로 님룬트 왕과 엘리야는 어찌 될까? 이 에냐도르 대륙에 무슨 일이 벌어질지 도대체 생각은 해본 거니?"

그제야 그리고 불현듯 제가 누구인지, 그러니까 차기 엘프 종족의 왕비가 될 신분이라는 걸 떠올린 귀니퍼가 다시 고개를 들고 레이나의 시선을 마주했다. 밤공기를 깊게 들이마신 후 귀니퍼는 확고한 음성으로 대답했다. “우리는 비난받을 만한 행동을 절대 하지 않았습니다.”

*그래, 아직은 아니겠지.* 레이나는 속으로 생각했다. *하지만 넌 아직 젊고, 너의 상대는 이 세상의 모든 시간을 가진 자인 걸 알아야 해.* 이대로라면 자제력이라고는 눈곱만큼도 없는 저 저주받은 마법사 왕이 불온한 언행으로 끝내 모두를 파멸시킬 것이 자명했다. 여성 편력, 유혹, 욕정을 쫓는 천박한 기질은 예전부터 도른슈트랑 왕가가 타고난 특성으로 뒷말이 무성했었다. 레이나의 마음속에 번민이 커져만 갔다. 하지만 당장 제 목구멍을 조르고, 긴장감으로 미친 듯이 심장을 뛰게 하는 건 번민과는 또 다른 감정이었다. 질투심이었다. 어떻게 인간에게 저렇게 사랑받을 수 있는 거지? 그것도 제 왕국이 파멸될 위기도 아랑곳하지 않고 연인과 가까이하기 위해 저런 황당한 모험을 하는 저 거칠고, 열정적인 동시에 충동적인 마법사와? 물론 레이나는 귀니퍼처럼 엘리야와 사랑에 빠진 자신의 모습은 상상조차 하고 싶지 않았다. 상대가 엘리야든, 다른 인간 사내든, 제아무리 열정과 헌신, 그리고 사랑이 충만한 남자일지라도…. 자칫

위험 수위를 넘어갈 뻔했던 생각을 다잡고 레이나는 다시 제 손에 있는 빈 포대기를 바라보았다. 귀니퍼의 일은 당장 그녀가 관여할 수 있는 일이 아니었다. 지금 그녀가 감당해야 할 전쟁은 따로 있었다. 그리고 아마 그것이 그녀의 최후가 되리라. "그러지 말고 어서 네 방으로 돌아가렴. 그리고 오늘 여기서 날 보았다는 말을 누구에게도 하지 말거라."

레이나 역시 귀니퍼의 비밀을 무덤까지 가져갈 생각이었다. 엘프 왕비의 사랑이 어디로 향했는지 아무도 알지 못하리라. 현 왕비의 사랑은 물론 차기 왕비의 사랑까지…. 아무 말 없이 돌아선 레이나는 다시 서둘러 길을 떠나려 했다. 그러나 미처 두 걸음도 떼지 않았을 무렵, 뒤에서 귀니퍼가 나지막하지만 다급한 음성으로 레이나를 불렀다. "왕비마마!"

다시 돌아선 레이나가 의아한 표정으로 귀니퍼를 바라봤다.

반대편 창구멍으로 불어온 미지근한 바람에 젊은 엘프 여인의 이마에 붙은 비단 실 같은 금발이 휘날렸다. 지금 귀니퍼의 모습은 누구보다 순결해 보였고, 매혹적인 순수함으로 가득했다.

"이건 마마의 아들 문제가 아닙니다. 다만 그는…"

"…인간이 아니지." 레이나가 귀니퍼의 말을 가로챘다.

"네 생각보다 난 널 훨씬 잘 이해한단다. 항상 조심하려무나, 귀니퍼!"

그 말을 남기고 귀니퍼를 떠난 레이나는 마침내 성의 관문에 도착할 때까지 어두컴컴한 그림자 속에 몸을 숨긴 채 계속 주변을 살피며 전진했다. 그곳에 도착한 후 자세를 바로잡은 레이나는 외투 안으로 포대기를 슬쩍 감췄다. 보초병들은 왕비를 곧바로 알아보았다. 차례대로 손에 든 창을 곧추세우며 왕비에게 예를 갖췄다. 감히 그녀의 등장에 의문을 품은 자는 아무도 없었다. 표면적으로 레이나는 엘프 종족의 번영을 위해 제 아이를 산 제물로 내어놓은 왕비였다. 그러나 진실은 내면에 인간스러운 심장을 감춘 배신자라는 걸 아무도 눈치채지 못했다.

# 사피라

"기분은 좀 어때?" 사피라가 바작바작 타오르는 모닥불 옆에 자리 잡은 트리스탄에게 나지막이 물었다.

트리스탄은 아무 대답도 하지 않았다. 그 대신 저를 오들오들 떨게 하는 원인이 오롯이 이 혹독한 슈투름폭풍 산맥의 추위 때문인 것처럼 어깨를 덮은 늑대 가죽을 꼭 여밀 뿐이었다. 드래곤의 여왕은 순간 깨달았다. 무심코 입 밖으로 흘러나간 제 질문이 수천 개의 얼음송곳이 되어 트리스탄의 심장을 찌르리라는 것을. 하지만 한 번 뱉은 말을 주워 담을 도리는 없었다. 트리스탄은 그녀의 질문에 대답할 적당한 말을 찾기까지 한참이 걸렸다. 이윽고 수려한 얼굴에 짙은 그늘을 드리운 트리스탄이 속삭이듯 기어들어 가는 음성으로 대답했다. "생선이 된 기분이야. 누군가 살을 저미고, 가슴을 뜯어먹는 것 같아. 마치 낚싯바늘이 목구멍을 꿰뚫고 나온 것 같아 숨도 못 쉬고, 비명도 지르지 못할 정도다. 지금까지 겪어 본 고통 중에 최악이야."

지금 트리스탄은 불꽃을 응시한 채 멍하니 앉아 있었다. 그가 내뱉은 말엔 열의가 없었다. 마치 드래곤의 콧구멍에서 뿜어져 나와 허공에서 덧없이 사라지는 연기처럼 흩어졌다. 결국 사피라도 입을 다물었다. 트리스탄의 말이 사실이라면 사피라는 깊은 연민에 빠졌을 것이다. 하지만 심장이 그렇게 미쳐 날뛴다면서 저렇게 고통을 꾹 참고 고요히 앉아 있을 수는 없을 것 같았다. 사피라는 말 대신 우정의 몸짓으로 화답했다. 그들의 결속을 상징하는 증표인 둘의 화상 흉터를 번갈아 어루만졌다.

"솔직히 호리엘이 내게 이런 짓을 할 때도 난 아무렇지 않았어." 트리스탄이 말했다.

그의 말에 사피라가 고개를 저었다. "정말 사랑이라면 달라야 하지 않을까. 모름지기 사랑이라면 위험을 막아 주는 방패가 되어야 해. 또 온기를 주는 불꽃이어야 하고. 어떤 경우에도 심장을 찌르는 비수여서는 안 되지."

드래곤족 여왕의 날카로운 지적에 트리스탄은 사랑이란 말을 입에 올릴 때 주로 남자들이 하는 습관처럼 억지스러운 미소를 지으며 반응했다. "드래곤 여왕님, 사랑에 대해 좀 알긴 하시나 봐요?" 그가 중얼거렸다.

그런 트리스탄의 노골적인 말은 사피라의 가장 예민한 부분을 건드렸다. 물론 그녀도 밤이 새도록 숙명적인 사랑 이야기, 충동적인 연애 사건 그리고 타인의 깊은 동경에 대해 떠들 수 있었다. 그러나 경험담을 말하라면 솔직히 당황스럽기 그지없었다. 다른 드래곤들도 마찬가지겠지만 그녀 또한 당당하게 자랑할 만한 구체적인 경험이 전혀 없었던 것이다. 물론 이따금 제 머릿속을 파고들어 불쑥 떠오르는 얼굴이 있기는 했다. 그 생각을 떠올리자 심장이 당혹스러울 정도로 빠르게 뛰기 시작했다.

"네 생각보다는 많이 안다." 무뚝뚝하게 대답한 사피라가 코를 조금 더 높이 치켜들었다.

그런 사피라의 반응이 트리스탄의 호기심을 자극한 것 같았다. 갑자기 팔짱을 풀더니 질문 공세를 퍼부었다. "설마 드래곤족 남자를 꼬셨던 건가? 아니면 그가 제 발로 네게 다가왔어? 사람이었어? 설마 데몬족은 아닐 테고…. 아니, 그럴 리 없지. 제발 데몬족은 아니었다고 말해 줘!"

트리스탄의 질문에 사피라가 웃음을 터트리며 고개를 저었다.

그러자 트리스탄이 눈썹 하나를 높이 치켜떴다. "있잖아,

궁금해서 그러는데 너희들은 그걸 어떻게 해? …그러니까 어떤 모습으로 하는 거냐? 설마 둘 다 가능해?"

"제발 그만 좀 하지!" 트리스탄의 어이없는 질문에 슬슬 짜증이 치민 사피라가 외쳤다. 솔직히 지금까지의 대화 주제를 슬그머니 전환하려는 속셈이었던 트리스탄은 영민하게 그 목적을 이룬 셈이었다. 하지만 사피라 역시 트리스탄의 속셈을 모를 리 없었다. 그러기엔 이미 그를 너무 잘 알았다. 억지로 자아낸 이런 쾌활한 분위기는 지금 그들이 처한 혹독하고 치명적인 주변 환경에도, 암울하기만 한 트리스탄의 심리 상태에도 전혀 어울리지 않았다. 트리스탄에게서 한 걸음 뒤로 물러선 사피라가 진지한 표정으로 그를 바라봤다. 그러자 그의 얼굴에 서려 있던 거짓 미소가 순식간에 사라졌다.

"그 여자가 엘리야의 품에 안긴 모습이 그렇게나 고통스러웠다면 왜 결혼식을 막지 않은 거야?" 사피라가 질문했다.

트리스탄이 깊은 한숨을 내쉬었다. "그건 이미 정해진 일이었으니까. 엘프족과의 동맹이 걸려 있기도 했고, 정략혼을 걸고 치렀던 결투도 이미 그렇게 끝이 났었지. 게다가 엘프의 왕 님룬트가 승낙했고, 베리안이 직접 그녀의 손을 내 아버지에게 건넸어. 그런 상황에서 내가 뭘 어쩔 수 있겠어?"

“*안 돼!*라고 소리 지르기?” 사피라가 말했다. “아니면… 엘리야의 손에 얹힌 그녀의 손을 잡아채며 솔직히 고백하기?”

“그래서 그렇게 널 이조라와 바꾸란 말인가?” 트리스탄이 버럭 소리를 질렀다. 순간 사피라의 혈관에 흐르는 피가 전부 얼어붙는 기분이었다. 그제야 엘리야가 아닌 트리스탄이 그 엘프 공주와 혼인했을 경우 벌어질 결과가 사피라의 머릿속에 떠올랐다. 어쩌면 왕들은 그 상황을 어떻게든 수용했을지도 모른다. 그러면 도른슈트랑 왕가에서 에냐도르의 동맹을 다른 방식으로 개편했을 것이다. 그에 따라 드래곤 여왕과 결속할 당사자는 엘리야가 되었을 것이다. 그러니까 바로 사피라 자신과. 그리고 그랬다면 엘리야가 그 결혼을 어떻게든 강행할 거란 사실은 너무도 자명했다.

“네가… 참은 이유가 바로 나 때문인 거야?” 사피라가 속삭였다.

트리스탄은 사피라를 다시금 쳐다봤다. 어느새 고통과 번민이 사라진 그의 얼굴에 호의가 피어올랐다. 진심 어린 우정의 표현이었다. 지금까지 그들 사이가 항상 그랬던 것처럼. “그냥 그런 쓸데없는 생각으로 괜히 네 머릿속을 괴롭히지 마. 난 그냥 아버지께 얘기할 생각이 없었어. 미안하다.”

“아니야, 내가 미안하지.” 사피라가 말했다. “그렇게 항상

타인을 먼저 생각하는 건 옳지 않아."

"내가 그랬던가?" 트리스탄은 또다시 타오르는 불꽃을 응시했다. "내가 하마터면 목 졸라 죽일 뻔했을 때도 내가 마론을 생각했던가? 샤텐발트그림자 숲에서 엘프 병사를 단번에 살해하면서도 그의 자식을 떠올렸을까?"

"트리스탄, 그건 네가 아니었다." 사피라가 트리스탄의 말을 잘랐다. "그건 그 망할 되크 발두르인가 하는 그놈 짓이고. 샤텐발트가 그의 속박을 풀어 준 탓에 벌어진 거다."

그 이름이 이렇게 다시 언급됐다. 아주 잠시였지만 사피라는 세상의 끝인, 얼음으로 뒤덮인 불모지인 여기 이 슈투름 산맥 꼭대기까지 그들이 갖은 고생을 하며 온 이유를 망각할 뻔했다. 원래 드래곤은 이렇게 북부의 끝자락을 여행할 엄두조차 내지 않는다. 드래곤의 거대한 날개는 맹렬한 추위를 버티기에 너무 얇았고, 신체 또한 영하의 온도에 적합하지 않았다. 그들이 마지막 드래곤 부락을 뒤로하고 떠난 지도 벌써 이미 여러 날이 지났다. 그 이후로 사피라는 본신으로 변신할 시도조차 하지 않았다. 동사하거나 추위로 온 사지가 경직될까 봐 너무 두려웠기 때문이었다. 더구나 이곳은 혹독한 환경 탓에 살아 있는 생명체를 찾아보기가 힘들었다. 사피라와 트리스탄은 이미 이틀 전부터 극심한 배고픔에 시달렸지만, 그 흔한 눈토끼 혹은 산까마귀 한 마리도 모습을 드러내지 않았고, 이 맹렬한 추위 속에서 마른 이끼조차 발견하기 힘들었다. 비상식량으로 가져왔던 얼마 되지 않은 육포도 이미 떨어진 지 오래였다. 그나마 목구멍을 축여 줄 눈덩이가 있었지만 허기를 채워 주진 못했다. 사람의 형상으로 변신한 상태에서 사피라는 동행인 트리스탄만큼이나 애로 사항이 많았다. 사피라는 푹푹 빠질 정도로 높이 쌓인 눈과 얼어붙은 호수의 빙하 위를 걷는 것 자체가 전혀 익숙하지 않았다. 더욱이 제 손으로 직접 불을 피우는 일도 그랬다. 그나마 트리스탄이 손재주가 있어 천만다행이었다. 물론 그것도 모닥불을 피울 만한 나뭇가지와 잔가지들을 찾은 경우에 한한 것이지만. 오늘은 운 좋게도 암벽 틈 사이에서 말라비틀어진 나뭇가지를 발견했다. 아마도 거센 폭풍이 나뭇가지를 그곳에 처박아 둔 것 같았다. 발로 밟아 다진 눈밭 위에 마침내 작은 모닥불이 피어올랐고, 뻣뻣해진 그들의 사지를 몇 분이라도 따뜻하게 데워 줬다.

이제 이 여정의 목적지인 이 산맥의 최북단 정상까지 얼마 남지 않았을 것이다. 바로 대마법사인 벨타인이 둥지를 틀었다는 그곳. 일전에 엘리야는 트리스탄에게 200년 전 그가 그 대마법사를 발견한 장소를 알려 준 적이 있었다. “벨타인의 왕국은 에냐도르 최북단에 있다.” 인간의 왕이 그렇게 말했었다. “얼음 거인이 그 경계선을 지키고 있지. 그 뒤에 블루트베르크혈산가 솟아 있다. 흡사 화살촉과 비슷한 모습을 한 아주 외진 곳이지. 벨타인이 은거하는 동굴은 그 산을 오르는 길 중턱에 있다.”

사피라는 이 블루트베르크라는 이름이 어떻게 생긴 건지 궁금했다. 피처럼 붉은 산이라니 아무리 상상해 보려 해도 그 모습이 떠오르지 않았다. 얼음 거인이 살고 있는 피의 산이라니…. 살면서 지금까지 듣도 보도 못한 이야기였다. 드래곤의 정보원들이 저 너머 땅을 밟는 경우는 거의 없을 터였기 때문이었다. 그리고 있었다고 한들 살아 돌아오지 못했을 것이다.

“우릴 들여보낼 거라 생각해?” 사피라가 트리스탄에게 물었다.

“누가, 벨타인이? 당연히 우리를 맞이하겠지. 하지만 문제는 다시 돌아가게 둘 것이냐, 아니면 그냥 죽여 버릴 것이냐지.” 트리스탄은 사피라가 여태껏 아엘프스탄을 떠난 이후 마음속으로만 품었던 생각을 기어이 입 밖에 냈다.

“우리가 그렇게까지 무방비 상태는 아니다, 뭐….” 사피라는 다소 의기소침해진 음성으로 대답했다.

그러자 트리스탄이 고개를 가볍게 흔들었다. “이 혹독한 추위에 몸이 경직돼서 넌 드래곤 본신으로 변신도 못 하잖아. 더욱이 그가 원한다면 바로 그 자리에서 내 문스워드조차 수천 조각 나겠지. 그러니까 우리가 기대해 봄직한 건 단 하나뿐이야. 그가 에냐도르 대륙 연합에 우리만큼이나 관심을 갖도록 유도해야 해. 그러면 되크 발두르에 대항할 방법을 알려 주지 않을까…. 그리고 이조라에게 느끼는 이 지긋지긋한 사랑에서 벗어나는 법도.”

그의 말을 들으면서도 사피라는 마음속에 몽글몽글 차오르는 회의감을 어쩔 수가 없었다. 그 천하무적 대마법사 벨타인에 대하여 들은 얘기를 전부 종합해 보면, 그는 항상 대가를 요구했다. 화염 대신 의지를, 치명적인 안광 대신 미모를, 문스워드 대신 열정을 취했다. 그러나 적어도 벨타인이 과거에 엘리야를 죽이지 않고 오히려 불사의 권능을 허락한 걸 고려하면, 그의 마법에도 어쩌면 선한 면이 숨어 있을지도 모른다. 물론 다른 측면에서 보면 바로 그 영생이 벨타인이 허락한 가장 끔찍한 권능이자 저주이기도 했지만.

“인제 그만 출발하자.” 트리스탄이 결정했다. “모닥불이 거의 다 꺼졌어. 이제 움직여야만 해.”

이미 한밤중이었다. 하지만 몇 시간 이상 휴식하는 건 허락되지 않았다. 그랬다가는 자칫 영원히 깨어나지 못할 위험이 도사리고 있었기 때문이다. 전혀 티를 내지 않았지만, 사피라는 몸을 일으키는 것만으로도 제게 남은 힘을 끝까지 쥐어짜 내야 했다. 이 망할 인간의 육신이란! 몸을 보호해 주는 지방층도 적고, 남성이 지닌 근육 하나 없는 섬세한 여인의 육신을 입은 사피라는 너무도 나약했고, 쉽게 다쳤다. 사피라와 트리스탄이 발걸음을 옮긴 지 불과 몇 킬로미터 되지 않아 거센 눈보라가 몰아쳤다. 마치 수천 개의 작은 돌멩이 같은 단단한 눈송이가 얼굴을 내리치는 바람에 눈도 거의 뜨지 못할 상황이었다. 그 어디에도 마땅히 피할 곳이 없었다. 몸을 숨길 만한 산등성이도, 나무도 없었고, 바람에 쌓인 눈 더미조차도 없었다. 최대한 상체를 앞으로 숙인 사피라는 힘겹게 눈보라에 맞서며 저와 같은 꼴로 한 걸음씩 북쪽으로 앞서 나가는 트리스탄을 간신히 뒤쫓았다. 몇 분인지, 혹은 몇 시간인지 도저히 가늠하기 어려운 시간이 그렇게 흘렀다. 사피라의 다리는 더는 말을 듣지 않았고, 치아마저 덜덜 떨리며 부딪쳤다. 그러면서 드래곤의 여왕보다는 겁먹은 어린아이에게 어울릴 만한 몹시 거슬리는 소리가 났다. 사피라는 어떻게든 멈춰 보려 애를 썼지만 아무 소용도 없었다. 점점 이 약해 빠진 육신이 바라는 대로 전부 다 포기해 버리고 그냥 눈 바닥에 쓰러져 버리고 싶은 욕구가 치밀었다.

어느 순간 눈앞이 흐릿해지더니 계속 얼굴을 따갑게 찌르던 얼음송곳의 공격이 멈추고 이어 큼지막한 두 손이 제 어깨를 붙잡았다. "일어나!" 트리스탄이 사피라를 흔들었다. 그제야 사피라는 지금 자기가 무릎을 꿇은 상태라는 것을 깨달았다.

"난… 이제 더는 못가겠어." 그녀가 대답했다. 입술마저 제대로 움직이지 않아 만취한 사람처럼 발음이 뭉개졌다. 동시에 그대로 벌떡 일으켜진 사피라는 순간 제 배에 닿는 늑대 가죽의 감촉을 느꼈다. 이윽고 제 몸 아래가 움직인다는 걸 깨달은 사피라는 지금 자신이 트리스탄의 어깨에 대롱대롱 매달려 있다는 것을 깨달았다. 하지만 트리스탄의 발걸음도 매우 느릿했고, 한 걸음마다 힘들어하는 것이 느껴졌다. 게다가 저를 부축한 그의 팔 역시 부들부들 떨렸다.

"트리스탄…" 사피라가 속삭였다. "그냥 날 여기에 내려놔!"

그는 아무 대답도 없었다. 마주 불어오는 거센 바람 때문이든, 혹은 제 말에 대꾸할 마음이 없어서든. 트리스탄은 그렇게 한 걸음 한 걸음 혹독한 환경과 싸우며 끈질기게 앞으로 나아갔다. 사피라는 점점 몽롱해져만 갔다. 주변에서 흐느끼는 폭풍의 비명만 아련히 들릴 뿐, 이제 제 다리 아래 보이는 새하얀 설원의 모습조차 점점 희미해졌다. 이제는 트리스탄의 가쁜 호흡조차 귓가에서 점점 멀어져 갔다. 사피라는 서서히 저를 덮치는 시커먼 암흑으로 빨려 들어갔다.

⚜

당돌하게 코끝을 간질이는 햇살에 사피라는 눈을 떴다. 처음에는 자신이 여전히 살아 있는 건지 확신이 서지 않았지만, 곧바로 사지에 느껴지는 한기와 뱃속을 찌르는 배고픔이 찾아왔다. 힘겹게 몸을 일으킨 사피라는 잘 떠지지 않는 눈을 천천히 떴다. 사피라는 지금 자신이 얼음 동굴 같은 곳에 트리스탄의 늑대 가죽을 덮고 있다는 걸 깨달았다. 뒤편에는 작은 모닥불이 지펴져 있었고, 앞에는 동굴 입구 밖으로 지난 밤 그들이 힘겹게 지나왔을 설원이 끝없이 펼쳐져 있었다. 밤사이 새로 쌓인 눈 위로 쏟아진 햇살이 반사되어 수천 개의 빛줄기를 뿜어내고 있었다. 눈 부신 빛에 눈물이 흘러내렸다. 그 빛이 너무 밝아 앞이 보이지 않을 지경이었다. 그때 저 멀리 평야를 가로질러 저를 향해 다가오는 형체가 보였다. 트리스탄 폰 도른슈트랑, 절대 무너지지 않는 남자. 트리스탄은 그의 가문을 지칭하는 칭호이자 좌우명을 또 이렇게 입증했다. 이곳이 어디이든 분명 트리스탄이 저를 어깨에 짊어지고 데려온 것이다!

사피라는 그의 어깨에 무언가가 얹혀 있는 것을 발견하고는 한결 마음이 홀가분해졌다. 하얗고, 털이 보송보송한 그리고 아마도 먹을 수 있을 것 같은…. 적당하게 구운 고기를 떠올리는 것만으로도 입안에 침이 가득 고였다. 그리고 그것이 무엇인지 확인한 후에도 군침은 가시지 않았다. 트리스탄이 어깨에 들쳐 메고 온 짐승은 토끼나 마못이 아닌 작은 북극여우였다. 이 짐승은 맛없기로 유명했다. 먹기 전 최소 3~4일을 꼼꼼하게 손질하여 흐르는 물에 담가 씻어내지 않으면 몹시 역한 썩은 고기 맛이 났다. 하지만 지금 이곳에는 당장 물도 없었지만, 고기를 눈앞에 두고 가죽과 뼈까지 통째로 삼켜 버리고 싶다는 욕구를 자제하며 3일이나 버틸 심적 여유도 없었다. 무슨 맛이든 전혀 개의치 않을 것이다!

"일어났구나, 잘됐다!" 트리스탄이 그녀를 반겼다. 그의 숨결이 공중에 하얀 연기처럼 머물렀다 사라졌다. 그의 어깨와 머리카락에는 여전히 눈송이가 소복이 쌓여 있었지만 전반적으로 트리스탄은 늑대 가죽 없이도 사피라만큼 추위를 느끼지는 않는 것 같았다. 이윽고 여우를 바닥에 내려놓은 트리스탄이 사피라 곁에 쪼그리고 앉았다.

"고마워." 그녀가 진심을 담아 말했다. "다른 사람이었다면 날 그냥 눈보라 속에 두고 갔을 거다."

"다른 사람이었다면 여기까지 오지도 못했을 테지. 원래 항상 날 태우고 다니는 건 너였잖냐. 단지 이번 한 번만 좀 달랐을 뿐이야."

사피라는 트리스탄의 말에 싱긋 미소를 지었다. 바로 저런 모습이 비록 인간이지만 제 형제나 다름없는 트리스탄의 참모습이자 그녀가 그를 높게 평가하는 이유였다. 트리스탄은 제가 한 행동을 으스대는 경우가 없었다. 물론 그럼에도 어제 트리스탄이 목숨을 걸고 저를 구한 거라는 사실을 둘 다 잘 알고 있었다. 엘프의 군영에서 트리스탄을 구출하기 위해 사피라가 그랬었던 것처럼.

재빨리 주위를 환기시키듯 사피라가 자기 뒤쪽의 모닥불을 가리켰다. "어서 저 끔찍한 짐승을 꼬챙이에 꽂아 최대한 빨리 구워 버리자. 마지막 남은 불씨가 사라지기 전에 말이야."

"지금 바로 할 거야." 트리스탄이 말했다. "단지 그 전에 네가 좀 봐야 할 게 있어."

"뭔데?"

"뭐라고 설명할 수가 없어. 그러니까 네가 직접 봐 봐!"

벌떡 자리에서 일어난 트리스탄이 그녀를 향해 손을 뻗었다. 머리가 핑 돌며 어지러웠지만 사피라는 그 손을 붙잡고 일어섰다. 그 바람에 어깨를 덮은 늑대 가죽이 바닥에 떨어지며 사방의 추위가 그녀를 공격했다. 순간 눈앞에 시커먼 점들이 너풀너풀 춤을 췄다. 최대한 빨리 뱃속을 뭔가 따뜻한 것으로 채워 넣지 않으면 그녀의 몸은 더는 버티지 못할 것 같았다. 하지만 알빈가르트 궁정에서 산책이라도 나선 것처럼 사피라의 곁에 착 달라붙은 트리스탄이 평야가 펼쳐진 동굴 밖으로 그녀를 인도했다. 그 사이 트리스탄은 마치 그들을 위해 누군가 준비해 놓은 것처럼, 여우 사냥에 사용한 올가미와 장작이 이 동굴에 마련되어 있었다는 이야기를 들려주었다. 사피라는 간신히 단음절로만 그에게 대답했다. 두 다리를 지탱하는 데 제게 남은 모든 힘과 집중력을 끌어 모아야 했기 때문이었다. 조금 앞으로 이동한 트리스탄이 갑자기 발걸음을 멈췄다. "이제 돌아서 봐." 트리스탄이 사피라에게 지시했다.

사피라는 눈앞에 거대한 산이 펼쳐질 거라 예상했다. 암석과 자갈이 무더기로 쌓인데다 무릎까지 푹푹 빠지는 눈으로 뒤덮인 황량한 산. 하지만 예상과 다른 무언가가 사피라의 눈에 들어왔다. 얼음 거인! 태고의 모습을 간직한 장대한 거인이 언덕 위에 무릎을 굽히고 앉아 있었다. 얼음을 깎아 만든 거인의 형상은 앉은키가 족히 100미터쯤은 되어 보였다. 얼음 결정으로 새긴 긴 수염과 눈송이가 겹겹이 쌓인 근육이 햇빛에 반짝이고 있었다. 왼쪽 무릎을 구부린 채, 오른손으로는 오롯이 팔의 힘만으로 드래곤 한 마리를 바닥에 짓누르고 있는 그 모습에서 엄청난 힘이 느껴졌다. 그 광경을 유심히 살펴본 사피라는 그들이 지난밤을 보낸 대피소의 정체가 무엇이었는지 깨달았다. 그 동굴은 죽어가는 드래곤의 벌어진 주둥이 안이었던 것이다.

"이게 뭐야?" 사피라가 말했다. "벨타인의 작품인가?"

"그건 나도 모르겠다." 트리스탄이 대답했다. "하지만 전하려는 메시지는 분명해. 그의 왕국에 발을 딛는 자는 그 누구든 각오해야 한다는 거지. 마음에 들지 않는 자는 박살 내버리겠다, 이거지."

순간 오한을 느낀 사피라가 양팔로 제 몸을 감싸 안았다. 거인의 잔인한 형상이 아름답게 빛나고 있었다. 지금껏 살면서 자신이 이만큼이나 작고, 소심하고 그리고 나약하게 느껴진 적은 없었다. 지금 얼음 드래곤의 주둥이 속에서 스러져가고 있는 모닥불만큼이나 초라하게 느껴졌다. "인제 그만 저 여우나 어떻게 해보자." 사피라가 힘없이 말했다.

그들은 천천히 동굴로 들어갔다. 사피라는 서서히 죽어가는 모닥불 가에 앉아 얼마 남지 않은 불씨를 긁어모았다. 트리스탄은 단도를 꺼내 여우 가죽을 벗겨 냈다. 숙련된 솜씨로 뒷다리부터 몸통으로 그리고 머리까지 가죽을 벗겨 냈다. 결국 흠집 하나 없는 온전한 여우 가죽이 만들어졌다. 그렇지만 아무짝에도 쓸모가 없었다. 이 설원에서는 가죽을 무두질할 방법이 없으니까.

"넌 어디까지 가 볼 생각인 거야?" 사피라가 별 뜻 없다는 듯 질문했다. 하지만 그녀의 머릿속에는 제 인생을 바꿔 보려 트리스탄보다 먼저 슈투름 산맥을 올랐던 네 왕자에 대한 생각이 좀처럼 사라지지 않았다.

"무슨 뜻이야?" 트리스탄이 반쯤 건성으로 대답했다. 그러면서 동시에 여우의 배를 갈라 내장을 밖으로 꺼냈다.

"벨타인과 거래할 생각인 거야?"

"그건 그의 제안에 달렸겠지." 여우 속을 깨끗이 훑어 낸 트리스탄이 먹을 수 없는 부위들을 밖으로 가져나가 눈 속에 휙 던져 버렸다.

"그 빌어먹을 사랑의 마법에서 벗어나기 위해 뭘 버릴 수 있는데? 되크 발두르를 물리치기 위해선?"

"나도 모르겠다." 그가 어깨를 으쓱였다. "벨타인이 뭘 달라고 할지?"

"아아, 몇 가지 떠오르는 게 있긴 하지." 사피라가 중얼거렸다.

트리스탄은 장작더미가 있는 곳으로 건너가 불을 지피고 그곳에 여우를 올려놓았다. 그리고 불가에 앉아 고기가 익어 가는 모습을 지켜봤다. 잠시 고민하는 것 같던 트리스탄이 마침내 말을 꺼냈다. "하지만 하나만큼은 확실해. 그게 무엇이든 너 나, 우리 중 누군가에게 해를 끼치는 일은 절대 하지 않을 거다."

"아하, 그러니까 넌 지금 겨우 여우 꼬리만한 희생으로 그 작자를 구워삶을 수 있을 거라 생각하는 건가? 참담한 고통에서 너를 해방시켜 주는 대가로 머리채 한 다발 정도 떼어 주면 그가 만족할 거라고 믿는 거야?"

"갑자기 왜 이렇게 공격적이야?" 트리스탄이 투덜거렸다. "벨타인이 정작 뭘 요구할지조차 모르잖아. 그리고 그가 나를 노리고 있다고 누가 그러든? 어쩌면 내가 아니라 너를 더 탐낼지도 모르잖아!"

사피라는 왜 이렇게까지 마음이 불안한지 자신도 이해가 되지 않았다. 죽어가는 얼음 드래곤의 형상을 보아서일까?

그 주둥이 속을 피난처 삼아 쭈그리고 앉아 있기 때문일까? 아니면 골수를 타고 다리를 따라 스멀스멀 기어오르는 한기 때문일까? 아니면 어쩌면 트리스탄이 뭔가 매우 어리석은 짓거리를 할 것 같다는 불길한 예감 때문일까? 후자라면 상당 부분이 사피라의 책임이기도 했다. 트리스탄이 이 여정을 떠나도록 부추긴 장본인이 바로 그녀였으니까.

"난 그자에게 아무것도 넘기지 않는다. 그리고 그건 벨타인도 이미 알고 있을 거라 생각하는데." 사피라가 대답했다.

"그게 되크 발두르의 마수에서 에냐도르 전체를 지키는 일이라고 해도?"

사피라가 단호하게 고개를 저었다. "그 위업을 위해서라면 기꺼이 내 목숨을 희생할 거야. 하지만 그렇다고 내가 지닌 최고의 장점을 버릴 수는 없어. 그 점만큼은 엘리야와 같아."

여우 살코기 기름이 불 속에 떨어지며 지글거렸다. 트리스탄은 살코기가 잘 익도록 여우를 꿰어 놓은 꼬챙이를 조금 더 낮게 조정했다. 사피라는 잔뜩 찌푸린 트리스탄의 표정을 보고 그가 더는 그 주제를 얘기하고 싶어 하지 않는다는 걸 알아차렸다. 사피라는 거의 다 익어 가는 음식에 집중하려고 했지만, 그러기가 쉽지 않았다. 적어도 출발 전에 엘리야와 이 여정의 목적을 상의했더라면, 어쩌면 벨타인에 관해 뭔가 유용한 정보를 얻었을 수도 있었을 것이다. 하지만 그들은 엘리아에게 드래곤 군대를 모집하러 떠난다고만 알렸다. 물론 빈손으로 아엘프스탄에 돌아갈 수 없으니, 추후에 반드시 처리해야 하는 임무이기도 했다. 그리고 그 군대를 왕에게 바치는 일도 정해진 수순이었다. 하지만 지금 젊은 부인에게 잡아먹혀 바보가 된 엘리야가 트리스탄이 걸린 사랑 마법에 대해 알게 될 경우 무슨 짓을 저지를지 상상조차 할 수 없었다.

"내가 벨타인이라면, 너의 용기를 달라고 요구하겠어." 사피라는 트리스탄이 이 주제에 싫증이 났다는 것을 알면서도 꿋꿋이 말했다.

"*내가* 벨타인이라면 말이다. 절대 멈추지 않는 네 혀를 요구할 것 같은데 말이지." 트리스탄이 사피라의 말을 받아쳤다.

그 말에 사피라는 피식 웃고 말았다. 그녀는 불가로 좀 더 다가가 킁킁거리며 익어 가는 여우고기 냄새를 맡았다. 그리고는 역겹다는 듯이 얼굴을 찌푸렸다. "윽, 썩은 냄새." 사피라가 중얼거렸다. "내 이럴 줄 알았다."

"하지만 아무것도 없는 것보단 낫지." 트리스탄이 말했다.

15분 정도 지나자 모닥불은 이제 거의 희미한 불씨만 간간이 남은 숯덩이가 되어 버렸다. 이젠 잔열이 너무 미미해서 여우를 그곳에 올려놓을 의미가 없었다. 마지못해 트리스탄이 숯가루가 묻은 고기를 뼈에서 발라 속살을 찔러 보며 얼마나 익었는지 살펴봤다. 당연히 덜 익은 상태였다. "잘 익었어." 트리스탄이 한숨을 푹 쉬며 사피라에게 여우를 꿴 나무를 건넸다.

사피라가 한 입 베어 물고는 우걱우걱 삼켜 버렸다. 드래곤족의 여왕인 사피라는 여태껏 고기가 이렇게까지 맛있게 느껴진 적이 없었다. 분명 썩은 맛이 나는 데다 고약한 냄새를 풍기는 반쯤 덜 익은 여우고기였음에도. 아무 소리 없이 제게 건네진 몫을 전부 먹어치웠다. 그러자 기운이 나는 것 같았다. 트리스탄은 늑대 가죽을 그녀의 어깨에 다시 덮어주고는 자연스럽게 그녀에게 등을 기대고 앉았다. 그의 체온이 그녀의 등에 전달됐다. "정말 수다스러운 마누라야." 그가 속삭였다. 트리스탄의 얼굴은 보이지 않았지만 분명 그의 입가에 웃음이 걸려 있으리란 걸 사피라는 알고 있었다.

"놀리지 마!"

"알았어, 알았다고." 트리스탄이 달래는 투로 중얼거렸다. "이만하면 다행이지 뭐야…." 얼마 지나지 않아 트리스탄의 호흡이 점점 느려지더니 잠든 것 같았다. 사피라의 눈꺼풀에도 심한 피로감이 찾아왔다. 단 하루라도 이 지독한 추위에서 벗어나, 내일 일을 걱정할 필요 없이 푹 잘 수만 있다면! 물론 지금 그들이 길을 제대로 가고 있다는 건 분명했다. 누군가 그들이 마지막 남은 여정에서 얼어 죽지 않도록 이렇게 장작까지 마련해 두지 않았던가. 추측건대 벨타인이 그들을 기다리고 있을 가능성이 매우 컸다. 그런 만큼 사피라는 트리스탄이 아무 제안이나 무턱대고 받아들이지 않도록 제대로 감시해야 했다. 자칫하면 그런 일이 벌어지고 말 것이다. 그건 절대 침묵하지 않는 저 매서운 북풍만큼이나 확실했다.

블루트베르크혈산라고 별다르지 않았다. 높고, 가파르고, 새하얀 눈으로 뒤덮여 있었다. 지난 며칠간 그들이 힘겹게 넘어온 산들과 비교해 특이한 점이 있다면 그 위치였다. 확트인 설원 한가운데 음산하게 우뚝 솟아 있었고 그 주변을 둘러싼 구름마저 왠지 음침해 보였다. 까마귀 떼가 산꼭대기 위에서 원을 그리며 하늘을 날고 있었다. 거의 반쯤 얼어붙은 두 인간의 형체가 다가오는 걸 알아차리자마자 시끄러운 소리로 울어 대더니 미친 듯 날갯짓을 하며 산 중턱 동굴 속으로 사라졌다.

"이걸로 드디어 목적지에 도착했다는 것이 확실해졌군." 트리스탄이 말했다.

"그리고 벨타인은 얘기를 듣기도 전에 우릴 으스러뜨릴 생각은 없는 거 같고." 사피라가 콕 집어 말했다. 그렇게 말하면서도 사피라는 뭔가 찜찜한 구석이 있었다.

사피라는 더는 못 움직이겠다고 버티려는 근육에 마지막 힘까지 쥐어짜 내라고 몰아붙였다. 좁은 오솔길을 따라 대마법사가 은거하는 동굴까지 오르는 데 거의 반나절이 걸렸다. 겉보기에는 그 누구도 접근할 수 없어 보이는 험악한 길이었다. 게다가 돌무더기까지 굴러떨어져 길을 가로막고 있었다. 아마 벨타인도 거처에서 내려오는 일이 드물 것만 같았다. 도대체 저 위에서 뭘 먹고 사는 건지 사피라는 몹시 의아했다. 마치 반고의 마구간에서 쥐들이 서식하듯 이 치명적인 환경에서도 기적처럼 번성하는 저 까마귀 떼라도 잡아먹는 걸까? 하지만 동굴 입구에 도착한 순간 사피라와 트리스탄은 지금 그들이 만나러 온 상대가 누구인지 다시금 상기했다. 에냐도르에서 가장 막강한 남자. 자고로 전사는 성의 두꺼운 성벽을 요새로 삼았고 농부는 마구간에 숨었으며 일반 시민은 마을을 방패로 삼아 자신을 보호했다. 하지만 전능한 벨타인은 제 거처 입구에 문조차 달지 않았다. 조심스레 동굴 안으로 들어선 트리스탄이 서둘러 주변을 둘러봤다. 여전히 아무 일도 일어나지 않았다. 사피라가 그의 뒤를 쫓아 산의 은밀한 아가리 속으로 발을 디뎠다. 동굴의 양쪽 벽에 고정된 횃불이 마치 유령의 손에 불을 붙인 듯 타올랐다. 사피라 목덜미 머리털이 공포에 쭈뼛 섰다. 더는 배고픔도, 추위도 느껴지지 않았다. 그녀의 모든 감각이 온통 외부에 쏠려 극도로 긴장한 터였다. 대마법사의 존재를 암시할 만한 소리는 그 어디에서도 들리지 않았고, 그 어떤 냄새도 맡을 수 없었다. 트리스탄은 그녀와 마찬가지로 침착해 보였다. 그럼에도 겉보기와는 달리 극도로 긴장한 상태란 걸 사피라는 알아차렸다. 트리스탄이 불안한 듯 제 문스워드 손잡이를 꽉 쥐었다.

"저리로 가 보자." 사피라가 동굴 속 깊은 곳으로 난 길을 가리키며 속삭였다. 사피라의 음성이 트리스탄의 날뛰던 맥박을 진정시킨 것 같았다. 그가 고개를 끄덕였다. 트리스탄은 시선을 앞에 고정한 채 통로를 따라 들어갔다. 사피라는 그 뒤에 바짝 붙어 따라갔다. 동굴은 거대한 뱀처럼 똬리를 틀고 있었다. 때때로 시커먼 샛길이 나타났지만 통로에 설치된 횃불이 정해진 방향으로 그들을 인도했다. 이윽고 주변이 점점 환해지더니 얼마 지나지 않아 연회장처럼 둥근 천장이 있는 뻥 뚫린 공간이 나타났다. 그곳에는 수많은 촛불이 타오르며 공간을 따뜻하게 데우고 있었고, 벽을 따라 장식된 수정이 영롱한 빛을 뿜어냈다. 벽에 박힌 수정은 수백 가지 색상의 빛을 반사하며 눈부시게 반짝였다. 천장에 달린 거대한 종유석은 흡사 샹들리에 같았다. 작은 보석들이 바위 틈새와 암석의 이음매 곳곳에 박혀 있었다. 정중앙에는 성인만한 크기에 반이 잘린 원통형 바윗덩어리가 놓여 있었는데, 그 안은 보랏빛 수정으로 가득 채워져 있었다. 가까이 다가가자 누군가 그곳에 설치해 놓은 일종의 책상 같은 것이 눈에 들어왔다. 그 위에는 책이 펼쳐진 채, 잉크병에 꽂힌 깃펜과 함께 놓여 있었다. 정황상 글을 쓰던 이가 이 공간을 막 떠난 것처럼 보였다. 그곳에 가까이 다가간 사피라가 펼쳐진 페이지에 시선을 던졌다. "네 왕의 몰락." 그녀가 큰 소리로 읽었다. 그러자 관심을 보이며 사피라 곁으로 다가온 트리스탄의 눈동자가 그 문장을 훑었다. 그리고 책을 집어 든 트리스탄이 겉표지에 쓰인 필체를 주시했다. 책의 제목은 《에냐도르 연대기》였다. 그리고 그 옆에는 어렴풋이 사람 얼굴처럼 보이는 특이한 문양이 그려져 있었다. 사피라는 그 문양에서 인간 왕국을 나타내는 두 개의 원, 엘프족의 문스워드, 드래곤족의 화염 그리고 데몬족의 치명적인 두 눈을 찾아냈다. 하지만 그 어디에도 파수꾼의 흔적은 없었다.

트리스탄이 드디어 첫 장을 열었다. “슈투름 산맥의 지배자이자 첫 시대의 대마법사, 최강자 벨타인 작성.” 트리스탄은 잠시 멈칫했지만 약간의 경외심을 보이며 계속 읽어 내려갔다. 첫 장에는 에냐도르 대륙의 네 가문과 그 왕위 계승 순위 및 가계도가 수록되어 있었다. 그리고 좀 더 뒤로 넘기자 드래곤 전쟁, 데몬 전쟁에 관한 내용이 담겨 있었다. 마법의 배후관계를 설명하는 부분에서 트리스탄의 눈길이 한참 머물러 있었지만, 결국 원래 펼쳐져 있던 페이지로 되돌아갔다.

“여기 좀 봐, 네 아버지에 관련된 내용이 있구나!” 사피라가 페이지의 중간쯤에 있는 문단을 가리켰다. 그리고 함께 그 내용을 읽었다.

마지막으로 헨드릭 폰 도른슈트랑은 외동아들이자 막 성인이 된 엘리야를 슈투름 산맥으로 보냈다. 엘리야 역시 다른 왕국과의 전쟁에서 승리를 이끌 특별한 힘을 벨타인에게 얻기 위해 이 험난한 여정에 뛰어들었다. 남부 왕자가 동굴에 발을 딛자마자 대마법사는 그가 네 왕가의 아들 중에 가장 으뜸이라는 걸 알아봤다. 엘리야는 다른 이들의 장점을 전부 갖추고 있었기 때문이었다. 가문의 혈통에 걸맞게 그의 의지는 누구보다 강철 같았고, 조각처럼 아름다운 얼굴에 신체도 다부졌다. 더 나아가 왕자는 사랑과 열정을 불태우는 능력도 지녔다. 그것이 여인을 향한 사랑이든, 혹은 전투에서 투지를 일깨우는 분노이든 간에. 게다가 엘리야는 마지막까지 제 의견을 관철하고, 그가 감히 범접할 수 없는 상대에게 하찮은 검을 들이대는 용기까지 갖췄다. 벨타인은 엘리야를 한눈에 알아보았다. 자신의 권능의 왕관을 장식할 가장 고귀한 보석이 바로 엘리야라는 걸. 따라서 그는 엘리야를 어떻게든 유혹하기로 마음먹었다. 그의 후계는…

"…엘리야 못지않게 용맹할 것이다. 그리고 그만큼이나 경솔할 것이다!" 갑자기 사피라와 트리스탄의 뒤편에서 낯선 음성이 들려왔다.

트리스탄은 황급히 책을 내려놓으며 사피라와 재빠르게 돌아섰다. 물웅덩이 뒤편에 한 소년이 서 있었다. 말 그대로 소년이었다. 트리스탄보다 나이가 많아 보이지 않는 그 소년은 호리호리한 체형에 키가 제법 컸다. 빗질이 잘 된 금발을 지닌 소년이었다. 짧은 레드 벨벳 외투 아래 금으로 수를 놓은 튜니카가 살짝 드러나 보였다. 소년은 태고부터 존재한 마법사라기보단 젊은 귀족처럼 보였다.

"인사드립니다. 대마법사 벨타인." 트리스탄이 먼저 예를 표하기 위해 고개를 숙이며 인사했다.

"내 왕국에 온 걸 환영한다, 남부의 왕자여." 벨타인이 나지막한 소리로 화답했다. 뱀의 소리를 연상케 하는 음성이었다. 예상했던 것처럼 대마법사는 사피라에게 일말의 관심도 보이지 않았다. 그의 탐욕적인 눈매는 오롯이 트리스탄만을 향해 있었다. 그의 눈동자에는 뭔가 기묘한 감정이 서려 있었다. 몹시 긴박하고, 굶주린 것 같은 감정. 아무리 전지전능한 대마법사라지만 도저히 감출 수 없는 감정. 이윽고 벨타인이 물웅덩이를 건너왔다. 수면 위를 걷는데도 물방울 하나 튀기지 않았다. 그동안 그의 눈동자가 빛을 뿜으며 희미하게 빛났다. 하지만 엘리야처럼 녹수정을 닮은 푸른빛이 아닌 분홍빛이었다. 물웅덩이에서 벗어나자마자 반짝이던 눈빛이 사라지고 다시 보통 사람처럼 밝은 벽안으로 바뀌었다. 무엇 하나 범상한 구석이 없는 마법사였다.

벨타인은 엘프와 흡사한 걸음걸이로 그들에게 다가왔다. 살짝 뒷걸음질 친 사피라와 달리 트리스탄은 서 있던 곳에서 단 한 걸음도 뒤로 물러서지 않았다. 벨타인은 트리스탄의 턱을 쥐더니 살며시 위로 들어 올렸다. 트리스탄은 아주 잠시 그가 하는 대로 순순히 내버려 두었다. 하지만 곧 거친 동작으로 고개를 다시 돌렸다. "엘프 사령관이 꼭 당신처럼 행동한 적이 있었죠. 그리고 얼마 지나지 않아 난 그의 노예가 되어 버렸고요." 트리스탄이 입속말로 씩씩거렸다.

벨타인이 제 입가를 살며시 위로 끌어당겼지만, 그의 눈엔 웃음기가 조금도 없었다. 그때까지도 사피라는 벨타인을 과연 미남이라 말할 수 있는지 좀처럼 결론을 얻지 못했다. 벨타인은 높게 솟은 광대뼈와 긴 속눈썹이 두드러지는 균형 잡힌 얼굴의 소유자였다. 그럼에도 그를 보면 볼수록 사피라는 뱀의 모습이 연상되는 걸 막을 수 없었다. 뭔가 미끈하고, 음흉한 느낌.

"여긴 표식을 받은 자이자 드래곤족의 해방자, 슈투름 산맥의 지배자이며, 드래곤 왕국의 여왕이자 동시에 드래곤의 파수꾼인 사피라 1세입니다." 트리스탄이 사피라를 소개했다.

그러자 아주 잠깐 벨타인의 시선이 사피라를 응시했다. 그런 뒤 자수정 책상으로 이동한 벨타인이 연대기를 펼쳤다. "슈투름 산맥의 지배자는 명백히 나라네." 벨타인은 얼핏 지나가는 말처럼 흘려 말했지만, 사피라가 달리 토를 달고 싶은 마음이 사라질 정도로 확신에 찬 음성이었다. "고작 너희들의 무기에 새겨 넣을 직함을 따지기 위해 이 험준한 산맥을 뚫고 나를 찾아왔다고는 생각되지 않는데 말이지, 내 말이 틀렸나?"

*직함 따위는 당신 마음대로 해. 다 가져도 돼.* 지금 이 순간 사피라의 속마음은 칭호 따위는 정말 아무래도 상관없었다. *지배하고 싶으면 어디든 지배해, 단 우리만큼은 그냥 내버려 둬!*

"우리는 도움을 구하러 찾아왔습니다." 사피라 마음속의 절규 대신 트리스탄이 대답했다. "되크 발두르라는 전사가 에냐도르 대륙 전체를 파괴하러 북쪽에서 올 것이라 합니다. 그가 인간, 엘프, 데몬 그리고 드래곤까지 전부 무릎을 꿇릴 거라 하더군요. 우리 일행인 마법사가 그의 환영을 봤다고 합니다. 혹시 그 되크 발두르에 관해 말해 줄 게 없으실까요?"

대마법사는 특유의 음험한 미소를 지었다. 그는 트리스탄보다 고작 한 뼘 정도 클 뿐이었지만 그들을 교만하게 내려다보는 시선은 훨씬 강렬했다. "되크 발두르라." 그가 중얼거렸다. “그러니까 그가 자신을 그리 부른단 말이군.”

“그를 아십니까?” 그것이 사피라가 입 밖으로 꺼낸 첫마디였다.

벨타인은 그녀에게 눈길 한 번 주지 않았다. “그 데몬은… 혹은 그가 어떤 모습으로 변하려 하든 간에… 지금 현 상황에서는 그의 그림자일 뿐이지. 그는 흑마법으로 만들어졌지만, 아직 깨어난 건 아니니까.” 벨타인이 은밀한 음성으로 말했다.

“그러니까 그가… 아직 인간의 형체를 지니지 못했다는 거죠?” 사피라가 곁눈질로 트리스탄을 힐끗 바라봤다. 이것으로 그 괴물이 어떻게 샤텐발트그림자 숲에서 트리스탄의 정신을 파고들었던 건지 설명되었다.

벨타인이 미처 대답하기 직전 둥근 석실 한쪽의 어두컴컴한 구석에서 갑자기 괴상한 소음이 들려왔다. 억눌린 것 같은 긴 하울링. 흡사 누군가 주둥이를 묶어 놓은 상처 입은 늑대의 울부짖음 같았다. 뒤이어 돌바닥을 두드리는 소리가 들려왔다. 짐승 발톱으로 철봉을 긁는 소리도 들렸다. 사피라의 얼굴에 핏기가 가셨다.

“무슨 소리지?” 사피라가 중얼거렸다.

“누구입니까?” 트리스탄이 정확하게 짚었다. 사피라만큼이나 날카롭게, 트리스탄도 외진 구석의 그림자 속을 꿰뚫어 보고자 그쪽을 노려보고 있었다. 그때 벨타인이 가벼운 손동작으로 몇 개의 초에 불을 붙였다. 희미한 빛이 암굴 속 이동식 감옥을 비췄다. 그 안에는 몸을 잔뜩 웅크린 한 형체가 손톱으로 창살을 긁어내리며 몸을 앞뒤로 흔들어 대고 있었다. 그 모습을 유심히 살펴본 사피라는 동정심을 자극하는 저 피조물이 인간이라는 것을 이내 깨달았다. 나이를 가늠할 수 없는 남자였다. 허리에 겨우 천 조각만을 두른 남자는 긴 머리카락을 등 뒤로 땋아 내렸다. 그의 가슴 한복판에 있는 보기 흉한 흉터가 한눈에 들어왔다. 누군가 수년 동안 그곳을 철퇴 혹은 망치와 같은 둔탁한 흉기로 내려친 것 같은 모양새였다. 하지만 가장 끔찍한 것은 그의 얼굴이었다. 부릅뜬 눈으로 뭔가를 애원하는 시선을 그들에게 보낸 순간 사피라와 트리스탄은 사내의 입을 보았다. 혹은 원래 사람의 얼굴에 입이 있어야 할 장소라고 해야 할까. 그 남자는 입술도, 치아도, 혀조차도 없었다. 그저 함몰한 턱뼈 위로 미끄덩한 피부가 뭉쳐 있었다.

"날 방문한 손님일세." 벨타인이 흔들림 없는 담담한 음성으로 말했다.

"당신이 기르는 가축이라 해야 더 어울리겠군요." 트리스탄이 역겨운 기색을 전혀 숨기지 않고 그의 말을 가로챘다. "저 남자가 뭘 어쨌길래, 저런 꼴이 된 겁니까?"

벨타인이 어깨를 으쓱였다. "저놈은 날 위해 뭔가를 지키고 있다네." 간략한 대답과 함께 다시 손가락을 튕겨 촛불을 꺼버림으로써 방문객의 애처로운 동정심을 유발한 포로를 암흑 속에 숨겨 버렸다. 그렇지만 질식할 것 같은 신음은 멈추지 않았다. "하지만 너희들이 이곳을 찾은 건 이 때문이 아닐 텐데."

아니다. 분명 아니었다. 그리고 트리스탄도 그 점을 잘 알았다. 비록 벨타인이 저지르고 있는 끔찍한 짓거리를 살짝 지켜보는 동안 낯빛이 하얗게 질리긴 했지만, 대화의 갈피를 잊을 정도는 아니었다. "혹시 어디로 가면 되크 발두르를 찾을 수 있는지, 그리고 어떻게 하면 그를 이길 수 있는지 알려 주실 수 있으십니까?" 트리스탄이 대마법사에게 물었다.

벨타인이 고개를 끄덕였다. "넌 굳이 그를 찾을 필요가 없다. 어차피 그가 널 찾아올 테니." 대답하는 벨타인의 눈동자가 또다시 붉은 빛을 뿜어냈다. "단 한 번 그를 이길 수 있을 것이다. 그것도 오롯이 순수한 네 힘만으로. 거기에 필요한 힘은 태어날 때부터 지니고 있지만, 네가 그 힘을 제대로 쓸 수 있을지는 확신이 서지 않는구나, 남부의 왕자여!"

"그게 무슨 의미입니까?" 트리스탄이 불신이 가득한 음성으로 되물었다.

또다시 트리스탄에게 한 걸음 바짝 다가선 대마법사가 그의 눈을 찬찬히 들여다봤지만, 그를 만지려는 생각은 없는 것 같았다. 왠지는 모르겠지만 사피라는 벨타인이 가능하다면 몹시 그러고 싶어 한다는 느낌을 받았다. 거기에 한술 더 떠서 아예 트리스탄을 통째로 집어삼키고 싶어 하는 눈치였다.

"네가 날 찾은 또 다른 이유가 있을 터인데." 벨타인이 속삭였다. "그리고 그게 네 진정한 약점이지 않나."

"사랑의 묘약이요." 트리스탄이 중얼거리자, 대마법사는 기다렸다는 듯이 유유히 미소를 지었다.

"그 마법에서 벗어나고 싶은가?"

"그렇습니다!"

"마법을 파훼하는 것이 자네에게 어떤 가치가 있나? 그리고 그 대가로 내게 뭘 주겠나?" 벨타인은 천천히 트리스탄의 주변을 맴돌았다. 그리고 계속 트리스탄을 응시하며 그의 표정을 자세히 관찰했다. "절대로 굽히지 않는 네 의지를 주겠나? 네 아름다운 미모? 열정? 용기? 난 전부 원하는데. 내 말을 듣고 있는 겐가? 난 엘리야가 내게 주지 않은 모든 걸 원한다네!"

벨타인이 한마디 할 때마다 트리스탄은 점점 격분했다. 마지막 말을 듣는 순간엔 거의 침을 뱉을 뻔했다. 평상시 매력적이던 그의 얼굴이 추하게 찌푸려졌다. 벨타인의 눈동자가 활활 타올랐다. 붉은 피처럼 진한 핏빛으로. 그 순간 사피라는 지금 벌어지고 있는 상황을 깨달았다. 지금까지 제대로 맞춰지지 않던 퍼즐이 이제 제자리를 찾으며 그림 전체가 보였다. 수백 년 동안 저 대마법사는 엘리야를 무너뜨리려 시도했지만 여태껏 성공하지 못한 것이다. 트리스탄은 새로운 남부의 왕자였다. 엘리야와 같은 피가 혈관에 흐르고, 같은 성향이 그의 심장에 그대로 이어졌다. 도르슈트랑 왕자를 굴복시키려는 목적이 정확히 무엇인지는 알 수 없으나, 지금이 벨타인에게는 두 번째 기회였다.

트리스탄의 손이 검에 닿았다.

"당장 그 손을 치워라. 안 그러면 하피의 정복자로서 네 인생도 그대로 끝장이 날 것이야!" 마법사가 위협했다.

"너는 절대 날 죽이지 못할 거다!" 트리스탄이 대답했다.

벨타인이 끙 하는 소리를 내며 투덜거렸다. "그래, 넌 아니더라도 화염을 나눈 네 누이는 가능하지!"

처음으로 대마법사가 사피라의 눈을 똑바로 마주했다.

그의 눈빛에 실린 엄청난 힘이 그녀를 짓눌렀다. 벨타인은 그녀의 호흡을 앗아가는 데 목 주변에 손을 들이댈 필요조차 없었다. 눈에 보이지 않는 강철 족쇄처럼 그의 마법이 그녀의 목을 조여 왔다. 공황 상태에 빠진 사피라가 숨을 헐떡였다. "트리스탄, 절대… 그대로 무너지면 안 된다!" 헐떡이는 목소리로 풀썩 무릎을 꿇으며 사피라가 힘겹게 말했다. 희미해지는 의식 너머로 트리스탄의 얼굴에 서린 표정이 눈에 들어왔다. 공포가 가득했다. 그리고 좌절감도. 하지만 그건 결단을 내리기 전 일 초도 되지 않은 짧은 순간뿐이었다. 한 걸음 뒤로 물러선 트리스탄이 벨트에서 단도를 꺼내 곧바로 자신의 목을 겨눴다.

벨타인이 날카롭게 웃었다. "난 전능한 대마법사야, 잊었나?" 그가 소리쳤다. 동시에 예리한 칼날이 먼지로 흩어졌다.

"그래도 내 심장에 검을 직접 박아 넣을 것이고, 그도 안 된다면 굶어 죽거나 얼어 죽어 버릴 것이다. 그녀에게 몹쓸 짓을 하면 그땐 나도 죽어 버릴 테다!" 트리스탄이 외쳤다. 그의 눈동자가 분노로 활활 타올랐다. 타고난 충동적인 기질에 그가 자란 농가의 억센 고집까지 더해진 태도였다.

그러자 흉흉하게 붉게 빛나던 벨타인의 눈동자가 원래대로 돌아오면서 동시에 사피라의 목을 압박하던 투명 올가미가 사라졌다. 숨구멍이 열리자 사피라는 다시 심하게 콜록거렸다. 미친 듯이 뛰는 심장을 진정시키며 그녀가 가까스로 몸을 일으켰다. 사피라는 제 팔뚝을 붙잡아 부축해 주는 트리스탄의 손길을 느꼈다. 그의 손가락이 제 가슴팍의 화상 흉터와 사피라 이마에 있는 흉터를 살포시 쓰다듬었다. 그가 보내는 무언의 메시지였다. *걱정하지 마. 내가 곁에 있어!*

벨타인은 팔짱을 낀 채 그 자리에 가만히 서 있었다. 대마법사는 트리스탄의 몸짓을 유심히 관찰하며 살짝 당황한 듯했지만 여전히 만족스러운 표정을 짓고 있었다. "죽을 각오도 마다하지 않는 용기와 열정이라. 넌 정말 그와 똑같구나." 이윽고 벨타인이 결론을 내렸다. "네 아버지도 같은 방식으로 내게 저항했지. 당시 난 그의 완강함에 깊은 감명을 받았었다. 내 그래서 엘리야에게 마력을 선사했었지. 수십 년이 흘러 엘리야가 너무 강해지는 걸 보고 난 그 선물을 회수해야겠다고 생각했지. 하지만 내가 선사한 마력은 나와 생각이 달랐던 모양이야. 내가 다시 회수할 때마다 엘리야에게 되돌아가더구나. 그런데 너의 경우는 또 다르다는 걸 알고 난 살짝 놀라기도 했었지. 너의 마력도 네 몸에서 방출되었지만 다시 네게 돌아가는 대신 다른 소년을 선택했지."

"카이였죠." 트리스탄이 말했다.

대마법사가 고개를 끄덕였다. “왜 그런 일이 벌어진 건지 여전히 알아내지는 못했다만.”

“어쩌면 그가 나보다 마법사의 재능에 더 부합했던 걸지도 모르죠.”

“어쩌면.” 벨타인은 그 이상 말하지 않았다. 그 대신 원래의 주제로 되돌아왔다. “사랑의 마법에서 벗어나고 싶다고 했던가? 그렇다면 내 친히 네게 허락될 수도 있었던 미래를 잠시 들여다보게 해 주지. 이조라 폰 아엘프스탄을 소유하고픈 이루 말하기 힘든 충동이 없는 네 인생이 어땠을지 말이야. 느껴 봐라, 어떤 기분인지, 남부의 왕자여, 느껴 보라고!”

한 걸음 트리스탄에게 가까이 다가간 벨타인이 그의 가슴에 손을 올려놓았다. 벨타인의 손이 제게 닿는 순간 트리스탄이 움찔거렸다. 그러나 곧이어 고통으로 찌푸려졌던 이마에 주름이 사라졌다. 트리스탄은 시선은 계속해서 벨타인을 향해 있었지만, 사피라는 그가 어딘가 완전히 다른 곳으로 가 버린 것 같은 인상을 받았다. 그의 심장 박동과 표정이 편안해지는 걸 보니 분명 어딘가 평온한 장소였을 것이다. 순간 트리스탄이 한숨을 내쉬더니 눈을 감았다. 그리고 눈을 다시 뜬 순간 눈가에 눈물이 글썽였다. “마론.” 트리스탄은 단 한 마디를 말했을 뿐이었지만, 순간 사피라는 극도로 불쾌해졌다.

"이미 알고 있었던 모양이군, 그렇지 않은가? 샤텐발트에서 말이야. 피와 죽음의 위협이 난무하는 전투에서 네 심장이 누구를 향해 뛰는지 제대로 알아차렸던 거로군. 그 숲은 그곳을 밟은 모든 방문객의 마력을 앗아가지. 그런데도 넌 도리어 충만해지는 기분이었을 게다. 내가 그걸 원했기 때문이지. 내가 아니었더라면 하피를 거느리기는커녕, 넌 이미 하피 새끼의 먹잇감으로 전락했겠지. 내가 널 도운 거란다, 남부의 왕자여. 너와 네 모든 일행을." 대마법사의 손은 여전히 트리스탄의 가슴에 놓여 있었다. "하지만 갑자기 등장한 아녜이가 지난 수년간 네 숙적들이 널 찾지 못하도록 지켜 준 방패였던 목걸이를 부숴 버렸지. 그 순간 네게 걸려 있는 모든 마법이 아주 잠깐 사라졌을 거야. 비록 잠시였겠지만 네게 걸린 사랑의 마법도 그랬을 것이고, 아마 그때 넌 온전한 상태였겠지. 막 태어난 것처럼 순수한 상태. 너도 느꼈을 거다, 그렇지 않은가?"

조용히 고개를 끄덕이는 모습에서 트리스탄이 그의 말을 이해하고 있다는 것을 깨달았다. 다시 트리스탄의 턱을 들어 올린 벨타인은 경멸 어린 시선으로 그를 응시했다. "불행히도 넌 그 마녀의 말을 믿을 정도로 어리석었지. 그녀가 널 보호하던 방패를 부숴으니, 넌 그렇게 되크 발두르에게 고스란히 노출되었던 거다."

"그게… 그러니까 그 목걸이가 무엇이었던 거죠?" 트리스탄이 가까스로 말을 꺼냈다.

"애들 장난감, 단순한 부적, 네가 항상 말했던 것처럼 그렇단다. 하지만 널 사랑했던 엘프 어미의 피에 적셔진 물건이었지."

그러니까 그 목걸이의 비밀은 바로 그것이었다. 그 사실을 아는 사람은 아무도 없었다. 하물며 엘리야조차도. 당시 시녀는 그 비밀을 무덤까지 짊어지고 가야만 했을 것이다. 이윽고 벨타인이 손을 거두자 트리스탄의 입에서 신음이 흘렀다. 찢어질 듯 아픈 마음, 이조라를 향한 정염, 고통… 모든 게 다시 그대로 되돌아왔다. 사피라는 트리스탄에게 깊은 연민을 느꼈다.

"이제 돌아가거라!" 대마법사가 말했다. "아엘프스탄으로 돌아가 어디 한번 맞서 보려무나. 그러나 난 네가 다시 돌아오리란 걸 알고 있다. 넌 절대 무너지지 않는 사람이 아니란다."

# 마론

아엘프스탄과 비교하면 도른슈트랑 성은 기껏해야 마구간보다 조금 나은 수준이었다. 요새는 대충 쌓아 놓은 돌무더기 같은 형상이었고, 엘프 성의 섬세한 기둥이나 높은 창문 하나 없이 온통 잿빛의 먼지투성이였다. 수송선 뱃머리에서 마론은 저 멀리 산 위로 보이는 인간 왕의 버려진 성을 물끄러미 응시했다. 마론은 휘몰아치는 폭풍과 파도에 못 이겨 갑판 너머로 튕겨 나가지 않으려고 목재로 깎아 뱃머리 장식으로 만든 말머리에 팔을 둘러 꼭 껴안았다. 평소 같았으면 이 배의 선장은 안고르 파비아산 종마를 엘프의 상업 도시인 오스첸트리아로 운송하는 임무를 수행 중이었을 것이다. 하지만 오늘은 도른슈트랑의 새로운 관리자 코리안을 갑판에 태웠다. 코리안은 저 멀리 시야에 들어온 제 고향 섬이 넓디넓은 바다 저편으로 멀어져가는 모습을 그저 지켜

봐야만 했다. 마론은 이 엘프를 전혀 신경 쓰지 않았다. 아엘프스탄에서 지금 여기까지 오는 여정 내내 단 한 마디 섞은 적도 없었다. 모두가 알고 있는 것처럼 안고르 파비아 출신의 젊은 귀족은 인간이 주인인 성의 관리자가 되고 싶은 마음이 조금도 없었다. 그러나 엘리야 폰 도른슈트랑이 한 번 결정 내린 것은 법이나 진배없었다. 하지만 그것과 별개로 지난 며칠 시종일관 그가 보인 뚱한 얼굴 대신 대화를 하려는 의지가 보이는 마음가짐과 밝은 분위기가 조금이라도 있었더라면 그나마 그들 사이가 좀 낫지 않았을까 생각했다. 물론 마론 역시 눈곱만치의 불평도 없이 오롯이 새 임무에 몰입하긴 하겠지만, 엘리야의 성을 정비해야 하는 임무를 떠올리면 그리 유쾌하지만은 않았다. 하지만 어쨌거나 마론의 곁에는 야레드와 아담이 있었다. 반면 코리안은 여러 엘프 병사들을 대동했지만, 저처럼 무뚝뚝한 데다 원래 안면조차 없는 관계였다.

“그런데 지금 우리가 왜 이곳에 있는 건지 넌 좀 아냐, 비젤?” 미쳐 날뛰는 거친 풍파 사이를 비집고 한 음성이 마론의 귓가에 닿았다. 옆으로 고개를 돌리자 상처 가득한 야레드의 얼굴이 시야에 들어왔다. 심하게 출렁이는 갑판에서 균형을 잡으려고 넓게 다리를 벌리고 선 야레드의 시선 또

한 저 앞에 보이는 도른슈트랑 성에 고정된 채였다. 고운 원단으로 지은 새 코트가 야레드에게 잘 어울려 보였다. 단정한 튜니카와 도른슈트랑의 상징인 두 개의 원이 가슴에 새겨진 가죽조끼 역시 그랬다. 에냐도르 전역에서 야레드 콘라드센처럼 멋지게 차려입은 대장장이는 또 없을 것이 분명했다. 굳이 유일한 경쟁자를 꼽자면 야레드만큼이나 세련된 복장을 갖추고, 거기에 얼굴이 농부처럼 투박하긴 해도 상처 하나 없는 아담 정도일 것이다. 그러나 그 농부의 아들은 출항한 이래로 갑판 아래 어딘가에서 빈 물통을 부둥켜안고 토하느라 정신이 없었다.

"도른슈트랑에 활기를 불어넣기 위해서겠지." 마론이 짜증을 내며 대답했다. 야레드는 이미 그녀의 임무가 무엇인지 잘 알았다. 게다가 아담처럼 우둔하지도 않았고. 그런데 도대체 무슨 말을 하려고 또 저런단 말인가?

"그건 코리안이 할 일이고. 안고르 파비아에서 온 저 엘프 놈 말이야. 마빡에 *날-건드리지-마*라고 써 놓은 저놈이 뻐기며 관리하겠지. 그러니까 우리가 해야 할 일이 뭐냐고?"

"코리안은 엘프야." 마론이 말했다. "하지만 도른슈트랑은 인간 왕국의 수도잖아. 일꾼들과 병사를 모집하려면 우리 도움이 필요할 거야."

"아하," 야레드가 기묘한 소리를 냈다. "바로 얼마 전까지도 인간의 도움 없이 엘프들이 잘만 하던 일이다. 각 마을로 진군해서 모두를 시장 공터에 몰아세우고, 입맛에 맞는 놈들을 골라 갔잖아. 벌써 잊어버린 거냐?"

"그때와는 좀 다르지." 마론이 투덜거렸다. "우리는 지금 노예가 아니라 자발적인 일꾼을 구하는 거야. 그리고 그건 우리가 코리안보다 훨씬 잘할 수 있는 분야이기도 하고. 코리안만 나타나면 모두 도망가기 바쁠 테니까." 물론 마론은 제 말을 곧이들을 사람이 없다는 걸 알았다. 그건 저 젊은 엘프를 힐끗 쳐다만 봐도 충분히 알 수 있었다. 난간에 서서 촉촉해진 눈빛으로 제 고향 섬을 응시하는 모습을 보면 오히려 그를 위로하고 자장가라도 불러 줘야 할 판이었다. 밀물과 썰물처럼 코리안에게는 상극인 두 가지 면모가 공존했다. 곧 깨질 것 같은 연약함과 도도한 교만함. 정말이지 호감이 가지 않는 이상한 조합이었다. "그래, 뭐… 저 엘프를 보고 도망칠 사람은 없다고 쳐도, 우리가 더 잘할 수 있다는 건 확실해. 지원할 사람들처럼 우리도 농부고, 평민이니까."

야레드가 미미하게 고개를 끄덕였다. "그래, 그리고 코리안의 감시인이기도 하고."

"감시인?" 마론이 이마를 찌푸렸다. "엘리야 님이 그렇게 말씀하셨어?"

"상사병에 걸리신 우리 인간의 왕 말인가? 아니, 그는 그저 '도른슈트랑으로 달려가 내 성을 접수하고 군대를 결성하라!'라고만 했지. 그리고는 휙 돌아서서 엘프 공주와 함께 침대로 직행하더군. 공주는 별로 흥미도 없어 보였건만."

마론이 눈썹을 치켜 올렸다. "넌 그 공주가 안 그래 보였어? 내가 볼 때 이조라는 완전… 사랑에 빠진 것 같아 보였는데."

마론의 대답에 야레드의 얼굴에 묘한 그늘이 드리워졌다. 그녀는 그 표정을 어떻게 해석해야 할지 감이 오지 않았다. 마치 속마음을 들킨 것 같아 당황하는 표정이었다. 혹은 마론이 알면 안 되는 뭔가를 하마터면 말할 뻔했다는 것처럼. "아니… 그야 물론 그렇지." 야레드는 말을 바꾸며 급히 동조했다. 그런 야레드의 태도는 몹시 낯설었다. 처음 만난 날 이후 저 젊은 대장장이는 항상 주도적이고 확신에 차 있었다. 저렇게까지 당황한 모습을 보인 적은 여태껏 단 한 번도 없었다. 죽음이 목전까지 찾아왔던 그 순간까지도. 어쩌면 끊임없이 출렁이는 선박의 움직임에 잠깐 정신이 나갔던 걸지도 모른다. 마론은 야레드가 입을 다물기로 한 번 마음 먹으면 절대 입을 열지 않는다는 걸 잘 알았기에 굳이 더는 캐묻지 않았다.

"난 엘리야 님의 군대를 편성할 거야." 대신 마론이 대답했다. "그 군대로 뭘 하시려는 건지는 잘 모르겠지만 말이야. 이미 와이번과 유령늑대가 있는 마당에 평생 검 한 번 잡아 본 적 없는 농부와 평민 몇 명이 도대체 왜 필요한 걸까?" 순간 해안 근처 암초에 부서진 커다란 파도가 뱃머리를 덮쳤다. 나무판자 위로 튄 소금물에 마론은 눈이 따끔했다. 황급히 옆으로 피한 야레드가 갑판 위로 쓸려가지 않으려고 난간을 꽉 붙잡았다. 파도의 공격이 한 차례 휩쓸고 간 후, 야레드는 물에 젖은 개처럼 몸을 이리저리 세게 흔들었다. 그제야 좀 평범한 대장장이다운 모습으로 돌아왔다. 야레드는 반쯤 황당하고, 반쯤은 어이없다는 표정으로 제 아래위를 훑어봤다. "젖는 건 삼베로 만든 옷이나 매한가지구먼. 원단이 제아무리 고급이어도 말이야." 그가 말했다. 그 말에 마론이 큰 소리로 웃음을 터트렸고, 야레드는 마론의 마지막 질문에 아무 대답도 하지 않았다. 그는 그저 명령을 따를 뿐이다. 그리고 애당초 그들에게는 왕의 결정을 되묻을 자격이 없었다. 솔직히 현실은 그랬다. 엘리야가 그들에게 무엇을 명령하든, 마론은 기꺼이 따를 것이다. 이조라를 향한 사랑이 엘리야의 이성을 앗아갔든 그렇지 않든, 마론은 여전히 엘리야를 존경했다. 200년 전 엘리야는 이 세상에서 가장 용감한 왕자였고, 이제는 에냐도르 대륙의 구원자가 될 것이다, 엘리야와 트리스탄이…. 물론 마론은 당장 트리스탄에 대해서 아무 생각도 하고 싶지 않았다.

잠시 후 마침내 배가 도른슈트랑 섬 항구에 도착했다. 코리안이 데려온 엘프 부대를 갑판으로 집결시켜 하선을 준비하는 동안 마론은 아담을 찾아다녔다. 아담은 갑판 아래 널브러져 있었다. 이질에 걸려 일주일 내내 혹독한 시련을 겪은 사람처럼 야위어 보였다. 대자로 뻗은 다리 사이에 토사물로 가득한 나무 양동이가 끼워져 있었다. 주변엔 구역질 냄새가 그득했다.

"절대 다시 안 타!" 마론의 눈빛을 의식하며 아담이 신음했다. "아무리 엘프 열 명이 와서 날 끌고 가려고 해도 이렇게 요동치는 바다 괴물에 날 태울 수는 없을 거다!"

마론은 그 말에 박장대소했다. 최소한 아담도 지금만큼은 맨정신이었다. 지난 몇 주 내내 그렇지 못한 날들이 참으로 많았었다. 아담이 밤마다 잠꼬대를 시작했을 때 그들은 별일 아니라고 웃어넘기곤 했다. 요상한 꿈에 사로잡힌 듯 아담의 잠꼬대는 매일 밤 이어졌다. '이제 더는 갈 수 없어. 모든 게 끝장나고 말 거야….' 그러나 다음 날 아침이면 아담은 간밤의 꿈을 전혀 기억하지 못했다. 야레드는 장기간 금욕적 생활이 이어지면서 이성을 잃은 거라고 단정했다. 따라서 아담의 욕구 불만을 잠재우고, 그 망할 꿈에서 벗어나게 해 주기 위해서는 아담에게 호의적인 엘프 여인이나 아니면 창녀라도 어서 찾아 주어야 한다고 말했었다. 하지만 아엘프스탄에서도, 그리고 지금까지의 여정에서도 그럴 만한 여자를 찾지 못했다. 마론의 생각은 달랐다. 야레드의 주장대로 아담의 아랫도리를 느슨하게 풀어 준다고 해서 그리 간단히 해결될 문제가 아니라고 생각했다. 지난 며칠만 봐도 아담은 최면이라도 걸린 듯 정신 나간 사람처럼 행동했다. 아담에게 말이라도 걸면 어깨를 한 번 으쓱이고는 저승에서 돌아온 사람처럼 마론을 뚫어져라 쳐다보기만 했다. 마론은 아담이 슬슬 미쳐가고 있거나, 아니면 그냥 지난 몇 주간 있었던 여러 충격적인 사건에 많이 지친 거라 생각했다. 어쩌면 그가 키우던 염소와 돼지가 있는 고향 부르크스메아데로 돌려보내야 하는 건 아닌가 하는 생각마저 들었다. 다만 언제 고향에 돌아갈 수 있을지는 막막할 뿐이었고 아담 역시 마론을 비롯한 다른 사람들처럼 꼭 완수하고자 하는 목표가 있을 테니 귀향을 강요할 수도 없는 노릇이었다.

마론이 갑판 아래 구역질 나는 냄새를 참으며 토사물이

가득 찬 양동이를 옆으로 치우고 아담을 일으켰다. “자, 어서 위로 올라가자.” 마론은 가까스로 잇새로 말을 이어가며 어떻게든 최대한 숨을 들이마시지 않으려고 애를 썼다. 마론은 그렇게 갑판 위로 가져온 양동이를 선수 밖으로 쏟아부었다.

그러는 동안 마론은 도른슈트랑 성으로 이어지는 산길을 탐색했다. 저 멀리 구불구불 좁은 길이 가파른 언덕 위로 이어져 있었다. 성으로 접근할 수 있는 유일한 길이었다. 좁다란 길 양편에는 다듬지 않은 막돌로 쌓아 올린 담벼락이 에워싸고 있었다. 그러니까 기껏해야 전사 둘이나 셋만이 나란히 지날 수 있을 정도로 좁은 통로였다. 인간의 성을 접수하려고 이 지형에서 3열 종대로 진군한다면 그것은 곧 집단자살이나 다름없다는 걸 명심해야 할 것이다. 공중에서 침공한다면 모를까 이 성은 난공불락 요새였다. 도른슈트랑은 결코 외관이 아름다운 성은 아니었지만, 방어에 최적화된 요새라는 걸 마론은 한눈에 깨달았다. 마론은 경건하게 고개를 끄덕이며 이 요새를 건설한 건축가들에게 무언의 경의를 표했다. “내가 꼭 저 성이 빛나도록 바꾸고 말 테야!” 마론이 나지막이 다짐했다.

온통 잿더미로 변해 버린 이 성에 삶의 활력을 다시 불어넣으려면 엄청나게 고된 노동이 필요할 것이다. 성의 안뜰에서 해이한 차림의 엘프 병사 열댓 명이 마론과 그 일행을 맞이했다. 그들의 갑옷은 손질도 제대로 되지 않은 상태였고, 부츠에는 늪의 진흙처럼 보이는 오물이 묻어 얼룩덜룩했다. 하긴 분수 주변을 둘러싼 마당 전체가 진창이었다. 아주 오랫동안 누군가 이곳을 방문한 적이 없었던 것처럼 보였다. 코리안은 이런 식의 응대를 저에 대한 명백한 모욕으로 받아들였다.

"나는 도른슈트랑 성에 부임한 최고 사령관, 코리안 폰 안고르 파비아다. 이 돼지우리 같은 곳의 지휘권을 지닌 자가 누구냐?" 코리안이 주변을 둘러보며 외쳤다. 흑발의 나이 지긋한 엘프 하나가 그곳에 모인 다른 엘프들처럼 태만이 가득한 몸짓으로 천천히 대열에서 한 걸음 나왔다. 바드득 이를 갈며 그가 고개를 숙였다. "저희 사령관님은 밀두르 폰 나르누크 경입니다." 그가 대답했다. "제가 그에게 전령을 보냈습니다."

"그런데 왜 지금 여기에 없는 건가?" 코리안이 호통을 쳤다. 그는 젊은 패기를 전부 제 음성에 실어 불호령을 내렸다.

“그분은… 그게, 사령관님은 본인이 없으셔도 무방하다고 판단하셨습니다. 여자… 그러니까 한 하녀가… 그를 과도하게…”

“닥쳐라!” 코리안이 고함쳤다. 분노로 이마에 핏대가 도드라졌다. “적군의 정찰대 혹은 데몬 군대의 선발대일 수도 있었다. 그런데도 너희 지휘관은 고작 인간 창녀 하나를 침대에서 쫓아내지도 못하고, 우리를 맞이할 필요조차 느끼지 못했다는 말인가?”

“저희는 그저… 아엘프스탄에서 온 교대병이라고만 생각했습니다….” 그제야 병사가 해명해 보려 했지만, 되려 코리안의 화만 더 부추겼다.

“밀두르란 놈을 당장 내 앞에 대령하라. 안 그러면 내 친히 이가 들끓는 네놈들의 머리통을 당장 이 도른슈트랑 첨탑에 효시하고 말리라!” 이런 코리안의 불호령에 엘프 병사들이 분주히 움직였다. 그들의 대표자가 사죄의 말을 연거푸 더듬으며 안고르 파비아의 관습에 따라 코리안이 말에서 내리는 것을 도우려 등자를 붙잡는 사이, 병사 둘이 황급히 성안으로 달려갔다. 추측건대 그 엘프 병사는 새로 부임한 주군의 흉갑에서 그가 츠빌링스쌍둥이 서쪽 섬의 후계자라는 것을 눈치챈 것 같았다. 뒤늦게 예를 갖추려는 몸짓을 본 코리안은 부츠로 엘프 병사의 가슴을 걷어차 버렸다. 그리고 아무 도움 없이 혼자서 말안장에서 내린 후 근처에 있던 병사의 손에 말고삐를 쥐여 주고, 그의 고귀한 종마를 마구간에 데려다 놓으라고 명령했다. "깨끗한 먹이를 주거라. 절대 쥐똥 따위가 섞여서는 안 될 것이야!"

마론과 일행도 엘프 사령관을 뒤따라 말에서 내렸다. 그들이 탄 말은 코리안의 종마처럼 순혈종에 값비싼 말이 아닌 평범한 말에 불과했다. 엘리야 폰 도른슈트랑이 엘프 왕국을 다스리게 된 작금의 상황에서도 엘프는 인간에게 좋은 말을 절대 넘겨주려 하지 않았다. 인간에게는 기껏해야 암노새 정도가 걸맞다는 게 엘프들의 생각이었다. 엘프 위병들은 이러쿵저러쿵 한마디 없이 마론, 야레드 그리고 아담의 볼품없는 말을 건네받은 후, 마구간 통로로 데려갔다. 이제 모두가 밀두르 폰 나르누크를 기다렸다. 시종일관 불쾌한 얼굴로 오물이 묻은 제 부츠만 노려보던 코리안은 성에서 현 지휘관이 무쇠로 장식된 문을 열고 헐레벌떡 뛰어오기 전까지 단 한마디도 하지 않았다. 그들에게 다가올 때까지 제대로 갖춰 입지 못한 셔츠를 바지 속으로 쑤셔 넣는 꼴을 보아하니 누군가 그를 심히 다그친 것 같았다. 급히 서두르느라 사슬 갑옷과 제복 상의는 아예 걸치지도 못했다. 얼굴에는 여전히 가벼운 홍조가 남아 있었다.

"밀두르 폰 나르누크입니다." 그는 말을 더듬으며 코리안에게 예를 갖춰 고개를 숙였다. "제가 도른슈트랑 수비대 사령관입니다."

"그러면 이제 나와 내 부하들에게 보인 이런 홀대를 어찌 사죄할 생각이지?" 코리안이 대놓고 역정을 냈다.

"저희는 경께서 오신다는 소식을 전혀 듣지 못했습니다." 밀두르가 변명했다.

"왕이 친히 까마귀를 통해 전갈을 보냈다!"

사령관은 황급히 고개를 흔들어 댔다. 전령을 전달받지 못한 것만큼은 그의 잘못이 아니라는 사실에 다소 안도하는 것 같았다. "아엘프스탄에서 저희에게 도착한 까마귀는 없었습니다." 그가 서둘러 대답했다. "지금까지 님룬트 왕께서 보내신 명령은 전부 잘 전달됐습니다. 하지만 이번만큼은 중간에서 소실된 것 같습니다."

"님룬트 전하의 명령이 아니다." 코리안이 바드득 이 가는 소리가 들릴 정도로 이를 악물며 말했다. "내가 말한 건, 성을 수복한 인간 왕의 전언을 말하는 것이다."

"그… 마법사 왕 말입니까? 그가… 풀려났습니까?" 엘리야를 떠올리는 것만으로도 엘프의 얼굴에 공포가 밀려드는 것을 보며 마론은 만족스러운 미소를 머금었다. 인간을 지배했던 자들에게서 보고 싶었던 바로 그 표정이었다. 저들은 다리가 후들거릴 정도로 두려움에 떨어야 마땅하다. 이제 인간은 그들의 소유물이 아니라는 걸 절실히 깨달아야 한다. 인간은 그들의 노예도, 강제 노동자도 아닌 용감한 전사이자 자유로운 농민이다. 그리고 마론, 그녀도 이 변화에 대해 어느 누구도 감히 반박하지 못하도록 토대를 마련하기 위해 이곳에 왔다. 마론이 자리를 박차고 한 걸음 앞으로 나와 코리안의 곁에 서서 되도록 거만하게 양손을 허리에 올렸다. 밀두르는 처음엔 믿을 수 없다는 듯이, 그리고 후에는 무척 언짢은 시선으로 마론을 쏘아보았다. "어서 저리 비키지 못하겠느냐, 노예 주제에 감히 주인과 같은 선상에 서려 하다니, 무례하다!" 밀두르가 씩씩대며 고함쳤다.

"닥쳐라!" 마론이 가볍게 받아쳤다. "내 왕이시며, 불사이신 엘리야 폰 도른슈트랑 님께서 전적으로 믿고 맡기신 대리인인 내가 너보다 높은 위치인 것 같은데, 엘프 사령관." 마론은 코리안과 제 위상을 비교하는 것만큼은 의도적으로 피했다. 고의든 아니든 엘리야는 그와 관련하여 아무 언질도 하지 않았기 때문이었다. 어쩌면 자신은 코리안과 같은 임무를 띤 동행자, 아니면 감시자일 뿐이었다. 코리안은 엘리야의 보호 아래 있다는 이유 하나만으로도 그녀를 존중했다. 그렇다고 해서 공식적으로 그녀가 코리안의 윗전인 것은 아니었다.

밀두르는 마론의 말에 미처 대꾸도 하지 못할 정도로 충격을 받은 것 같았다. 그의 불안한 시선이 코리안을 향했다. 그리고 그의 눈빛에서 최악의 우려가 현실임을 깨달았다.

"마법사 왕은 풀려났고, 그의 종족 자체가 그리됐다. 그가 엘프족의 공주 이조라 폰 아엘프스탄과 혼인을 하여 님룬트 전하와 동맹까지 맺었지." 공허한 음성으로 코리안이 간략히 요약했다. "곧 이곳에 왕이 귀환할 때까지 우리가 이 성에서 지내게 될 것이다. 그러니 어서 우리가 머물 방을 정비하라. 그리고 뜨거운 목욕물도 준비하도록."

⚜

잠시 후 야레드는 성 외곽에서 마론을 찾았다. 그녀는 바다 저편으로 어렴풋이 보이는 육지를 뚫어져라 응시하고 있었다. 저 멀리 흐릿한 지평선 너머 에냐도르의 최남단 앙스트두려움 곶은 물론, 그보다 훨씬 북쪽으로 뻗은 샤텐발트 끝자락까지 보이는 곳이었다. 거센 풍랑과 하늘을 뒤덮은 불길한 구름에도 불구하고 멀리서 보는 에냐도르는 그저 작고 평온해 보였다. 드래곤을 타고 저 높은 공중에서 육지를 내려다볼 때처럼.

"너 그거 알아? 전에는 이곳이 지금과는 완전 다른 모습이었대." 대장장이가 제 곁에 다가오는 것을 감지한 마론이 불쑥 말을 건넸다. "도른슈트랑이 처음부터 섬이었던 건 아니래."

야레드가 고개를 흔들었다. "그건 처음 듣는 이야기인데."

"일전에 슈발벤하인에서 데몬의 공습이 있기 직전에 엘리야 님한테 들었는데 말이야." 폐허의 도시를 산산이 부수고, 자기가 존경하는 왕을 형체도 알아보기 힘들 정도로 불태워 버린 드래곤이 떠올랐는지 마론이 잠시 눈매를 좁혔다 떴다. "예전에는 이 츠빌링스쌍둥이 섬의 동쪽 섬이 아예 없었다지. 도른슈트랑은 육지 일부였고. 왕은 그만큼 신하들과 지척에 있었지. 그런데 인간과 엘프가 동맹을 맺자, 전능한 대마법사 벨타인이 두 종족을 떨어뜨려 놓으려고 전쟁을 일으켰다는 거야. 그 사악한 대마법사가 에냐도르 남부에 엄청난 마력 폭풍을 일으켜서 샤텐발트를 창조했대. 그때 그 여파로 어마어마한 지진이 일어나 도른슈트랑 성이 있는 지대가 나머지 인간 왕국의 영토와 갈라지게 됐다는 거지."

"휴." 야레드가 한숨을 쉬었다. "내 생각에 벨타인이라는 그 대마법사는 현존하는 마법사 중 최강인가 보군. 엘리야보다도 말이야. 그런데 왜 그냥 성을 파괴해 버리지 않았을까? 그 후에 여길 점령한 엘프도 왜 그러지 않은 거지? 난 이 성이 어떻게 지금까지 여전히 그대로 있는지 진짜 의문이다."

"솔직히 나도 궁금해." 마론이 돌아서며 지저분한 성의 안뜰을 가리켰다. "저기 좀 봐. 우리가 정비해야 할 구정물 진창이 널렸어. 게다가 새로 손봐야 할 썩어 빠진 나무 계단과 지붕의 널빤지도 셀 수 없을 정도지. 대연회장 곳곳의 거미줄에, 이가 들끓는 지푸라기는 말할 것도 없고. 변소는 목숨을 위협하는 수준이지. 협곡 위에 아슬아슬하게 걸쳐져 있는데 지금 바닥재가 무너지기 직전이거든. 그래서 저 빌어먹을 엘프들이 볼일을 전부 마구간에서 해결한 탓에 지금 저렇게 심한 악취가 나는 거지."

야레드가 큰 소리로 웃었다. "그러니까 우리 같은 농민 출신에게 딱 맞는 임무로군."

"우리는 이제 농민이 아니야." 마론이 짐짓 단호한 어투로 말했다.

그러자 야레드가 고개를 삐딱하게 들더니 우습다는 표정으로 눈썹 하나를 치켜들었다. "얼마 전 선상에서 했던 말과는 좀 다른 것 같은데. 넌 네 입맛대로 입장을 바꾸는구나. 여기 임무를 다 끝내면 뭘 할지 생각해 본 적이 있긴 하냐?"

순간 마론은 창피함에 그에게서 돌아섰다. 야레드가 옳았다. 지난 몇 주 동안 그녀의 세계관은 마치 물구나무선 듯 뒤죽박죽 아귀가 맞지 않았다. 쾨니히스하인 전투지에서 마론은 장렬하게 전사하는 것으로 만족하겠노라고 생각했었다. 그 후 얼마 지나지도 않아 그녀는 왕의 곁에서 그리고 트리스탄의 곁에서 저 자신이 무적인 것 같은 착각이 들었다. 하지만 상황은 또다시 급변하여 마론은 지금 오물 천지에 거의 무너지기 직전인 성 한가운데 서 있었다. 마치 유능한 청소부처럼. 앞으로 제 인생에 또 무슨 일이 생길까? 마론도 전혀 짐작할 수 없었다. 다만 한 가지만은 확실했다. 운명의 여신 티케가 제 인생의 옷감을 자을 때마다 자꾸만 큰 실수를 저지른다는 것. 유독 저한테는 암울한 색상의 실을 너무 많이 섞어 넣는다는 것.

"나도 모르겠어." 마침내 마론이 대답했다. "아무튼 날 엘프에게 팔아넘긴 부모에게는 돌아가고 싶지 않아. 트리스탄이 사피라와 이곳으로 합류한다면 도르슈트랑에서도 버티기가 만만치 않겠지. 하지만 사피라가 문지방을 넘을 때 발이 젖지 않도록 보필할 생각이야. 그리고 그들이 머물 침대를 정리하고, 화장실도 고쳐야 하겠지. 그때쯤이면 운명이 또 내게 뭘 예비해 뒀는지 알 수 있지 않겠어." 마론은 입술을 삐죽이며 야레드를 응시했다. 심하게 찌푸려진 그의 표정이 눈에 들어왔다. 바로 연민이었다. 하지만 마론은 그런 감정은 절대 사절이었다. 그래서 그녀는 저 몹쓸 대장장이가 또 쓸데없는 질문을 꺼내기 전에 먼저 되물었다. "넌 어쩔 생각인데?"

야레드의 이마에 패인 주름을 순식간에 사라지게 하기에 아주 적합한 질문이었다. 야레드는 혹독한 운명에 시름하는 것 같진 않아 보였다. "난 부르크스메아데로 다시 돌아가지 않을 거다." 그가 선언했다. "이런 모험을 전부 겪고도 여전히 쇠스랑이랑 쟁기나 만들 수 있겠냐? 게다가 트리스탄에겐 내가 꼭 필요할 것 같다. 예전에 그놈이 어떤 놈이었는지 일깨워 줄 사람이 바로 나니까. 그러니까 난 여기 도른슈트랑에 머물 생각이다. 물론 엘리야 님이 허락하신다면."

마론은 고개를 끄덕이며 분위기가 더 암울해지기 전에 팔꿈치로 야레드의 옆구리를 툭 쳤다. "좋은 생각이야. 너라면 여기서 너와 여생을 보낼 어여쁜 하녀도 찾을 수 있을 거야."

"음." 야레드가 대답했다. "그렇진 않을걸."

"왜? 그런 쪽으로 전혀 관심 없어? 뭐가 문제야, 다 큰 사내자식이? 넌 정말 아담이랑은 완전히 정반대야. 걘 그쪽 말고는 다른 생각이 전혀 없는 거 같던데."

"일시적인 기분 전환 따위는 별 흥미 없어. 그냥 딱 한 명이거나, 차라리 아무도 없는 게 낫지."

"그래?" 마론은 그런 야레드의 소신 발언에 깜짝 놀랐다. "지금 너 그냥 네 마음이 그렇다는 거야? 아니면 그 *한 사람*이 벌써 정해져 있다는 거야?"

그러자 어깨를 한 번 으쓱인 야레드가 대답을 회피했다. 마론은 이런 야레드의 확고한 태도에 놀란 적이 한두 번이 아니었다. 야레드는 제가 원하는 걸 확실히 알고 있었다. 그리고 설령 그것을 얻지 못해도 겉으로는 아무렇지도 않은 표정으로 그 상황을 묵묵히 받아들였다. 야레드는 저와는 확실히 달랐다. 신들이 짜 놓은 불공평한 계획에 좌절하는 일이 전혀 없는 사람 같았다. 그러니 언젠가는 그를 알아줄 좋은 여인을 만날 수 있을 것이다. 흉터 가득한 얼굴에 개의치 않고 그를 사랑하고 소중하게 생각해 줄 아리따운 여인을.

"그래, 알았어. 이제 아담이나 찾아보자." 마론이 제안했다. "조금 전까지 또 여물통을 붙잡고 구역질하고 아주 난리가 났던데. 저렇게 건장한 아담이 그 정도로 뱃멀미를 할 거라고 누가 생각했겠어!"

마론은 흔들거리는 나무 계단을 밟고 성벽에서 내려왔다. 성까지 가려면 우물을 지나가야 했다. 우물 근처는 온통 흙탕물이 진창을 이루고 있어 발목 관절까지 푹푹 빠지지 않고는 지나갈 수도 없었다. 슬픔에 잠긴 표정을 한 나이 든 아낙네가 우물에서 힘겹게 물을 길고 있었다. 고개를 끄덕이며 인사를 건넨 마론은 최대한 빨리 힘든 일을 맡길 힘세고 건장한 하인들을 열댓 명 정도 고용해야겠다고 결심했다.

그들이 도른슈트랑에 도착한 지 이제 한 시간도 채 지나지 않았지만 벌써부터 변화를 감지할 수 있었다. 중앙 현관은 사람들로 북적였다. 부츠를 닦고, 갑옷과 장비에 윤을 내기도 하고, 지저분한 지푸라기를 바닥에서 걷어 내고 새 지푸라기를 까는 엘프 병사들도 있었다. 아마 저런 자질구레한 일들을 처리할 인간 일꾼들이 충분하지 않았기 때문이었을 것이다. 마론은 땀 흘려 일하는 엘프들을 바라보며 약간의 희열을 느꼈다. 물론 노예의 일이 무엇인지 체감하려면 저걸로는 어림도 없었다. 적어도 저들은 등의 피부가 찢어질 정도로 맞거나 처형대에 묶여 화형을 당할 일도 없었으니까.

아담의 방은 성 1층에 있었다. 마론과 일행은 엘리야와 트리스탄이 성에 귀환하기 전까지 도른슈트랑에서 발언권을 거머쥔 사람이 누구인지 모두에게 똑똑히 보여 주기 위해 왕의 침실을 차지한 코리안과 같은 층에 머물렀다.

마론이 아담의 방문을 두드렸지만 열리지 않았다. 기다리다 못한 야레드가 살며시 방문을 열자 모두가 놀랐다. 하지만 몇 차례 비슷한 장면을 목격했던 터라 처음만큼 놀라지는 않았다. 원래 한 번 경험하고 나면 충격은 날로 무뎌지기 마련이니까.

침대에 앉은 아담은 꽁꽁 얼어붙은 사람처럼 양팔로 제 몸을 휘감고는 빠른 속도로 상체를 앞뒤로 흔들었다. 아담은 마치 오랫동안 우리에 가둬 놓은 산짐승 같았다. 초점이 사라진 눈에, 눈꺼풀을 연신 깜박였다. 속눈썹 사이로 간간이 흰자만 보였다. 그 모습에 야레드가 곧장 달려가 아담을 마구 흔들었다.

“아담! 아담, 내 말이 들리냐!”

아무 반응도 없었다. 그 대신 아담은 계속 몸을 흔들기만 했다. 앞뒤로, 또 앞뒤로…. 야레드는 또다시 그를 흔들었다. 이번에는 좀 더 거칠게. 하지만 짝 소리가 날 정도로 세게 따귀를 한 대 얻어맞은 후에야 아담이 정신을 되찾았다. 몇 차례 눈을 껌벅인 아담이 벽을 바라보며 양손으로 얼굴을 가렸다. "붉어! 붉어! 붉다고!" 그가 중얼거렸다. "너희는 저게 안 보여? 온통 핏빛이잖아!"

그 말에 마론이 서둘러 주변을 돌아봤지만 도통 무슨 말을 하는 건지 알 수 없었다.

"도대체 그게 무슨 말이야?" 야레드도 의아해했다. "이 방 안에 붉은 거라고는 전혀 없는데."

"성 말이야!" 아담이 외쳤다. "왜 너희들은 저게 안 보인다는 거냐? 저렇게 불타고 있잖아! 성벽 전체가… 전부 저렇게 붉은데!"

"성벽은 붉지 않다." 야레드가 차분한 어조로 말했다. "그저 회색 돌로 지은 몹시 평범한 성이야. 더럽고, 구닥다리인. 그러니까 정신 좀 차리자, 아담아!"

하지만 아담은 야레드의 팔오금에 얼굴을 파묻고 계속 울부짖었다. 저 아담에게 무슨 일이 벌어지고 있는 건지는 몰라도 정말 눈 뜨고 봐주기 힘든 꼬락서니였다. 마론은 난감한 표정을 지으며 두 젊은 사내를 응시했다. 문가에 서 있던 마론이 한 걸음씩 안으로 들어서는 사이 아담은 또다시 이성을 잃었을 때마다 하던 대로 똑같은 행동을 되풀이했다. 헛소리를 중얼거리기 시작한 것이다. 언제나 똑같은, 그리고 현실과 동떨어진 황당무계한 헛소리를. "내가 해낼 거야. 쓰러지지 않을 거야. 난 버텨 낼 수 있어!"

야레드는 깊은 한숨을 내쉬었다. 그러더니 마론에게 먼저 방에서 나가라는 신호를 보냈다. "어서 부엌으로 가서 괜찮은 하녀가 있나 찾아봐." 문턱을 넘어서려는 마론에게 그가 지시하듯 말했다.

"그러면 아가씨만 불쌍하지. 도대체 그런다고 무슨 도움이 된다는 거야!" 마론이 불만을 터트렸다.

하지만 그 정도 말대꾸로 야레드가 설득당할 리 없었다. "넌 남자가 된다는 게 무슨 의미인지 *정말* 아무것도 몰라. 그에 비하면 서서 오줌 싸는 연습은 식은 죽 먹기지. 그러니까 어서 가서 내가 시킨 일이나 해결해 봐라!"

결국 무거운 마음에 어깨를 축 늘어뜨린 마론이 방문을 닫은 후 터덜터덜 부엌으로 향했다.

# 툴

군영. 잔혹한 병사들. 노예들. 그리고 그 중심에 저와 스호오크가 있었다. 빌어먹을! 무엇보다 짜증 나는 건 가슴속에 치미는 감정을 꼭꼭 숨기고 연극을 해야 하는 처지라는 것. 밤마다 얼마나 자주 꾸던 악몽이었던가. 레벨과 아에타를 비롯한 갈린의 데몬족들에게 둘러싸였던 꿈. 그들의 얼굴이 번갈아 나타나 어서 드래곤의 복종을 받아내라고, 그리하여 어서 데몬의 일원이 되라고 윽박지르던…. 악몽 속 스호오크는 아무 도움도 주지 못했다. 누군가 내면에서 화염을 훔쳐가기라도 한 듯 몹시 초라하고 나약하기만 했다. 얼마나 많은 시간을 이리저리 뒤척이며 머릿속에 떠오르는 트라우마를 쫓아내려고 애썼던가. 하지만 당장 여기 이렇게 갇혀 있는 건 꿈이 아니었다. 씁쓸하지만 분명 현실이었다.

툴은 저와 스호오크를 가둔 이동식 감옥의 쇠창살을 붙

잡고 분주하게 움직이는 엘프들의 동태를 관찰했다. 이렇게 될 줄 알았더라면 결단코 정찰 비행을 나서지 않았을 것을! 해방감을 만끽하던 순간 지나친 자신감이 이런 화를 불렀다. 조금만 자제했더라면 괜한 공명심에 이런 무모한 계획을 세우지는 않았을 것이다. 튤은 그저 호리엘의 군대를 정찰하려던 것뿐이었다. 군대 규모와 공성전에 쓸 장비 정도를 염탐하려 했다. 튤은 진심으로 파수꾼의 일원이 되고 싶었다. 하지만 이쯤 되면 그건 제 운명이 아닐지도 모른다는 생각이 들 정도였다. 혹시 이렇게 군영에 갇혀 죽는 게 저의 운명이 아닐까. 갈린 군영이든 혹은 아엘프스탄에서 그리 멀지도 않은 이 엘프족의 군영이든.

"계속해서 그런 썩은 표정만 지으면 언젠가 너도 네 친족들처럼 추해질걸." 곁에 있던 스호오크가 말했다. 이동식 감옥 구석에 무릎을 꽉 껴안고 앉아 있는 스호오크는 몸을 똑바로 세우는 것도 버거워했다. 드래곤이 지닌 자가 치유력이 작동하여 완전히 회복됐을 만한데도 말이다. 스호오크를 향해 날아온 드래곤 전용 창끝이 가까스로 심장은 비껴갔다. 사실 그녀가 저렇게 살아 있는 것만 해도 거의 기적이었다.

순간 스호오크의 손이 튤의 다리를 쓸며 위로 움직이더니 그를 간질이며 살짝 꼬집었다. 온통 호리엘과 그의 군대에 정신이 팔려 있는 툴의 생각을 제게 돌리려는 것처럼. "어이, 데몬, 나 지금 너랑 얘기하는 중인데!"

그러자 그녀에게 돌아선 툴이 서둘러 검지를 입 앞에 대며 언짢은 기색을 보였다. "나한테 그런 식으로 말하지 마! 네가 단순히 복종한 드래곤 이상이라는 사실을 저들이 알아차리면 어떻게든 날 무너뜨리려고 널 괴롭힐 거다."

"그 얘기 지난 3일 동안 아마 최소 100번은 했을걸." 스호오크가 투덜거렸다. 이런 연극을 얼마나 끔찍이 싫어하는지 너무나 뚜렷하게 보였다. 툴 역시 그녀 못지않게 이런 연극을 혐오했다. 더군다나 그들은 벌써 두 번이나 똑같은 연극을 했어야만 했다. 어떤 경우에서든 결말은 같았다. 둘의 사랑을 부정하고 굴복한 드래곤인 것처럼 가장하는 게 최선인 상황으로 끝났다.

반면 호리엘은 이런 게임에 능숙한 자였다. 앞서 트리스탄도 이 잔혹한 엘프에게 호되게 당한 적이 있었다. 그리고 툴은 이 작자의 잔혹함이 이제 누구를 겨냥할지 정확히 알았다. 지금까지는 문스틸월강철로 제련된 엘프족 검으로 몇 차례 찌르는 정도였다. 물론 가볍다고 하기 힘든 깊은 상처였다. 툴은 이제껏 이런 고통을 느껴 보지 못했다. 온 살갗이 뜯기고, 찢어질 것 같고 미친 듯이 욱신거리는 고통. 평소 데몬족의 피부는 그 무엇으로도 꿰뚫을 수 없었다. 지금까지 툴이 입었던 상처라고는 드래곤 산맥의 결투에서 스호오크에게 입은 상처가 유일했다. 그리고 이어 두 번째가 바로 엘프의 검이었던 것이다. 엘프족의 검은 툴의 피부를 사과 껍질처럼 베어 버렸다. "엘리야를 쓰러트릴 방법을 어서 털어놓아라. 그러면 내 당장 멈추도록 하지." 지난번 방문 때 호리엘이 툴의 귓가에 속삭였었다. 이어 또 다른 고통을 안길 채비가 되어 있음을 암시하는 듯 즐거운 표정을 숨기지 못했었다. 하지만 얼마 후 원했던 정보 하나 얻지 못했지만 저를 그대로 놔두고 사라진 호리엘의 태도는 많은 걸 암시했다. 최소한 저 엘프 놈들이 자신을 몹시 중요한 포로로 생각한다는 뜻이었다. 계속 이렇게 입을 꾹 다물고 있어도 툴을 갈기갈기 찢어 버리거나 죽이지 못한다는 의미이기도 했다. 따라서 툴은 어떻게든 이런 사소한 통증쯤은 참아 내야 했다. 하지만 스호오크의 목숨이 위태로웠다.

"내가 왜 이렇게까지 반복해서 당부하고 있을까?" 툴이 거의 들리지 않을 정도로 낮게 속삭였다. "난 파수꾼이고, 엘리야를 압박할 유일한 수단이야. 그러니까 어떻게든 난 살려 두겠지. 하지만 넌 그저…"

"난 네 아내야!" 스호오크가 저돌적으로 말했다.

“쉿!” 툴이 스호오크 곁에 미끄러지듯 다가가 황급히 그녀의 입을 막았다. “알았다. 미안해. 다만 난 네가 그 시끄러운 입 좀 제발 다물어 주기를 간절히 바랄 뿐이다.” 그러자 짜증이 치민 기분을 내색하듯 스호오크의 이마에 핏줄이 튀어 오르고, 눈동자가 금안으로 번뜩였다. “저 엘프 놈들은 내게 아무 짓도 못 해, 스호오크. 널 상처 입히는 것 외에는. 그러니까 제발 얌전히 좀 있어!”

머리 꼭대기까지 화가 난 스호오크의 분노가 가라앉기까지 시간이 제법 걸렸다. 그녀의 눈동자가 다시 녹안으로 변할 때까지 잠자코 기다리던 툴이 조심스레 입을 가린 손을 치웠다. 그리고 몹시 짧은 찰나였지만 마치 우연처럼 그녀의 두툼한 입술을 손가락으로 쓰다듬으며 실크처럼 매끄러운 피부가 주는 유혹에 빠져들었다. 원래 지금 그들이 있을 곳은 이곳이 아닌 다른 곳이어야 했다. 아엘프스탄의 푹신한 침대라든가 혹은 페엔요정 산맥 기슭에 자유롭고 호젓한 공간이라든가. 아무튼 여기 호리엘 군영의 이 처참한 이동식 감옥만큼은 아니었다! 도대체 그때 무슨 생각으로 이런 위험에 뛰어들었던 걸까?

“이것들 좀 봐라.” 그때 갑자기 툴의 등 뒤에서 서릿발처럼 차가운 엘프 사령관의 음성이 들려왔다. 허공에서 튀어

나온 것 같이 갑자기 나타난 호리엘이 양옆에 위병을 대동한 채 서 있었다. 툴은 소스라치게 놀랐다. 황급히 스호오크에게서 떨어진 툴이 자리에서 일어섰다.

"데몬과 그에게 굴복한 드래곤이 정을 나누는 광경이라니!" 호리엘이 속삭였다.

"네가 잘못 본 거다." 최대한 태연한 투로 툴이 말했다.

"과연 그랬을까?" 느릿한 걸음으로 이동식 감옥 주변을 돌던 엘프가 마침내 스호오크 앞에서 멈춰 섰다. 그의 잔혹한 눈매가 쇠약해진 드래곤 여인의 몸을 샅샅이 훑었다. 엘프는 상처 입은 가슴을 가릴 만한 간단한 속옷을 가져다줬었다. 호리엘은 드래곤이 제게 대들지 않는 이유를 정확히 알고 있었다. 심신이 쇠약해진 저 드래곤은 무력했고 무방비 상태였다. 정말 완벽한 제물이 아닐 수 없었다. 순간 툴은 열불이 치밀었다. 하지만 차가운 이성을 유지하고자 안간힘을 쓰며 말했다. "내 소유인 드래곤을 챙기는 게 뭐가 잘못이냐? 그럴 만한 가치가 있으니까 그럴 뿐이다. 굴복시키는 데 무려 3일이나 걸린 녀석이다." 툴이 우겼다.

"그런가? 저기 산 위의 성에는 지금 드래곤이 천지일 텐데. 내게 필요한 정보를 털어놓고 빨리 되돌아가서 그중 한 놈 취하면 그만 아니던가. 당장 이 자리에서 저 드래곤을 죽인다 한들 뭐가 문제지?"

"목숨을 부지하고 싶다면, 그 드래곤을 그냥 내버려 둬라." 툴이 씩씩거리며 중얼거렸다. 툴은 뱃속에서 끓어오른 뜨거운 용암이 몸 밖으로 분출될 길을 찾는 것 같은 분노를 억누르며 불필요할 정도로 교만한 투로 말했다.

그러자 호리엘은 승리를 확신하는 미소를 지었다. "네 주인은 참으로 자상하구나, 드래곤 암컷." 호리엘이 스호오크에게 돌아섰다. 그녀는 적개심 가득한 눈빛으로 엘프를 쏘아볼 뿐 아무 대답도 하지 않았다. "너 역시 진작 원했다면 거기서 탈출할 수도 있었겠지." 호리엘이 말했다. "예전에 그런 광경을 목격한 적이 있었으니까. 강력한 네 꼬리를 한 번 휘두르면 이런 창살 따위야 단번에 부숴 버리겠지. 힘찬 날갯짓 몇 번이면 이깟 천장도 날아갈 테고. 어서 본신으로 변신하라, 그럼 넌 자유의 몸이 되지 않나!"

스호오크는 제 앞에서 떠드는 엘프가 마치 지금 그 자리에 존재하지 않는 것처럼 호리엘에게서 시선을 거뒀다.

"도대체 왜 그러지 않는 거지. 드래곤? 그러다 행여 사랑하는 데몬 사내를 짓이겨 버릴까 봐 겁이라도 나는 건가?"

끝까지 시간을 끌던 스호오크가 마침내 입을 열었다. "감히 주인을 다치게 할 수는 없으니까." 담담한 어조로 말했지만, 그녀의 음성에 가득 담긴 거부감이 음절마다 숨김없이 드러났다. 호리엘이 몸을 숙여 그녀와 눈높이를 맞췄다. 스호오크와 엘프는 이제 서로를 정면으로 노려봤다.

“그럴 수 없다라?” 음험한 미소가 엘프의 입가에 퍼졌다. “원하지 않는 게 아니고?”

“드래곤족 혈통엔 의지란 없다.” 스오호크가 대답했다.

“그럴까?” 호리엘이 다시 몸을 일으켰다. “누가 널 복종시킬 수 있는 거지, 드래곤 아가씨? 데몬, 마법사… 또 누가 있을까?”

“없다!” 스호오크가 대답했다.

“엘프는 왜 안 되지?”

스호오크가 고개를 흔들었다. “너희는 그럴 만큼 강하지 못하니까. 우리를 종속시키려면 특별한 내면의 힘이 필요하다.”

“내 생각은 좀 다른데 말이야.” 호리엘이 말했다. “내 생각에는 말이지, 공포면 충분할 거 같은데.”

식겁해진 툴은 제 등골 사이로 흐르는 식은땀이 느껴졌다. 저 뻔뻔스러운 호리엘의 협박이 진심이라면… 당장 뭘 어떻게 해야 할지 전혀 떠오르지 않았다. 툴의 치명적인 마안도 엘프에게는 통하지 않는다. 무기도 빼앗겼고, 저기 산

위의 아엘프스탄 성에서 당장 지원군이 올 것 같지도 않았다. 그 사이 엘리야가 제 파수꾼에게 변고가 생겼다는 걸 알아차렸다고 해도, 그저 경솔했던 그를 경멸하고 있거나 아니면 이곳에 끌려온 인간 노예들을 희생시키지 않으면서도 안전하게 그를 구해 낼 뾰족한 방도를 떠올리지 못했을 것이 분명했다.

스호오크도 저만큼 무력한 기분일 게 분명했지만 최소한 겉으로는 침착해 보였다. "드래곤은 두 주인을 섬기지 않는다. 그리고 나는 이미 종속당한 몸이다." 그녀가 강한 어조로 대답했다.

"그것도 난 믿을 수가 없는데 말이지." 호리엘이 농담처럼 가볍게 말했다. 뭔가 만족스러운 생각이 떠오른 것처럼 보였다. 본디 엘프는 천성적으로 웃음이 없는데도 그의 얼굴에는 미소가 가득 번졌다. 호리엘은 두 위병의 엄호를 받으며 제 막사로 돌아가기 전 툴을 향해 능글맞은 눈짓을 던졌다.

⚜

한 시간 후 호리엘이 다시 찾아왔다. 조금 전처럼 그와 함께 온 두 위병 중 한 명은 둘둘 말린 가죽 꾸러미를 들고 있었다. 호리엘은 툴과 스호오크를 서로 마주 보도록 기둥에 묶어 놓으라고 명령했다. 병사가 가죽 꾸러미를 그들 사이 바닥에 내려놓았다. 그 양피지가 펼쳐지는 순간, 각종 고문 도구들이 모습을 드러냈다. 툴은 가장 우려했던 공포가 현실이 되었다는 것을 실감했다. 쇠집게, 단도 그리고 다양한 형태와 크기의 비수, 갈고리, 강철 재갈 안쪽에 나사가 고정된 목 고문 도구가 달린 쇠사슬 등. 이 고문 기구 중 그 어느 것 하나 문스틸로 제련되지 않은 걸 보면 원래 그 용도가 데몬족의 심문을 위해 고안된 것이 아닌 게 확실했다. 호리엘의 입가에 흉측한 미소가 걸렸다. 몸을 숙인 호리엘은 우선 갈고리가 달린 쇠사슬을 선택했다. 먼저 툴의 얼굴 앞에서 고문 도구를 이리저리 흔들더니 곧바로 뒤돌아서 스호오크에게 향했다.

"목선이 참으로 아름답구나." 스호오크에게 고통을 안길 강철 올가미를 아주 천천히 그녀의 목에 장착하며 음침한 저음으로 속삭였다. "길고, 하얗고, 흉터 하나 없어."

순간 공포에 질려 버린 툴은 머리카락이 쭈뼛 서는 것 같았다. "그녀를 내버려 둬!" 그가 씩씩거렸다.

"그래?" 엘프가 툴에게 돌아섰다. 갑작스러운 엘프의 움직임에 덜커덕 소리를 내며 엉킨 사슬과 갈고리가 스호오크의 여린 피부를 꿰뚫었다. 찢어진 상처에서 선홍빛 핏방울이 흘러내렸다. 스호오크는 가쁜 숨을 들이켰지만, 신음 하나 내지 않았다. “저 드래곤이 그렇게나 중요한 이유가 뭐라 했었지? 길들이기 힘들어서라 했던가?”

“그렇다!” 툴이 소리쳤다. “그래, 그래, 그렇다니까. 어서 당장 멈춰!”

“네 연극은 그리 설득력이 없는데 말이야.” 호리엘이 다시 몸을 숙였다. 이번에는 잡동사니에서 제 잔혹함의 결정판을 보여 줄 작지만 날카로운 단도를 꺼내 들었다. 동시에 스호오크 앞에 우뚝 선 그는 날이 선 칼날 끝을 그녀의 왼쪽 눈가에 가져다 댔다. “이 드래곤은 어여쁜 곳도 너무 많군. 그중 무엇부터 도려내야 하려나…?” 호리엘은 짐짓 고민하는 것처럼 고개를 갸웃거렸다. 툴은 가슴 아래 심장이 심하게 방망이질 치는 것이 느껴졌고, 아무것도 할 수 없는 무력감에 온몸이 부들부들 떨렸다. 당장 뭘 할 수 있을까? 뭘 해야 하지? 도대체 어찌해야 할까? 그를 짓누르는 공포와 분노에 뇌가 경직되어 버린 탓에 당장 아무 생각도 떠오르지 않았다. 반면 그런 툴과 달리 스호오크는 무척 침착했다. 그녀는 저를 조롱하며 위협하는 호리엘도, 제 뺨을 따라 미끄러지다 귓가를 맴도는 그의 단도에도 전혀 동요하지 않았다. 그 대신 애정과 무언의 말을 담은 눈빛으로 툴을 그윽하게 바라봤다. 엘프 사령관은 그것조차 놓치지 않았다.

"오늘 시험해 볼 만한 방법이 참 많지." 호리엘이 말했다. "정말 이 드래곤이 네게 복종한 건가? 엘프도 드래곤을 종속시킬 순 없을까? 이 화염의 소녀가 목숨을 건지려고 본 모습으로 현신하며 우리 모두를 짓이겨 버릴까? 그리고 이 모든 질문은 결국 단 한 가지로 귀결될 테지. 사랑이 증오보다 강력할까?" 그런 뒤 호리엘은 한동안 의도적으로 침묵했다. 제가 뿌린 좌절감의 씨앗이 상대의 심장에 뿌리내리고, 그의 잔혹함이 치명적인 독이 되어 그들의 영혼에 스며들 때까지 기다리려는 듯. 그러는 사이 툴의 호흡이 점점 가팔라졌다. 마치 머리에 가득 찬 뿌연 안개를 내뱉기라도 하려는 듯 거친 호흡이 이어졌다. 하지만 그의 숨이 거칠어질수록 안개는 점점 더 그의 머리를 빽빽이 장악해 갔다. 마침내 스호오크가 툴에게서 시선을 돌려 호리엘을 노려봤다. "감히 너 따위가 날 복종시킬 수는 없어. 내가 손수 그를 선택했고, 내 의지로 날 바친 거니까. 저 사내가 내 남편이야."

엘프가 큰 소리로 웃었다. "하, 남편이라? 저 데몬 놈이 네 연인이라는 건 내 일찌감치 알아봤지. 하지만 그렇다고 내가 널 굴복시키지 못한다는 의미는 아니지. 드래곤 아가씨,

오늘 밤 넌 내 침상에서 내 다리를 안마하고, 네 손으로 내게 와인을 따라 주게 될 것이다." 호리엘은 한 손으로 스호오크의 귓바퀴를 붙잡아 앞으로 잡아당겼고, 다른 한 손으로는 그곳에 단도를 가져다 댔다. 그러자 스호오크가 눈을 질끈 감았고, 툴은 비명을 질렀다. 슈투름 산맥에 내리꽂는 우레처럼 엄청난 비명이 튀어나왔다. 하지만 토이펠악마 호수 위로 떨어지는 눈물방울보다도 쓸모없는 소음일 따름이었다. 그래, 말! 말을 해야 한다! 상황에 걸맞은 무슨 말이라도 떠올려야 한다! 그리고 미처 제대로 생각하기도 전에 제 입 밖으로 말이 쏟아져 나오고 있었다. "데몬족의 원수와 힘을 합쳐라! 그의 군대가 북쪽에서 아엘프스탄으로 진군 중이다. 몰구르 폰 스키르 님과 연합하면 엘리야를 물리칠 수 있다!"

호리엘이 한쪽 눈썹을 높이 치켜떴다. 이윽고 붙잡고 있던 스호오크의 귀를 스르륵 놓은 그가 툴에게 돌아섰다.

"흥미롭군." 호리엘이 말했다. "하지만 이곳으로 진군하는 데몬족의 군대 따위가 내게 무슨 득이 된다는 거지? 데몬군은 나를 그리고 엘리야를 물리칠 힘도 없거늘. 우리는 데몬족보다 월등하다. 내가 네놈 위에 있는 것처럼."

"하지만 그들에게는 드래곤이 있지." 저와 의견이 다른 저 엘프가 다시 스호오크의 사지를 절단하기 전에 툴은 서둘러 다른 말을 쏟아 냈다. “몰구르 원수께서 진두지휘하는 군대의 상당 부분이 드래곤 라이더 부대다. 아엘프스탄의 병사들이 감히 맞설 수 없는 존재들이지. 너희들은 그저 이조라 공주만 잡으면 된다. 그 여자의 피로 그 마법사 왕을 다시 결계에 가둘 수 있으니까.”

결국 다 털어놓고 말았다. 결국 툴은 엘리야를 배신했고, 파수꾼들을 배신했다. 저를 그들의 일원으로 받아들이자마자 또 배신하고 말았다. 툴은 어쩔 수 없는 겁쟁이에, 아웃사이더였다. 원래 타고난 천성이 그러한가 보다. 돌이켜 보면 그러지 않은 적이 단 한 번도 없었다. 스호오크의 눈을 똑바로 마주한 순간 그녀의 눈에 담긴 경멸이 느껴졌다. 의지박약한 드래곤조차 저보다 명예와 긍지가 높았던 것이다. 툴의 실토에 절망한 스호오크가 곧바로 시선을 아래로 내리깔았다. 반면 호리엘은 미소를 지었다. 신중하면서도 흡사 애틋한 손길로 드래곤에게 고통을 안긴 강철 올가미를 포로의 목에서 제거했다. 적어도 툴은 그렇게 생각했다. 어쨌거나 자신은 이로써 스호오크를 구한 것이라고. 어쩌다 보니 모든 이들의 신뢰를 무참히 깨트렸지만. 이제 저 잔혹한 엘프 사령관은 이조라 공주를 붙잡으려 혈안이 될 것이고,

저 기괴한 재능을 그녀에게 유감없이 발휘할 것이다. 저 작자는 데몬족을 물리치고, 하늘에서 드래곤을 유인하기 위해 인간 노예들을 아무 죄책감 없이 희생시킬 게 뻔했다. 필요하다면 에냐도르 대륙 전체를 불태워 버리는 만행도 서슴지 않을 것이다. 하지만 적어도 저 무자비한 엘프가 스호오크에게 고통을 더하는 짓만큼은 이제 멈출 것이다.

툴은 그렇게 생각했다. 그의 머릿속에는 온갖 번민이 몰려들고 있었지만 그런 생각은 묘하게도 툴의 마음을 따뜻하게 하고, 진정시켰다. 물론 스호오크는 여전히 고개를 세차게 흔들며 제게 화를 내고 있었다. 하지만 언젠가는 저를 향한 저런 맹렬한 비난도 멈추겠지. 이제 곧 이 끔찍한 곳을 떠나 새 인생을 시작할 수 있을 테니까. 슈투름 산맥의 동쪽, 아무도 없을 미지의 땅에서… 오롯이 단둘이서.

“네놈의 그 가벼운 입에 참으로 감사하는 바이다, 데몬족의 파수꾼.” 호리엘이 말했다. 그리고는 손에 든 작은 단도를 고문 도구 더미에 툭 던져 버리고, 커다란 비수를 꺼내 칼날의 서슬을 확인해 보려는 듯 손가락으로 날을 쓰다듬었다. “그래도 네놈은 계속 여기 있어야 해. 널 죽여 버리면 또 다른 파수꾼이 생겨나거든. 자유롭게 여기저기 휘젓고 다니다 엘리야랑 결탁할지도 모를 너 같은 놈이 또 있을 테니 말이야. 그러니까 네놈이 여기 이렇게 감금당한 채 비참하게 찌그러져 있는 게 좋겠다. 바로 지금 이 모습 그대로."

"난… 절대 무너지지 않았다." 툴이 항변했다.

툴에게 한 걸음 바싹 다가온 호리엘의 입이 소리 없는 비웃음으로 일그러졌다. "곧 그리될 거다."

그리고 그대로 돌아선 호리엘은 단 한 번의 잔혹한 손놀림으로 스호오크의 목을 그어 버렸다.

# 카이

"그놈이 어찌 감히 저런 짓을 저지른 거지? 와이번 새끼들보다 허섭스레기 같은 제깟 놈이 대체 무슨 자만심으로…?"

엘리야가 광분했다. 분노가 또다시 폭발했다. 이번에는 그 노여움이 고스란히 엘프 왕에게 향했다. 이미 여러 차례 내리꽂힌 마력 폭풍에 님룬트는 왕의 품위에 어울리지 않는 민망한 자세로 콰당탕 넘어졌고, 지금은 인간 왕의 발치에서 그리 멀지 않은 곳에 쓰러져 있었다. 카이는 저 엘프족의 왕이 이만한 게 다행이라는 걸 알아야 한다고 생각했다. 엘리야가 이성의 끈을 아예 놓은 건 아니었기 때문이었다. 엘리야는 그에게 저주를 걸거나 심지어 죽여 버릴 수도 있었다. 하지만 지금은 가벼운 마력 파장을 몇 번 쏘아 님룬트를 내동댕이쳐 버렸을 뿐이다. "저 무례한 놈에게 그런 명령을 내린 작자가 도대체 누구더냐?" 엘리야가 천둥처럼 고함을 쳤다. 이번이 벌써 세 번 혹은 네 번째였다.

벌떡 자리에서 일어난 님룬트는 화려한 수를 놓은 비단 케이프를 툭툭 털고는 최대한 냉정한 표정을 유지하려고 애를 썼다. "난 아닐세. 엘리야, 당신과 달리 난 우리가 맺은 조약을 전부 지켰네. 내 딸을 당신에게 아내로 내주었고, 내 아들을 감옥에 처넣기까지 하지 않았소?"

"그리고 동시에 까마귀를 날려 보내 호리엘에게 우리를 공격하라 일렀지 않나."

"아니오." 님룬트가 작지만 확고한 음성으로 대답했다. "내 말이 믿기지 않는다면 결백을 밝힐 수 있도록 어서 마법 포션을 만들어 확인해 봐도 좋네. 나는 결코 호리엘에게 그런 명령을 내린 바가 없으니."

엘리야는 잠시 고민하는 것처럼 보였다. 엘프 국왕의 말에 이맛살을 찌푸리는 걸로 보아 또 한 번 엘프 국왕에게 분노를 터트릴 것이라 카이는 추측했다. 그러나 그 대신 엘프 왕의 왕좌에 우당탕탕 분풀이를 한 후 천천히 심호흡하는 엘리야의 모습이 눈에 들어왔다. 하지만 엘프 국왕을 노려보는 인간 마법사의 눈빛은 직접 그의 따귀를 내리치는 것보다 훨씬 모욕적이었다. 몇몇 엘프 호위병들 외에 또 다른 목격자가 이 공간에 없다는 게 그나마 다행이었다.

"그렇다면 저 엘프 놈이 왜 우리를 공격하려는 거지?" 엘리야가 다시 질문했다. 이번만큼은 전보다 훨씬 침착하고, 차분하게.

"그 답을 스스로 알고 있을 텐데. 당신은 우리 종족을 이미 충분히 겪어 보지 않았나?" 님룬트가 대답했다. "호리엘은 엘프요. 그는 트레간디르의 영주이자, 무수한 전장을 누비던 진정한 전사지. 트레간디르 가문이 어떤 가문인지는 당신도 잘 알고 있지 않소. 수백 년 동안 늪지대와 북부 경계선을 따라 끊임없이 영지를 확장해 온 전투적인 가문이오. 엘프족을 위한다는 미명 아래 제멋대로 고집스러운 결정을 내리는 것이 그들의 혈통이기도 하지. 호리엘은 아마 내가 포로가 된 거라고 스스로 판단했겠지."

"그놈이 저리 나오는 건 증오 때문이다." 엘리야가 반박했다.

"물론 그럴 수도 있지. 증오란 엘프가 전쟁에 뛰어들 좋은 명분이기도 하니까. 인간이 사랑 때문에 그러는 것처럼."

엘리야는 그의 빈정거림에 말려들지 않았다. "난 내 파수꾼을 돌려받고 싶다."

"포로로 붙잡힌 당신의 파수꾼은 스스로 불구덩이에 뛰어든 것이오. 전적으로 그자의 잘못이지. 명령도 없는 상태에서 혼자 정찰 비행을 감행했으니. 호리엘의 전투력을 너무 얕본 게지."

"그런 면에서는 호리엘과 별반 차이가 없긴 하지." 엘리야가 인정했다. "둘 다 사전 승인이나 명령 하에 움직인 게 아니니까. 그런 만큼 두 놈 모두 응분의 책임을 져야 할 것이다."

카이는 이 말을 이제 자신이 개입해야 할 때가 왔다는 신호로 받아들였다. "그를 구해 내야 합니다!" 카이가 엘리야에게 호소했다. "호리엘이 그를 고문할 겁니다. 그리고 그 엘프가 툴과 스호오크가 어떤 사이인지를…"

"하지만 어찌 구한단 말이냐? 그럼 네가 수백 명이 넘는 인간 노예병을 위험에 빠트리지 않고 임무를 완수할 비책이 있는지 어디 한번 말해 보거라."

카이가 무력하게 어깨를 으쓱였다. "저도… 모르겠습니다. 어쩌면 다시 투명 마법을 써서…"

"지난번처럼 말인가?" 엘리야가 비꼬는 투로 말했다. "여전히 다리 하나는 건재하다 이건가, 꼬마 마법사. 호리엘이 그 하나 남은 다리마저 베어 버리면, 그때부터는 우리가 널 업고 다녀야 할 게다. 내 사전에 그런 임무에 배치할 전사는 없다."

풀이 죽은 카이의 시선이 바닥으로 떨어졌다. 호리엘의 군영을 다시 밟기 두려운 것은 솔직히 사실이었다. 엘프 사령관의 문스워드 칼날에 제 뼈가 잘려 나가는 그 섬뜩한 느낌은 절대 뇌리를 떠나지 않았다. 그날 이후 카이는 전과는 완전히 다른 사람이 되어 버렸고 그 망할 투명 마법을 다시는 시전하고 싶지 않았다. "그러면 직접 행차하시죠! 어쩌면 도움이 될 만한 걸 보실 수도 있지 않겠어요!"

"어떠한 경우에도 난 이 성을 떠나지 않을 것이다." 엘리야의 확고한 어조에서 카이는 그가 떠나면 성에 남겨질 저를 비롯한 인간들과 드래곤 전사들을 엘리야가 어찌 생각하는지 다시금 깨달았다. "하지만 그래야 하는 상황이 온다면 멍청하고 무능한 너희들은 단번에 제압당하고 목이 날아가겠지. 게다가 내 아내의 안위가 걱정되기도 하고."

엘리야가 정말로 두려워하는 것이 무엇인지 이 공간에 있는 모두가 알고 있었다. 그것은 아내 이조라의 배신이었다. 엘리야는 이조라를 존중해 주었고 심지어 그녀의 사랑을 확신하고 싶어 했지만, 그럼에도 본능적으로 그녀에게 전적으로 운명을 내맡기지는 않았다. 이조라는 불사의 마법사 엘리야를 제압할 수 있는 유일한 무기를 보유한 자였다. 사랑에 빠진 엘프의 피! 지난 수백 년 동안 엘리야는 그 어떤 사랑도 언젠가는 꺼질 수 있다는 걸 배웠다. 그러니까 지금은 이러지도 저러지도 못하는 외곬에 걸린 상황이었다. 호리엘이 인간 노예를 방패막이 삼아 진군하는 동안은 그를 쳐낼 뾰족한 수가 달리 없었다.

“트리스탄과 사피라가 여기 있었다면 좋았을 텐데 말입니다. 그리고 이스타리엘도.” 카이가 말했다.

“그 배신자 겁쟁이 놈은 입에 올리지도 마라!” 엘리야가 투덜거렸다. “이스타리엘 역시 다른 엘프 놈들과 똑같아. 이기적이고, 비열하고, 명예라고는 조금도 없어. 그놈은 분명 전장에서 승리하는 편에 서겠지.”

“왕께서 그를 잘못 보신 것 같은데요.” 카이가 옹호하고 나섰다.

“그건 단지 그놈에 대한 평가가 아니라 현실을 근거로 한 엄연한 사실이다. 이스타리엘이 무슨 짓을 저지르는지 내내 쭉 지켜봤지. 제 가문의 품에 되돌아가려 내게 맞서는 꼴을 똑똑히 보지 않았나.”

“하지만 그가 왜 그랬는지는 여전히 모르지 않습니까? 왜 그렇게까지…”

“감옥에서 탈출한 것만 봐도 충분히 알 수 있다!” 분개한 엘리야가 소리쳤다. 내색은 하지 않아도 엘리야는 파수꾼을 잃은 후, 아니 *모든* 파수꾼을 잃은 후 무척이나 곤란한 상황에 처해 있었다. "그리고 여전히 네놈이 그 자식의 탈출을 도왔다는 확신이 드는데 말이다, 이 망할 후레자식! 네놈이 네 시골뜨기 여동생의 행복을 위해 그 둘을 슬그머니 빼돌린 거겠지!"

엘리야의 말은 사실이었다. 하지만 그 사실을 입증하지는 못할 것이다. 엘리야는 이러한 정보를 굳이 알아내려면 마력을 상당 부분을 소모해야 할 것이다. 저 불사의 왕은 근본적으로 마력을 아껴 두려는 성향이 있었다. 언제 어떻게 필요하게 될지 모르기 때문이었다. 더구나 탈출 내막을 알아낸다 해도 실익이 없을 것이다. 이스타리엘이 사라졌다는 사실은 어차피 변하지 않으니까. 어쨌거나 카이는 자신의 왕이자 마법 스승인 엘리야가 그 이상 저를 추궁하지 못하는 이 상황이 꽤나 기꺼웠다.

그때 님룬트가 헛기침을 했다. "제안할 게 하나 있는데…" 그가 뜸을 들였다.

"호리엘에게서 전령을 보내잔 말인가? 그런 거라면 잊어버리게! 호리엘은 받자마자 그대로 찢어 버리고 보낸 전령마저 목을 베어 버릴 테니. 예전에도 그랬었던 것처럼. 호리엘은 당신이 여기서 뭔가 전할 말이 있다는 것조차 믿지 않을 것이네."

"아니오. 그에게 전갈을 보내자는 게 아니오. 최소한 호리엘에게는 아니지. 하지만 내가 당신과 함께 서명한 밀서를 몰구르 폰 스키르 원수에게 전할 수는 있지 않겠나? 그에게 인간 노예를 위험에 빠트리지 않고 호리엘의 군대를 쫓아내달라고 부탁하는 건 어떨는지? 물론 호리엘을 죽이지 않는다는 전제조건은 필수겠지만. 호리엘은 트리간디르의 영주이고… 그리고 앞으로도 그래야만 할 테니까."

그러자 엘리야의 눈에 불꽃이 튀었다. 그 불꽃의 의미를 잠시 생각한 후에야 카이는 님룬트의 노림수를 알아챘다. 북쪽 엘프 성에 트리스탄이 아닌 다른 누군가를 옹립하자는 요구였다.

"트레간디르는 트리스탄의 것이다. 원래 그 땅의 합법적인 후계자였던 귀니퍼의 직계 후손이니!"

"트리스탄은 사생아에 불과하지." 그 말이 님룬트의 입 밖으로 흘러나오는 순간, 그가 두 다리로 바닥을 딛고 선 마지막 순간이 되리라는 건 누구나 짐작할 수 있었다. 이번만큼은 엘리야도 그의 등이 반대편 돌벽에 쿵 부딪힐 정도로 사정없이 날려 버렸다. 우두둑 갈비뼈가 부러지는 소리와 함께 님룬트의 얼굴이 고통으로 일그러졌다. 그럼에도 다시 일어난 님룬트가 이번만큼은 최대한 초연한 표정으로 오른쪽 옆구리를 한 손으로 받친 채 절뚝이며 다가왔다. 분노가 일렁이는 엘리야의 눈에서 불꽃이 튀었다.

"당신이 아무리 초월적인 능력의 소유자라 하여도 아들이 불륜의 증거라는 사실을 바꿀 수는 없소." 님룬트가 말했다. "그자에게 도른슈트랑을 상속하는 건 당신의 자유지만, 엘프의 성인 트리간디르는 앞으로도 호리엘의 영지로 남아야 할 것이오. 모든 일이 정리되면 호리엘을 사면하고 다시 제 영지로 돌려보내야 할 것이오!" 그건 부탁이 아니라 엄연한 요구였다. "그렇지 않으면 데몬족의 왕에게 보내는 서신에 절대 서명하지 않겠소."

녹색으로 형형하게 빛나는 엘리야의 눈동자를 보며 카이는 앞으로 벌어질 상황을 예감했다. 이번만큼은 님룬트의 승리였다. 몰구르 폰 스키르는 호리엘이 관련된 이 난관을 해결할 유일한 희망이었다. 잘만 하면 외교적인 방법으로 풀어나갈 가능성도 있었다. 하지만 몰구르가 그들과의 동맹을 내키지 않아 한다면 에냐도르의 통합은 불가능해질 것이다. 더욱이 이번 원정에 몰구르는 베리안과의 정략혼을 위해 그의 딸을 대동하고 있었다. 그러나 이곳이 음모와 모략

이 판치는 뱀 소굴 같은 곳임을 알게 된다면 여기에 제 딸을 두고 가지 않을 것이 분명했다.

엘리야가 자제심을 되찾기까지 영겁 같은 시간이 흘렀다. 그런 뒤 왕좌에서 벌떡 일어난 엘리야가 한 걸음 옆으로 물러섰다. 그리고 신음을 흘리며 계단을 올라 겨우 제 왕좌에 앉은 님룬트에게 고개를 끄덕였다. 아주 잠시지만 엘리야는 엘프의 등에 슬쩍 손을 얹어 골절된 뼈를 치유해 주었다. 님룬트의 표정에서 통증이 사라졌다는 것을 알아차릴 수 있었다.

"그리될 것이라네." 엘리야는 이 한마디만 남기고는 휙 돌아서서 알현실의 뒤쪽 출구로 사라져 버렸다.

카이는 그의 뒷모습을 좇았다. 종종 그랬던 것처럼 기가 막히고 황당해하면서. 갑자기 벌컥 화를 내는 경우가 잦았지만 인간의 왕은 제 주장을 접어야 할 때가 오면 타협하고, 제 종족의 안녕을 위해, 그리고 더 나아가 에냐도르의 모든 종족의 평화를 위해 제 개인적 목표를 희생할 줄 아는 남자였다. 카이는 그렇게 생각했다. 종종 저돌적이고, 자제력이 없는 것처럼 보여도 근본적으로 엘리야는 지혜로운 군주였다. 다만 카이는 딱 한순간만은 절대 마주하고 싶지 않았다. 엘리야가 제 부인의 심장이 누구를 향해 뛰는지 깨닫는 바로 그 순간.

이어 카이도 깊은 생각에 잠긴 채 알현실을 벗어났다. 물론 엘리야와는 달리 정문을 통해서였지만. 카이는 절뚝이며 성의 회랑을 지나 그바일로가 있을 거라 예상되는 마구간 방향으로 향했다. 그 과정에서 목재로 된 의족이 대리석 바닥을 긁으며 듣기 거북한 소리가 났다. "탁, 탁, 탁!" 이 거슬리는 소리가 언제나 저와 함께 하는 동반자가 되어 버렸다니. 카이는 이 소음이 멈추면 좋겠다고 간절히 희망했다. 이때껏 그는 평생을 아무도 알아채지 못할 정도로 소리소문없이 등장하고 또 사라졌던 조용한 소년이었다. 이제 그런 시절은 전부 옛일이 되어 버렸다. 지금은 그가 다가오는 소리를 저 멀리서부터 누구나 알아차릴 정도였으니까.

마구간은 원래 성 밖 석교의 북쪽 끝자락에 있었다. 이제 곧 아엘프스탄을 양쪽 진영이 에워싸게 될 것이므로 말, 양, 염소 가릴 것 없이 모든 가축을 성안으로 들여놓았다. 임시 마구간이 고지대 마당에 지어졌다. 얼마 전까지만 해도 몇몇 결혼식이 거행되던 곳이었다. 그바일로 역시 아마도 그와 비슷한 것을 하고 싶은 듯 보였다. 지난 며칠 동안 대부분 시간을 검정 무늬가 얼룩덜룩 있는 암염소와 함께 보냈기 때문이었다. 그바일로와 달리 그의 애인은 마구간을 벗어나는 것이 허락되지 않았다. 하지만 저 하얀 악마가 어떤 수를 쓰는 건지는 몰라도 매번 암컷을 풀어 주었다. 그리고는 아무렇지도 않게 암컷과 함께 평원을 이리저리 자유롭게 돌아다녔다. 때로는 무모하게 성안에 들어오려 하다가 엘프에게 적발되어 발길질을 당하고는 결국 다시 감금되는 촌극이 벌어지기도 했다. 두 염소는 적어도 오늘만큼은 아엘프스탄 성안으로 침투하려는 계획이 없는 것 같았다. 그들은 가축을 데려오기 위해 임시로 세운 판자 뒤편에 솟아 있는 홀구르나무 주변을 배회하는 것으로 만족했다. 카이가 그곳에 발을 들인 순간 때마침 그바일로는 성스러운 홀구르나무 기둥에 볼일을 보고 있었다.

"인제 그만 좀 하지!" 카이가 속삭였다. "이곳은 성 전체에서 가장 성스러운 장소야!" 당황한 카이가 황급히 두리번거리며 주변을 살폈지만, 다행히 근처에는 이런 버르장머리 없는 염소의 만행을 눈치챘을 만한 엘프가 없었다. 그바일로는 나무 기둥 위쪽에 시원하게 한 방을 더 갈기고는 잽싸게 몸을 틀며 비켜섰다. 불거진 나무뿌리 사이로 오줌물이 흘러내렸다. 카이가 양손으로 얼굴을 가렸다. "이 음탕하고 타락한 놈아!" 그가 중얼거렸다. "너 그러다간 언젠가 그릴 꼬챙이에서 네 생을 마감하는 날이 오고 말 거다."

그 말에 그바일로는 구시렁대기라도 하듯 음매 하고 울었다. 그 소리가 마치 웃음처럼 들렸다. 그리고는 카이에게 폴짝 뛰어와 항의라도 하듯 의족에 제 머리를 비벼 댔다. 그런 행동마저도 카이는 영 언짢았다. 이 못돼먹은 염소는 이렇게 카이가 무릎 아래 살과 피를 잃어버린 상황마저 파렴치하게 이용했다. 목재로 만든 다리는 뿔에 긁혀도 아프지도 피가 나지도 않는다는 걸 알고…. 그럼에도 카이는 적잖이 모욕감을 느꼈다. 무시당하는 기분이라면 이미 지난 몇 주 동안 느낄 만큼 느꼈다. 비단 그바일로뿐만 아니라, 그레타를 비롯하여 저와 가까운 모든 이들에게서. 아그네스는 여전히 이스타리엘만 챙기느라 여념이 없었고, 트리스탄은 파수꾼으로서 또 인간의 왕자로서 임무에만 몰두했다. 엘리야 또한 성을 향해 돌진 중인 엘프와 데몬 군대에 완전히 촉각을 곤두세운 상태였다. 추측건대 카이 자신이 돌연히 드래곤에게 납치되거나 지하 묘지에서 길을 잃는다든지, 혹은 실수로 성벽에서 발을 헛디뎌 골짜기 아래로 떨어지더라도 누구 하나 알아채지도 못할 것이다. 모두가 제 할 일에만 몰두했다. 생각이 여기까지 닿자 카이는 신경질적으로 제 체중을 온전한 다리에 싣고는 의족으로 그바일로를 걷어차 버렸다. “난 네 간지러운 곳이나 긁는 나무 기둥이 아니야, 젠장!" 카이의 거친 반응에 놀란 암염소가 재빨리 도망치며 홀구르나무 뒤에 몸을 숨겼다. 반면 그바일로는 이런 노골적인 거절 뒤에 숨은 뜻을 제대로 읽은 것 같았다. 염소는 주둥이로 연신 되새김질하면서도 친근한 눈빛을 앞세워 분위기를 바꿔 보려 했다. 그런 뒤 음매 울음소리를 내며 애교를 부렸다. 카이는 마침내 어쩔 수 없이 두 손 들고 말았다. 그는 그바일로의 뿔 사이를 쓰다듬어 주었다. "알았어, 알았다고." 마침내 카이가 중얼거렸다. "뭐, 네가 나보다 여자 운이 좋은 걸 나무랄 수는 없겠지."

카이는 한숨을 쉬며 그레타를 떠올렸다. 지난밤 이스타리엘 옥사에서 생긴 일 이후 그녀는 저를 다시 공기처럼 대했다. 아마 마법으로 그녀를 깊은 잠에 빠트려 파수꾼들과의 대화를 엿듣지 못하게 한 카이의 행동에 불만을 품은 것이리라. 그레타는 여전히 매력이 넘치는 여자였지만 도통 신뢰할 수 없다는 걸 카이는 명심하고 있었다. 그럼에도 카이는 그녀를 바라볼 때마다 항상 심하게 요동치는 제 심장과 뻐근해지는 아랫도리 느낌을 어찌할 수가 없었다. 물론 그레타의 얼굴은 엘프 여인처럼 완벽하지 않았다. 피부도 엘프족만큼 매끈한 건 아니었지만 요즘 들어 궁정에서 호강을 누려서 그런지 유독 광채가 났다. 어쩌면 카이가 못 느꼈을 뿐 처음부터 항상 그랬던 건지도 몰랐다. 하지만 이 몹쓸 하녀가 끼어들지 않았었더라면 카이의 인생은 훨씬 단순했을 것이다. 그럼에도 이제까지 그녀를 제 곁에 가까이 두고 싶은 갈망만큼 간절한 것은 없었다.

이런저런 생각에 잠긴 카이는 그 대상이 불쑥 제 곁에 등장한 순간에도 하염없이 염소를 쓰다듬고만 있었다. 마치 허공에서 불쑥 튀어나온 것처럼 정말 갑자기 그레타가 그 자리에 버젓이 서 있었다. 식료품이 가득 든 바구니를 팔에 끼고 예전에 카이가 마법으로 만들어 준 하얀 원피스를 입은 채. 이제 더는 순백이 아닌 크림색이나 황갈색에 가깝게 색이 바래 버렸지만.

"그건 그렇고 너… 새 옷이 필요하겠다." 아무 생각 없이 이 말이 카이의 입에서 흘러나왔다.

그러자 그레타의 미간에 주름이 생겼다. "그거 말고도 필요한 건 좀 있죠, 마법사님!" 그레타가 앙칼진 목소리로 나무랐다. "예를 들자면 신뢰 같은 거죠. 싫증 났다고 그렇게 쉽게 등 돌리지 않는다는 확신이랄까!"

"네게 싫증 난 적은 없었어. 단 한 번도." 카이가 강조했다. 그러자 그레타의 눈썹이 높게 들리고 콧방울이 확장됐다. 이런 반응을 보이는 그레타의 태도는 정말 상상을 초월

할 정도로 건방졌다. “하지만 일개 하녀와는 전혀 관련 없는 사항이었던 것뿐이야.”

“쳇! 일개 하녀라고요!” 그레타는 서둘러 그 자리를 벗어나려는 자세를 취했다. 카이는 그레타가 입은 원피스의 봉긋한 소매 부분을 재빨리 붙잡았다.

“그레타… 그리 말한 건 미안해. 하지만 엘리야와 파수꾼들은 널 달리 보지 않아. 넌… 그냥 하녀일 뿐이니까!”

그레타는 심한 모욕감을 느꼈는지 세차게 그를 뿌리쳤다. 조금 전 그바일로에게 카이가 했던 것처럼 거세게. “지금 문제는 엘리야 님, 파수꾼들 그리고 세상의 나머지가 날 어찌 생각하느냐가 아니잖아요.” 그녀가 거친 숨소리를 토하며 외쳤다. “*당신*에게 내가 무엇인지, 오롯이 그게 문제라고요!”

카이는 그레타의 말에 다소 놀랐다. 아니 더 정확히 말하자면 말문이 막혀 버렸다. 지난 수일간 무시와 눈총을 견디며 시련을 겪을 대로 겪은 터라 그녀의 말이 더 강력하게 카이의 심장에 꽂혔다. 카이의 입가에 희미한 미소가 피어올랐다. 그레타는 그 미소를 호의적으로 받아들이는 듯했다. 어쩌면 카이가 그리 나올 걸 예상했는지도 몰랐다. 한동안 그녀는 상황을 즐기듯 아무 말 없이 가만히 서 있었다. 그리고는 홱 돌아서 엉덩이와 치마를 살랑이며 걸음을 옮겼다.

거의 목소리가 들리지 않을 거리까지 걸어간 그레타가 다시 뒤로 돌아서더니 카이에게 외쳤다. “오늘 저녁 날 찾아와요, 마법사님. 새 옷이 필요하거든요!”

사랑이란 얼마나 묘한 힘인가. 사랑은 냉철한 통치자마저 제 민족을 배신하게 했고 영웅을 광대로 전락시켰으며 세상에서 가장 영리한 지성마저 제 이름을 잊게 했다. 사랑 앞에서는 카이 역시 엘리야, 트리스탄과 그리 다르지 않았다. 그날 밤 카이는 데몬족 왕이 누구의 편에 서게 될지는 안중에도 없었다. 각 종족의 군주들이 맺을 동맹과 앞으로 그들이 참전해야 할지도 모르는 전쟁조차 지금은 관심 밖이었다. 그랬다. 지금 당장은 호리엘의 군영에 포로로 잡혀 있는 툴과 스호오크도 머리에 떠오르지 않았다. 오늘 밤만큼은 이들 전부 제 조력 없이 모든 상황을 해결해야만 할 것이다. 하긴 뭐, 딱히 누구에게도 제 도움이 그리 유용하지는 않았겠지만. 그레타의 방으로 절뚝이며 걷는 동안 카이의 머릿속을 가득 채운 유일한 생각은 오롯이 옷뿐이었다. 넓은 소매에 비단 자수가 놓여 있는 데다 옷감을 넉넉하게 쓰고, 약간의 파랑과 초록 그리고 적포도주색이 섞인 옷. 카이는 어떻게든 그레타를 실망시키지 않기 위해 지금까지 본 것 중에서 가장 근사했던 인형이 입었던 옷을 떠올려 보려고 노력했다. 그녀가 바라는 것이 무엇이든 마법을 걸어 만들어 줄 생각이었다.

그레타에게 제대로 된 옷이 필요한 건 확실했다. 평소 주방 하녀와 함께 쓰는 그녀의 방에 들어선 카이는 그레타가 혼자일 뿐만 아니라 벌거벗고 있다는 걸 깨달았다. 관능적으로 한쪽 팔을 목덜미에 올리고, 제 음부를 가리려는 듯 한쪽 무릎을 굽힌 상태로 침대에 드러누워 있었지만 그 모습만으로도 사내의 가장 음험한 욕망을 타오르게 했다. 눈 앞에 펼쳐진 광경에 카이는 문가에 멈춰 굳어 버렸다. 널빤지처럼 뻣뻣하게. 그러나 묘하게도 곧 실망감이 찾아왔다. 막 흥미진진해질 거라 기대했던 게임이 너무 쉽게 끝나 버린 것처럼 금방 맨정신으로 돌아왔다. 이제 춤을 추기 시작했는데 갑자기 음악이 멈춰 버린 것 같은 기분이었다.

“난… 음…” 그가 말을 더듬었다. 카이는 실제로 머저리처럼 행동했다! 멍하니 서 있던 카이가 그레타의 눈짓에 서둘러 제 등 뒤로 방문을 닫고, 걸쇠를 걸어 잠갔다. 적어도 불청객들이 침을 질질 흘리며 구경하는 것만큼은 막아야 했으니…. "난… 그러니까…"

"이리로 와요, 카이." 그레타가 그를 불렀다. 동시에 그녀의 금발 한 가닥이 흘러내렸다. 그레타의 몸짓은 차분했고, 의도적이었으며, 신중했다. 그녀는 지금 이 모든 행동에 확신이 서 있는 것 같았다. 카이는 그레타의 태도가 왜 갑자기 돌변했는지 깊게 생각하고 싶지 않았다. 어쩌면 예전부터 저를 향해 저렇게 웃고 있었는데, 더는 상처 입은 척하기가 미안해서는 아닐까. 갑자기 모든 것이 돌변했다. 카이를 바라보는 그레타의 얼굴이 진지해졌다. 침대를 돌아 그레타에게 다가가는 중에도 그녀의 시선이 온전히 카이를 쫓았다. *탁, 탁,* 의족이 마룻바닥에 부딪히며 거슬리는 소음이 났다. 그리고 또다시 *탁, 탁.* 카이는 부끄러웠다. 완전무결한 그레타와 극명하게 대비되는 불완전한 제 모습이. 차고 넘칠 그녀의 경험에 비해 어린애만도 못한 제 무지함이. 카이는 맥박이 날뛰는 소리에 고막이 터질 것 같았고 혈관에서는 피가 용솟음치듯 날뛰었다.

뭘 해야 할지 쭈뼛대며 가까스로 침대 가장자리에 앉은 카이는 그녀의 탐스러운 나신을 음탕한 눈빛으로 훑지 않으려고 최대한 제 시선을 어느 한 곳에 고정하려 했다. 색욕이 자신을 집어삼켰지만 카이는 짐승이 아니라 사람으로 남고 싶었다. 그때 카이의 손을 덥석 붙잡은 그레타가 제 가슴 위에 그의 손을 가져다 댔다. 손에 닿은 그레타의 피부는 따뜻했고, 제 손가락이 닿은 젖꼭지가 욕망으로 단단해졌다. 카이는 제 신체 부위 중 하나가 그와 똑같이 변하고 있는 걸 느꼈다.

"여자랑 경험이 있어요?" 그레타가 그에게 질문했다.

카이가 고개를 저었다. 부르크스메아데 촌놈 카이는 트리스탄처럼 수려한 용모를 지닌 것도 아니었고, 하녀나 술집 여인들의 관심을 끌 만큼 체격이 좋은 것도 아니었다. 카이에게 관심을 보이는 여인은 없었다. 카이 역시 마찬가지로 여인에게 별 관심을 두지 않았었다. 카이의 관심은 다른 곳에 있었다. 굶기를 밥 먹듯 했던 그였기에 온통 먹을 궁리만 했었다. 다음 식사는 언제일지, 두들겨 맞지 않고 식료품 저장실에서 빵 한 덩어리를 훔치려면 어떻게 해야 할지…. 그레타는 그에게 이런 특별한 감정을 일깨운 첫 여인이었다. 육체적으로 하나가 되고 싶은 갈망을. 그리고 비단 몸뿐만이 아닌 그 이상의 것을 함께 나누고 싶은 감정을.

"그러니까 숫총각이라는 말이네요." 그레타의 음성에 약간 조롱하는 투가 느껴졌다. "잘 알겠어요, 꼬마 마법사님. 내가 아주 특별한 마법을 보여 드리죠. 당신의 모든 감각을 몽롱하게 만드는 마법이죠." 이 말과 동시에 카이를 향해 몸을 일으킨 그레타는 그의 옷을 벗기기 시작했다. 제 발밑에 시선을 고정한 채 카이는 귓가에 닿는 그레타의 숨결에 촉각을 기울였다. 그녀가 움직일 때마다 풍기는 달콤한 살 내음에 정신이 몽롱했다. 카이의 온 감각을 그녀가 서서히 지배해 왔다. 어느새 그녀가 제 옷을 하나씩 벗기며 아무렇게나 바닥에 떨어트리는 것도 어렴풋이 느껴졌다. 그러다 그레타가 무릎을 꿇고 양손을 의족에 대는 순간 정신이 번쩍 들었다. 절단된 제 다리를 처음 마주했던 순간 그레타가 지어 보인 표정이 그의 기억 속에 너무나 또렷했다. 그 표정엔 분명 혐오감이 섞여 있었다. 카이가 잽싸게 그레타의 손목을 잡아챘다. "그러지 마!"

"왜요?" 그레타가 물었다. "저 물건을 저렇게 놔둔 채 어떻게 바지를 벗기란 말이에요?"

"그냥 키스해 줘!" 그레타를 제게 잡아당긴 카이가 그녀의 머리카락 안에 손가락을 넣어 헤집었다. 제어하기 힘든 에너지가 가슴팍에 응집했다. 감당할 수 없을 만큼 강렬한 에너지였다. 그레타의 입술이 아주 살짝 닿았다 떨어졌다. 재빨리 뒤로 물러선 그녀가 카이의 입술에 살포시 손가락을 눌렀다. "당신에게서 약한 번개 같은 느낌이 나요!" 그녀가 불평했다.

"미안해. 육체의 사랑이 마력을 증폭시키나 봐."

"카이 님, 고작 키스 한 번인걸요!"

카이는 미소를 지으며 어깨를 한 번 으쓱였다. "최대한 평정심을 유지하려고 노력 중이야."

"하지만 그런 건 내게 너무 위험하단 말이에요." 그레타가 강조했다. 카이에게 실망감이 밀려왔다. 그러나 곧이어 그녀는 눈을 몇 번 깜박이더니 카이를 살짝 뒤로 밀쳤다. 카이의 등이 침대에 닿았다. "차라리 마력에 쏘이지 않고 키스가 가능할 새로운 부분을 찾아보겠어요."

그러더니 그레타는 그의 바지에 손을 댔다. 두 눈을 질끈 감은 카이는 제일 먼저 제 의족을 떠올렸다. 그리고 첫 경험도 없는 제 무지함 그리고 비루한 제 몸뚱이를 차례로 떠올렸다. 하지만 이런 고민들이 허공에 연기처럼 사라지기까지는 오래 걸리지 않았다. 그때부터 카이는 솟구치는 마력을 억누르는 데만 오롯이 집중했다. 이 근원적인 힘이 제 내면에서 부글부글 끓어올랐다. 얼마 지나지 않아 그 힘이 화산을 뚫고 솟구치는 용암처럼 분출했다. 그의 손가락 아래 지푸라기를 가득 채워 만든 매트리스가 파르르 흔들렸고, 그의 시야는 초록빛 베일로 덮씌워졌다. 이윽고 그의 몽롱한 시야 저 아래로 그레타의 얼굴이 모습을 드러냈다. 음탕한 미소가 그녀의 붉어진 뺨 아래로 피어올랐다. “바로 그거예요.” 그레타가 헐떡이며 말했다. “한 번만 다시 해 볼래요.”

⚜

그나마 머릿속이 잠시 맑아졌을 때 생각해 보니 분명 자정이 훌쩍 지났을 시간이었다. 그때까지 신음을 흘리던 그레타가 카이의 위에서 굴러 내려와 축축해진 침대 시트 위에 푹 파묻혔다. 그녀의 두 눈은 여전히 초롱초롱 빛이 났고, 금발 몇 가닥이 땀으로 흥건한 이마에 철썩 붙어 있었다. 카이는 그녀의 호흡이 점점 차분해지고, 들숨과 날숨으로 가빴던 가슴이 서서히 진정되는 모습을 지켜봤다. 그녀가 다시 말을 꺼내기까지는 몇 분이 걸렸지만 아니나 다를까 또 그녀 특유의 시건방진 말투가 튀어나왔다. “마법사들은 원래 다 이래요?”

“무슨 뜻인지 이해가 안 가는데.” 카이가 솔직히 말했다.

“당신 피부 전체에 흐르는 이 찌릿찌릿한 약한 번개 말이에요. 당신이 나를 속속들이 감전시켰잖아요. 얼음물과 화염을 오가며 수영하는 느낌이었어요.”

"혹시 내가 널 아프게 한 거야?" 당황한 카이가 물었다.

그레타가 고개를 저었다. "아니요, 음…. 그러니까… 오히려 기분이… 좋았어요."

카이는 이런 그레타의 말에 자부심이 차오르는 걸 막을 수 없었다. 어느새 그녀를 향해 뻗은 두 손이 그레타의 몸을 끌어안았다. 잠시 부르르 몸서리친 그레타의 새끼발가락부터 정수리 끝까지 소름이 오소소 돋았다. 이제야 좀 여유가 생겨 자세히 살펴보니 손이 닿는 곳마다 언뜻언뜻 프레지오라이트녹수정의 초록빛이 감도는 걸 깨달았다. 카이는 정말로 마력이 넘칠 정도로 차올랐다.

"아엘프스탄 성문 밖에서 곧 전쟁이 시작된다면, 데몬족이나 드래곤과의 전투에 참전하기 전에 어디에서 마력을 충전해야 할지 이제 알 것 같군."

"그리고 엘프들도 있죠. 엘프를 잊어서는 안 돼요." 그레타가 중얼거렸다.

"그래 엘프들까지." 카이가 한숨을 쉬며 덧붙였다.

*그리고 인간도 있지.* 하지만 그것만큼은 입 밖으로 소리 내어 말하지 않았다. 갑자기 모든 게 다 되돌아왔다. 지난 몇 시간 내내 그레타의 따뜻한 품속에 파묻힌 채 쫓아내려 안간힘을 쓰던 모든 것들이. 문밖의 세상은 여전히 매정하

게 돌아가고 있었다. 이제 곧 아침이면 흉악한 소식이 도착해 있을지도 몰랐다. 그들의 밟아야 할 운명의 양탄자가 새로 짜였을지도….

“어쩌려는 생각이에요?” 벌거벗은 카이의 몸을 손가락으로 쓰다듬으며 그레타가 나지막이 물었다. “엘리야 님은 무슨 생각이신 거죠? 호리엘을 공격하나요?”

“아니. 우리는 몰구르 폰 스키르가 그 더러운 일을 처리하게 하려고 해. 모든 일이 순조롭게 풀리면 몰구르가 호리엘을 잘 구슬릴 수도 있겠고 아니면 드래곤을 투입하여 그를 곤경에 빠트릴 수도 있겠지. 난 그 과정에서 인간 노예들이 목숨을 잃지 않기만을 바랄 뿐이야.”

그레타가 한숨을 내쉬었다. “데몬족이 호리엘과 동맹을 맺으면 어찌할 생각이에요?”

“그가 그럴 이유가 있을까?”

그레타는 어깨를 으쓱였다. 카이는 순간 제 등을 자극하던 손가락의 움직임이 멈추자 왠지 아쉬웠다. “나도 모르겠어요. 하지만 엘프와 인간의 동맹이 마음에 안 들 수도 있잖아요. 내가 그의 입장이라면 엘리야를 향후 몇백 년 동안 또다시 감옥에 가둘 방법을 은밀히 찾아보려 이 여정을 택했을 거 같은데요.”

“그런 방법은 절대로 없어.” 카이가 강조했다. 동시에 카이는 그레타를 매우 자세히 관찰했다. 그레타가 저런 의견을 내놓은 건 순전히 우연에 불과할 것이다. 이조라의 피에 담긴 비밀을 절대 알 수 없으니까. 아니면 혹시 아는 걸까?

“음.” 그레타가 다시 바닥에 배를 깔고 돌아누웠다. “그렇다면 아니겠죠.” 그레타는 얼빠진 표정으로 손톱을 물어뜯기 시작했다.

카이는 이제 주제를 바꿀 때라고 생각했다. “그레타…” 그가 말을 꺼냈다. “난 말이야. 우리 사이가 앞으로도 계속 이랬으면 좋겠어. 내 말 이해해?” 그레타는 고개를 끄덕였지만 카이는 그런 그레타의 태도가 제 말을 들었다는 건지 아니면 동의를 뜻하는 건지 확신이 서지 않았다. “그러니까 말이야, 내 아내가 되어 주겠어?”

그레타는 큰 소리로 목청껏 웃어 댔다. 전혀 예상하지 못했던 반응은 카이의 용기를 단번에 앗아갔다. 이윽고 웃음을 그친 그레타가 진지한 표정으로 카이를 응시했다. “불사인 마법사 왕께서 직접 나서서 당신이 내게 청혼하는 걸 금지했다는 소문이 있던걸요.”

“사실이야.” 카이가 시인했다. “하지만 그건 네 불임 때문이었지. 함께 아네이를 찾아가서 그 마법을 파훼시켜 달라고 부탁해 보자."

그레타는 다시 소리 내어 웃어 보려 했지만, 이번만큼은 사레들린 소리밖에 나지 않았다. 그녀의 표정에 씁쓸함이 묻어났다. "아녜이에게는 부탁이란 없어요. 원하는 걸 내주어야만 거래할 수 있죠. 그리고 그런 거래를 한 번 더 한다면 당신과 혼인하기도 전에 죽을 수도 있을걸요. 그런 요구에는 분명 수명의 이삼십 년은 가져가려 할 테니까요. 진심으로 원하는 일인 만큼 부르는 값도 커지겠죠."

"그럼 부탁이 아니라 협박을 하면 되지!" 카이가 확신에 찬 소리로 말했다.

그레타가 미소를 지었다. 그녀는 그의 뺨을 부드럽게 쓰다듬었다. "당신은 그러지 못할 거예요, 어린 마법사님. 지금 아녜이는 샤텐발트그림자 숲에 있고, 당신이 그곳에 발을 들이는 순간 마력은 조금도 남아 있지 않을 테니까요. 그리고 그게 아니더라도 엘리야 님은 당신을 여기 이 아엘프스탄에 두고자 할 거예요. 그에겐 당신이 꼭 필요하니까요. 절대 가게 두지 않을 거예요. 하지만 어떻게든 내가 느끼는 죄책감을 덜어 주고 싶은 마음이 있다면 다른 방법이 있어요."

"네가 원하는 거라면 뭐든 할게."

"그럼 티발트에게 정력을 다시 돌려줘요!"

"뭐라고?" 카이가 몸을 벌떡 일으켰다. 그는 잠시 자신이 잘못 들은 거라고 생각했다. 어쨌거나 그 사내가 그렇게 애타게 바라고 갈망하던 소원이 실현되는 걸 가로막은 이가 바로 그레타였으니까. 지금까지 티발트가 그녀의 자비를 사려고 별의별 짓을 다 했어도 냉랭하게만 대했던 터였다. 그런데 인제 와서 이렇게 아무 앞뒤 맥락도 없이 불현듯 태도를 바꾼 것이다. "왜 그러고 싶은데?" 혼란스러운 표정으로 카이가 물었다.

"미안한 마음이 들어서요." 그레타가 소탈하게 대답했다. "그 정도면 충분히 고통받은 것 같아요. 그러니까 인제 그만 그에게 씌워진 멍에를 풀어 주고 어서 떠나라 해요! 매일 그를 볼 때마다 양심이 찔려 속이 다 쓰리다고요."

사실 그런 그레타의 부탁은 한마디로 거절하기 어려웠다. 끊임없이 괴로워하고 울부짖는 티발트를 옆에서 본 사람이라면 모두가 그 가엾은 애벌레 같은 고자가 참혹한 운명에서 구원받기를 기원했을 터였다. 하지만 그레타만큼은 완고한 태도를 보일 이유가 충분했다. 그런데 갑자기 그녀는 너무도 나긋나긋해졌다. 카이가 보기에 너무 완벽하고, 너무 친절해졌다. 뭔가가 석연치 않았다. 그레타는 카이의 머릿속에서 일어나는 변화를 감지한 것 같았다. 그녀는 그 문제에 대해 구질구질 설명을 늘어놓는 대신 성가신 고민에 갇힌 카이의 뇌를 해방시켜 줘야겠다고 결심한 듯했다. 그리 어려운 일도 아니었다. 손 하나만 까딱하면 되는 거니까. 그리고 비단 제 손만 있는 것도 아니었고. 순식간에 그레타가 카이의 위에 올라탔다. 그리고 티발트, 그 하인 놈을 떠올리던 카이의 상념은 순식간에 사라져 버렸다.

# 트리스탄

허공에서 화살이 날아왔다. 깊은 산맥 한가운데 어디선가 갑자기. 공중을 가르는 파공음을 들은 트리스탄은 저를 향해 날아오는 화살을 분명히 보았지만 몸이 너무 느리게 반응했다. 트리스탄은 활의 비행 곡선을 피해 머리를 살짝 숙여 치명적인 활촉을 피해 보려 했지만 실패했다.

섬뜩하고, 둔탁한 소리를 내며 트리스탄의 가슴을 강타한 화살이 갈비뼈를 뚫고 지나갔다. 예리한 통증이 방사형으로 퍼져 나갔다. 시야가 점점 흐릿해졌다. 트리스탄은 황망한 표정으로 사피라를 응시했다. 그녀의 눈빛에는 깊이를 헤아리기 힘든 절망이 깃들어 있었다. 입술 모양을 보니 트리스탄의 이름을 부르는 것 같았지만 그 소리가 전혀 들리지 않았다. 눈앞에서 세상이 점점 희미해졌다. 미처 바닥에 부딪히는 감각을 느끼기도 전에 내면의 고통마저 소멸했다. 오롯이 단 하나의 감각만이 선명했다. 심장의 마지막 박동. 그리고 시커먼 암흑이 그를 덮쳤다.

⚜

웅성거리는 음성들. 불명료하고 단편적인 말소리. 아주 멀리서 들리는 것 같으면서도 귓가에 꽂히는 소리들. 여기저기서 눈부신 반사광이 그의 눈을 자극했다. 통증. 끊임없이 날뛰면서 무자비하게 찔러 대는 아픈 감각. 트리스탄은 머리가 터져 나갈 것만 같았다. 관자놀이를 양손으로 세게 누르고, 잔뜩 찌푸린 표정으로 몸을 일으켰다. 인간형으로 변신한 상태로 벌거벗은 사피라가 초조한 눈빛으로 바라보고 있었다. 한 손에는 피로 흥건한 화살을 들고 있었다. 그녀의 옆으로 낯선 얼굴들이 여럿 보였다. 트리스탄 주변으로 몰려온 그들은 트리스탄이 숨 쉴 공기조차 빼앗아 가려는 듯 황급히 그의 몸 위로 고개를 숙였다. 압사당할 것만 같은 갑갑함이 그를 짓눌렀다.

"저리 가라, 저리들 좀 비켜 봐!" 그런 트리스탄의 생각을 읽기라도 한 듯 사피라가 고함을 쳤다. 동시에 트리스탄을 둘러싼 사람들 사이를 뚫고 앞으로 나와 양팔을 뻗으며 그를 감쌌다. “그 사람은 좀 가만히 두고, 어서 가서 예니를 데려와!”

그러자 몇 명이 서둘러 사라졌고, 다른 이들은 최소한 숨통이라도 트일 만큼 조금 뒤로 물러섰다. 트리스탄을 괴롭히던 극심한 두통도 천천히 가라앉았다. 몇 차례 눈을 깜박인 트리스탄은 무슨 일이 일어난 건지 떠올려 보려 애를 썼다. 그때 문득 깨달음 하나가 그 날카로운 검 끝을 제게 겨눴다. 확실히 자신은 죽었었다. 사피라가 저를 향해 파이어볼을 쏘던 쾨니히스하인 군영에서와는 분명 달랐다. 당시 적의 화염에 제압되지 않는 제 능력을 몰랐던 트리스탄은 그저 갑작스러운 충격에 의식을 잃었던 것뿐이었다. 그러나 이번만큼은 분명 심장 박동이 멈췄었다. 몸에서 분리된 제 영혼이 지하 세계를 향했었다. 그런데 지금 자신은 이렇게 산 자들 사이에 버젓이 눈을 뜨고 있지 않은가.

“어떻게… 날 어떻게 구한 거야?” 트리스탄이 거칠어진 쉰 음성으로 말을 꺼냈다.

“널 구했다고?” 사피라의 얼굴에 전혀 이해되지 않는다는 표정이 떠올랐다. “난 아무것도 하지 않았어. 그저 본신으로 현신해서 제일 가까운 드래곤 마을로 데리고 온 게 다야. 그리고 방금 네게 꽂힌 화살을 뽑았을 뿐인데 네가 깨어난 거다! 세상에나, 트리스탄, 난 네가 죽었다고 생각했어!”

“실제로 그랬지.” 트리스탄이 말했다. “실제로 죽음을 느꼈거든.”

“그럴 리가!”

“정말이다.” 이 말을 하는 순간 트리스탄은 문득 깨달았다. 모든 것이 명확해졌다. 승리를 확신하던 벨타인의 음흉한 미소가 떠올랐다. 그리고 헤어지던 순간 대마법사가 건넨 마지막 인사도. *‘난 네가 되돌아올 거라 확신한다.’*

“그가 날 불사로 만든 거야.”

그 말을 내뱉는 순간 참으로 기묘한 감정이 찾아들었다. 기뻐해야 할지 혹은 절망해야 할지 망설여졌다. 이제는 도적의 화살도 그를 해칠 수 없고, 문스워드도, 단검도 그의 존재를 이 세상에서 지우지 못한다. 이 세상의 그 무엇도. 다시는.

“엘리야처럼?” 그제야 사피라도 트리스탄이 산 자의 세계로 되돌아온 것이 무엇을 의미하는지 깨달은 것 같았다. 갑자기 그녀의 얼굴이 창백하게 질렸다. 마치 밀랍처럼.

트리스탄은 살며시 고개를 끄덕였다. 그 이상은 움직일 힘도 없었다. 새로 얻은 이 깨달음은 그의 온 감각에 마비라는 막을 씌웠다. 돌연히 저를 향해 주둥이를 쩍 벌리는 공허

함 외에 아무것도 느껴지지 않았다.

그때 사피라의 등 뒤에서 얼어붙은 채 쭈뼛대던 드래곤 무리가 다시 웅성거리며 움직이기 시작했다. 그들 사이를 뚫고 나이 든 노파가 앞으로 나왔다. 얼굴에는 주름살이 가득했고, 잿빛 머리칼도 새하얀 두피가 들여다보일 정도로 듬성듬성했다. 자루처럼 펑퍼짐한 옷을 걸친 노파는 깃털과 뼈 그리고 알록달록한 보석으로 세공된 특이한 목걸이를 목에 걸고 있었다. "자, 여기 이걸 좀 걸치렴, 아이야." 노파는 사피라를 응시하지도 않은 채 제가 입은 자루 같은 옷가지를 건넸다. 그녀의 시선은 시종일관 트리스탄에게 꽂혀 있었다.

"고마워요, 예니." 사피라가 중얼거리며, 그녀가 드래곤족의 여왕이라는 것이 믿기지 않을 정도로 예의를 갖춰 고개를 숙였다.

"누구야?" 트리스탄이 회의적인 음성으로 물었다.

"몹시 현명하신 분." 사피라가 설명했다. "그녀는 동서남북의 바람과 연결되어 있는 분이야. 그렇기에 아픈 자를 치유하고, 날씨를 예견하고, 때로는 미래를 보기도 하지."

"내게는 치유사가 달리 필요 없어. 더욱이 내 미래는 알고 싶지도 않고." 트리스탄이 중얼거렸다. 그러나 그는 노파가 주름진 손을 제게 얹고, 살펴보게 두었다. 두 눈을 감은 노파는 끊임없이 뭔가를 중얼거리며 한참을 살폈다. 이윽고 트리스탄에서 손을 치운 노파의 표정은 밀려든 수심 탓에 주름이 더 깊어진 것만 같았다. 생기 없는 담청색 눈동자가 트리스탄을 뚫어져라 관찰했다. "네 말이 옳구나." 노파가 말했다. "네 영혼은 이미 북풍과 춤을 췄구나. 하지만 북풍이 제대로 붙잡지 못해 다시 이렇게 네 육신으로 되돌아온 게지. 앞으로도 넌 북풍을 자주 마주하게 될 것이란다, 소년아. 하지만 북풍이 너와 일체가 되기 전에 네가 먼저 작별 인사를 고할 수 있을 게야."

아무튼 트리스탄이 이미 알고 있는 사실을 확인한 것뿐이었지만, 그럼에도 이런 내용을 액면 그대로 받아들이는 일은 쉽지 않았다. 이번에 새로 얻은 불사의 권능이 제 의식에 뿌리를 내릴수록, 그것이 추구할 만한 가치가 있는 축복이 아니라는 깨달음이 트리스탄을 사로잡았다. 트리스탄은 제 아버지 엘리야를 떠올렸다. 지난 17년간 매일같이 죽어가는 자기 육신을 노려보며 그 고통을 견뎌야만 했던 아버지! 게다가 제게 소중한 이들이 하나둘 목숨을 잃는 모습을 전부 지켜봐야 한다는 것 역시 끔찍한 저주였다. 그랬다. 불사의 권능은 축복이 아니었다. 그건 저주였다.

이제 예니의 시선이 사피라에게 향했다. 거친 옷가지에 머리를 집어넣고 제 엉덩이까지 옷을 끌어당기는 사피라의 모습을 진지하게 관찰했다. 예니는 상대의 피부와 육신은 물론 영혼까지 꿰뚫어 보는 것 같은 인상을 풍겼다. 저렇게 투시당하는 느낌은 꽤나 불편할 것 같다고 트리스탄은 생각했다. 반면 사피라는 그런 시선에 익숙한 것처럼 보였다. 어쨌거나 그녀는 이곳과 매우 비슷한 산골 마을에서 성장했으니 그럴 만도 했다. 아무 말도 없이 예니의 손에 제 손을 올려놓은 사피라는 그녀의 힘이 제 영혼에 스며드는 것을 허락했다. 처음에 노파는 아무 말도 하지 않았다. 그런 후 드래곤족 여왕에게 던진 몇 마디는 아리송하기만 했다. "이제 곧 결정의 날이 올 거란다, 얘야. 그날이 오면 이것만큼은 꼭 명심하렴. 세상만사는 어느 때고 한 가지 선택지만 있는 건 아니란다."

사피라도 트리스탄만큼이나 이 지혜로운 여인의 충고를 제대로 이해하지 못한 것처럼 보였다. 그러나 사피라에게 다시금 고개를 끄덕인 예니는 삐걱거리는 무릎 관절을 손으로 짚으며 자리에서 일어났다. 트리스탄은 그녀의 드래곤 본신을 한번 보고 싶다는 생각이 들었다. 드래곤 본신일 때도 인간화했을 때처럼 저렇게 주름지고 야윈 모습일까? 아마 확인할 기회는 앞으로도 절대 없겠지만.

트리스탄은 저를 부축하려는 사피라의 도움을 거절하며, 스스로 일어났다. 휘청거리고, 무릎이 덜덜 떨렸지만 사피라 곁에 간신히 일어설 수 있었다. 하지만 트리스탄이 뭐라 항의하기도 전에 사피라는 그의 팔을 붙잡아 제 어깨에 둘렀다. 갑자기 엄습해온 오한에 트리스탄은 몸을 부르르 떨었다. 아마 늑대 가죽과 외투는 그를 구조하는 과정에서 산 속에 놓고 왔을 테고, 지금 트리스탄이 걸친 가죽 재킷만으로는 추위를 막기에 부족했다. “하늘을 날아온 건 좋지 못한 선택이었어.” 트리스탄은 저를 부축해서 오두막들이 옹기종기 모여 있는 마을로 힘겹게 발걸음을 옮기는 사피라에게 말했다. “날씨가 혹독할 정도로 추웠잖아. 추락하거나 얼어 죽기에 십상이었지.”

“그랬을 수도 있었겠지.” 사피라가 아무렇지도 않은 음성으로 대답했다. “하지만 난 널 어떻게든 예니에게 데려가야겠다는 생각뿐이었어.”

“난 이미 죽은 상태였어.”

“그건 난 몰랐어.”

트리스탄은 이해되지 않는다는 표정으로 사피라를 응시했다. “심장이 멈추고, 호흡이 끊어졌는데도 알아채지 못했다고?"

사피라는 대답 대신 알아듣기 힘든 말을 입속으로 구시렁거렸다. 그러면서 오롯이 마을에 시선을 고정한 채 트리스탄을 부축하며 계속 앞으로 나아갔다. 예니가 사라진 쪽으로 향하는 걸 보니 사피라는 그녀를 좇아가기로 마음먹은 것 같았다. 화염의 누이 사피라가 이렇다 저렇다 답을 하지 않는 걸 보니 뭔가에 대해 침묵하려는 게 분명했다. "어서, 말해 봐. 네가 왜 그랬는지." 트리스탄이 계속 파고들었다. "나한테 절대 숨길 수는 없을 거다. 난 네 남편이기도 하니까!"

그 말에 사피라는 크게 소리 내어 웃고는 그를 오두막 옆 투박한 나무의자에 앉혔다. 그리고는 한 걸음 뒤로 물러선 후 양손으로 허리를 짚었다. "난 그냥 믿기지 않았어, 트리스탄. 예전에 내게 네 존재를 예언한 토랄프가 말했었지. 너를 따르라고 말이야. 그런데 고작 누군지도 모를 도적놈이 쏜 화살 하나에 네가 죽어 버린다면 너무 허망하잖아?"

"글쎄." 트리스탄이 말했다. "하지만 난 그런 예언이나 예니의 말 따위를 어디까지 믿어야 할지 확신이 서지 않는다."

사피라는 더는 아무 대꾸도 하지 않았다. 평소 트리스탄보다는 사피라가 그런 것들을 훨씬 신뢰하는 성향이라는 건

둘 다 잘 알고 있었다. 대꾸 대신 사피라는 트리스탄을 그대로 두고 오두막으로 들어가 버렸다. 그러자 호기심으로 가득한 드래곤족 여러 명이 트리스탄의 주변을 에워쌌다. 그들은 트리스탄이 머리가 두 개이거나 이마 정중앙에 세 번째 눈이라도 달린 것처럼 그를 뚫어져라 관찰했다. 대다수가 어린 드래곤들이었지만 성인도 여럿 있었다. 남성들은 덥수룩한 수염을 늘어뜨렸고, 여성들은 시커먼 숯으로 얼굴에 칠을 한 채였다. 그 모양새만 봐도 평소 이 북부 드래곤 마을에는 방문자도 침입자도 별로 없었다는 걸 알아차릴 수 있었다. 그런 만큼 마을 주민들이 추위에 민감한 본신으로 현신해야 할 일이 아마도 극히 드물었을 것이다. 트리스탄은 저들이 왜 좀 더 따뜻한 남부로 이주하지 않고 굳이 이 척박한 환경에서 살고 있는지 좀처럼 이해가 되지 않았다.

트리스탄은 갑옷 안에 입는 재킷의 끈을 풀어 화살을 맞았을 것으로 추정되는 위치를 더듬어 봤다. 조금 전 목숨을 앗아갔던 화살촉이 가슴에 박혔었다는 것을 확인할 만한 흔적은 없었다. 피가 흐르는 구멍도, 쓰라린 상처도, 심지어 가벼운 딱지조차 없었다. 정말 엘리야의 경우와 판박이였다. 아버지에 대한 생각을 떠올리자 트리스탄은 제 어깨에 지워진 무거운 멍에에 온몸이 얼어붙었다. 어쩌면 아버지는 지금 이조라와 함께 침실에 들어 환한 광채를 뿜어내는 그녀의 머릿결과 사랑스러운 목덜미 주변의 야들야들한 피부를 쓰다듬고 있을 것이다. 이런 생각을 떠올리자 트리스탄을 괴롭히던 끔찍한 두통이 또다시 찾아왔다. 뒤이어 떠오른 생각 역시 골치가 아팠다. 벨타인이 이제 새로운 남부의 왕자에게 눈독을 들여 그에게 불사의 권능까지 부여했다면, 그건 어쩌면 엘리야에게 허락했던 그 권능을 회수했다는 의미는 아닐까? 그리고 마법사 왕이 다음 죽음을 맞이하기 전에 그 권능이 제게서 사라졌다는 사실을 알아채지 못한다면 어떻게 되는 것인가? 어쨌든 지금은 최대한 빨리 아엘프스탄으로 돌아가 이 사실을 아버지에게 알려야만 할 때였다.

조금 뒤 사피라가 오두막에서 나왔다. 조금 전 만났던 예니, 그리고 아마 이 마을에서 가장 나이가 많을 것으로 추정되는 두 드래곤과 함께였다. 두 남녀 드래곤 원로는 그곳의 다른 드래곤들과 마찬가지로 거친 직물로 만든 촌스러운 옷을 걸쳤지만 목에는 화려한 색상이 돋보이는 보석 목걸이를 차고 있었다. 북부 끝자락에서 남부까지 이어지는 슈투름 산맥에는 다양한 수정과 보석이 매장되어 있는 것으로 유명했다. 일반 마법사들이 사용하는 자수정도 이 산맥의 광산에서 나왔다. 오래전에 사망한 데몬족의 선조는 스키르 성

전체를 빛나는 수정으로 건설했었다. 그리고 드래곤족은 후손에게 보석의 이름을 붙이곤 했다. 사피라, 루비나 혹은 오팔 등은 드래곤족 사이에서 흔히 통용되는 이름이었다. 그렇기에 트리스탄은 먹을 것조차 풍족하지 않은 이 궁핍한 종족이 왕족들이나 착용할 법한 보석으로 치장했어도 그리 놀라지 않았다. 여기 미지의 땅에서 그런 광물들은 물질적인 가치가 전혀 없었으니까.

“이들은 야피스와 야데라고 해.” 사피라가 이 마을의 두 원로를 소개했다. “우리더러 여기서 하룻밤을 묵고 가라고 초대했다. 오늘 저녁 열릴 플리가 축제에도 초대받았어. 원래는 드래곤족만 참석할 수 있는 축제이지만 우리가 혼인한 관계니까 특별히 널 초대하는 거래.” 사피라는 그들의 혼인 관계가 언급될 때마다 항상 그랬던 것처럼 싱긋 미소를 지었다. “물론 드래곤과 혼인했다고 다 되는 건 아니고… 그건 내가 이들의 여왕이기 때문이지.”

앞서 엘리야가 설명했던 대로였다. 드래곤족은 사피라의 확고한 태도와 의지에 압도당한 듯 아무 이의 없이 그녀를 주군으로 받아들였다. 저들 중 사피라를 뛰어넘는 의지를 가진 자가 없었던 것이다. 그런 만큼 이 종족을 접수하기란 예상외로 수월했다. 그러나 그런 만큼 또 다른 강자가 등장하면 그녀의 위치가 위태로워질 거라는 위험성도 상존했다.

"무슨 축제지?" 궁금해진 트리스탄이 질문했다.

"플리가는 어린 드래곤족이 처음으로 비행하는 날이다. 본신으로 현신하는 법과 파이어볼을 뿜는 법을 습득하면 우리 종족은 어린 드래곤을 동서남북 사방의 바람 신에게 데려가지. 그런 뒤 날개의 힘과 그 심장에 깃든 용기를 시험하는 거야."

"몹시 흥미롭군."

"정말 그래. 태양이 지평선에서 한 뼘 정도 남은 위치에 도달했을 때 마을 전체가 플리가 절벽에 모여들지. 지금은 최대한 쉬어두는 게 좋을 거야. 아주 긴 밤이 될 테니까."

그날 밤 진정한 드래곤이 되기 위한 의식을 치를 어린 드래곤은 아무리 많이 쳐 줘도 대여섯 살쯤 되어 보였다. 이름이 라피스라줄리라는 그 드래곤은 어린 시절의 카이를 연상시켰다. 그만큼이나 가냘프고 작았다. 다만 꼬질꼬질한 다른 아이들과 달리 위대한 첫 비행을 위해 깔끔하게 단장하고 나타났다. 짙은 머리카락은 곱게 빗어 어깨높이로 땋아

내렸다. 목과 팔은 여러 색상의 보석으로 치장했다. 얼마 후 아이가 드래곤 본체로 현신하게 되면 아마도 저 보석들은 꿰어 놓은 가죽끈이 끊어지면서 저 아래 바위틈으로 사라져 버리겠지.

아이들을 제외하고도 최소 삼사십 명의 마을 주민들이 긴 축제 행렬을 이루며 산 위로 행진했다. 에니가 앞장섰고, 마을의 두 연장자를 양옆으로 대동한 라피스라줄리가 그 뒤를 따랐다. 그다음은 라피스라줄리의 부모가 뿌듯한 표정으로 행진했다. 그 뒤로 트리스탄과 사피라가, 그리고 이어 나머지 마을 주민들이 행렬을 이뤘다. 그들은 노랫소리에 맞춰 횃불을 흔들며 행진했다. 행렬은 이 고지대의 추위에도 살아남은 가문비나무가 듬성듬성한 숲길을 가로질렀다. 숲은 깎아지른 절벽 위 고원에서 끝났다. 그곳 널찍한 공터에서 행렬이 멈춰 섰다. 처음에 그곳은 골짜기에 우뚝 솟은 평범한 회색 암석처럼 보였다. 하지만 트리스탄은 곧 그 바위의 앞부분이 엄청난 크기의 펼쳐진 손 모양이라는 것을 알아차렸다. 이 높은 산에 저렇게 거대한 예술 작품을 만들려면 분명 수백 명의 석공이 작업에 동원되었을 것이다. 거의 공중에 붕 떠 있는 상태로 오직 돌을 깎아 만든 가느다란 손목만이 손바닥 모양의 고원을 떠받치고 있는 모습에 트리스탄은 마치 신전에 온 것 같은 신성한 기운을 느꼈다.

행렬을 따라온 대다수는 이 고원에 멈춰 섰다. 예니와 마을의 노장로들, 라피스라줄리 그리고 사피라와 트리스탄만이 돌로 만든 거대한 손 위로 발걸음을 옮겼다.

하늘로 양손을 뻗은 예니가 동서남북 사방을 향해 천천히 돌며 드래곤족의 신들께 외쳤다. 부드러운 남풍, 꿈결의 동풍, 열정으로 가득한 서풍 그리고 이미 여러 드래곤에게 불행을 초래한 교활한 북풍에까지. 매우 인상적인 광경이었다. 사방에서 부드러운 미풍이 불어와 그녀의 머리카락을 헝클어 놓고는 물결치듯 퍼져 나갔다. 마치 드래곤족의 신들이 진짜로 그들을 찾아온 것 같은 분위기였다. 오늘은 또 어떤 녀석이 왔는지, 녀석은 과연 창공을 가르며 날갯짓을 해도 좋을 놈인지 보기 위해 서둘러 온 건지도 몰랐다.

바람의 신들께 고하는 과정을 마친 예니는 주름진 양손을 어린 소년의 어깨에 올리고 활짝 펼쳐진 석조 손가락의 끝자락으로 살포시 밀었다. 공명심과 모험심으로 밝게 빛나던 라피스라줄리의 얼굴이 정작 까마득한 심연을 마주하자 창백해졌다.

"망설이지 말거라!" 예니가 꾸짖었다. "드래곤의 파수꾼이자 여왕이신 사피라 1세께서 네가 바람의 신들과 연결되는 이 순간의 증인이 되는 영예를 네게 베풀고 계시지 않느냐."

트리스탄은 사피라가 이 의식에서 중요한 역할을 맡았을 거라고는 생각하지 못했다. 그는 그들이 예의상 이 의식에 참석했다고 생각했다. 그 순간 제 곁에서 앞으로 나선 사피라가 절벽 끝자락에서 커다란 눈망울로 그녀를 바라보는 소년에게 천천히 다가갔다. 여왕에 걸맞은 위엄 있는 자태로 소년의 정수리에 한 손을 올리고는 몸을 숙여 그의 귓가에 뭔가를 속삭였다. 그런 뒤 소년을 돌려세운 사피라가 그를 절벽 가장자리로 살포시 밀었다. 소스라치게 놀란 트리스탄은 신음마저 삼켜 버렸다. 목구멍에 걸린 신음만이 지금 이 순간 그가 들을 수 있는 유일한 소리였다. 라피스라줄리는 더는 망설이지 않았다. 그냥 바위 하나가 뚝 떨어지듯 까마득한 절벽 아래로 뛰어내리며 단숨에 시야에서 사라졌다. 사피라를 비롯한 그 누구도 아이의 뒷모습을 보지 못했다. 그들 모두가 석상이라도 된 것처럼 아무 미동도 없이 하늘만 뚫어져라 바라보며 그들의 신에게 기도를 올렸다. 지루한 시간이 흘렀다. 일 초가 흐를 때마다, 저 소년이 드래곤 본신으로 현신하여 저 깊은 계곡에서 다시 날아오를 거라는 트리스탄의 희망도 한 조각씩 허망하게 흩어지는 것만 같았다. 시간은 계속 흘러만 갔고 아무 일도 일어나지 않았다. 트리스탄의 모든 희망이 꺼지려던 찰나 동서남북의 바람이 불씨를 되살렸다. 드디어 화염의 아이를 되돌려준 것이다. 처음에는 저 멀리서 불규칙한 날갯짓 소리만 귓가에 들려왔다. 그런 뒤 얼마 지나지 않아 라피스라줄리가 의기양양하게 드래곤족 군중 앞에 날아올랐다. 수백 개의 황금빛 줄무늬가 혈관처럼 비늘 위로 뻗어 있는 작은 블루 드래곤이었다. 드래곤 본신이었지만 기뻐 어쩔 줄 모르는 아이의 감정이 고스란히 전해졌다. 어린 드래곤의 금안이 행복감에 밝게 빛났다. 제 기쁨을 표현하듯 고주파로 포효하며 하늘 위로 계속 날아올랐다. 날갯짓이 이어질수록 움직임이 점점 자연스러워지고 조화를 찾아갔다.

"라피스라줄리! 오닉스와 라리마르의 아들 라피스라줄리가 신들과 함께 춤을 추고 있구나." 예니의 음성이 사방에 울려 퍼졌다. 노파의 음성이라고 믿기 어려울 큰 소리였지만 거기엔 안도감과 함께 긍지가 배어 있었다. "오늘 저 아이를 가족에게 되돌려준 북풍이시여, 이렇게 감사의 말을 올리나이다."

잠시 일행은 새롭게 다시 태어난 드래곤이 산 주변을 에워싼 기류를 따라 위아래로 정찰하는 모습, 구름 사이를 뚫고 나와 날카로운 비명을 지르며 다시 아래로 급강하하는 모습을 지켜봤다. 그런 라피스라줄리의 모습 자체가 축제나 다름없었다. 저렇게나 생생하고 역동적인 기쁨을 함께하는데 꼭 드래곤이어야 하는 건 아니었다.

트리스탄은 무척 매료된 표정으로 마침내 어린 드래곤이 다소 비틀거리며 거대한 석조 손가락 끝에 착륙하는 모습을 지켜봤다. 오늘 제 안에 커다란 영웅이 숨어 있음을 입증한 꼬마 드래곤은 등 뒤로 날개를 접은 뒤, 다시 작고 마른 소년으로 변신했다.

"저 아이를 걱정하긴 했어?" 트리스탄의 곁으로 성큼 다가온 사피라가 흥미로운 시선으로 그를 응시했다.

"당연하지! 안 그럴 사람이 어디 있겠어. 넌 어떻게 저 아일 절벽으로 밀 생각을 한 거야?" 트리스탄이 다소 나무라는 음색으로 사피라에게 질문했다.

"그건 예전부터 내려온 우리의 풍습이야. 저 아이도 무슨 일이 벌어질지 미리 알고 있었고, 자발적으로 이 의식에 나선 거야. 그의 부모와 할머니가 그랬던 것처럼."

"그 아이의 할머니라니?"

"그래, 저 예니 말이야. 내가 나서서 저 아이를 바람의 신들에게 인도하지 않았더라면, 그녀가 직접 나섰겠지."

트리스탄이 당황한 표정으로 고개를 흔들었다. "너희는

정말 독특한 종족이야. 내 머리로는 이해하기 힘들 만큼."

사피라가 미소를 지었다. "곧 배우게 될 거다, 형제. 앞으로 그럴 시간이 창창할 것 같은데."

"아마 끝도 없겠지." 중얼거리는 트리스탄의 가슴이 통증으로 욱신거렸다.

드래곤들은 떠들썩하게 수다를 떨며 다시 마을로 되돌아갔다. 그들이 마을에 도착하자 어느새 태양은 산꼭대기 너머로 모습을 감췄다. 마을 한가운데 장작더미가 쌓여 있는 너른 공터에 모두 삼삼오오 모였다. 예니의 신호에 라피스라줄리가 다시 드래곤 본신으로 현신했고, 다른 젊은 드래곤들 중 일부도 그리했다. 트리스탄은 마을 한가운데에 저렇게 아무 장애물도 없는 큰 공터가 있는 이유를 대번에 깨달았다. 드래곤의 본 모습으로 변신한 모두가 장작더미 주변으로 모여들었다. 이윽고 자리에 멈춰 선 라피스라줄리가 파이어볼을 뿜어냈다. 그의 첫 파이어볼이었다. 사피라처럼 강력하지는 못했지만 한방에 장작더미에 불을 붙이기에는 충분했다. 하지만 손뼉을 치는 건 트리스탄이 유일했다. 다른 드래곤족들은 기묘한 방식으로 혀를 굴리며 소리를 내거나 축하의 뜻으로 밤하늘에 화염을 쏘아 올렸다.

이어 떠들썩한 축제가 벌어졌다. 어린 소녀들이 발효한

산양유 술을 커다란 단지에 따라왔고, 산양과 꿩이 꼬챙이에 통째로 꽂힌 채 장작불 위에서 지글지글 익어 갔다. 악기를 든 악단이 드래곤족이 에냐도르의 주인이었던 옛 시절을 노래했다. 그들은 뼈와 마른 나무를 깎아 만든 독특한 관악기를 불었다. 트리스탄과 사피라는 마을 원로들과 예니, 라피스라줄리의 가족과 함께 투박한 목재 탁자에 동석했다. 이윽고 새벽녘이 되어서야 그들은 제공된 숙소로 비틀거리며 들어갔다. 이번에도 트리스탄은 사피라의 부축을 받아야 했다. 트리스탄은 사피라보다 산양유 술에 약했기 때문이었다.

"최대한 푹 자둬!" 짚을 새로 깔아 정리해 둔 잠자리에 트리스탄을 내려놓으며 사피라가 말했다. "넌 저 꼬마 드래곤이 오늘 했던 것보다 더 큰 도전을 앞두고 있으니까. 이제 곧 이조라 폰 아엘프스탄과 해후해야 하잖아."

# 아그네스

깊은 생각에 골똘히 잠긴 아그네스가 무심히 두 마리 비둘기가 꽂힌 꼬챙이를 돌렸다. 프라이팬도, 솥단지도 없이 나무를 대충 깎아 만든 접시 두 개가 전부여서 아그네스는 난감했다. 다행히 이스타리엘의 훌륭한 사냥 솜씨 덕분에 그래도 날마다 고기는 먹을 수 있었다. 물론 단순히 불에 익히는 것 외에는 달리 요리할 방법이 없었다. 그렇지만 오늘 아침 어렵사리 캐낸 양파와 감자만큼은 어떻게든 요리해 보리라 마음 먹었다. 널찍한 늑대경엽 이파리의 테두리를 여미고 그 안에 물과 야채를 채운 후 잔불 위에 얹어 놓았다. 이 잎사귀는 불에 타지는 않을 것이니 물이 새지만 않는다면 문제는 없을 것이다. 하지만 가까스로 만들어 놓은 이 구조물이 너무 센 불에 망가지지 않도록 최대한 신경을 써야 했다. 하름은 그나마 상황이 나은 편이었다. 허름한 판자로 막아 놓은 그들의 오두막에서 조금 떨어진 곳에 앉아 뼈 하나를 붙잡고 맛있게 물어뜯고 있었다. 아마도 거의 다 먹고 남은 야생 염소의 잔해일 것이다. 하름의 날카로운 치아가 뼈를 물어뜯고, 거대한 혀가 먹을 만한 부위를 꼼꼼하게 핥았다. 그런 하름의 모습은 마치 엄청나게 크고 시커먼 사냥개 같았다.

아그네스는 주변을 두리번거리며 혹시 이스타리엘이 돌아올지도 모른다는 기대감에 숲에서 나는 소리에 귀를 기울였다. 이스타리엘은 날마다 아엘프스탄 근처로 정찰을 떠났다. 그때마다 아그네스는 그가 혹시라도 발각되어 다시는 돌아오지 못할까 봐 전전긍긍하며 기다렸다. 하지만 아그네스의 엘프 왕자님은 절대 정찰을 멈추지 않았다. 성 주변에서 일어나는 일을 꼭 파악해야 한다고 우겼다. 그리고 산꼭대기에 위치한 이곳은 들키지 않고 염탐하기에 최적인 장소였다. 아엘프스탄에 있는 모두가 그들이 비교적 안전하고 잠적하기 좋은 인간 왕국이 있는 남부로 피신했을 거라 추측했을 것이다. 하지만 그들은 이 페엔요정 산맥에서 단 한 걸음도 벗어나지 않았다. 이곳은 지금 엄청난 사건이 벌어지고 있는 현장인 아엘프스탄과 그리 멀지 않은 장소였다. 레오드릴 샘 또한 지척에 있었다. 레오드릴은 도깨비불 수천 마리가 함께하는 상황에서 그들의 삶을 지켜 줄 최후의 보루였다. 특히나 아그네스와 하름에겐 더욱 그랬다. 도깨비불 무리는 이스타리엘에게 종속된 상태였지만 그중 일부는 틈만 나면 그의 명령을 어기고 희생양들을 현혹시키려 개별 행동에 나섰다. 도깨비불은 낮에는 전부 산 위의 어느 건조한 동굴에 한데 모여 있었지만, 밖으로 출몰하기 좋은 밤이 되면 종종 아그네스와 드래곤 주변으로 날아드는 일도 적지 않았다. 하지만 도깨비불은 그들에게 아무런 해를 입힐 수 없었다. 신비한 샘물 덕분이었다. 아그네스와 하름은 레오드릴의 샘물 외에 다른 물은 절대 입에도 대지 않았다.

생각에 잠겨 있던 아그네스가 문득 소스라치게 놀랐다. 길어 놓은 물이 거의 다 떨어졌는데, 다시 물을 길어 오는 것을 깜박 잊어버렸던 것이다. 레오드릴 샘은 지금 있는 곳에서 그리 멀지 않은 곳에 있었지만, 혼자서 걸어가기는 부담스러웠다. 가문비나무 가지와 가시덩굴로 가득한 숲길을 뚫고 가기에 하름은 체구가 너무 컸다. 게다가 이스타리엘은 정찰을 떠난 후 아직 돌아오지 않은 터였다.

늑대경엽 이파리 속의 야채 상태를 살펴본 아그네스는 아직 조금은 아삭한 부분이 있었지만 그래도 거의 다 익었다고 판단했다. 작은 막대기를 이용하여 끓는 물이 가득 담긴 잎사귀를 조심스레 불가에서 꺼낸 뒤 그 내용물을 두 나무 접시 중 하나에 담았다. 그리고 남은 접시는 온기 유지를 위해 뚜껑처럼 그 위에 덮었다. 때마침 비둘기구이도 완성됐다. 하지만 그대로 접시에 담기에 너무 컸기 때문에 하는 수 없이 구이용 꼬챙이를 불가에서 최대한 높게 고정했다. 샘물을 길어 오는 동안 고기가 타 버리지 않기만을 바랄 수밖에 없었다. 물을 길어 올 주머니를 어깨에 짊어진 아그네스가 드래곤 곁을 지나갔다. "나 샘에 다녀올 거야." 그녀가 하름에게 알렸다.

하름은 간신히 알아볼 만큼 살짝 고개를 끄덕이며 알아들었다는 것을 표현했다.

"이스타리엘이 아직 돌아오지 않았어. 하지만 혹시 먼저 돌아와서 날 걱정하면 그냥 저 음식을 가리켜. 지금쯤이면 엄청 시장할 테니까."

하름이 다시 고개를 끄덕였다. 하름에게 그 이상 기대하는 건 무리이기도 했지만, 그새 아그네스는 하름의 무뚝뚝하고 단순한 제스처에 익숙해졌다. 물론 말을 온전히 알아들으면서도 대답은 못 하는 생물과 하루를 함께 보내는 기분은 여전히 기묘했다.

어쨌거나 아그네스는 한숨을 내쉬며 길을 재촉했다. 차라리 레오드릴 샘 바로 근처에 숙소를 마련했으면 좋았겠지만, 이스타리엘은 샘에서 최소 몇 킬로미터는 떨어진 지점에 그들의 보금자리를 마련해야 한다고 강조했다. 평소 그곳을 찾는 엘프족이나 적군에게 발각될 위험이 도사리고 있었기 때문이었다. 이제 모두가 그들의 적이 되어 버렸다. 아엘프스탄에서 탈출한 이후 그들이 신뢰할 만한 종족은 이젠 없었다. 그도 그랬지만 아그네스가 레오드릴 샘에 가는 걸 꺼리는 이유는 또 있었다. 가는 길목에 누군가 계속 저를 관찰하는 것만 같은 느낌이 들었기 때문이었다. 숲 곳곳에 눈이라도 달린 것처럼 주시당하는 느낌이 들었다. 시커먼 나무 꼭대기 위에 앉은 유령이 등 뒤에서 보이지 않는 팔을 쭉 뻗어 제 목덜미를 움켜쥘 것만 같았다. 수풀에서 미심쩍은 소리 하나 들리지 않았고, 작은 여우나 자고새 외에는 마주친 동물도 없었지만, 그럼에도 이런 찜찜한 기분에 아그네스는 뱃속이 오그라들었다. 그리고 지금도 딱 그랬다. 음산한 느낌에 잔뜩 어깨를 움츠리고 서둘러 빽빽한 숲을 지나 샘으로 뛰어갔다. 그새 매일 물을 길으러 다닌 터라 샘으로 가는 길은 익숙했다. 그렇지만 매번 뭔가 조금씩 달라지는 것 같았다. 특히 오늘은 더 그랬다. 심지어 숲속 동물들이 지나다니는 오솔길도 평소보다 훨씬 좁아 보였다. 관목 역시 평소보다 더 짙은 그림자를 드리운 것 같았고, 길 우측에 언뜻 보이는 이끼로 뒤덮인 표석 또한 지금까지 인지하지 못했던 것이었다. 아그네스는 이런 으스스한 감정들을 전부 떨쳐 버리려고 애를 썼다. 시야에 레오드릴 샘이 들어올 때까지 오롯이 앞만 바라보며 걸음을 재촉했다. 드디어 레오드릴 샘에 도착했다. 저만의 방식으로 약동하는 듯 살아 숨쉬는 이 샘터엔 그녀의 마음을 끌어당기는 신비롭고 특별한 매력이 깃들어 있었다. 태양은 여느 때처럼 나뭇잎 사이로 빛을 내려 수정같이 맑은 샘물을 비추고 있었다. 마치 보글보글 솟아오르는 작은 물기둥에 자양분을 공급하듯이. 하루 중 언제 방문하든 그 모습은 한결같았다. 샘의 수면 위에는 둥둥 떠다니는 나뭇잎도, 바늘같이 가느다란 솔잎도 하나 없었고, 수면 아래로도 가라앉은 해초나 진흙이 전혀 보이지 않았다. 그 주변이 그렇게 울창한 나무숲인데도. 마력이 넘쳐흐르고, 극치의 아름다움을 뽐내는 이 장소는 그 존재만으로 아그네스의 심신을 달래 주고, 희망을 안겨 줄 것만 같았지만 실상은 그렇지 못했다. 이번에도 아그네스가 가져온 주머니에 물을 긷는 동안 수천 쌍의 눈이 저를 주목하는 것만 같은 불길한 기분이 들었기 때문이었다. 마침내 두 자루에 샘물을 가득 채운 아그네스가 몸을 일으켰다. 이

제 돌아가는 길은 분명 훨씬 힘들 것이다. 하지만 어떻게든 여기를 벗어나서 다시 이스타리엘의 품에 안길 수만 있다면 그런 수고는 아무래도 상관없었다.

곧바로 발걸음을 떼려던 순간, 아그네스는 샘물 건너편 암벽에 뭔가가 아른거리는 듯한 움직임을 감지했다. 처음에는 암석이 아지랑이처럼 파르르 떨리는 듯 보였다. 아마도 눈 속으로 산들바람이 불어와 눈물이 맺혀 시야가 꿈속 장면을 보듯 어른거렸나 보다고 생각했다. 하지만 저쪽 구석에서 그 무언가가 잠복을 마치고 서서히 사람의 형상을 갖추기 시작했다. 공중을 떠다니는 유령처럼 투명했지만, 존재감만큼은 완전 무장한 기사처럼 확실한 형상이 그 자리에서 우뚝 서서 유리처럼 투명한 눈꺼풀을 깜박였다. 이어 두 개의 청록색 눈동자가 아그네스를 응시했다. 아그네스가 비명을 지르며 물 자루를 떨어트리자 샘터 앞 이끼에 떨어진 물주머니가 몇 발자국 앞까지 굴러갔다. 황급히 치맛자락을 움켜쥔 아그네스가 재빨리 도망치려 했다. 그러자 그 형상이 말을 건넸다. “겁내지 마! 그냥 여기 있으려무나!” 음색이 맑고 고운 하프처럼 부드러웠다. “널 해치려는 게 아니야.”

그럼에도 아그네스는 겁에 질려서 당장 그 자리에서 도망치고 싶었다. 안 그래도 지난 며칠간 이런 일이 벌어질까 봐

불안했던 터였다. 그래서인지 기절해 버릴 정도로 놀라지는 않았다. 그렇지만 그녀의 심장은 긴장감으로 심하게 날뛰었다. "누… 누구세요?" 안전을 확보하기 위해 그 미지의 형상과 떨어지려 몇 걸음 물러서며 아그네스가 물었다. 이제 그 형상은 전보다 형태가 훨씬 뚜렷해졌다. 아니면… 그 이상이었다. 이제 형체의 빛깔마저 변했다. 밝은 피부에, 주홍빛 머리카락을 위로 틀어 올리고 얼굴과 어깨에 기묘한 비늘이 군데군데 보이는 우아한 젊은 여인의 형체가 완성됐다. 어쩌면 이 피조물은 애초부터 투명하지 않았었는지도 몰랐다. 단지 주변과 보호색을 이루며 자취를 드러내지 않았을 뿐인지도. 아니면 아그네스가 너무 놀라서 착각했던 걸까.

"나는 레오드릴의 수호자란다." 기상천외한 여인이 말했다. 그러면서 샘터 옆 바위 돌출부에 걸터앉았다. 늘씬한 다리와 작은 발 그리고 발가락 사이로 물갈퀴가 보였다. 그녀는 천을 전혀 사용하지 않고 온전히 넝쿨, 잎사귀, 갈대로만 지은 옷을 입고 있었다.

"그러면 당신은… 요정이세요?" 도무지 믿기지 않는다는 표정으로 아그네스가 물었다. 아그네스는 이 산맥에 고대로부터 요정이 살고 있다는 이야기를 들은 적이 있었다. 이 산맥의 이름 역시 이 특별한 종족 때문에 붙여졌다는 이야기였다. 페엔요정 산맥! 그렇지만 단 한 번도 그 이야기가 전설 그 이상일 거라고는 믿어 본 적이 없었다. 여인은 고개를 끄덕였다. 환히 빛나는 두 눈은 아그네스를 속속들이 투시하는 것만 같았다.

"이 샘이 당신들 것인 줄은 몰랐어요. 미안해요. 난… 훔치려는 생각은 정말 아니었어요." 아그네스가 서둘러 말했다. 그러자 요정의 표정에 미소가 떠올랐다. 하지만 사람과는 달리 눈가에 주름 하나 생기지 않았다. 요정의 미소는 몹시 낯설었지만 그렇다고 기분이 나빠지진 않았다.

"필요한 만큼 마음껏 가져가렴." 요정이 말했다. "원래 그럴 목적으로 이 샘을 만든 거니까. 너희 인간들을 도깨비불로부터 보호하려고 말이지. 너희는 도깨비불의 유혹에 저항력도 없는 너무나 연약한 존재니까."

"이해해 줘서 고마워요." 아그네스는 달리 할 말이 떠오르지 않았다. 이제 돌아가도 되냐고 물어볼 엄두가 나지 않았다. 내면 한구석에서는 물주머니를 챙겨 당장 도망쳐야 한다고 소리를 지르고 있었건만.

"그렇게 두려워할 필요 없어. 내 이미 말했잖니." 요정이 또 한 번 강조했다. 그녀의 음성에 말 안 듣는 아이를 꾸짖는 엄마의 불만 같은 것이 서려 있었다.

“미안해요.” 아그네스가 중얼거렸다. “하지만 원래 인간은 낯선 상황을 두려워해요. 가늠할 수 없는 힘을 지닌 존재 앞에서는 더더욱.”

“아아.” 요정이 대답했다. “이해해. 너희는 정말 특이한 종족이니까. 짐승과 정말 다르지. 짐승은 어떤 상황에서도 두려움도 없고, 잘 믿는데 말이야.”

“그럴지도 모르죠.” 아그네스가 한 걸음씩 발걸음을 옮겼다. 요정은 그런 아그네스의 행동을 가만히 지켜봤다. 그녀의 눈빛은 아그네스의 일거수일투족을 모조리 흡수하려는 것 같았다.

“원래 우리는 인간 앞에 모습을 드러내지 않아.” 요정이 속마음을 털어놓듯 말했다. “오롯이 왕족의 핏줄을 이은 아이에게만 나타나지.”

“오오, 그렇다면… 날 다른 누군가로 착각했나 봐요.” 아그네스가 서둘러 대답했다. 드디어 이 낯선 존재의 관심에서 벗어나게 될 거 같다는 생각에 기뻐하면서. 요정이 착각할 만도 했다. 자기가 아엘프스탄에서 도망쳐 나올 때부터 걸쳤던 이 예복 때문일 것이다. 적포도주색 외투에 크림색 속치마를 받쳐 입고, 금실로 수놓은 폭넓은 허리띠로 장식한 복장이었다. 한눈에 봐도 솜씨 좋은 엘프 장인의 손길로 완성한 작품이라는 걸 알 수 있었고, 예복에 쓰인 금실은 이 옷을 걸친 이에게 귀족의 품격을 선사했다. "난 왕가의 핏줄이 아니에요. 내 부모는 그냥 농민에 불과한걸요."

또다시 주름 하나 없는 기묘한 미소가 요정의 얼굴에 떠올랐다. "나도 널 말하는 게 아니란다."

"내가 아니면?" 아그네스가 주변을 두리번거렸다. "그럼 이스타리엘이 지금 여기 온 거예요? 지난 몇 시간 내내 그를 기다렸는데."

"이스타아아아리엘…." 요정은 그의 이름을 천천히 음미하듯 소리 내어 불렀다. "그 아이가 어떻게 자랐는지 한번 보고 싶구나. 하지만 그는 절대 이 샘에 오지 않지. 물을 길으러 오는 건 항상 너니까 말이야."

"날 지켜보고 있었군요." 특별히 놀란 기색 없이 아그네스가 말했다.

"맞아."

"도대체 왜요?"

아그네스의 질문에 요정은 대답하지 않았다. 대신 그녀는 바위의 도출부에서 미끄러지듯 내려와 소리도 없이 물속으로 들어갔다. 샘물 수면에는 잔물결 하나 일지 않았다. 원래부터 한 몸이었던 것처럼. 아그네스는 그대로 물밑에서 자유로이 헤엄치는 요정의 모습을 지켜봤다. 아그네스는 도망치고 싶은 욕망을 억눌렀다. 상대는 아그네스의 두려운 감정을 전혀 이해하지 못하는 것 같았다. 그러니 아그네스도 너무 지나치게 두려운 티를 내지 않는 게 나을 것이다. 어느 순간 흠뻑 젖은 요정의 머리가 샘의 수면 위로 떠올랐다. 그녀의 머리카락은 여전히 위로 높게 틀어 올린 상태였고, 상체를 둘둘 감은 담쟁이 넝쿨 사이로 상앗빛 피부가 빛났다. 이제 아그네스는 요정의 어깨와 목 주변에 각질화된 부위도 제대로 살펴볼 수 있었다. 가시 같은 작은 비늘이 그녀의 피부에 돋아 있었다. 광대뼈와 관자놀이 부근에도 그런 부위가 보였지만, 그곳에 난 비늘은 훨씬 섬세하고 비교적 덜 단단해 보였다.

"왕가의 핏줄을 이은 아이." 요정은 그 말을 다시 되뇌었다. 아그네스는 여전히 도통 이해할 수 없었다.

"아니에요, 난… 지금 뭔가 착각하시나 본데…."

공주처럼 품위가 넘치면서도 동시에 짐승처럼 동물적인 움직임으로 물가에서 기어 나온 요정이 마침내 아그네스 앞에서 몸을 일으켰다. 요정은 아그네스보다 거의 머리 하나만큼 작았고, 파리 한 마리도 해치지 못할 것처럼 사랑스러웠다. 하지만 엘리야에게서 뿜어져 나오는 포스와 유사한 힘이 느껴졌다. 마력이 분명했다. 요정은 다정하다고 말해야 할 정도로 조심스러운 손길로 아그네스의 배에 손을 올렸다.

"여기 네 안에 있잖아."

순간 아그네스는 잠시 말을 잃었다. 그리고는 수줍게 고개를 끄덕였다. "짐작하고는 있었어요. 하지만 이스타리엘은 아직 몰라요. 우선 확신이 필요해서…."

"꼬마 왕자로구나. 엘프야." 요정이 예언했다. 동시에 은밀한 비밀까지 꿰뚫어 보려는 것처럼 아그네스에게 시선을 고정했다. 그 비밀의 내막까지 속속들이 파헤치려는 듯. 불현듯 아그네스의 마음에 두려움이 차올랐다. 이 요정과의 만남은 처음부터 뭔가 이상했다. 그저 우연치고는 너무 은밀했다.

"네 아이는 여러 문제를 해결할 열쇠가 될 수 있을 거란다. 만인에게 평화를 가져다줄 또 하나의 가능성이 되겠지. 하지만 우리 사이의 관계로만 보면 최종적으로 불화의 씨앗이기도 하지만."

"*우리 사이*… 라니요?" 아그네스는 왠지 모르게 소름이 끼쳤다.

순간 요정은 아그네스의 배에서 제 손을 뗐다. "엘프와 요정 말이야. 지난 21년 동안 전혀 교류가 없었단다. 그리고 우리는 그렇게 오랜 시간을 감내하며 엘프의 왕 님룬트가 그의 선조가 우리와 체결한 계약을 이행하기만을 기다려왔어. 그나마 엘프 왕비의 희생이 우리를 달래 주긴 했지만 그것만으로 100년을 지탱할 수는 없는 노릇이지."

요정의 말을 듣는 아그네스의 머릿속이 윙윙거리며 정신이 하나도 없었다. "무슨 말을 하는지 전혀 모르겠어요." 그녀가 말했다. 그 음성은 제가 듣기에도 애처로웠다.

"하지만 넌 알고 있잖니. 날 어디서 찾아야 할지." 요정이 말했다. 의미심장한 말을 남긴 요정은 잠시 아그네스를 바라본 후 뒤로 돌아서 다시 샘터로 향했다. 걸음을 옮길 때마다 점점 더 주변 배경에 녹아드는 것처럼 투명해지더니 어느새 산들바람처럼 어른거리다 사라졌다. 순간 아그네스의 눈가에서 눈물이 흘러내렸다.

이스타리엘은 해가 저물 무렵이 되어서야 정찰 임무를 끝마치고 돌아왔다. 그새 준비해 둔 음식은 전부 싸늘하게 식어 버렸지만 아그네스는 적어도 모닥불만큼은 꺼트리지 않

고 지켜냈다. 아그네스는 두 다리를 부둥켜안은 채 불꽃을 뚫어져라 응시하고 있었다. 도깨비불 몇 마리가 아그네스 주변을 날아다녔지만 레오드릴 샘물을 마신 그녀는 아무렇지도 않았다. 이스타리엘은 뭔가 낌새가 이상하다는 걸 곧바로 알아차렸다. 제가 사냥한 토끼를 모닥불 근처 바닥에 아무렇게나 내려놓았다. 그리고는 서둘러 아그네스 곁에 앉아 그녀를 제 품으로 잡아당겼다.

"너무 늦어서 미안해. 걱정했어?"

아그네스가 끄덕였다. "그래요, 당신 걱정도 했죠."

"그러면 또 뭐가 있는데?"

"정말 미치겠어요. 도대체 어디부터 시작해야 할지조차 모르겠어요." 아그네스가 훌쩍이며 말했다. 아그네스를 품에 안은 이스타리엘은 그 이상 다그치지 않고, 그저 아그네스의 머리칼을 쓰다듬으며 정수리에 살짝 키스했다. 그들은 잠시 그대로 앉아 있었다. 마침내 아그네스가 입을 열었다. 숨을 길게 들이마신 아그네스가 대뜸 말했다. "아이를 가졌어요."

이스타리엘의 눈이 휘둥그레졌다. 처음에는 그냥 놀란 표정이었지만 금세 환희와 함께 염려가 거의 동시에 깃들었다. 남편의 숨 가쁜 감정 변화에 아그네스는 어지러울 지경이었지만 흐뭇한 마음에 이내 미소를 머금었다. 이스타리엘의 변화무쌍한 표정은 결국 기쁨으로 장식되었다.

"굉장해! 정말 굉장한 소식인걸!" 이스타리엘이 외쳤다. "우리 꼬마 왕자님, 어쩌면 공주님이 조금만 더 나중에 왔으면 좋았으려나. 적어도 이렇게 야생이 아닌 곳에서 말이야. 하지만 아그네스, 우린 잘 해낼 수 있을 거야. 내가 꼭 약속하겠어!"

아그네스는 그의 두 눈을 바라봤다. 밝게 빛나는 푸른 눈동자엔 애정과 확신이 가득했다. 그의 말을 그대로 믿을 수만 있다면 얼마나 좋을까.

"왕자일 거래요." 아그네스가 말했다.

이스타리엘이 소리 내어 웃었다. "하하하… 네가 그걸 어떻게 알아?" 하지만 심각한 아그네스의 표정을 확인한 그의 얼굴이 곧바로 진지해졌다.

"요정이 나타나 내게 말해 줬어요. 레오드릴 샘에서요."

"요정이라고?"

아그네스가 고개를 끄덕였다. 이스타리엘이 이마를 찌푸렸다. "요정은 없어." 잠시 망설이던 그가 말했다.

"그건 내가 장담해요. 그들은 실제로 존재해요." 아그네스는 이스타리엘에게 조금 전 레오드릴 샘의 수호자와 마주쳤던 일을 자세히 설명했다. 이스타리엘은 그녀의 말에 집중하며 이야기를 들었지만 연신 고개를 절레절레 흔들었다.

"뭐예요, 지금 내가 제정신이 아닌 거 같아요?" 아그네스가 다소 불쾌한 음성으로 투덜거렸다.

"아니야, 하지만 난… 요정이 그저 동화에나 나오는 존재라고 확신했었거든. 그 종족에 관한 전설은 그저 이야기에 불과하다고 말이야. 그냥 꾸며 낸 이야기 말이야. 이해해? 그리고 솔직히 말하면 네가 지금 들려준 얘기도 꼭 그렇게 들려."

"인생 속 모든 게 이야기에서 시작되는 거라고요." 아그네스가 중얼거렸다. "그리고 내 생각에는 당신이 태어난 순간부터 이 모든 사건이 시작된 것 같아요. 21년 전에 말이죠." 레오드릴 샘의 요정은 요정족과 엘프족의 불화를 상징하는 기묘한 암시를 구구절절 반복했었다. 그녀와 헤어진 이후에도 아그네스는 그때 그녀가 말한 내용을 잊지 않으려 계속 되새겼다. 그렇지만 이스타리엘도 아그네스만큼이나 알고 있는 것이 없는 것 같았다. "요정족과의 계약에 대해선 들어본 적이 없는데. 그리고 어머니가 바쳤어야 했다는 제물에 관한 이야기도. 아버지는 어머니가 나와 이조라를 낳자마자 산욕열로 돌아가셨다고만 하셨어."

“어쩌면 요정의 말이 꾸며 낸 이야기일지도 모르겠네요.” 아그네스가 말했다.

이스타리엘이 한숨을 내쉬었다. 이제 그 또한 물끄러미 불꽃만 응시했다. 마치 혼령이 빠져나간 사람처럼. 이윽고 그가 다시 아그네스를 바라봤다. 그의 얼굴에는 그늘이 드리워져 있었다. 그게 단순히 타오르는 화염의 그림자인지, 아니면 그 뒤에 숨은 사연이 따로 있어서인지 판단하기가 어려웠다. 그렇지만 이어지는 이스타리엘의 말에 아그네스는 걱정스러운 일이 또 있었다는 걸 깨달았다. “스호오크가 죽었어.”

“뭐라고요?” 아그네스의 눈동자에 또다시 눈물이 차올랐다. 아름다운 드래곤 소녀와 친해질 기회는 별로 없었지만, 항상 다정하고 분위기가 밝았던 그녀의 모습을 바라볼 때마다 저도 모르게 얼굴에 미소가 떠올랐었다. “도대체 어떻게 그런 일이…?”

“호리엘이 그녀를…. 내 생각에는 툴이 그녀를 아낀다는 사실을 알아차린 것 같다. 그래서…” 이스타리엘은 임신한 여인에게 이런 잔혹한 사건을 낱낱이 얘기해 줘도 되는지 확신이 서지 않아 말을 흐렸다. “그래서 스호오크의 목을 칼로 그었어. 그리고 그때 난… 산 위에서 커다란 암석 뒤에 몸을 숨기고 있던 터라 어떻게 손써 볼 도리가 없었어."

"그 상황에서 당신이 뭘 어쩌겠어요?" 아그네스가 흐느끼며 말했다. "혼자서 엘프군 전체에 어떻게 대항한단 말이에요? 엘리야 님이었어도 어떻게 손쓸 방법이 없으셨을 거예요."

"그랬겠지, 게다가 지금 그의 곁에는 파수꾼들이 단 한 명도 없으니까."

"그것도 그가 자처한 거죠. 당신을 믿어 주는 대신 감옥에 가둬 버렸잖아요. 트리스탄과 사피라도 어쩌면 이미 죽었을지도 모르죠. 이조라 문제를 해결해 보겠다고 저 혹독한 슈투름 산맥으로 무작정 떠났으니 말이에요. 엘리야 님은 정말 아무것도 몰라요. 모두가 그를 위해 그토록 헌신하는데도."

"그를 위해서가 아니야, 아그네스. 우리는 에냐도르를 구하려는 거야." 이스타리엘이 어떻게든 흥분한 아그네스를 달래 보려고 시도했다. 그러나 이미 너무 늦어 버렸다.

"그러면 누가 당신들을 위해 헌신하죠? 누가 당신들을 구하려 하냐고요?" 아그네스가 날카롭게 소리쳤다. 이어 절망의 눈물이 아그네스의 두 뺨을 타고 흘러내렸다. "이스타리엘, 제발, 돌아가야 한다고 말하지 말아요."

그가 침묵했다. 하지만 차마 그가 입 밖으로 내뱉지 못한 말이 둘 사이 허공을 맴돌고 있었다. 타닥타닥 장작 타는 소리에, 아니면 갑작스러운 아그네스의 감정 폭발에 놀란 하름이 그르렁거리는 소리에 말문이 막힌 건지는 몰라도 그가 하려던 말이 무엇인지는 확실했다. 이 상황에 아그네스는 몹시 화가 났다. 마침 저를 향해 도발적으로 달려든 도깨비불을 거세게 내리쳤다.

"북쪽에서 지금 데몬족의 군대가 성으로 진군하고 있어. 아직 몰구르 폰 스키르가 어느 편에 서서 싸울지 아무도 몰라. 와이번, 유령늑대 그리고 하피는 전쟁 노예와 적군을 구별하기에 지능이 부족하지. 지금 아엘프스탄을 구할 유일한 샤텐발트의 마물은 도깨비불뿐이야. 그러니까 지금 돌아가야만 해. 사랑하는 아그네스, 안 그러면 내 종족은 전멸할 거야."

이스타리엘의 말이 전부 옳다는 건 아그네스도 물론 알고 있었다. 그럼에도 그의 계획에 차마 고개를 끄덕이기가 힘들었다. 왜냐하면 이번 계획 역시 이제까지 실행했던 계획과 마찬가지로 무모하기 짝이 없고 헌신적이기만 했기 때문이었다. 그리고 아무도 이스타리엘의 충성심을 고맙게 생각하지 않았다. 누구보다 엘리야부터가 그랬다.

“하지만 되돌아가기 전에, 먼저 레오드릴 샘부터 가 보자.” 이스타리엘이 결정했다. “내 눈으로 직접 그 요정을 만나서 내 어머니에 대해 뭘 알고 있는지 확인해 봐야겠어.”

# 마론

"이제야 알겠군. 어떻게 이 낡은 책이 사라지지 않고 여태껏 남아 있을 수 있었는지." 서재 구석 책장에서 발견한 책의 누런 페이지를 넘기며 마론이 중얼거렸다. 엘프들이 이 구석까지 샅샅이 뒤져 보진 않고 일찌감치 포기한 것 같았다. 아마도 흥미를 잃었기 때문이었을 것이다. 이 서재의 중앙홀에는 엄청난 수의 책들이 엉망진창으로 쌓여 있는 데다 여기저기 불에 탄 책의 잔해만도 산더미 같았다. 이런 모습에 비추어 볼 때 이미 더 많은 책이 불에 타 소실되었을 것이다. 곳곳에 보이는 빈 책장들은 언젠가 한 번 이스타리엘이 얘기했었던 아엘프스탄의 지하 묘지로 운반된 책들이 꽂혀 있었던 자리였을 것이다. 엘리야가 소유한 장서들 가운데 일부는 그보다 더 처절한 운명을 맞이해야만 했다. 그새 수리된 성의 변소로 자리를 옮겨 화장지로 쓰였으니까. 이 상황을 목격한 마론은 그제야 성의 서고를 조사해 봐야겠다고 생각했었다. 그리고 이곳을 가득 채운 대혼돈의 끝자락에서 결국 이 책을 찾아냈다. 짙은 가죽 표지에 제목조차 없어 눈에 잘 띄지 않는 책. 하지만 페이지마다 엘리야의 친필이 빼곡했다. 마론은 엘리야가 일부러 이 책을 후미진 별실 구석, 별 시답잖아 보이는 장서들 사이에 숨겨 놓은 거라고 추측했다. 하지만 이곳에 주둔한 엘프들이 청소 임무를 제대로 완수했더라면 이 책 역시 오래전에 유명을 달리했을 것이다.

요정족은 마법을 사용하여 아엘프스탄 성을 건설했다. 이 성은 절벽 위에 둥실 떠 있는 것처럼 보였지만 난공불락 요새처럼 튼튼하고 안전한 성벽으로 둘러싸여 있었다. 요정들이 마법을 시전하는 동안 아무도, 엘프와 인간 종족의 왕들조차도 곁에서 참관할 자격이 허락되지 않았다. 그러나 투명 마법으로 모습을 감춘 엘리야 폰 도른슈트랑은 결국 아엘프스탄으로 몰래 돌아가 요정들이 건 마법의 비밀을 엿봤다. 그는 들키지 않고 그곳을 벗어나려 했지만 결국 발각되어 포로가 되었다. 처음에 요정족 여왕은 제 뜻을 거역한 엘리야를 참수하라 명했다. 하지만 얼마 지나지 않아 죽은 자들 가운데서 다시 살아난 엘리야를 확인한 후 이런 처벌은 아무런 의미가 없다는 것을 깨달았다. 그리하여 여왕은 엘리야와 협정을 체결했다. 엘리야는 요정 마법의 비밀을 평생 지켜 주고, 그들이 하는 일을 방해하지 않겠다는 맹세를 했다. 그 밖에도 엘리야는 아엘프스탄 성에 마법을 걸어 드래곤이나 데몬의 공격에도 끄떡하지 않을 방어막을 치겠다고 선언했다. 그 대가로 요정은 도른슈트랑 성에 그와 유사한 방어진을 제공하기로 약조했다. 엘리야가 아엘프스탄에 시전하려는 방어막보다 훨씬 강한 마법 장벽을. 그에 따라 인간의 왕이 그가 한 약속을 깨트리는 순간 그의 성은 먼지 더미로 변할 것이며, 모든 백성은 죽음을 맞이하게 될 것이다.

요정들에 관한 비밀이 무엇이었든 도른슈트랑 성벽의 토대가 여전히 이렇게 건재한 것으로 보아 엘리야는 자기가 한 약속을 잘 지키고 있는 게 확실했다. 마론이 알던 바와 같이 엘리야는 꽤나 영민한 사람이었던 것이다. 그리고 목숨을 걸 만한 가치가 있는 게 무엇인지 판단할 줄 아는 사람이었다. 만약 다른 누군가가 이 구절을 읽었다면 아마 그의 왕답지 못한 처신을 비난했을 것이다. 도둑처럼 야밤에 아엘프스탄에 숨어들었고 결국에 가서는 요정족 여왕에게 불사인 제 목숨을 내세워 공갈을 친 것이다. 이런 식의 방법은 한 왕국의 수장보다는 농사꾼에게나 어울릴 법했지만 결국은 제대로 먹혔다. 한숨을 길게 내쉰 마론이 이런 면에서만큼은 제 아버지를 쏙 빼닮은 트리스탄을 떠올렸다. 두 사람의 그런 행동 방식을 탓하고 싶진 않았다. 고작 농가의 여식으로서 저 역시 지금 이 세상에서 명예로운 행동만으로 일관한다는 것이 얼마나 어려운지 누구보다 잘 알았다.

마론은 호기심에 두 눈을 반짝이며 지난 200년간의 도른슈트랑 비화를 담은 그 책을 향해 다시 몸을 숙였다. 이 책은 그 당시 남부 왕자와 벨타인의 만남에 관해서도 기술하고 있었다. 또 그 때문에 발발한 전쟁과 그로 인한 정치적 혼란, 그리고 엘리야와 귀니퍼 폰 트레간디르가 내연 관계로 이어지게 된 사연까지도 담고 있었다. 하지만 이 모든 이야기의 결말은 비어 있었다. 마론은 엘리야가 집필을 끝낼 수 있도록 제 왕에게 최대한 빨리 가져다줘야겠다고 결심했다. 훗날 이 책의 마지막 장에는 무슨 내용이 담기게 될까?

"여기 있었구나!" 갑자기 문가에서 야레드의 음성이 들려왔다. 서고로 들어선 그는 흥미로운 눈빛으로 주변을 둘러봤다. "책이 엄청 많군."

"예전만큼은 아니야. 엘프들이 적어도 절반은 불태워 버린 거 같으니까." 마론은 여기저기 수북이 쌓여 있는 잿더미와 텅텅 비어 있는 책장을 가리켰다.

마론에게 다가온 야레드가 그녀의 곁에 앉았다. "그런데 그런 만행을 저지르다 멈춘 이유는 뭘까?"

마론은 어깨를 한 번 으쓱였다. "그냥 너무 지루해져서 흥미를 잃었던 건 아닐까? 성의 하녀들을 희롱하고, 성 안마당을 진흙탕으로 바꾸는 분탕질이 훨씬 즐거웠겠지. 원래 엘프 놈들 태생이 그렇잖아."

마론은 저를 찾아온 친구의 시선에 담긴 회의적인 눈빛을 놓치지 않았다. "왜 그런 눈빛으로 보는 거야?"

"네 비약이 좀 심한 거 같아서 말이다." 야레드가 대답했다. "널 그렇게까지 모질게 만든 게 뭘까 궁금하다만. 그리 좋아 보이지만은 않아서."

대답 대신 마론은 책장을 덮고 원래 그 책이 꽂혀 있던 별실로 향했다. 야레드는 말없이 그 뒤를 좇았다. 그리고는 마론이 사다리와 의자까지 동원해서 책장을 오르내리며 죄다 똑같이 생긴 책들을 헤집는 모습을 가만히 지켜봤다. 딱히 장식도 없는 데다 눈에 잘 띄지 않는 그리 두껍지 않은 책들이었다. 엘리야는 장황하게 설명하는 유형은 아니었다. 그는 항상 간략하게 요점만 정리했다.

"내 생각에는 말이다. 항상 그렇게 씁쓸한 태도를 고수하다 보면 앞으로도 네가 그리 행복하지만은 않을 것 같다." 이윽고 야레드가 다시 말을 꺼냈다. 그는 마론이 아무 대답도 하지 않으리라는 걸 알면서도 냉정하게 말을 이어갔다. "트리스탄은 이제 너와는 끊어진 인연이야. 이미 다른 여자를 사랑하고 있으니까. 엘리야 님은 널 그분의 계획대로 움직일 헌신적인 군인으로만 볼 뿐이고. 네 부모는 이미 몇 해 전에 널 팔아 버렸지. 넌 고향도 없고, 소속된 곳도 없어. 이런 모든 사정을 볼 때 네가 딱히 즐거워할 이유가 없다는 건 물론 나도 너무나 잘 이해하고 있다만…."

"그렇다면 잔소리는 이제 좀 집어치워, 이 대장장이 녀석아!" 한쪽으로 두꺼운 책들을 옮기던 마론이 짜증 난 투로 투덜거렸다. 풀풀 날린 먼지가 야레드를 향해 떨어졌다. 야레드는 몇 차례 연이어 재채기했지만 서 있던 자리에서 물러서지 않았다.

"어쩌면 지금 네 상황을 다른 시각에서 바라볼 필요가 있을지도 모르겠다." 그가 말했다. "쾨니히스하인 군영에서 목숨을 잃지 않고 이렇게 살아났잖냐. 이제 넌 아엘프스탄의 호리엘 군영 최전방이 아니라 왕실 서고의 먼지가 풀풀 나는 책들 사이에 코를 처박고 있으니까. 그리고 너 스스로 깨닫지 못하는 것 같아서 말해 주는 거지만, 너에겐 두 친구가 늘 곁에 있어. 널 걱정해 주고, 널 위해 목숨 거는 일도 마다하지 않을 친구 말이야. 그러니까 항상 갖지 못한 것만 한탄하지 말고, 네가 지금 가진 것을 감사하게 여기란 말이야."

사다리 위에서 바삐 움직이던 마론이 잠시 동작을 멈추고 그 자리에 가만히 섰다. 야레드의 열변에 마론의 마음이 움직이기라도 한 것일까. 아마도 지금 그는 마론이 사다리에서 내려와 제 품에 안겨 엉엉 울 거라고 기대하는 것 같았다. 뭇 소녀들이라면 당연히 그래야 할 순간이었으니까. 하지만 마론은 그런 소녀가 아니었다. 마론은 야레드의 말에 조금도 동요하지 않았을 뿐만 아니라 오히려 짜증이 치밀었을 뿐이었다. 마론은 충동적으로 방금 막 정리하여 꽂아 놓은 두꺼운 책더미를 야레드의 머리를 향해 집어 던졌다. 야레드는 마론이 그럴 거라 미처 예상하지 못했다. 갑자기 머리 위로 쏟아지는 가죽과 양피지 더미에 휘청거리더니, 깜짝 놀라 비명을 지르며 무릎을 꿇었다. 야레드가 다시 일어나기도 전에 사다리를 타고 내려온 마론이 허리에 양손을 올리고 그의 앞에 섰다. "하, 지혜에 두들겨 맞은 소감이 어때?" 마론이 비꼬았다.

"너, 이 못된…" 야레드가 신음을 흘리며 머리를 움켜쥐었다.

"넌 내가 아담과 네게 전혀 관심이 없다고 말하고 싶은 거야?" 갑자기 마론이 여자애나 쓸 법한 말투로 날카롭게 따져 물었다. "넌 내가 자기 연민에 빠져서 믿을 수 있는 사람이 너희밖에 없다는 사실을 까맣게 잊어버렸다고 생각하는 거냐고? 야레드 콘라드센, 정말 그렇게 생각했다면, 그냥 꺼져 버려! 그게 아니라면 아담이 왜 저러는지 알아내는 걸 돕기라도 하든가. 그게 내가 지금 이 먼지 구덩이에서 이러고 있는 이유니까!"

"그게 이유라고?" 야레드가 휘청거리며 일어섰다. 아주 잠시 둘은 상대를 찢어발길지 혹은 달을 향해 함께 울부짖어야 할지 결정하지 못한 두 마리 늑대처럼 서로를 노려봤다. 이윽고 야레드가 헛기침을 했다. "좋아, 그렇다면 말이지. 지금 모두가 성안의 뜰에서 삽질하느라 정신없는데, 혼자 슬그머니 여기 와 있던 널 질책했던 건 미안하다."

"그냥 엘프들이 삽질하게 둬. 저들은 그래도 싸니까."

야레드가 웃었다. "그래. 네 생각대로 하지, 비젤. 이제 뭘 찾아야 할지 설명해 봐."

그들은 그날 오후 내내 원하는 내용을 찾으려 수백 권의 책을 샅샅이 펼쳐 보았다. 아마 들이마신 먼지만 몇 톤은 됐을 것이다. 서고의 책장을 전부 뒤진 마론과 야레드는 엘프들이 선별해서 쌓아 둔 것으로 보이는 또 다른 책더미 앞에 섰다. 물론 중요한 도서들은 이미 지하 묘지로 옮겨졌을 터였고, 이곳에 남은 것들은 태워 버릴 참이었을 것이다. 마론은 지금 찾으려는 그 책이 그런 운명에 희생되지 않았기만을 간절히 빌었다.

"그런데 넌 그런 책이 있을 거라고 어떻게 그리도 확신하는 거냐?" 풀풀 날리는 먼지에 두어 번 콜록거리며 야레드가 질문했다.

"엘리야 님이라면 자신의 통찰을 후세에 꼭 전달하길 원했을 거라 믿기 때문이지. 그분이 불사의 몸일지는 모르지만 그렇다고 절대 제압당하지 않는 존재는 아니니까. 그리고 벨타인이 어느 날 갑자기 그분에게 건 마법을 풀어 버릴지 누가 알아. 그러면 엘리야 님이 터득한 마법 지식을 전부 무덤으로 가져가게 될 테니까. 그분이라면 이 에냐도르를 위해 그런 상황에 대비하셨을 거야."

"그러면 차라리 엘리야 님에게 전령이나 까마귀를 보내 아담의 문제를 물어보지 그러냐?"

"아무것도 못 찾으면 그때 그럴 거야. 하지만 그런 식으로는 제때 답을 듣지 못할 것 같아. 아엘프스탄은 곧 포위될 것이고 그것만으로도 엘리야 님은 충분히 바쁘실 테니까. 난 당장 아담을 돕고 싶어. 몇 주 후가 아니라 지금."

"그래… 그건 네 말이 옳다."

그들은 책마다 샅샅이 살펴보고, 찢어진 페이지마저 훑으며 아담을 생각했다. 이제는 정말 녀석에게 뭔 일이라도 벌어질 것만 같았다. 이곳에 도착한 이후 아담의 광기는 날이 갈수록 심해졌다. 정신이 맑은 순간이 점점 줄어들었고, 때로는 제 얼굴을 할퀴고, 벽에 머리를 찧는 통에 아담을 침대에 묶어 놓아야만 했다. 그랬더니 그는 길길이 날뛰며 광기 어린 비명을 질러 댔다. 얼마나 용을 썼는지 온몸이 다 시뻘겠다.

"이것 좀 봐!" 야레드의 상기된 음성이 생각에 잠긴 마론을 깨웠다. "엘리야 님 필체 맞지, 그치?"

마론이 스르륵 미끄러지듯 다가가 야레드의 어깨너머로 그가 짚은 곳을 바라봤다. 역시 마론의 예상처럼 그리 두껍지 않고, 단순한 가죽으로 양장된 책이었다. 따로 제목도 없었지만 첫 몇 페이지만 봐도 마론이 찾던 바로 그 책임을 대번에 알 수 있었다. 더욱이 기대조차 하지 않았던 목차까지 있었다.

"저주를 깨트리는 법." 야레드가 큰 소리로 읽었다. "마법의 정수를 추출하는 기법에 관하여. 샤텐발트 마물과 그들을 제압하는 법. 프레지오라이트를 다룰 때 생길 수 있는 문제들."

"이거 정말 기대되는데." 마론이 한껏 들뜬 기색으로 말하며 다음 장을 가리켰다. "마법으로 생긴 광기와 통제되지 않는 발작."

마론과 야레드는 황급히 그 책을 탁자로 가져간 후 나란히 앉았다. 그리고 그 단원에 있는 내용을 한 줄도 빼놓지 않고 집중해서 읽었다. 하지만 아담의 상태에 맞는 내용은 없었다. 결국 낙담한 마론이 의자 뒤로 등을 기댔다. "다 헛고생이었네. 아무래도 아담의 상태는 마법이랑 상관없는 건가 봐."

"음." 야레드가 신음을 흘리며 몇 장을 뒤로 넘겼다. 그는 그 뒤로도 책을 더 읽어 보았지만 쓸 만한 내용을 찾지 못했다. 마론은 제 운명을 탓했다. 그녀에겐 언제나 행운이 따르지 않았던 터라 제 주변 사람들에게까지 그런 영향이 미치는 것 같아 속상했다.

그러다 야레드의 팔꿈치가 제 갈비뼈를 쿡쿡 찌른 후에야 마론은 그런 무기력 상태에서 빠져나왔다. "이것 좀 읽어 봐라!"

"뭔데?" 호기심에 찬 눈빛으로 마론이 다시 책 위로 고개를 숙였다. 마론은 그곳에 쓰인 내용이 전혀 믿기지 않았다.

선지자는 마력의 환상을 꿰뚫어 보고 마법의 실체를 통찰하는 맑은 눈을 가진 자들이다. 선지자의 눈은 상대 혹은 물체에 덧씌워진 환상을 걷어 내고 본질 그 자체, 즉 아우라를 알아본다. 신비로운 마력의 기운인 아우라는 일반적으로 마법에 걸린 상대나 물체 주변에 초록 혹은 청록색 광채로 발현된다. 마법의 권능이 선지자에게 처음 깃들 때 그들이 광기에 빠지는 경우가 아주 흔하다. 따라서 적어도 몇 달에서 최고 몇 년에 이르도록 곁에서 이들을 지도해 줄 인내심이 강한 마법사가 필요하다. 그런 지원을 받지 못하면 비극적으로 자살을 택하는 경우가 허다하다. 이런 제약 때문에 선지자는 매우 드물다. 이들이 지닌 투시 권능은 또한 미래를 보는 예지 능력과 연관이 있다는 게 정설이다. 그러나 미래를 보는 예지력의 사실 여부는 아직 확인되지 않았다.

기록된 내용은 여기까지였다. 지난 200년 동안 엘리야 역시 선지자에 대해 많은 정보를 수집하지 못한 것 같았다. 문맥으로 볼 때 아마 직접 만나 본 경우는 없다고 봐도 무방할 것이다. 하지만 바로 지금 이 성안에 한 명이 있었다. 부르크스메아데에서 온 우직한 촌부의 아들 아담. 누구보다 선량하고 올곧은 심장을 지녔지만 세상을 이해하고 전략적으로 헤쳐 나가는 재능이 다소 모자란 녀석. 그런데 하필 운명의 여신은 그런 그의 양탄자에 몹시 특별한 실을 꼬아 넣었고, 앞으로 그것이 밝은 실 혹은 암흑의 실이 될지 판단하기가 힘들었다. "아담이 선지자라니." 그녀가 중얼거렸다. "보아하니 아담이 제 손목을 긋지 않게 하려면 마법사가 필요한 것 같은데 말이야."

"카이가 있잖냐." 야레드가 곧바로 카이를 떠올렸다.

"지금 아엘프스탄에 있잖아."

"그래, 하지만 엘리야 님이 기꺼이 보내 줄 것 같은데. 선지자를 수하로 얻을 수 있는데 왜 마다하겠어? 아마 아담은 이런 불행한 숙명을 통해 제 진가를 인정받겠지. 이 사실을 알게 되면 모두가 아담을 손에 넣으려 혈안이 될 테니까."

"그럼 전령으로 까마귀를 보내는 건 어떨까?" 마론이 물었다. 하지만 마론 역시 이토록 중요하고 긴밀한 소식을 달랑 새 한 마리에 맡긴다는 게 무척 찜찜했다. 까마귀 전령 중 일부는 끝내 목적지에 도착하지 못한다는 걸 알고 있었기 때문이었다. 야레드도 결단을 내리지 못하고 망설였다.

"고민 좀 해 보자." 그가 결정했다. "먼저 아담을 살펴볼까. 운이 좋으면 지금 정신을 차렸을 거다. 그러면 그놈도 하고 싶은 말이 있을지도 모르니까."

서고를 나온 마론과 야레드는 성으로 돌아갔다. 왕가의 서고는 보안 문제로 성의 안채에서 멀리 떨어진 성벽 근처에 있었다. 한밤중에 촛불을 켜고 책을 읽다가 불이 날 위험이 제법 컸기 때문이었다. 마론은 모든 엘프 병사들이 총동원되어 구슬땀을 뻘뻘 흘리며 작업에 매진하는 광경을 꽤나 만족스러운 눈빛으로 바라봤다. 그들은 무릎까지 진흙으로 얼룩진 지저분한 몰골로 삽과 곡괭이를 들고 땅을 파 나아가고 있었다. 이제 성 안뜰의 대부분이 분수대를 중심으로 방사선 모양으로 파헤쳐져 있었고 파헤친 도랑에는 빗물이 더 잘 흐르도록 돌멩이, 자갈, 모래가 채워졌다. 분수대 역시 깨끗이 청소하고 새 돌을 쌓아 새 단장을 마쳤다. 엘프들은 이 작업을 위해 주변 마을에서 일꾼들을 데려왔지만 일손이 모자라 그들도 직접 제 손에 흙을 묻혔다. 무엇보다 직접 나서서 진두지휘하고 있는 코리안의 모습이 인상적이었다. 아마도 첫날부터 제 위치에 걸맞지 않은 푸대접을 받은 것이 뼈에 사무쳤던 모양이었다.

마론과 야레드는 코리안이 그들을 발견하고 임무라도 맡

길까 봐 슬그머니 그 자리를 떴다. 그들 사이에는 여전히 묘하고 끈질긴 침묵이 존재했다. 하지만 코리안과 마론 어느 누구도 어정쩡한 서열을 정리하기 위해 먼저 나서길 꺼렸다. 마론과 야레드는 하녀들이 저녁 식사 준비에 여념이 없는 대연회장을 가로질러 아담이 묵는 방에 도착했다. 이따금 아담을 혼자 두고 자리를 비웠을 때마다 그랬지만 마론은 방문을 여는 그 순간이 너무 두려웠다. 그 안에 있을 아담이 어떤 상태인지 전혀 짐작할 수 없었기 때문이었다. 눈을 희번덕거리며 입에 거품을 물고 있을지, 아니면 멍한 시선으로 창밖을 바라보며 얌전히 침대에 앉아 있을지 예측할 방법이 없었다. 그래도 이번만큼은 다행히도 후자였다. 아담은 원망하는 눈초리로 마론을 쏘아보며 밧줄에 묶인 양팔을 뻗었다. "이것 좀 풀어 주라!" 아담이 부탁했다. "여기까지 와서 너희에게 이렇게 묶여 있는 게 참으로 괴롭다. 게다가 소변이 급하기도 하고."

야레드는 한결 홀가분해진 마음으로 한숨을 내쉬었다. 그 모습에 마론은 야레드 역시 이 방에 들어서면서 저만큼이나 긴장했었다는 걸 깨달았다. 단도를 꺼낸 야레드는 아담을 묶은 밧줄을 잘라 버렸다. 벌떡 일어난 아담은 침대 밑에 놓아둔 요강을 황급히 꺼냈다. 그리고 홀가분한 탄성을 흘리며 곧바로 오줌을 내리깔겼다. 볼일을 다 마친 아담은 그제야 이 방에 소녀가 있다는 걸 떠올린 것 같았다. "아아, 맙소사. 비젤… 최소한 뒤로 돌아 있을 수도 있었을 텐데."

"예전에 이미 다 본 건데, 뭘 그렇게 유난을 떠냐?" 마론이 말했다.

아담은 엄청 무거운 중량이 저를 누르는 것처럼 과격하게 침대에 대자로 드러누웠다. "뭔가 다른 생각을 해 보려고 무지 노력하는데 말이야. 하지만 온통 붉기만 한 그 광경이 날 정말 미치게 해. 이러다 눈이 멀 것 같아. 아니면 천치가 되든지. 난 인제 어쩌지?"

마론은 이미 태어날 때부터 바보였기 때문에 거기서 더 천치가 될 일은 없다는 말을 내뱉지 않으려 이를 악물어야만 했다. "아니야, 그런 거랑은 좀 달라." 대신 이렇게만 대답했다. 야레드와 마론은 그에게 무슨 일이 벌어지고 있는 건지 차분히 설명했다. 그 시간의 대부분을 야레드가 나서서 설명했다. 야레드에게는 적어도 아담이 상황을 제대로 이해하고 공황 상태에 빠지지 않도록 말하는 재주가 있었다. 야레드가 설명을 끝내자 아담은 적갈색 머리칼을 세차게 흔들었다. "그럴 리가 없어. 왜냐하면 난 녹색은커녕 온통 붉은색만 보이거든."

"그게 좀 이상하긴 해." 마론이 끼어들었다. "하지만 난 엘리야 님이 그 이유를 알고 계실 거라 확신해."

"그분을 모셔오려고?"

"아마 못 오실 거야." 마론은 가능한 침착하게 설명했다. "지금은 아엘프스탄을 떠날 수 없는 상황일 거야. 하지만 대신 카이를 보내 달라고 요청할 수는 있겠지. 아니면…"

"난 이곳을 벗어나고 싶어!" 아담의 말에서 느껴지는 격렬한 의지는 의심의 여지가 없었다. 그를 이곳 도른슈트랑에 계속 머물게 한다면 분명 오래 버티지 못할 것이다. 며칠만 더 이 방에 이런 식으로 밧줄에 묶어 놓는다면 허리띠를 풀어 제 목을 걸 분위기였다. 어쩌면 이틀 안에 그를 부르크스메아데로 데려갈 수도 있을 것이다. 하지만 그곳에 간다고 한들 달라질 게 뭐가 있겠는가? 아담은 절대 마법의 굴레에서 벗어나 평범한 삶으로 되돌아가지 못할 것이다. 조만간 아담이 다른 사람들이 보지 못하는 것들을 보는 예지 능력이 있다는 사실이 밝혀질 테고 그때가 되면 아마 아담이 직접 제 목숨을 끊거나 광분한 폭도들에게 맞아 죽을 게 뻔했다. 그렇다. 부르크스메아데행은 절대 해결책이 될 수 없었다. 그렇다고 아담이 여기 엘리야의 성에 계속 머물러 있을 수도 없는 노릇이었다. 그의 권능이 완전히 각성한 지금 이 마당에….

"내가 잴 카이에게 데려갈게." 마론이 말했다. "넌 여기 남아서 우리가 원래 하려던 징병 문제나 신경 써."

"너 정말 날 여기에 코리안과 단둘이 남겨둘 생각이냐?" 야레드는 걱정스러운 마음에 눈썹을 찌푸렸다. "내가 여기 도른슈트랑에 남은 유일한 인간이 되면 저 엘프 놈들이 무슨 꿍꿍이를 벌일지 어떻게 알겠냐. 코리안 저자는 지금 잠시 잠든 사냥개 같던데. 그러니까 지금은 저 엘프를 자극하면 안 될 것 같은데."

"코리안은 아직 밀두르 폰 나르누크를 괴롭히는 데 정신이 팔려 있어. 넌 이제 곧 여러 마을을 찾아다녀야 할 거고. 코리안이 네게 시비를 걸 기회가 별로 없을 거야."

"아무래도 그러기만을 바라야겠지…." 야레드가 중얼거렸다. 일행인 두 친구를 단번에 잃게 될 이 상황이 그리 달갑지 않은 표정이었다. "난 대장장이 촌놈이야, 마론. 엘프의 권모술수와 격식은 내겐 너무 어려운 일이라고. 그냥 너희들이 여기 남으면 훨씬 수월할 텐데."

할 수만 있다면 마론도 그의 청을 들어주었을 것이다. 하지만 지금은 최대한 빨리 아담을 아엘프스탄으로 데려가야 한다는 생각뿐이었다. "그럼 달리 뾰족한 방법이라도 있어?" 마론이 야레드에게 물었다.

야레드가 고개를 저었다. 마침내 어깨를 축 늘어트리고 침대에 털썩 주저앉은 야레드는 얼마 되지 않는 아담의 소지품을 자루에 집어넣는 마론의 모습을 물끄러미 지켜봤다.

다음 날 아침, 마론은 성을 잠시 떠나겠다고 말하는 순간 코리안의 얼굴에 떠오르는 음흉한 표정을 애써 무시하려 했다. 야레드는 근심 어린 굳은 표정으로 그 모습을 응시했다. 마론은 운명의 여신 티케에게 부디 엘프들이 자신이 귀환할 때까지 야레드를 가만히 내버려 두기만을 간절히 기도했다. 운이 따른다면 다음 주 안에는 돌아올 수 있을 것이다. 마론은 끝까지 출정 이유를 밝히지 않았고, 그것을 빌미로 코리안은 말을 내어주지 않겠다고 고집을 부렸다. 하지만 마론은 늦어도 저녁까지 항구 도시인 오스첸트리아에만 도착하면 이틀에서 사흘 내에 페엔요정 산맥을 지나 아엘프스탄에 도착할 거라 확신했다. 예전에 출발할 때 엘리야가 지금까지의 노고를 치하하며 그녀에게 준 동전 몇 닢이 있었던지라 뱃삯은 충분했다. 얇지만 무려 엘프의 왕 님룬트의 초상이 각인된 은화였다. 마론은 오스첸트리아에서 이 은화의 가치가 얼마나 될지 알지 못했지만 아마도 말 두 필을 마련하기에는 충분하지 못할 것 같았다. 더욱이 인간에게 말을 넘겨줄 상인이 없다는 것도 문제였다. 엘프와 인간, 두 종족이 동등한 권한을 지닌 시대가 에냐도르 전역에 스며든 건 아니었다.

마론이 알빈가르트행 작은 선박에 오른 그 시점, 바다는 무척이나 평온했다. 앞서 그들이 타고 온 선박에 비하면 훨씬 작은 배였다. 그럼에도 항해에는 거뜬할 것처럼 보이는 검증된 배였다. 선장은 일반 선원들과 달리 해풍에 거칠어진 피부나 덥수룩한 수염 하나 없는 매끈하면서도 무뚝뚝한 표정의 엘프였다. 하지만 마론은 선장에게까지 신경을 쓸 겨를이 없었다. 부디 육지까지 아무 사건 없이 도착하기만을 바라며 그 문제에만 촉각을 곤두세웠다. 출항 후 한 시간쯤 흐른 무렵 갑자기 불어온 강한 바람에 배가 요동치자 마론은 재빨리 아담에게 뱃멀미에 속을 게워낼 양동이를 건넸다. 이 배에는 아담이 실수로라도 갑판에서 바다로 추락하지 않고 안전하게 머물 만한 하갑판이 없었다. 마론은 어쩔 수 없이 밧줄로 그를 난간에 칭칭 묶어 놓았다. 아담에게 또다시 시련의 시간이 찾아왔다.

시간이 지나며 점점 바람이 거세지더니 이윽고 폭풍이 몰려왔다. 아담이 양동이를 붙잡고 쉴 새 없이 게워내는 동안 선장은 마론에게 돛을 거두는 데 손을 보태라고 지시했다. 그 어떤 악몽에서 본 장면보다도 상황이 심각해졌다. 이제 막 오후로 접어든 시점이었지만, 하늘은 칠흑처럼 어두웠다. 우박을 동반한 시커먼 구름이 몰려와 요란한 천둥, 번개를 머리 위로 사정없이 내리꽂았다. 바다에는 몇 미터는 훌쩍 넘을 거대한 너울성 파도가 쳤다. 마치 성난 바다 괴물이 강력한 꼬리를 휘저으며 끊임없이 채찍질해 대는 듯 갑판 위 뱃짐들을 남김없이 집어삼켰다. 하얗게 질린 아담이 어찌할 줄 몰라 하며 손가락으로 연신 배의 난간을 가리켰다. 동시에 눈앞에 환상이라도 보이는지 마론이 알아듣지 못할 요상한 말을 계속 반복하며 지껄였다. 마론은 그의 곁에 무릎을 꿇고 앉아 물을 마시도록 도와주었다. 마실 물이 담긴 물통을 꼭 잡아 아담의 입에 대 주면서 어떻게든 갑판 위로 쓸려 내려가지 않으려 안간힘을 썼다. 얼음장처럼 차가운 바닷물과 몇 톤은 됨직한 빗물이 한데 뒤섞여 머리 위에 쏟아지자 마론은 순간적으로 장님이라도 된 것처럼 앞이 조금도 보이지 않았다. 짠물에 눈이 아려 제대로 뜰 수도 없었다. 연거푸 내리치는 번쩍이는 번개가 시커먼 하늘을 수놓았다. 번개가 칠 때마다 마론의 눈에 선장의 실루엣이 보였다. 그는 잔뜩 긴장한 어깨로 선미에 서서 어떻게든 선박이 항로를 이탈하지 않게 하려고 안간힘을 다해 방향타를 붙들고 있었다. 이번에 작렬한 번개는 무척이나 밝아서 수심 가득한 선장의 얼굴이 보일 정도로 주변을 환하게 비췄다. 이어 다음 번개가 치는 순간 그의 모습이 돌연 시야에서 사라졌다. 그녀의 마음에 공포가 스멀스멀 피어올랐다. 마론은 곁에 있는 아담을 마구 흔들었다.

"아담! 선장이 갑판에서 떨어졌나 봐! 이러다 우리까지 휩쓸리겠어!" 마론은 성난 폭풍에 맞서며 아담에게 고함을 질렀다. 아담은 아무 반응도 없었다. 결국 그를 두고 일어선 마론은 아담을 묶은 밧줄이 단단한지 재차 확인한 후 간신히 네발로 기어 선미로 향했다. 선미에 도착한 마론은 자신이 우려했던 최악의 상황이 벌어졌다는 것을 확인했다. 그 어디에도 선장의 모습이 보이지 않았다. 주인을 잃은 방향타 손잡이가 몰려드는 파리 떼를 몰아내려는 망아지 꼬리처럼 이리저리 흔들리고 있었다. 그에 따라 선박도 마론도 중심을 잃고 휘청거렸다. 양팔을 심하게 허우적거리며 마론은 어떻게든 균형을 잡아 보려 했다. 그러다 가까스로 손에 닿은 방향타 손잡이를 꼭 붙잡았다. 물론 그것으로 비틀거리던 마론의 몸뚱이가 균형을 잡은 건 아니었지만, 적어도 선박만큼은 조금 전보다는 어느 정도 파도 사이에서 중심을 잡아가는 듯한 느낌을 받았다. 마론은 젖 먹던 힘을 다해 방향키를 꼭 움켜쥐었다. 물론 엘프 선장만큼 굳세고 곧은 자세는 아니었지만 열일곱 인간 소녀로서 할 수 있는 건 뭐든 다 했다. 바닥에 나동그라지고 두려움과 추위에 벌벌 떨었지만 결코 방향키를 놓지 않았다. 이윽고 마론의 힘이 바닥날 즈음 어느새 폭풍이 점점 잠잠해졌다. 버티고 또 버틴 것은 고작 몇 시간에 불과했을 테지만 체감상 인생의 절반은 흐른 것만 같았다. 어느 순간 파도의 높이가 절반으로 낮아졌고, 시끄럽게 날뛰던 폭풍의 비명도 이젠 제풀에 지친 듯 흐느낌 정도로 줄어들었다. 그 후 얼마 지나지 않아 머리 위를 가득 메웠던 시커먼 구름 떼가 흩어지며 저녁노을이 그 틈새로 비집고 들어왔다. 자리에서 벌떡 일어난 마론은 사방을 둘러봤다. 그녀의 시야에는 온통 바다만 보였다. 츠빌링스쌍둥이 섬도 육지도 전혀 보이지 않았다. 폭풍이 저를 어디로 데려온 것인지 전혀 감을 잡을 수가 없었다. 어쩌면 이미 앙스트두려움 곶을 벗어나 에냐도르 대륙이 그들의 북쪽에 있을 가능성도 있었다. 하지만 어쩌면 알빈가르트를 우회하여 데모니아 방향으로 향해 중일 수도 있었다. 그런 경우라면 에냐도르는 지금 그들의 동쪽에 위치할 것이다. 마론은 선박을 조정하는 법을 배운 적이 없었지만 다행히도 하늘을 보고 방향을 읽을 줄은 알았다. 무거운 마음으로 방향타를 잡은 마론은 제 선택이 옳기만을 간절히 바라며 뱃머리를 북쪽으로 돌렸다. 다행히 제 요령이 제대로 먹혔는지 새로 설정한 항로를 따라 선박이 순항 중이라는 확신이 들자 마론은 방향타를 두꺼운 밧줄로 고정해 놓고 그제야 아담을 바라봤다. 아담은 여전히 난간에 묶인 채 미동도 없었다. 비록 두 다리를 쭉 뻗고 가슴팍에 고개를 푹 숙인 상태였지만, 심장 박동은 차분했고 표정도 한결 편안해 보였다. 아마도 체력이 고갈되어 잠이 든 것 같았다. 마론은 그가 그 상태로 한숨 자도록 놔두었다. 그리고는 다시 방향타 앞에 섰다. 이제 바다의 물살이 그들을 목적지까지 데려다주기만을 간절히 바랄 뿐이었다. 악천후에도 요행히 망가지지 않은 돛을 바라보았다. 선장이 돛을 끌어올릴 때 옆에서 돕기는 했지만, 혼자서는 감당할 자신이 없었다. 돛을 올릴 엄두가 나지 않았다. 점점 기력이 고갈된 마론은 파도의 리듬에 몸을 맡겼다. 파도는 마치 자장가를 불러 주듯 잔잔하고 일정한 박자로 마론을 달래 주었다. 마론은 밀려오는 피로감에 불안한 마음마저 내려놓고 이윽고 쪽잠에 빠져들었다.

꾸벅꾸벅 졸던 마론이 화들짝 놀라 잠에서 깨어났다. 한참을 날아가 나동그라진 그녀는 배의 난간에 등을 세게 부딪쳤다. 날카로운 통증이 어깨를 파고들었다. 놀란 마론이 재빨리 어깨를 살펴보니 나무 조각 하나가 박혀 있었다. 갑작스러운 충격에 난간이 부서지면서 튀어나온 널빤지 조각이었다. 날카롭게 숨을 들이마신 마론은 또 다른 충격에 대비했으나 다행히 더는 아무 일도 일어나지 않았다.

"도와줘, 비젤. 어서 날 풀어 줘!" 아담이 좌측에서 비명을 질렀다. 아담은 선박의 충돌과 함께 옆으로 내동댕이쳐져 난간에 묶어 둔 밧줄에 의지하여 대롱대롱 매달려 있었다. 마론은 서둘러 제 어깨에 꽂힌 엄지손가락만한 판자 조각을 뽑아냈다. 사방에서 배 안으로 물이 들어오고 있었다. 갑판 위에 흥건하게 고인 물을 첨벙첨벙 넘어가 아담에게 다가간 마론은 단도를 꺼내 묶어 둔 밧줄을 단숨에 잘라 냈다. 그들은 서로를 부축한 채 점점 물이 차오르는 갑판 너머로 비틀거리며 걸어갔다. 이제야 마론의 눈에 배를 난파시킨 큼지막한 바위가 보였다. 그들이 잠든 사이 배가 바위로 돌진했던 것이다. 마론과 아담은 한때 뱃머리였지만 이제는 산산조각난 나무 골조 위로 간신히 기어 올라간 후 아래로 뛰어내렸다. 백 걸음 정도면 닿을 거리에 해변이 보였기에 굳이 헤엄칠 필요는 없었다. 둘은 서로를 부축한 채 거친 호흡을 몰아쉬며 기진맥진 해변에 도착했다. 그제야 아담에게서 떨어진 마론이 제 상처를 만져 보았다. 소금물이 들어가 불이 붙은 것처럼 따가웠고, 여전히 피가 흘렀다. 하지만 목숨이 위태로울 정도는 아니었다. 마론이 상처를 살피는 동안 아담은 투박한 손을 들어 해를 가리고 바다 쪽을 살폈다. “저 멀리 육지가 보이는 것 같아.” 마침내 그가 말했다. “거리로 봤을 때 저 섬은 도른슈트랑인 것 같은데.”

그런 아담과 등을 맞대고 서 있는 마론의 시선은 육지 쪽을 향해 있었다. 그녀의 시야에 들어온 풍경은 전혀 마음에 들지 않았다. 전혀. 그 광경은 그녀를 절망감에 사로잡히게 했다.

“그 섬은 도른슈트랑이 맞아.” 그녀는 방금 아담이 추측한 사실에 동조했다. “하지만 여긴 알빈가르트가 아니야. 우리 고향이 있는 인간 왕국, 후마니아야. 그리고 바로 저기 코앞에 보이는 건 샤텐발트고….”

마론의 말을 듣자마자 아담은 그녀의 곁에서 까무룩 기절하더니 부들부들 경련을 일으켰다.

# 툴

“데몬은 드래곤을 죽인다. 데몬은 드래곤을 굴복시키지. 그리고 데몬은 드래곤에게 명령을 내려. 하지만 그 어떠한 상황에서도 드래곤을 사랑하는 경우는 없다.”

툴이 데몬족의 원수를 직접 대면한 건 사실 이번이 처음이었다. 몰구르 폰 스키르는 툴이 갇힌 이동식 감옥 옆에 등을 꼿꼿이 세우고 경멸 어린 눈빛으로 그를 내려다봤다. 해가 질 무렵 몇몇 병사를 대동한 몰구르가 황갈색 초대형 드래곤을 타고 호리엘의 군영에 당도했다. 나머지 데몬족 군대는 협곡 저편에 진을 쳤다. 그 군대가 아엘프스탄을 공격하려는 건지, 평화롭게 왕가의 혼례를 축하하려는 건지는 두고 봐야 알 수 있을 것이다. 몰구르가 타고 온 짐승은 노예의 상징인 번쩍이는 올가미를 목에 차고 있었다. 마법이 걸린 저 구속구는 드래곤이 인간형으로 변신하면 신기하게도 그 크기가 같은 비율로 줄어들었다. 툴은 저 마법을 건 마법사가 누군지 알 것 같았다. 이제는 몰구르 옆에 찰싹 달라붙은 가바인이었다. 갈린에서 트리스탄이 쏜 마력에 맞아 쓰러진 후 무슨 일이 있던 건지 알 수는 없지만, 그 후로 그 노마법사는 잘나가고 있었다. 궁상맞은 첩보원에서 데몬족 원수의 직속 마법사로 격상했으니 그 노인네는 이제 남부러울 것이 없을 것이다.

호리엘은 데몬족에게 격식을 갖췄다. 설령 데몬족의 치명적인 안광에 크게 영향을 받지 않는다고 해도 데몬에게 종속된 드래곤이 쏘아 대는 파이어볼에 큰 피해를 볼 수 있었다. 그렇기에 엘프 사령관은 몰구르가 제 진영에 머무는 동안 데몬족이 타고 온 드래곤들을 비교적 덜 위협적인 인간형으로 변신케 한 후 이동식 감옥 안에 가둬둘 것을 요구했다. 호리엘의 요청을 수락한 몰구르는 곧바로 호리엘과 함께 그의 막사에서 세 시간 정도를 머물렀다. 그리고 이제 그들은 가바인을 대동하고 포로를 감별할 차례였다. 마치 짐승을 감별하듯. 길들일지 혹은 도살할지를 결정하는 자리였다. 툴은 저들이 어떤 결정을 내리든 상관없었다.

“저놈이 왜 말을 하지 않지?” 몰구르가 호리엘을 응시하며 질문했다.

호리엘이 비열하게 입술을 말아 올렸다. "내가 저자의 드래곤을 죽인 이후로 저렇게 한마디도 안 하는군요."

"넌 진정 우리 종족의 수치로구나." 몰구르가 단언했다. 그리고 그런 판단을 뒷받침하듯 몰구르는 툴의 코앞에 침을 퉤 뱉었다. "네 아비가 널 키우는 걸 절대 허락하는 것이 아니었는데. 네놈 같은 것들은 세상에 태어나자마자 토이펠 호수에 익사시켜 버렸어야 했다. 당연히 그랬어야 하는 건데. 네놈을 이렇게 살려뒀더니 끝내 이런 꼴을 보게 되는구나. 하! 파수꾼이라니!" 마지막 말은 욕보다 더한 경멸이 가득 담겨 있었다. 툴은 여전히 아무 반응도 없었다. 아무 말도 없이 맨땅에 앉아 양손으로 제 무릎을 감싸고 그저 앞뒤로 흔들 뿐이었다. 그 행동을 꼬박 하루가 넘도록 반복했다. 그래야만 호리엘이 제 심장을 찢어 놓은 이 현실을 견딜 수 있었다. 상체를 앞뒤로 흔드는 지루한 동작을 반복하다 보니 잠이 들 것도 같기도 했다. 그러다 몸짓을 멈추기라도 하면 까마득한 나락으로 추락할 것만 같았다. 스호오크가 죽었다. 드래곤의 목숨 따위는 아무 가치도 없다고 여기는 잔혹한 엘프의 횡포에 그녀의 화염이 영영 꺼져 버렸다. 때로는 주제넘어 보이기도 했던 당당한 태도, 열정, 그리고 믿기지 않는 용기. 스호오크의 이런 모든 품성을 호리엘은 전혀 아랑곳하지 않았다. 그냥 거추장스러운 파리 한 마리 죽이듯 그렇게 간단히 죽여 버렸다. 그건 최악의 죽음이었다. 툴은 둘 중 누구라도 언젠가는 쓰러질 걸 알았다. 전투에서 저보다 강하거나 만만치 않은 적과 마주치면 죽음은 피할 수 없는 일이었다. 만약 그랬어도 툴이 느끼는 고통은 이루 말할 수 없었겠지만, 최소한 스호오크에게 걸맞은 죽음을 맞았노라고 위안을 삼았을 것이다. 스호오크를 추억하며 조의를 표했겠지만 그녀의 마음과 열정만큼은 온전히 간직할 수 있었을 터였다. 하지만 스호오크를 허망하게 보낸 지금은 어디에서도 위안을 찾을 수 없었다. 데몬족 파수꾼은 증오와 분노에 휩싸여 말을 잊었다. 증오가 독이 되어 그의 언어를 마비시켰다. 툴은 앞으로 딱 한 번 호리엘 폰 트레간디르와 말을 섞겠노라고 맹세했다. 머리통을 어깨에서 분리해 그놈을 이 세상에서 영원히 사라지게 하는 그 날. 오롯이 바로 그 날 딱 한 번만 그럴 것이다. 반면에 그를 그렇게도 경멸하는 몰구르에게는 할 말이 있었다. “지금 각하의 오른편에 선 저 엘프 그리고 왼쪽의 늙은 마법사 모두 당신을 배신할 것입니다. 둘 다 자신만의 게임을 하고 있는 것이니까요. 원수께서 등을 돌리는 순간 저들은 서슴지 않고 비수를 꽂겠지요.” 툴이 예언했다. 소리 내어 말하는 것만으로도 바싹 말라붙은 목구멍에 통증이 느껴졌다.

지금까지 한 걸음 물러서 있던 가바인이 분개한 듯 욕설을 내뱉었다. “감히 네놈이 그리 말할 자격이 있는가! 배신에 물든 영혼을 지닌 네놈 주제에. 넌 한순간도 진정한 데몬이었던 적이 없었다. 난 네놈이 태어난 그 날부터 널 지켜봤다, 툴. 넌 태생부터가 나약한 놈이었어!”

경멸 가득한 가바인의 비난은 데몬 파수꾼의 마음까지 닿지 못했다. 마치 인간의 무기가 툴의 피부를 뚫지 못하는 것처럼. 이제는 툴에게 그 무엇도 무의미했기에 그 어떤 욕설이나 저주를 퍼붓는다 해도 모두 튕겨져 나갈 뿐이었다. 툴은 이제 자신이 혼자라는 걸 알았다. 여태껏 그래왔던 것처럼. 짧은 시간이나마 스호오크는 제게 감정을 일깨워 주었다. 이 황막한 세상에도 사랑 같은 것이 존재할지도 모른다는 어렴풋한 느낌을. 그렇지만 이제 그녀는 죽었다. 그녀가 서 있던 이동식 감옥 바닥을 시커멓게 물들인 핏자국은 매 순간 그 사실을 상기시켰다. 바닥을 적신 붉은 드래곤의 피. 지금까지 툴은 스호오크에게 사랑한다고 단 한 번도 고백하지 못했다. 지금 여기 있는 모두가 저렇게 다 알고 있는데. 하물며 오늘 처음 대면한 몰구르 폰 스키르까지도. 그런데 스호오크만이 그 사실을 모른 채 세상을 떠나 버렸다.

“저 몰상식한 놈을 그냥 죽여 버리시죠!” 가바인이 제 주군에게 황급히 청했다. “저자는 엘프, 인간과 동맹을 맺은 배신자입니다!”

“당신들도 지금 엘프와 동맹을 맺으려 하지 않나.” 툴의 입에서 끝내 그 말까지 튀어나와 버렸다. 툴의 가시 돋친 발언에 데몬족 원수의 붉은 눈동자가 짜증으로 번뜩였다. 그 위력이 툴의 몸에 즉각 전해졌다. 마치 대장장이의 망치가 제 뇌를 향해 내리꽂히고, 두개골에 금이 가는 것 같은 끔찍한 통증이 그를 엄습했다. 툴은 양손으로 관자놀이를 누르며 경련이 이는 눈꺼풀을 꾹 감은 채 신음을 흘리며 바닥으로 쓰러졌다.

“제법 잘 참는구나.” 몰구르의 음성이 들렸다. “대부분 1초도 못 참고 죽어 버리던데.”

툴은 감긴 눈을 어떻게든 뜨고 몰구르를 응시하려고 안간힘을 썼다. 그러자 그의 동공에서 흘러나오던 치명적인 안광이 멈췄다. 그렇지만 참기 힘든 잔혹성이 깃든 눈빛은 여전했다. 몰구르는 지금까지 툴이 봤던 남자 중에 가장 강력한 축에 속했다. 그는 엘리야와 마찬가지로 갑주를 거의 걸치지 않았다. 모든 적군에게 어떤 상황에서도 겁내지 않는 그의 무용을 과시하기 위해서였다. 단지 팽팽하게 부풀어

오른 가슴과 심장 부근에만 네 모서리를 가죽끈으로 고정한 강철 판금을 걸쳤다. 거대한 몸뚱이에 비하면 몰구르의 머리는 작은 편이었고, 얇은 입술과 뾰족한 치아를 지녔다. 괴기스러운 미소를 지을 때마다 날카로운 이빨이 고스란히 드러났다.

“난 이 파수꾼 놈이 아직 쓸모가 있지는 않을까 묻게 되는군.” 곰곰이 생각에 잠긴 몰구르가 말했다. “저놈을 처형하면 어차피 또 다른 파수꾼 놈이 등장하는 거 아닌가. 저기 첩첩산중에는 우리가 일일이 감시할 수 없는 마을들이 널렸고, 그중에는 자연의 섭리를 거스른 새끼를 숨기려는 어미들도 널렸으니까.”

“그러면 어찌하고 싶으십니까, 주군?” 가바인이 비굴한 음성으로 물었다.

데몬족의 원수는 아직 확고한 결심을 내리지 못한 것 같았다. 상흔으로 가득한 이마를 찌푸리며 한동안 고민을 이어갔다.

“저놈을 내게 넘겨라.” 몰구르가 호리엘를 향해 말했다. “미친한 삶을 놓지 않으려 집착하는 데몬 놈이 어딘가에 쓸모가 있을 것 같군. 저자를 내게 넘겨줄 텐가?”

호리엘이 시답잖다는 표정으로 어깨를 한 번 으쓱였다.

어쨌든 자기가 알고자 했던 정보는 이미 다 알아냈던 터였다. 호리엘은 더는 툴에게 아무 관심도 없었다. "원수께서 데려가시지요. 우선 전투를 마치고, 내일 말입니다."

몰구르가 고개를 끄덕였다. 다시 말해 아엘프스탄 협공은 이미 결정된 사안이었다. 호리엘과 몰구르는 각자의 노예 부대를 이끌고 성의 양방향에서 돌진할 것이다. 데몬, 드래곤, 엘프 그리고 인간들이 한꺼번에 아엘프스탄에 쳐들어갈 것이었다. 어떻게든 노예들을 살려 보려고 고집부리는 엘리야는 이 협공에 속수무책일 수밖에 없으리라. 게다가 툴은 그 마법사 왕을 결계에 가둘 유일한 방법을 적군에게 이미 털어놓은 터였다. 그것 하나만으로도 파수꾼 자격을 박탈해야 마땅할 것이다. 트리스탄, 사피라 그리고 이스타리엘은 자신이 저지른 일을 경멸할 게 뻔했다.

그것으로 아무 말 없이 돌아선 몰구르가 가바인을 대동한 채 발걸음을 옮겼다. 그리고 제 드래곤을 가둬 둔 우리로 향했다. 신호를 보내자 병사들이 문을 열었다. 엘프 병사들은 자기들끼리 계속 신호를 주고받았다. 호리엘은 툴을 가둬 둔 이동식 감옥 앞에 멈춰 서서 승리에 도취한 황홀한 눈빛으로 그를 내려다봤다. "지금 예쁘장한 네 머릿속에 가득 찬 생각이 훤히 보인다, 데몬족 파수꾼!" 흠결 하나 없는 무표정한 얼굴로 엘프가 목소리를 낮게 깔아 말했다. “네놈이 처한 그런 상황에서 계속 목숨을 부지할 만한 동기는 딱 하나뿐이겠지. 바로 복수. 하지만 내 말을 믿어라. 제 검에 내 피를 적시고 싶어 하는 놈이 네가 처음인 것도, 유일한 것도 아니란다. 물론 제대로 검을 휘둘러 볼 기회조차 없는 건 네 놈 하나뿐이겠지만.”

조소가 가득한 미소를 씩 지어 보인 호리엘은 톨을 그대로 두고 새 동맹군 쪽으로 향했다. 그들은 곧 있을 출정을 위해 병사들과 드래곤들을 준비시키느라 분주했다. 톨은 지난 며칠간 많은 실수를 저질렀지만 딱 한 가지만큼은 제대로 된 선택을 했다는 것을 깨달았다. 적어도 그는 샤텐발트 마물을 벤 정복자의 검을 아엘프스탄 지하 묘지에 두고 왔다. 천만다행이었다. 만약 정찰 비행에 그 문스워드를 가져왔었더라면 아마 지금쯤 호리엘은 유령늑대를 지배하는 주인이 되었을 것이다.

톨이 다시 눈을 감았다. 피투성이 장면이 불현듯 떠올랐다. 샤텐발트에서 유령늑대가 제게 달려들어 물어뜯으려 했던 그 장면이었다. 그의 머릿속에 유령늑대 생각이 밀려왔다. 그렇다. 지금 그가 지배하는 늑대 무리가 이 협곡에서 멀지 않은 곳에 진을 치고 있을 것이다. 여기서 몇 킬로미터 떨어진 사냥터 근처 숲에 남겨두고 왔으니까. 하지만 툴은 그들과 연락을 취할 방법이 없었다. 아니면 잘 생각해 보면 무슨 방법이 있지 않을까? 툴은 제 머릿속을 가득 메운 스호오크 생각을 잠시 접어 두고 온 힘을 다해 유령늑대에 집중했다.

자정이 훌쩍 지난 시간이었다. 흐릿한 달빛이 엘프 군영을 비췄다. 여기저기에서 악몽에 시달리는 노예들의 신음만이 고요한 밤을 가르며 새어 나왔다. 아엘프스탄 성의 시커멓고 비밀스러운 실루엣이 저 멀리 보였다. 마치 골짜기 위에 종이로 만든 거대한 세공품을 세워 놓은 것 같았다. 성탑에는 하피와 와이번이 줄지어 괴물 석상처럼 미동도 없이 줄지어 앉아 있었다. 사방에 모든 생명체가 사라진 것 같은 적막이 흘렀지만, 툴은 여전히 제가 갇힌 감옥에 쪼그리고 앉아 정신 나간 사람처럼 계속 몸을 앞뒤로 흔들었다. 툴의 그런 모습이 눈에 거슬렸는지 때때로 순찰하는 경비병들이 곁을 지날 때마다 그에게 다가와서는 이제 그만하라며 윽박지르면서 창끝으로 쿡쿡 찔러 댔다. 그런 이유에서 툴은 창끝이 닿지 않도록 감옥의 정중앙으로 이동했다. 그리고 그 곳에 웅크리고 앉아 있던 툴은 얼마 후 이젠 무의미하게 몸을 흔드는 짓을 그만 멈춰야겠다고 결심했다. 이렇게 앞뒤로 몸을 흔들다 보니 마음은 좀 가라앉았지만, 모든 감각이 둔해지는 것 같았다. 이제 죽기 전까지 얼마 남지 않은 시간 동안만이라도 최대한 깨어 있고 싶었다. 어떻게든 정신을 차려야 복수도 가능할 테니까.

몰구르와 수행원들이 드래곤을 타고 이 협곡 반대편에 위치한 그들의 군영으로 되돌아간 후 호리엘은 기분이 한껏 고조된 것 같아 보였다. 고개를 빳빳이 쳐들고 군영을 활보하며 여기저기 명령을 내리고 노예들을 괴롭혔다. 그럴 때마다 툴의 눈은 줄곧 그를 뒤쫓았다. 툴은 엘프의 손짓 하나까지 세심히 관찰했고, 바람에 실려 온 그의 말 한마디까지 모조리 기억에 새겨 두고자 했다. 파수꾼이라면 그렇게 하지 않았을 것이다. 그렇다고 데몬 특유의 방식도 아니었다. 맹수 같았다. 그랬다. 시간이 갈수록 툴은 점점 맹수에 가까워졌다. 그림자에 숨어 희생양의 목덜미에 제 이빨을 박아 넣을 순간만을 기다리는 늑대처럼 변해 갔다.

그때 이동식 감옥 뒤편에서 나지막이 으르렁거리는 늑대의 울음소리가 생각에 잠긴 툴을 깨웠다. 주변의 이목을 끌지 않기 위해 툴은 최대한 조심스럽게 아주 천천히 뒤로 돌았다. 그곳에서 웅크리고 있는 유령늑대 한 마리를 발견했다. 툴은 그리 심하게 놀라진 않았다. 늑대의 하얀 털이 달빛에 환히 빛났다. 툴은 재빨리 사방을 둘러봤다. 마지막으로 창으로 찔러 대며 절 훈계하던 보초병이 지나간 지 제법 오래된 만큼 이제 곧 엘프가 다시 나타날 가능성이 컸다. 툴은 최대한 다른 이들의 이목을 끌지 않으려 주의하며 감옥 모서리로 슬그머니 이동했다. 적들의 눈에 띄지 않도록 늑대에게 진흙을 발라 줄까 생각도 했지만 아쉽게도 바닥은 단단한 돌이었다. 그런 만큼 신속히 명령을 내려야 했다. 툴은 창살 사이로 손을 뻗어 늑대의 귀 사이를 가볍게 쓰다듬었다. 그들 간에는 내적 차원의 소통 방식이 작동하는 것 같았다. 그렇지 않았더라면 저 늑대가 저를 찾아 여기까지 오지 않았을 것이다. 그럼에도 툴은 소리 내어 명령했다. “최대한 빨리 무리에게 돌아가거라. 오늘 밤 성으로 돌아가 내가 명령을 내릴 때까지 대기해. 하지만 저 엘프 사령관만큼은 절대 죽이지 마라. 저놈은 내 것이니까.”

거대한 맹수가 으르렁거리며 툴에게 화답했다. 저를 쓰다듬는 툴의 손가락에 기분이 좋아진 듯 머리를 숙이며 그에게 비비적거렸다. “너희들을 이런 식으로 소환할 수 있다는 걸 조금만 더 일찍 알았더라면⋯.” 스호오크 생각이 화살처럼 제 심장에 꽂히자 숨이 멎을 것만 같았다. “자, 어서 가거라!” 툴이 미처 손을 거둬들이기도 전에 유령늑대는 그 어떤 무기도 명중시키지 못할 정도의 속도로 내달렸다. 늑대는 정말 나타났을 때만큼이나 아무에게도 들키지 않고 감쪽같이 사라졌다.

그로부터 몇 분 뒤 보초병이 찾아왔다. 다소 실망한 것 같은 표정으로 툴의 감옥 앞에 선 그가 창을 흔들며 말했다. “야, 데몬! 이제 좀 정신을 차린 거냐?” 병사가 씩 비웃으며 물었다.

툴이 잠자코 고개를 끄덕였다.

“네놈은 드래곤만큼이나 정신이 나약하군!” 엘프가 비아냥거렸다. “하마터면 나까지 그 자세를 따라 하게 될 뻔했잖아.” 그는 상체를 숙여 지난 몇 시간 동안 툴의 목숨을 부지하게 해 준 그 동작을 흉내 냈다. 데몬족의 파수꾼이 드디어 몸을 일으키자 관절에서 우두둑 소리가 났다. 실수라도 다리가 꺾여 무릎을 꿇는 수모를 겪지 않도록 창살까지 천천히 절뚝이며 몸을 끌고 간 툴이 양손으로 창살을 거머쥐었다. 그의 안광은 비록 엘프를 해칠 수 없었지만, 그럼에도 툴의 이글거리는 눈빛에 엘프 병사가 흠칫 놀라 한 걸음 뒤로 물러섰다. "이만하면 네 얼굴은 똑똑히 봐뒀다. 내 기억해 두마. 전장에서 마주치면 지금 그 고운 얼굴이 네 어깨 위에 그대로 남아 있지 못할 거다. 그러니 날 다시는 만나지 않게 해 달라고 너희들 신에게 빌어라."

# 카이

**나약함이여! 이제 그의 몸에서 사라져라. 피여, 어서 그의 혈관에 가득 넘쳐흘러라! 내가 바로 씨앗을 다시 자라게 하고, 대지를 비옥하게 만드는 태양이자 비로다.**

별로 내키지 않는 심정으로 마법 주문을 외운 건 이번이 처음이었다. 하지만 그런 카이의 마음과는 상관없이 마법은 여느 때처럼 효력을 발휘했다. 마침내 티발트의 입에서 교성이 터져 나왔다. 교미기에 들어선 사슴의 울음소리처럼 거슬리는 소리였다. 카이는 경멸이 가득한 시선으로 티발트를 째려봤다. 티발트는 몸을 곧게 펴고는 목등뼈에서 우두둑 소리를 내더니 한 손을 뻗어 제 물건을 점검해 보려 했다.

"내 앞에서 그랬다간 가만두지 않겠어!" 카이가 호통을 쳤다. "내 눈앞에서 그런 짓거리를 하면 그나마 생긴 네 힘을 깡그리 거둬 버릴 거다!"

"알았습니다, 알았어요!" 티발트는 양손을 번쩍 들며 카이를 진정시키려 했다. "나 그렇게 미친놈은 아니에요. 내가 그래 보이시나요? 당장 부엌으로 가서 나를 반겨 줄 하녀를 하나 찾아야겠습니다요."

"네놈이 또 누군가에게 함부로 손을 대는 순간 예전으로 되돌아가게 될 거다, 알았냐?" 카이가 호통을 쳤다. "내 맘 같아서는 미천한 네 삶의 남은 시간을 알맹이 없는 호두처럼 보내게 놔두었을 거다. 네 정력을 돌려받은 건 그레타 덕분이니 고마운 줄이나 알아라."

"알겠습니다, 마법사님." 티발트가 서둘러 대답했다. "마법사님과 그레타에게 진심으로 감사하고 있습니다요. 하지만 지금은…." 어느새 또 제 남성에 닿은 티발트의 손이 거친 마 바지 위를 쓰다듬으며 기능을 점검하려 했다.

카이가 구역질 나는 표정으로 고개를 돌렸다. "내 눈에서 썩 꺼져라, 티발트!"

카이의 호통에 하인은 서둘러 자리를 빠져나갔다. 마치 날개라도 돋은 듯 춤을 추며 주방으로 향했다. 마침 젖소의 젖을 짜려 성에서 나온 하녀들을 발견한 티발트는 파렴치한 손짓으로 농지거리를 해 댔다. 하녀들은 외설적인 그의 행태에 떠들썩하게 웃고는 수다를 떨며 맡은 일을 처리하러 사라졌다. 저런 파렴치한 짓거리를 하기에 너무 이른 아침이었다.

한숨을 내쉰 카이가 요새 붙어 다니던 암컷 없이 홀로 나타난 그바일로를 물끄러미 내려다봤다. 지난 두 밤 내내 그바일로는 카이의 방이 아니라 마구간에서 밤을 보냈다. 물론 카이 역시 밤마다 여인의 방문을 맞이하던 터였으니 피장파장이긴 했다. 어쨌거나 저렇게 아무 일도 없는 표정으로 암컷이 있는 곳을 들락날락하는 그바일로를 보면 적어도 앞으로 몇 시간 동안은 호리엘 혹은 몰구르와의 전투가 벌어지지 않을 것 같았다. 그랬더라면 그바일로의 행동이 분명 지금과 달랐을 테니까. 여전히 아엘프스탄 성에 있는 모두가 데몬족의 원수가 그들의 편에 서기를 기대하고 있었다. 호리엘과 몰구르가 연합하여 성을 포위하고 공격해오는 상황은 상상만 해도 끔찍했다. 아직은 어떻게 될지 알 수 없었다. 몰구르는 아직 칙사를 보내지 않았다.

"아그네스가 왜 티발트에게 건 마법을 거둬 달라고 부탁했는지 여전히 모르겠어." 카이가 중얼거리자 그바일로가 울음소리를 내며 동조했다. 그레타의 진심을 의심할 만한 이렇다 할 이유는 없었지만 그녀의 행동은 좀 이상했다. 하지만 그와는 별개로 그녀는 더할 나위 없이 사랑스러웠다. 예전보다 훨씬 세심하고, 다정했다. 그에게 장애가 있다는 사실마저도 전혀 개의치 않는 것 같았다. 매일 밤 카이는 그녀의 부드러운 맨살의 감촉과 허브 향, 막 구운 빵 냄새가 밴 머리카락 내음에 심취했다. 그럴 때마다 카이는 자기 자신을 꾸짖었다. 어찌 이 사랑스러운 여인을 의심하고 경계할 수 있는 거냐고. 하지만 그런 카이의 염려를 전부 털어 버리기에는 그레타는 항상 질문이 너무 많았다. 특히 예전에 지하 감옥에서 트리스탄, 이스타리엘과 나눴던 대화에 지나치게 큰 관심을 보였다. "그건 전부 당신 때문이에요. 내가 듣지 못하게 날 재워 버렸잖아요!" 그레타는 그렇게 주장했다. 그리고 카이가 뭐라 반박하려 하면 키스로 그의 입을 막아 버렸다. 지금까지 그의 머릿속에 떠올랐던 것들을 전부 새하얗게 만들어 버리는, 저항할 수 없는 입막음이었다.

마법 지팡이에 몸을 지탱한 카이는 제 뒤를 따르는 그바일로와 함께 난간으로 절뚝거리며 다가갔다. 카이는 성이 위치한 고원과 까마득한 협곡의 경계선에 있다는 의미에서 그 지점을 쉬프스부크뱃머리라 불렀다. 그곳에 배치된 병사의 수는 많지 않았다. 난간마다 하피나 와이번이 앉아 있는 탓에 그들의 얼굴은 밀랍처럼 창백하고 잔뜩 경직된 상태였다. 지난 이틀간 이 성의 안전을 위해 트리스탄과 사피라가 두고 간 샤텐발트 마물들은 아직 살생을 저지르지 않고 얌전히 있었지만, 항상 예측 불가인 성정 탓에 쉽게 흥분했다. 병사들은 특히 하피를 무서워했다. 하피들은 주변에 있는 보초병들을 어떻게 하면 가장 끔찍하게 죽일지 상상하며 잡담을 늘어놓는 게 일과였다. 샤텐발트 마물들은 병사들에게 들릴 만한 음성으로 저들을 어떻게 찢어발기고, 할퀴고 싶은지 무척 실감 나게 떠들어 댔다. 카이가 막 난간에 들어섰을 때도 하피 한 마리가 제 독백에 한껏 심취해 그가 온 것도 알아차리지 못했다.

"…내 발톱으로 네놈의 입술을 찢어 버리고, 네 혀를 뽑아 버릴 거야…." 카이가 알아듣기로는 그렇게 말했다. 이어 잔혹한 행위들이 계속 나열됐다. 한동안 하피의 말을 가만히 듣고 있던 카이는 그 입을 잠시 다물게 하는 마법을 시전했다. 카이는 하피들의 입을 모조리 봉해 버리는 마법도 써 봤으나, 대부분 몇 시간이 지나면 마력이 저절로 풀려 버렸다. 샤텐발트의 마물들은 자연의 순리를 따르는 생명체가 아닐뿐더러 더욱이 벨타인의 마법으로 태어난 존재들이었다. 그런 만큼 이런 나약한 농민 출신의 마법사가 건 마법 따위는 몇 시간이면 파훼해 버릴 능력을 지녔다. 그렇기에 마력을 허비할 만한 가치가 없었다. 그건 제발 저 하피들에게 재갈을 물려 달라고 카이가 간청했을 때 엘리야가 했던 말이기도 했다. 카이가 아는 한 엘리야의 마력은 저보다 훨씬 막강했다. 어쨌거나 저들을 제압하는 정복자의 검을 만든 마법사였으니까. 그러나 왕은 겁먹은 엘프 보초병을 달래 주기 위해 제 마력을 소모할 생각까진 없었던 것 같았다.

마침내 잔혹한 하피의 욕설이 멈추자 카이 옆에 있던 엘프가 긴 한숨을 토했다. "고맙습니다." 엘프가 말했다. 그가 걸친 갑주와 투구 탓에 표정을 볼 수는 없었지만 그럼에도 카이는 한결 편안해진 엘프의 심정을 느낄 수 있었다.

"별말씀을."

카이는 난간 아래로 보이는 깎아지른 암석 절벽을 내려다보았다. 까마득한 심연 위에 제가 발 딛고 있는 이 거대한 건축물이 둥실 떠 있는 아슬아슬한 형상이었다. 카이가 서 있는 곳의 우측, 그러니까 아치의 남쪽 지대에 호리엘의 군영 일부가 보였다. 몰구르가 있을 것으로 추정되는 좌측에는 아직 아무것도 보이지 않았다. 데몬족의 원수는 아마 협곡의 북쪽에 돌출된 암석 지대 뒤편에 그의 군대를 숨겨 놓았을 것이다. 산맥을 오가는 까마귀들과 독수리들의 눈에 연결 마법을 건 엘리야는 수많은 데몬 전사들이 그곳에 진을 치고 있다는 것을 훤히 알고 있었다. 대단히 위협적이었다. 특히 칼을 겨눌 적이 될지도 모르는 지금 상황에서는 엄청난 위협이 아닐 수 없었다.

한숨을 쉬며 돌아선 카이가 그바일로를 다시 마구간으로 데려갔다. 카이는 가축에게 먹이를 주는 하인을 찾아 그바일로는 보통 염소가 아니라 자기의 친구이니 다른 가축처럼 우리에 가두지 말라고 다시 한번 단단히 일러둘 셈이었다. 하지만 한 가지 문제가 있었다. 그 하인은 여러 하얀 염소들 가운데 그바일로를 잘 구별하지 못했다. 그게 항상 카이의 골칫거리였다. 카이는 의도하지 않은 뜻밖의 사건이 일어나는 것을 어떻게든 미리 방지하려 했다. 실수라도 누군가 그바일로를 도축할지도 모른다는 생각이 들면 얼굴이 홧홧해지고 피가 얼어붙는 것 같았다. 어떤 상황에서도 의연하고, 정겨운 울음소리를 내는 저 친구가 없는 삶은 이제 떠올리고 싶지조차 않았다.

마구간 앞에 군마 여러 마리가 묶여 있었다. 땀에 흠뻑 젖은 대장장이와 그의 조수가 말에게 새로운 편자를 신기고 있었다. 카이는 아무 생각 없이 그들 곁을 지나가고 있었는데, 순간 갑자기 말 한 마리가 뛰어오르는 탓에 곁에 있던 대장장이가 중심을 잃고 카이가 있는 방향으로 쓰러졌다. 그 바람에 쇠 집게에서 미끄러져 나온 뜨거운 쇳덩이가 대장장이 팔뚝을 아슬아슬하게 빗겨 떨어졌다. 균형을 잃어 속도를 주체하지 못한 대장장이의 육중한 몸이 어린 마법사를 덮쳤다. 카이는 허겁지겁 제 마법 지팡이에 매달렸다. 안간힘을 다해 의족에 몸을 지탱하여 볼썽사납게 넘어지는 것만은 피했다. 대장장이는 카이에게는 눈길도 주지 않고 벌떡 일어나 거칠게 욕설을 뱉으며 제 조수에게 향했다. “어서 다시 해!” 그가 소리쳤다. “저 빌어먹을 말이 무슨 짓을 하든 다리를 제대로 붙들고 있어야 할 것 아냐!” 이어 험악한 주먹으로 하인의 관자놀이를 갈기며 쩌렁쩌렁 고함을 질렀다. 한 대 세게 얻어맞은 하인의 얼굴 위로 짙은 곱슬머리가 흘러내렸다. 곱슬머리 사내를 본 카이는 심장이 벌렁벌렁했다. 시커먼 수염과 강인해 보이는 체격의 사내는 아무 일 없었다는 듯 얼굴에 흘러내린 머리카락을 쓸어 넘겼다. 그리고는 저를 때린 대장장이가 아니라 카이를 응시했다. 그가 카이에게 양손을 뻗어 보이며 말했다. “손가락이 여덟 개니 어때 보이냐?”

“돌프!” 카이가 소리쳤다. 그 이상은 아무 말도 하지 못했다. 카이는 아연실색했다. 돌프가 저지른 잔혹한 만행의 옛 기억이 카이를 순식간에 집어삼켰다. 그가 다시 눈앞에 나타났다. 그것도 엘프의 성인 이곳 알빈가르트 한복판에서.

"당신 여기서 뭐 하는 거야?" 마침내 카이가 말을 더듬으며 물었다.

그러자 돌프가 눈매를 가늘게 좁혔다가 떴다. 그리고 엄지가 절단된 제 두 손을 서서히 내렸다. "내 염소로군." 그가 턱으로 카이 뒤에 황급히 숨어 버린 그바일로를 가리켰다. "네가 훔쳤잖아. 어서 내놔!"

"여러 종족의 군대가 포위한 이 아엘프스탄 성까지 겨우 염소 하나 되돌려 받자고 그 먼 길을 왔단 말이야? 난 도저히 믿을 수 없는데!" 흥분한 카이가 소리쳤다. 그는 저 농부가 여기서 뭘 어쩌려는 속셈인지 전혀 짐작할 수 없었다. 추측건대 그는 하루 전 고용된 하인들과 함께 입성한 것 같았다. 엘프의 왕 님룬트는 곧 입성할 데몬 군대의 급식을 맡을 일꾼들을 오스첸트리아에서 데려왔다. 엘프들은 그들을 여전히 노예처럼 취급했고 그들 대부분은 인간 종족이 이제 엘프의 족쇄에서 해방되었다는 사실조차 모르고 있을 터였다. 어쨌든 돌프는 그들과 함께 슬그머니 이곳에 잠입한 것이 분명했다.

"물론이야!" 그가 강한 어조로 주장했다. 동시에 꼿꼿한 자세로 카이에게 성큼성큼 다가서는 돌프의 위협적인 기세에 조금 전까지 그에게 공격적으로 대하던 대장장이조차 조심스레 뒤로 물러났다. "난 네놈이 아무짝에도 쓸모없는 저 염소새끼한테 얼마나 집착하는지 알고 있다. 그 이유만으로도 저 염소새끼를 돌려 달라 주장하기에 충분해. 네 여동생에게 이 원한을 풀고 싶었지만, 아쉽게도 사라져 버렸으니 염소라도 돌려받아야겠어!"

"거기서 한 걸음도 다가오지 마!" 카이가 오른손을 쭉 뻗어 그가 다가오는 것을 제지하며 위협적인 말투로 말했다.

"뭘 어쩔 건데? 마법이라도 써서 도망치려고?" 자리에 멈춰 선 돌프가 큰 소리로 웃어 재꼈다. "네깟 놈을 내가 두려워할 거 같으냐?"

"당장 여기서 꺼져 버려!"

"하지만 그건 안될 것 같은데." 돌프가 낮은 음성으로 속삭였다. "아엘프스탄의 성문이 전부 폐쇄됐거든. 지금은 그 누구도 들어올 수도, 나갈 수도 없어. 왕이 그렇게 명령했다더라!"

"우리에겐 예외를 허용할 거다." 카이가 예언했다.

"그럼 당장 부탁해 보든지! 그런 김에 내가 따라가서 청원이라도 해야겠다. 현명한 왕이라면 재산을 도둑맞고, 몸뚱이 일부가 절단된 백성을 그냥 되돌려 보내지 않을 테니까. 어쩌면 잘잘못을 가려 나쁜 놈을 벌할지도 모르지!"

"엘프들이 당신 엄지를 잘라 버린 건 내 잘못이 아니야!" 카이가 자신을 변호했다.

"아니, 그건 너 때문이야. 네놈이 나타나지 않았더라면, 그리고 내 염소를 훔쳐가지 않았더라면 이런 일이 아예 일어나지도 않았겠지."

"당신은 고작 양 한 마리와 밀 몇 자루를 받으려고 날 가둘 게 아니라 그냥 풀어 줬어야 했어."

"양 세 마리지." 돌프가 카이의 말을 정정해 줬다.

"세 마리든, 다섯 마리든 도대체 무슨 상관이야! 인간이라면 서로 배신하지 말아야지!"

"안될 건 또 뭐야?" 시커멓고, 우람한 체격에 수염마저 거칠거칠한 한 저 농부가 위풍당당한 자세로 서 있는 모습을 보니 당시 뼛속까지 스며들었던 공포가 다시 밀려왔다. 이제는 마력을 좀 더 자유자재로 다룰 수 있게 되었지만, 난생 처음 소금 결계에 갇혔던 그때로 되돌아간 느낌이었다. 앞으로 어찌 될지 몰라 겁에 질린 어리고 나약한 소년으로. "원래 서로 뒤통수를 쳐야 인간이지." 돌프는 짙은 눈동자로 카이를 노려보며 말을 이어갔다. "너도 내 뒤통수를 쳤지 않나, 마법사. 내 것을 훔쳤고, 내 자존심마저 앗아갔어. 네놈이 내 인생에 나타나기 전까지만 해도 난 꽤 멀쩡한 사내였다고. 그런데 이제 허울만 남았지. 내가 만만해졌다고 생각했는지 그 빌어먹을 고아 놈들마저 들고일어났지. 넌 내 손안에 있던 모든 걸 앗아가 버렸어! 그러니 널 없애 버리지 않고는 이 심란한 마음을 가라앉힐 순 없겠지!"

돌프의 말에 카이의 어깨 근육이 경직됐다. 아무래도 저 미친놈이 제 운을 시험해 보도록 놔둬야 할 것 같았다. 카이는 이제 부르크스메아데에서 온 하찮은 소년이 아니었다. 불사의 마력을 이어받은 마법사였으니까. 그리고 엘리야는 누군가 자신을 해치려는 걸 두고 보지 않을 것이다. 왕이 자신을 지극히 아껴서는 아니었다. 카이도 그건 알고 있었다. 그렇지만 엘리야는 원래 트리스탄의 몸속에 있어야 했겠지만 예상 밖의 이유에서 다른 인간을 선택한 제 마력을 어떻게든 보존하려 할 것이다. "그럼 어디 한번 따지러 가 보자!" 카이가 결심했다. "성으로 날 따라와. 그리고 그바일로, 너도!"

시답지 않은 옥신각신에 수컷 염소는 별 흥미가 없었다. 그걸 알아차리는 데 굳이 마법사일 필요는 없었을 것이다. 염소는 어느새 슬그머니 제 연인이 있는 마구간으로 돌아가려고 야금야금 뒷걸음질 치고 있던 상황이었다. 카이는 그 바일로에게 경고의 눈초리를 쏘아 보냈다. 그러자 염소는 애처로운 울음소리를 내며 마지못해 카이를 뒤따랐다.

카이가 절뚝이며 앞장섰다. 한동안 돌프는 나무 의족에서 나는 껄끄러운 소리에 대해 한마디도 하지 않았다. 성의 높은 천장 아래 복도를 지나갈 때 소음은 한층 더 울려 퍼졌다. 이윽고 알현실에 도착한 후에야 뒤따르던 돌프가 카이 곁으로 바짝 다가서며 말했다. 카이의 불편한 움직임에 꽤나 흡족해하는 목소리였다. "티케운명의 여신는 우리의 생각만큼 눈이 먼 건 아닌가 보군." 그가 중얼거렸다. "어쩌면 네놈이 내게 저지른 악행을 장애로 되갚아 준 걸지도…."

"그럼 된 거네. 그렇게 생각한다면 지금 왜 이러는 거야?" 약이 오른 카이가 씩씩거리며 말했다.

돌프는 그저 어깨를 한 번 으쓱일 뿐이었다. "신들의 복수만으로는 충분하지 않으니까. 난 내 손으로 직접 복수할 거거든."

카이를 알아본 호위병들은 알현실로 향하는 문을 지나는 그들을 딱히 제지하지 않았다. 지금 이 순간 그곳은 그리 붐비지 않았다. 보좌관도, 청원자도, 더욱이 엘프의 왕 님룬트도 그곳에 없었다. 알현실에는 벽을 따라 몇 명의 위병들만

이 석상처럼 꼿꼿이 서 있었다.

엘리야는 님룬트의 왕좌에 앉는 걸 자제했다. 대신 바로 그 옆에 있는 화려한 의자에 앉았다. 이조라를 제 무릎 위에 앉힌 채였다. 카이와 돌프가 알현실에 들어섰을 때 그들은 진한 키스를 나누며 서로를 탐닉하고 있었다. 그들의 뒤편에 엘리야의 마법 지팡이가 의자에 기대어 세워져 있었다. 마법 지팡이에 고정된 프레지오라이트가 엘리야의 심장 박동에 맞춰 빛나고 있었다. 알현실에 들어온 낯선 존재를 먼저 알아챈 엘프 공주가 남편에게서 떨어지더니 자리에서 일어났다. *흠, 좋지 않은데.* 카이가 속으로 생각했다. *이제 그의 즐거움을 깨트린 훼방꾼을 미워하게 생겼군.*

순간 엘리야의 눈동자가 초록빛으로 번쩍였다. "하인 하나, 염소 한 마리 그리고 외발이 마법사라." 그는 갑작스러운 방해꾼의 등장에 무척 짜증이 난 것 같았다. "지금은 전투가 임박한 상황이야. 그렇기에 지금 부인과 나눈 이 키스가 마지막이었을 수도 있는데. 그것을 훼방한 너희들에게 꼭 그럴 만한 이유가 있기를 바랄 뿐이다."

"음… 그렇습니다." 카이가 말했다.

"뭔가?"

왕의 눈빛에 담긴 초록 마력은 거의 폭주 직전이었다. 카이가 검지로 그바일로를 가리켰기 때문이었다.

"고작 염소 한 마리?" 그가 우레와 같은 호통을 쳤다.

그러자 카이는 더 이상 참기가 힘들었다. "*내* 염소죠!" 그가 소리쳤다. "당신은 저 염소가 내게 어떤 의미인지 잘 아시잖아요!"

"당장 네 혀를 멈추지 못하겠느냐, 인간!" 이조라가 그를 꾸짖었다. "이곳은 아엘프스탄의 존엄한 알현실이니라. 어서 전하께 적합한 예의를 갖춰 말하라." 이조라와 달리 엘리야는 여태껏 형식적인 예법을 그리 중요하게 생각하지 않았었다. 그럼에도 엘리야는 제 부인의 말에 딱히 아무 지적도 하지 않았다. 오히려 양손을 무릎에 얹고 눈썹 하나만을 높이 치켜들었을 뿐이었다. 카이는 분노로 활활 끓어올랐다.

"음, 알겠습니다." 마침내 그가 마지못해 대답했다. "전하! 이 염소가 제게 어떤 의미인지 정확히 알고 계시지 않습니까."

그러자 엘리야가 고개를 끄덕였다. "알고 있지. 그러니 어서 이렇게 부적절한 순간에 날 방해한 연유를 말해 보거라."

카이가 상황을 제대로 설명하기도 전에 돌프가 그를 밀치고 나와 엘리야와 이조라 앞에 무릎을 꿇었다. 동시에 그는 목 근육이 팽팽해질 정도로 머리를 덥석 땅바닥에 조아렸다. “왕이시여! 왕비시여!” 비굴한 음색으로 간드러지게 말했다. “이 마법사가,” 카이를 가리키며 돌프가 계속 말했다. “제 염소를 훔쳤습니다. 저 염소는 제 소유입니다. 프론슈타인 상인에게서 구리 동전 세 개를 주고 사들였습죠. 그가 언제라도 증언해 줄 것입니다.”

엘리야의 목구멍에서 짜증이 가득한 신음이 흘러나왔다. 그는 끓어오르는 분노를 가까스로 억누르려는 듯 잠시 눈꺼풀을 꾹 감았다. “재정 관리자를 찾아가 그 대가로 은화를 받도록 하게. 그거면 염소 한 무리는 거뜬히 살 테니까. 그러니 이제 어서 내 눈앞에서 사라지도록. 너희 셋 모두!”

카이는 속으로 빙그레 미소를 지었다. 설령 엘리야가 이조라 앞에서 위대한 왕처럼 보이려고 다른 결정을 내렸어도 카이는 절대 포기하지 않았을 것이다. 누구도 제게서 그바일로를 빼앗아 가게 두지 않았을 것이다. 그랬기에 지금 엘리야의 처분이 고마울 따름이었다. 하지만 기뻐하기에는 카이가 너무 성급했다.

“아닙니다요.” 이 말과 함께 돌프가 자리에서 몸을 일으키자 이조라의 눈동자에 노여움이 떠올랐다. 이에 돌프가 헛기침을 했다. “저에게도 저 염소가 중요합니다. 저 마법사가 제게서 염소를 훔쳤고, 남몰래 도망쳤습니다. 그래서 그 사실을 프론슈타인에 있는 엘프들에게 고했는데, 그들은 제 두 엄지를 싹둑 잘라 버렸습죠." 그 사실을 뒷받침하려는 듯 돌프는 왕과 왕비에게 투박한 제 양손을 펼쳐 보였다. "그렇기에 저 염소의 반환을 요청하는 것입니다요. 더 나아가 저 마법사도 같은 방식으로 처벌받기를 간청합니다. 그래야 제가 겪은 이 부당한 처사가 만회될 것입니다."

"지금 내 엄지가 잘려나가는 것까지 바란단 말이야?" 절망에 찬 카이가 절규했다. "당신은 정말이지 제정신이 아냐!" 카이는 도움을 구하는 눈빛으로 왕을 바라봤다. 눈가에 언뜻 저와 똑같이 애처로운 시선으로 저를 응시하는 그바일로가 보였다.

몹시 언짢아진 엘리야가 고개를 절레절레 흔들었다. "말도 안 되는 소리!" 그가 외쳤다. 순간 이조라가 엘리야의 팔에 한 손을 올리고 한 걸음 앞으로 나섰다. "인간의 규율에 따르면 부당하다고 느낄 수도 있겠죠, 여보." 그녀가 말했다. "그러나 지금 우리는 알빈가르트의 영토에 있어요. 그리고 엘프의 규율에 따르면 모든 부당한 짓은 그와 똑같은 대가를 치러야만 공평하다고 말한답니다."

*여우같이 교활한 년아! 도대체 내가 너한테 뭘 잘못했기에 그러는 거지?* 카이가 생각했다. *지금 나를 이렇게 열 받*

*게 만들어도 되는 거냐. 네 남편에게 네가 진짜로 사랑하는 이가 누군지 폭로하는 순간 무슨 일이 벌어질 것 같으냐. 그저 세상이 멸망하지 않기만을 바라야 할 것이다.*

엘리야 역시 카이만큼이나 당황한 것 같았다. 엘리야는 그 장소에 있는 모두를 일일이 바라보았다. 이조라의 화를 사지 않는 선에서 어떻게 하는 게 최선일지 잠시 고민하는 것 같았다. "지금은 고소인도, 피고인도 전부 인간이기에 지금 이런 경우에는 인간의 규율을 적용하는 것이 옳다고 생각하오." 이윽고 엘리야가 말했다. 그것으로 다시 의자에 등을 기댄 엘리야는 무척 만족한 표정이었다. 그렇지만 카이는 좀처럼 편히 숨을 쉴 수가 없었다.

"예전에 있었던 두 하녀의 판례가 떠오르네요." 이조라가 지적했다. "그때 난 아직 어렸었지만 아직도 기억이 생생하지요. 둘 다 인간이었고 여기 아엘프스탄에서 일했어요. 둘 중 한 명이 질투심에 타올라 상대의 머리카락, 속눈썹, 눈썹을 전부 잘라 버렸답니다. 그때 당신은 분명 가해자가 한 것과 똑같은 방식으로 처벌하라고 명령하셨죠. 여기 아엘프스탄에 체류하는 동안만큼은 당신도 항상 우리의 규율을 존중하셨어요."

"그럴 수도 있지. 하지만 그건 머리카락이지 않소!" 엘리야가 서둘러 대답했다. 그의 음성에는 단호한 뭔가가 실려 있었다. 하지만 그것이 비단 언짢아서인지 혹은 압박을 받아서인지는 파악하기가 힘들었다. 어쩌면 둘 다일지도.

"범행의 중대함에 따라 선고가 달라지나요?" 겉으로 보기에 아무 생각 없이 묻는 것 같았지만 이 또한 교묘한 언어 선택이었다는 걸 그곳에 있던 모두가 알고 있었다.

"내가 그런다면 참으로 변덕스러운 왕이 되겠지!"

*지금 저 여자가 당신을 쥐락펴락하려는 걸 정말 깨닫지 못하는 겁니까?* 카이는 비명이라도 지르고 싶었지만, 그 직전에 자신을 억눌렀다. 카이는 이런 대화에 뒤집혀 버린 분위기가 도무지 믿기지 않았다.

"그렇다면 늘 하던 대로 결정하는 게 좋을 것 같네요. 당신의 심기를 어지럽히려는 건 아니었어요. 왕은 당신이니까요. 그리고 저들은 당신의 종복들이죠."

카이가 엘리야를 뚫어져라 응시했다. 여기서 절 변호해 봤자 아무 의미도 없었다. 여태껏 나온 발언을 뒤집을 만한 마땅한 근거도 떠오르지 않았다. 이제 상황이 어떻게 전개될지 조금도 짐작할 수 없었다. 이조라와 카이는 지금껏 가까웠던 적은 없지만 적대적인 관계도 아니었다. 오늘까지만 해도 카이는 이조라를 제 스승의 부인이자, 제 형제의 연인,

아엘프스탄의 공주 그리고 인간 왕국의 새로운 왕비로 대했다. 이 모든 게 끈끈하게 얽혀 있었다. 그렇지만 지금 눈앞의 상황은 그녀와의 관계를 근본적으로 바꿔 놓았다. 이제 카이가 그녀에게 느끼는 감정은 분노뿐이었다.

“감히 꿈도 꾸지 마라!” 그때 엘리야의 음성이 그의 귓가에 꽂혔다. 그제야 카이는 제 마법 지팡이에 고정된 프레지오라이트가 번쩍이는 걸 인지했다. 카이는 곧바로 대응하지 못했다.

“어서 네 마법 지팡이를 이리 내놔라, 카이.”

알현실에 고요한 적막이 내려앉았고, 그바일로조차 울음소리를 낼 엄두도 내지 못했다. 그때 돌프가 씩 미소를 지었다.

“네 마법 지팡이를 달라니까!” 엘리야가 재차 요구했다.

“싫습니다.” 카이가 대답했다. “전하께 건네야 할 이유가 전혀 없습니다. 이건 제 지팡이고, 제 프레지오라이트이니까요.”

“그렇지만 네 분노가 향하는 곳이 내 부인이지 않나. 감히 네놈이!” 자리에서 벌떡 일어난 왕이 옆에 세워둔 마법 지팡이를 쥐고 카이의 가슴을 향해 치켜들었다. 광포한 마력 파장이 뻗어 나와 어린 마법사를 강타했고, 카이는 그대로 바닥에 나뒹굴었다. 그 과정에서 그바일로와 뒤엉킨 카이는 염소와 함께 바닥을 데굴데굴 굴렀다. 그러는 과정에서 마법 지팡이를 손에서 놓쳤다. 그리고 휘청거리며 다시 몸을 일으킨 순간 제 지팡이가 엘리야의 손에 들려 있는 모습이 시야에 들어왔다. 환하게 번쩍이던 제 프레지오라이트가 잠잠해졌다. 마치 제 심정을 대변하듯. 마법의 돌을 빼앗긴 지금 자신은 그냥 초라하고 나약한 소년이 되어 버린 기분이었다. “돌려주세요!” 카이가 간청했다.

“널 어떻게 할지 결정을 내릴 때까지 내 잠시 네 지팡이를 맡아 두겠다.” 엘리야가 단호한 음성으로 말했다.

카이는 어안이 벙벙했다. 저 돌프 녀석이 정말로 엘리야 앞에서 저런 어설픈 연기로 그를 설득했단 말일까? “그러면 적어도 그바일로만큼은 약속해 주시겠어요?”

“내가 판결을 내릴 때까지 저 염소는 마구간에 머물게 될 것이야. 너도, 너를 고발한 저 작자도 더는 이곳에 나타나지 못할 것이다. 내 너희들을 감옥에 처박아 버릴 테니까.”

“감옥이라고요? 저를요?” 순간 놀란 카이와 돌프가 동시에 같은 말을 내뱉었다.

“그렇다.” 왕이 말했다. “카이, 넌 감히 내 부인에게 마법 지팡이를 겨눈 죄 때문이다.” 엘리야가 카이를 가리키며 말했다. “그리고 거기 네놈은… 네놈이 고한 말을 전혀 신뢰할 수 없기 때문이지!” 엘리야의 시선이 카이만큼이나 영문을 몰라 당황해하는 돌프를 훑었다. 그리고 주변에 있던 위병들에게 눈짓하자 그들은 재빨리 한 명당 둘씩 겨드랑이를 붙잡았다. 카이는 반항하지 않았다. 아무리 프레지오라이트가 제 손에 없어도 저들에게서 벗어나는 것쯤은 아주 간단한 일이었다. 그렇지만 카이는 제 모든 것이나 다름없는 마법의 돌과 그바일로를 놔두고 이 성에서 도망치고 싶지 않았고, 더욱이 엘리야와 불편한 관계로 남고 싶지도 않았다. 어깨를 축 늘어트린 카이는 저를 연행하는 엘프 병사들을 따라갔다. 그바일로는 머리 뿔을 붙잡힌 채 마구간으로 질질 끌려갔다. 공포에 질린 그바일로의 애처로운 울부짖음이 카이의 마음을 찢어 놓았다.

# 이스타리엘

샘물이 졸졸 흐르는 소리. 나무 꼭대기를 스치는 바람. 오늘의 마지막 비행을 마친 꿀벌의 윙윙거리는 날갯짓. 만물이 평온한 빛을 뿜어내는 이곳에서 이스타리엘만이 걱정에 휩싸여 있었다. 이스타리엘과 아그네스가 샘 근처에 앉아 요정을 기다린 지 벌써 몇 시간이 훌쩍 지났지만 그녀는 모습을 드러내지 않았다. 엘프 왕자는 좀이 쑤셨는지 연못 가장자리를 오르내리기 시작했다. 아그네스는 바위에 걸터앉아 이스타리엘의 초초한 모습을 지켜봤다.

"그 요정이 자기가 레오드릴 샘의 수호자라 했댔지?" 이윽고 이스타리엘이 말을 꺼냈다. "그런데 제가 지켜야 할 자리를 두고 이렇게 자리를 비운 걸 보면 그리 훌륭한 수호자는 아닌 것 같은데."

"쉿!" 깜짝 놀란 아그네스가 다급히 말했다. "어쩌면 지금 여기 있는데 모습을 드러내지 않는 걸 수도 있어요."

"딱히 그럴 이유가 있을까? 더욱이 너랑은 대화까지 나눴었다며. 그리고 내 기억이 맞는다면 결국 나와 관련된 일이잖아. 그래서 이렇게 내가 이곳에 온 거고! 그런데 그 요정은 어디에 있는 거야?"

"나도 모르겠어요." 아그네스가 애처로운 목소리로 말했다. "지금 내 말을 믿지 않는 거예요?"

그러자 아그네스에게 가까이 다가간 이스타리엘이 이끼가 잔뜩 깔린 수풀 위에 덥석 무릎을 꿇었다. 양손으로 그녀의 무릎을 잡고 아그네스의 두 눈을 지그시 바라보았다. "그럴 리가, 내 사랑. 하지만 지금 우린 시간에 쫓기고 있어서 말이야."

한결 마음이 가벼워진 아그네스가 빙긋 미소를 지었다. "그러면 지금 출발하고, 다음에 오도록 해요. 어쩌면 다음에는 나타날지도 모르죠."

"네 말이 옳군." 이스티라엘이 동의했다. 그렇게 결정을 내리자 그때까지 그의 가슴에 가득 고여 있던 긴장감이 단숨에 사라졌다. 깊게 심호흡을 한 이스타리엘은 아그네스의 다리에 올려놓은 제 손을 슬쩍 아그네스의 배에 가져다 댔다. 그리고 그 주변을 조심스레 쓰다듬었다. 아그네스가 웃음을 터트렸다. “아직은 손으로 만져지진 않아요!”

“아니야. 어쩌면 그럴지도 몰라.” 이스타리엘이 중얼거리며 그녀의 곁으로 바싹 다가와 아그네스의 배에 제 귀를 가져다 댔다. “우리 꼬마 왕자님, 이리 좀 와 보렴. 내게 노크로 신호 좀 보내 봐라!”

이렇게 몸을 가까이 맞댈 때마다 서로에 대한 욕망이 타올랐다. 이스타리엘은 아그네스도 그렇다는 사실이 무척 기꺼웠다. 임신으로 변할 건 아무것도 없었다. 오히려 제게 끌리는 그녀의 태도가 전보다 더 대담해졌다. 결국 아그네스의 몸에 팔을 두르며 끌어안은 이스타리엘이 그녀에게 키스했다. 가볍게 시작했지만 점점 대담해졌다.

“우리… 이제… 가 봐야 하지 않을까요.” 키스하는 도중에 아그네스가 간간이 한숨을 쉬었지만, 이스타리엘은 그녀에게 도무지 말할 틈을 허락하지 않았다. 드레스 등 쪽에 묶인 끈을 성급히 풀어 헤쳤다. 마침내 저항을 포기한 아그네스도 손을 뻗어 그의 셔츠를 머리 위로 벗겨 냈다.

“정말 아름답구나!” 분명 여성의 음성이었지만 아그네스는 아니었다. 바로 옆에서 움직임을 감지한 이스타리엘이 깜짝 놀라 움찔거렸다. 서둘러 아그네스를 제 등 뒤로 잡아당기고 검을 뽑아 든 이스타리엘이 본능적으로 한 걸음 뒤로 물러섰다. 그리고 황급히 연못을 둘러보며 방금 들린 목소리의 주인공을 찾았다.

“난 여기 있어, 엘프 왕자. 처음부터 계속 그랬었지.” 음성은 지금까지 그들이 앉아 있던 곳에서 불과 몇 발자국밖에 되지 않는 물가 근처에서 들려왔다.

“여전히 보이지 않으니, 어서 모습을 드러내라!” 이스타리엘이 외쳤다.

그러자 밝은 웃음소리가 울려 퍼지더니 물 한가운데서 인간의 형상을 한 무언가가 등장했다. 이스타리엘은 믿을 수 없다는 듯 연신 두 눈을 깜박였다. 기묘한 음성의 주인공을 찾아 두리번거리다 제 눈이 만들어 낸 환영은 아닐까. 하지만 시간이 흐를수록 요정의 모습은 뚜렷해졌다. 아그네스의 말이 과장이 아니었다는 걸 깨달았다. 물갈퀴에 잎이 달린 덩굴을 휘감은 작고 귀여운 형상은 마력을 발산하고 있었다. 도무지 이 세상의 것이 아닌 것 같은 독특한 마력이었다.

“넌 정말 아름답구나!” 요정은 물속에서 웅크리고 있던 모습 그대로 처음 했던 말을 반복했다. 이스타리엘은 치켜들었던 검을 칼집에 넣고 아그네스가 아무렇게나 바닥에 내려놓은 제 셔츠를 황급히 집어 들었다. 그리고는 재빨리 걸쳐 입었다. 요정은 실망하지도, 그렇다고 재미있어하지도 않았다. 다만 까마득히 깊은 눈동자로 이스타리엘의 근본을 속속들이 캐려는 것처럼 바라볼 뿐이었다. "너희 엘프들을 창조한 벨타인이 참으로 탁월한 작품을 만들어냈구나." 마침내 그녀가 짤막하게 말했다. "그 마법사는 하는 짓마다 마음에 안 들었는데, 우리조차도 만들 수 없을 작품을 만들었구나."

"당신네들도 그러나요? 내키는 대로 다른 존재를 창조하고는, 그들이 소유한 최고의 장점을 앗아가는 겁니까?"

요정은 화가 난 표정으로 고개를 흔들었다. "그런 일은 절대 없어, 왕자. 우리는 처음 인간들이 이 에냐도르에 존재하기 훨씬 전부터 이곳에 있었단다. 우리의 임무는 자연과 모든 만물의 균형을 관장하는 것이었지. 인간들이 처음 이 땅을 밟았을 때 우리는 이블리스 강을 만들어 그들이 물고기를 잡고 그것으로 삶을 연명할 수 있도록 배려했지. 그 강이 두 방향으로만 흐르는 이유에 의문을 가져 본 적이 없니?"

이스타리엘이 고개를 흔들었다.

"에냐도르 서부 지역은 불모지나 다름없었단다." 요정이 설명했다. "너희 모두가 삶을 이어가려면 강이 필요할 거라고 생각했지. 그래서 깊은 산맥에서 강의 원천이 솟아나게 했고, 그것이 바다로 이어지게끔 두 방향으로 흐르게 했지.

이런 식으로 우리는 인간들을 도왔어. 이 지상의 모든 동물이나 식물을 돌봐왔던 것처럼."

"하지만 난 인간이 아닙니다." 엘프 왕자가 요정의 말을 가로막았다.

"아니야, 넌 아니지." 요정이 인정했다. 그 사이 물에서 완전히 몸을 일으켜 작은 발로 까치발을 선 요정은 흡사 고양이 같은 우아한 동작으로 이스타리엘과 아그네스 주변을 돌았다. 요정에게서 뭐라 정의하기 힘든 형태의 위협이 느껴졌다. 그들 가까이 접근하거나 무기 하나 들지 않았음에도. "그래, 넌 왕가의 핏줄을 지닌 엘프지."

"그 때문에 나에게 뭔가를 얻어내려는 거군요."

요정은 씩 미소를 지으며 그에게 가까이 다가갔다. 이스타리엘의 목덜미에 요정의 숨결이 닿았다. 그제야 저 요정이 공기와 빛으로 빚은 유령이 아니라 살과 피를 지닌 존재라는 사실이 와 닿았다.

"네 선조들이 서약을 하나 했단다. 백 년마다 왕가의 아이를 넘겨주기로 약속했지. 그 대가로 우리가 아엘프스탄을 창조했어. 거기에 그들의 후손에게 상속될 권능까지 선물했지."

"이조라와 베리안처럼 말입니까?"

요정이 고개를 끄덕였다.

“그 아이들은 확실히 네 아버지의 성을 계승할 운명을 타고 났으니까. 그렇지만 넌…” 요정이 말을 주저했다.

“난 다른 쪽으로 점지되어 있었던 거군요.” 이스타리엘이 속삭였다. 순간 섬뜩한 예감이 밀려왔다. 미처 자신을 제어하기도 전에 입술이 말을 내뱉었다. “죽을 운명으로.”

요정은 아무 대답도 없이 계속 그의 주변을 돌며 사방에서 이스타리엘을 관찰했다. “네 어미가 그런 너의 운명을 어떻게든 막아 보려 했지. 그래서 네가 태어나던 날 우리를 찾아왔어. 약속한 아이를 넘기는 대신 아무것도 들어 있지 않은 빈 보따리 하나를 품에 안고서. 우리 여왕은 엄청 분노했단다. 처음에는 레이나를 죽인 뒤 강제로 아이를 데려오려 했지. 그렇지만 왕비의 청을 들은 여왕은 그녀가 말하는 사랑이란 것에 매료되었어. 사랑을 입에 올리는 엘프 여인이라니! 벨타인이 저지른 악행에 대한 자연의 대답이었다고나 할까!”

“그러니까 당신 말은 파수꾼은 그저 첫걸음에 불과하다는 거군요? 벨타인이 건 마법이 파훼될 수 있을까요? 그러면 우리가 다시… 인간이 된단 말인가요?” 이스타리엘은 마지막 질문이 너무 끔찍하게 들리지 않게끔 최대한 노력했다.

어쨌거나 곁에 있는 아그네스도 인간이었고, 온 마음을 다해 그녀를 사랑했으니까. 하지만 인간이 된다는 말은 이스타리엘처럼 고귀하게 성장한 엘프 왕족에게 그야말로 청천벽력 같았을 것이다.

“생각만 해도 매혹적인 일이야. 그렇지 않니?” 요정이 중얼거렸다. “벨타인이 건 마법이 어떻게 될지는 아무도 모른단다. 하지만 분명 네 어미는 파수꾼의 권능을 품은 첫 번째 엘프였지. 그녀는 널 사랑했어, 이스타리엘. 그랬기에 너 대신 자신을 희생했단다.”

이스타리엘은 방금 들은 이야기를 이해하는 데 잠시 시간이 걸렸다. 얼굴조차 전혀 기억하지 못하는 어머니가 요정들을 찾아와 저를 대신하여 목숨을 내놓았다니…!

“그분을 어찌하셨나요?” 간신히 신음하듯 묻는 이스타리엘의 목소리처럼 요정도 속삭이듯 대답했다.

“요정 왕국 밖에서 이 비밀을 아는 이는 단 한 명뿐이란다. 그가 불사의 몸이 아니었다면 그 비밀과 함께 영원히 무덤에 묻혔겠지.”

“엘리야로군요.”

그 이름이 사라지지 않는 시커먼 연기처럼 그들 주변을 맴돌았다. 이스타리엘은 호흡조차 힘들 지경이었다. 그러다 힐끗 아그네스를 바라본 이스테리엘은 그녀도 저와 같은 상태란 걸 깨달았다. 그때 아그네스 곁으로 성큼 다가간 요정의 시선이 그녀의 배에 머물렀다. “이건 네게 주어진 또 다른 기회란다, 이스타리엘. 네 어미는 빈 공백을 잠시 메웠을 뿐이야. 그녀는 아엘프스탄이 아닌 쾨니히스하인 가문 출신이었으니까. 넌 우리 두 종족 사이에 맺은 협약을 복원시킬 수 있어. 우리가 원하는 건 오롯이 왕가의 핏줄을 이은 엘프 아이뿐이란다. 약속만 제대로 이행된다면 향후 100년 동안 이 땅에는 평화가 계속될 거야.”

“그러니까 당신은 지금 태어나지도 않은 내 아이를 원한다는 말입니까?” 그것으로 이스타리엘의 자제심이 달아났다. 생각할 필요도 없이 곧장 손을 뻗어 검을 쥐었다. 한 걸음 뒤로 물러선 요정이 그를 경고의 눈초리로 쏘아봤다.

“그 장난감 같은 물건을 내게 겨누는 순간 먼지처럼 흐트러뜨릴 거란다. 잘 생각해 보렴. 그러면 넌 네 도깨비불을 잃게 될 테니까. 샤텐발트의 마물 없이 성을 포위한 군대에 어떻게 대항할 수 있을까?”

그 순간만큼은 지금 아엘프스탄에 벌어지고 있는 일은 안중에도 없었다. 호리엘과 몰구르가 성을 점령하기라도 하면 제 아버지는 죽음을 면치 못할 것이고 엘리야는 지하 감옥 가장 깊은 곳에 갇힐 것이 자명했다. 하긴 그래도 할 말이 없을 것이다. 두 사람 모두 제 모친에게 무슨 일이 일어났는지 알고 있었지만, 누구도 단 한마디 해 주지 않았었다. 그런 만큼 지금 이 순간 이스타리엘이 보호해야 할 대상은 그들이 아니라 오롯이 제 아이뿐이었다. 이스타리엘은 결단을 내린 굳은 표정으로 칼을 높이 들었다.

"이스타리엘, 그러지 마요!" 아그네스가 외쳤다.

어떤 이유에선지 요정은 이스타리엘에게 긴요한 단 하나뿐인 무기를 앗아가지 않기로 결정한 듯했다. 그녀는 서서히 연못 속으로 흔적도 없이 되돌아갔다. 이번 역시 물방울 하나 튀지 않았다. "우선 네 도깨비불을 북쪽으로 보내려무나." 요정이 마지막 말을 남겼다. "그러면 네 친구들을 만날 터이니. 너 혼자서는 절대 아무것도 하지 못할 거란다." 그리고는 수달처럼 민첩하게 연못 속으로 미끄러져 들어갔다. 그런 뒤 순식간에 연못 아래로 녹아내리듯 자취를 감췄다.

⚜

"우선 요정이 시킨 대로 하는 게 좋겠어." 후에 불가에 앉은 이스타리엘이 말했다. 주변은 어느새 어두컴컴해졌고,

도깨비불 떼가 그들 주변을 빙빙 돌고 있었다. 이스타리엘이 성가신 듯 도깨비불을 손으로 잡으려 하자 그들은 하름 쪽으로 날아가 그를 유혹하려 들었다. 작지만 치명적인 이 마물은 결코 포기를 모르는 존재 같았다. 그런 그들이 감히 넘보지 않는 존재는 이스타리엘이 유일했다. 다행히도 레오드릴 샘물이 찬란하게 빛나는 죽음의 공격에서 그의 아내를 보호해 줬다. 그런 까닭에 아그네스는 샘을 떠나기 전에 충분한 양의 샘물을 챙겨왔다. “트리스탄과 사피라가 북부에 있어. 그들이 아엘프스탄으로 돌아오는 길이라면 아마 도깨비불들이 그들을 찾아낼 거야.”

“그런 뒤에는요?” 아그네스가 중얼거렸다. “아엘프스탄을 구하면, 우리 아이를 정말 요정에게 제물로 바칠 건가요?” 아그네스는 미처 충격에서 헤어 나오지 못한 것처럼 보였다. 근심이 그녀의 마음을 짓눌렀고 밤의 어둠이 두 눈 아래 어두운 그림자를 드리웠다. 미끄러지듯 아그네스에게 다가간 이스타리엘이 그녀의 어깨에 한쪽 팔을 둘렀다. “그러느니 아엘프스탄이 협곡 아래로 무너져 내리도록 내버려 둘 거야.” 이스타리엘이 약속했다. “슈투름 산맥의 빙하가 다 녹아내리고, 토이펠 호수의 죽은 영혼들이 전부 떠오른다고 해도. 요정에게 아이를 건네느니 차라리 드래곤이 내뿜는 화염에 타죽는 걸 선택하겠어!"

"당신은 파수꾼이니 드래곤의 화염에도 끄떡없잖아요." 아그네스가 지적했다. "엘리야가 생생하게 보여 줬고요."

그랬다. 마법사 왕은 정말 처절하게 증명했었다. 이스타리엘은 최근에 벌어진 일을 똑똑히 기억했다. 엘리야가 제 앞에서 별짓을 다 해 가며 제게 굴욕감을 주던 많은 순간을. 하지만 엘리야가 저에게 저지른 최악의 만행은 오늘에야 비로소 알게 되었다. 엘리야는 제게서 어머니에 관한 이야기를 앗아갔다. 그의 인생에서 첫 번째 사랑 이야기를.

"그러면 우린 이제 어떻게 해요?" 암울한 생각에 잠긴 이스타리엘을 아그네스가 깨웠다. "성에는 내 오빠와 당신 누이도 있잖아요. 호리엘과 몰구르의 폭거에 그들을 내맡길 수는 없어요."

이스타리엘이 한숨을 쉬었다. "나도 알아. 어쩌면 트리스탄과 사피라가 우리보다 더 많은 정보를 알고 있을지도 모르지. 그러니까 요정의 말대로 우선 도깨비불을 그들에게 보내도록 하지!"

자리에서 벌떡 일어선 이스타리엘이 야영지 가장자리에서 꾸벅꾸벅 졸던 블랙 드래곤을 향해 걸어갔다. 아무리 인간형으로 변신도 못 하고, 말도 못 한다지만 하름은 이스타리엘에게 이동 수단 이상의 의미였다. 하름이 없었다면 아엘프스탄에서 탈출한 후 여기까지 오지도 못했을 것이다. 하름은 누구에게도 종속되지 않는 불굴의 드래곤이었지만, 그럼에도 자발적으로 그들 편에 서는 신의를 보여 주었다. 그렇기에 엘프 왕자는 블랙 드래곤에게 무한한 고마움을 느꼈다. 이스타리엘이 거대한 괴수에게 고개를 끄덕이자 드래곤이 뜨거운 콧김을 내뿜으며 그의 인사에 대꾸했다.

이스타리엘은 비늘이 가득한 드래곤의 입가를 빙빙 날아다니는 작은 불꽃들을 향해 손을 들었다. 그러자 그들 중 한 마리가 살포시 이스타리엘의 손바닥에 내려앉은 후 깜박거렸다. "여러 갈래로 나눠 어서 북쪽으로 향하라. 슈투름 산맥 정상에서 아엘프스탄으로 이어지는 하늘길에서 블루 드래곤을 발견하게 될 것이다. 그 드래곤 또한 너희들에게 전혀 반응하지 않을 테니 쓸데없이 수작 부리지 말고. 그리고 그 기수 역시 괴롭히지 않도록. 알아들었느냐! 어서 그 둘을 여기로 데려오라!"

도깨비불은 환하게 번쩍이며 그의 명령에 화답했다. 그리고 쉬쉬 소리를 내며 이스타리엘의 손바닥에서 날아오르더니 등 뒤에 있는 산맥 정중앙으로 사라졌다. 그곳에는 지금 이 자리에 없는 나머지 도깨비불 떼가 머무는 동굴이 있었다.

그때 아그네스가 다가왔다. "저 마물들에게는 긴 여정이 되겠어요. 비가 오지 않기만을 바라야겠네요." 그녀가 말했다.

"설령 그런다 해도 알아서 피할 만한 장소를 찾을 거야."

이스타리엘과 아그네스는 이제 기다리는 것밖에 달리 방도가 없었다. 이스타리엘은 드래곤의 시커먼 목덜미를 쓰다듬으며 평소 제가 타는 준마에게 하듯 그를 토닥여 줬다. 그런 제스처를 본 아그네스가 웃음을 터트렸다. 그리고 그의 손을 덥석 붙잡았다. "우리 아까 하다가 멈춘 거 있잖아요." 그녀가 말했다. "어서 초라한 우리 오두막으로 가요, 알빈가르트의 왕자님. 나뭇가지와 이끼로 만든 침대가 당신을 기다리고 있어요."

# 사피라

동쪽에서 바람이 불어와 사피라의 날개 아래 겨드랑이를 간질였다. 바람은 항상 즐거운 놀이를 즐기고, 놀랄 만한 아이디어가 가득한 익살꾼이었다. 콧구멍을 쓰다듬으며 콧김을 데려와 날갯죽지에 아껴 두었다가 따뜻하고 시원한 입김을 번갈아 가며 사피라의 가슴에 훅훅 불어 댔다. 슈투름 산맥의 얼어붙을 것만 같은 혹독한 추위 탓에 오랜 시간 인간형을 유지해야 했던 드래곤족 여왕은 입을 꾹 닫고 제 등에 앉아서 이조라와의 재회를 꿈꾸고 있을 트리스탄만큼이나 이 비행을 만끽했다. 드래곤 본체로 현신한 그녀의 시력은 그 어느 때보다 예리했다. 색상이 선명해지는 건 아니었지만 주변 환경이 더 세세히 잘 보였고, 코끝을 간질이는 꽃의 향기도 강렬했으며, 제 아래 숲속 생물의 미동마저도 전부 시야에 들어왔다. 사피라 마음대로 결정할 수 있었다면 따뜻한 산악 지대에서 몇 주간 머물며 호숫가에서 상쾌한 목욕도 하고 염소와 자고새를 사냥하며 한가로이 시간을 즐겼을 것이다. 나약한 인간의 육신에 얽매여 있다 보니 오랫동안 잊어버렸던 일들이었다. 하지만 지금은 그럴 때가 아니었다. 조만간 그녀는 궁정에서 벌어질 온갖 음모와 맞서 싸워야 할 판이었다. 그것은 아마도 호리엘과 치르게 될 위협적인 전투만큼이나 버거운 일이 될 것이다.

북부 산악 마을의 드래곤 스무 마리가 그들을 따라나섰다. 주로 수컷들이었지만 아직 새끼가 없는 암컷도 더러 있었다. 그 외 나머지는 가족과 함께 고향에 남았다. 그들 모두가 철새처럼 V자 대열을 이루며 사피라의 뒤를 따라 비행했다. 솔직히 그들만 가지고 사피라가 이끄는 군대라고 칭하기에는 다소 부족했다. 그렇지만 사피라가 아엘프스탄에 두고 온 갈린 지역 출신 드래곤과 합세한다면 꽤나 그럴듯한 군대가 될 것이다. 특히 엘프들에게는 큰 위협이 될 것이다. 단지 문제라면, 성에 도착했을 때 어떤 상황을 보게 될지 전혀 감이 오지 않는다는 점이었다. 어쩌면 곧 있을지도 모르는 기습 공격을 최대한 빨리 감지하기 위해 모든 감각을 최대로 끌어올려야 했다.

아직 페엔 산맥에 도착하기 한참 전이었지만 시야에 뭔가가 들어왔다. 저 멀리 지평선에 걸린 떠오르는 태양에서 곧장 튀어나와 활활 타오르는 것처럼 보이는 작은 불빛 덩어리가 저를 향해 날아오는 모습이 눈에 들어왔다. 서로 분산되어 날다가 빛나는 공처럼 모이는가 하면, 또다시 사방으로 흩어지기를 반복했다. 빛 덩어리는 수천 조각이지만 하나의 영혼을 지닌 것 같았다. 마치 곧 어떤 대열로 이동해야 할지 정확히 아는 바닷속 물고기 떼처럼. 제 삶이 조금 더 단순하던 그 시절, 사피라는 많은 시간을 따뜻한 드라고니아 앞바다에서 잠수를 즐기면서 그 광경을 관찰하곤 했었다. 잔뜩 긴장한 사피라가 이제 마치 맥동하는 구름 형상으로 제 코앞으로 날아오는 기묘한 불빛 덩어리에 집중했다. 그리고 이어 그들의 정체를 깨달았다. 도깨비불 떼였다!

저들이 이스타리엘을 떠나 이 멀리까지 날아온 이유가 뭘까? 지키던 산맥은 어떻게 하고? 설마 그새 정복자 검의 종속에서 풀려나 자유로워진 걸까? 누군가가 이스타리엘을 제압하고 그의 검에 저들의 피를 적셨던 걸까?

도깨비불이 접근하는 속도가 너무 빨라 뚜렷한 계책을 세울 겨를조차 없었다. 물론 저들에게 굴하지 않겠다는 의지만은 확고했다. 그러나 제 뒤를 따르는 드래곤들은 도깨비불 떼에 취약했다. 결국 문제는 누구의 영향력이 더 강한지에 달린 것이리라. 계속 전진하라고 명령을 내릴 사피라와 드래곤들을 죽음으로 유혹할 저 도깨비불 떼 중 누구의 목소리가 더 클까? 이제 곧 확인하게 될 것이다. 저 찬란하게 반짝이는 황홀한 죽음 앞에서 도망칠 방법은 아예 없었고, 오롯이 부딪쳐 이겨 내야 하는 상황이었다.

사피라가 조심하라는 의미를 담아 크게 포효하자 샤텐발트 마물들의 속도가 잠시나마 줄어들었다. 이어 또 포효하며 드래곤들에게 저를 따르라고 명령했다. 등에 탄 트리스탄이 뭐라고 말하는 것 같았지만 울부짖으며 의사소통을 하는 다른 드래곤들의 포효 속에 묻혀 버렸다. 양측이 충돌하기 직전 도깨비불 떼가 불현듯 이상 행동을 보였다. 갑자기 방향을 튼 도깨비불 떼가 지금까지 날아온 방향으로 거슬러 날아가기 시작한 것이다. 사피라는 혼란스러웠다.

"저들은 우릴 안내하는 거야!" 그제야 트리스탄의 외침이 주변의 소음을 뚫고 사피라의 귀에 닿았다. "어쩌면 이스타리엘이 보낸 걸 수도 있어!"

아마도 그런 것 같았다. 하지만 사피라는 가능성에만 의존하고 싶지는 않았다. 그러기에 도깨비불은 너무 위험했다. 당장은 저를 따르는 드래곤들이 아직 미혹된 것 같지 않았지만 경계를 늦출 수는 없었다. 그렇게 몇 킬로미터 정도 샤텐발트의 마물을 따라 하늘을 이동했다. 어차피 아엘프스탄으로 직접 이어지는 그 하늘길은 사피라가 가려던 길이기도 했다. 하지만 페엔 산맥에 이르기 직전 도깨비불 떼는 동쪽으로 방향을 틀었다. 사피라는 주저하며 날갯짓의 속도를 늦췄다. 그러자 도깨비불 몇 마리가 뒤로 방향을 틀어 그녀에게 날아왔다. 보채는 아이들처럼 사피라의 코앞에서 미친 듯이 팔랑이며 춤을 췄다. 아무도 이해하지 못하지만 꼭 전달해야 하는 위급한 메시지가 있는 것처럼. 사피라는 입을 벌려 거센 바람을 뿜어내며 그중에서도 저를 가장 귀찮게 하는 몇 마리를 쫓아냈다.

“그냥 저들을 쫓아가!” 트리스탄이 외쳤다. “내 생각에, 저들이 우리를…”

그것으로 트리스탄의 말이 멈췄다. 순간 놀란 사피라가 이유를 확인하려 황급히 돌아봤다. 그러나 어디에도 트리스탄의 모습이 보이지 않았다. 공포에 사로잡힌 사피라가 서둘러 아래를 주시하자 아래로 곤두박질치는 그의 모습이 보였다. 트리스탄은 비명 한 번 지르지 않고 아무 말 없이 나락으로 추락하고 있었다. 사피라는 재빨리 날개를 접고 빛의 속도로 그의 뒤를 쫓아 하강했다.

⚜

동행한 드래곤 무리를 이스타리엘과 아그네스가 은신 중인 작은 숲속으로 인도하는 건 쉽지 않은 일이었다. 결국 드래곤 대다수가 방향을 틀어 주변에 착륙할 장소를 따로 찾아야 했다. 하지만 사피라는 당장 그런 일에 신경 쓸 겨를이 없었다. 그녀는 여전히 드래곤 본신의 모습을 유지하고 있었다. 축 늘어진 트리스탄의 몸을 이스타리엘의 발 앞에 내려놓으며 비난이 가득 담긴 눈초리로 그를 노려봤다. 아그네스는 곧바로 반응했다. 찢어질 것 같은 비명을 지르며 양손으로 얼굴을 가린 채 오열했다. 사피라는 저 몹쓸 엘프 왕자가 잠시라도 양심이 찔리도록 그냥 두고 싶었지만 아그네스가 너무 괴로워하는 탓에 자비를 베풀기로 결심하고 다시 인간형으로 변신했다. “네 빌어먹을 도깨비불 떼를 왜 제대로 휘어잡지 못하는 거지!” 사피라는 이스타리엘에게 인사 대신 비난부터 퍼부었다.

“난 분명 트리스탄을 가만히 두라고 지시했는데….” 엘프의 목소리가 기어들어 갔다. 그의 얼굴은 새하얀 눈처럼 창백해졌고, 죄책감이 가득했다.

“내가 말했잖아. 제대로 휘어잡지 못했다고!” 사피라는 방금 한 말을 재차 반복했다. 그녀의 시선이 죽어 버린 제 오라비의 사지를 붙들고 여전히 오열 중인 아그네스를 향해 미끄러져 내려갔다. 가여운 소녀 같으니라고! 이제 진실을 알려 줄 때가 됐다. 몸을 숙인 사피라가 아그네스의 어깨에 한쪽 팔을 둘렀다. "걱정하지 마. 트리스탄은 곧 깨어날 거란다."

"트리스탄이… 다시 깨어난다고요?" 그녀가 전혀 이해가 되지 않는다는 눈빛으로 사피라의 말을 되풀이했다. "하지만 트리스탄은 이렇게 죽었는데요!"

사피라가 고개를 저었다. "영원히는 아니야."

이스타리엘은 금세 사피라의 말에 담긴 진의를 알아차렸다. 그의 표정에 짙게 배어 있던 연민이 곧장 사라졌다. 그리고 이어 제가 엘프족임을 여실히 증명하듯 표정이 돌처럼 굳어 버렸다. "대마법사를 만난 거로군. 그리고 그가 트리스탄에게 불멸의 삶을 주었고."

"맞아."

"그럼 그가 트리스탄의 성품을 훔쳐간 건가?"

"아니. 그렇진 않았지만 그게 목적이었지." 사피라는 슈투름 산맥에서 겪은 일을 간략히 설명했다. 아그네스가 입었던 외투를 펼쳐 트리스탄 위로 덮는 동안 이스타리엘은 아무 말 없이 사피라의 설명을 들었다. 아그네스의 두 눈에서 쉴 새 없이 떨어진 눈물방울이 죽음을 맞은 트리스탄의 얼굴을 적셨다.

"애당초 그곳에 가는 게 아니었어." 사피라의 설명이 끝나자 이스타리엘이 중얼거렸다.

"최소한 시도라도 해야 했으니까." 사피라가 그들의 입장을 변호했다. "사랑의 묘약 때문에 트리스탄은 서서히 파멸 중이었어. 게다가 이제 우린 최소한 되크 발두르가 육신이 없는 악령이라는 걸 알아냈다."

"하지만 그와 맞설 수 있을지조차도 아직 모르는 데다 이조라 문제도 해결하지 못했잖아."

사피라의 시선이 바닥으로 향했다. 엘프 왕자의 말이 옳았다. 비밀리에 슈투름 산맥을 다녀왔지만 기대했던 성과는 얻지 못했다.

"오히려 너희는 아네이가 공개했던 예언 부분을 실현시켰지!" 이스타리엘이 씁쓸해하며 말했다.

"예언 중 아녜이가 공개했던 부분이라니?" 사피라는 머리를 한 대 얻어맞은 느낌이었다.

"그들은 마법을 되돌리고, 제국을 건설하리라. 그러나 예로부터 전해 내려온 문제 하나가 그들 사이에 불화의 씨앗이 되리라.” 이스타리엘이 그 예언 부분을 읊조렸다. “옛날 남부 왕자에게 던졌던 벨타인의 질문도 이와 연관된 거였어. 트리스탄은 제 아버지가 했던 것과는 사뭇 다른 대답을 하게 되겠지!”

“무슨 근거로 그런 말을 하는 거지? 트리스탄이 뭘 어쨌다고 그딴 식으로 말하는 거냐고?” 사피라가 이스타리엘을 나무랐다.

“저 모습을 좀 봐 봐!” 격분한 이스타리엘의 검지가 트리스탄을 가리켰다. “저건 절대 내가 도깨비불을 제대로 통제하지 못해서가 아니다. 다만 트리스탄이 유혹에 너무 민감한 것뿐이라고! 딱 제 아버지와 제 동생 카이처럼 말이야. 물론 엘리야의 마력을 물려받은 건 카이뿐이지만…. 유혹에 약하다는 점 그 한 가지만 봐도 트리스탄이 도른슈트랑 가문의 내력을 그대로 물려받았다는 걸 알 수 있지. 엘프 연대기에 저 가문 남성들의 특징이 어떻게 기록되어 있는지 알아? 겉으로는 강하고, 호전적이지. 하지만 저들의 심장은 너무 약해 빠졌어. 저들은 결과가 어찌 됐든 전혀 개의치 않고 무조건 열정만을 탐닉한다고. 인간 종족이 결국 노예로 전락한 게 누구 때문인지 떠올려 봐!”

“그렇지만 그는 벨타인에게 당당하게 맞섰어!” 사피라는 분한 듯 씩씩거리며 화를 냈다. 순간 그녀의 눈동자 형태와 색깔이 평소 화를 내거나 흥분했을 때처럼 드래곤 본신의 눈동자로 변했다. 그런 사피라의 변화를 감지한 이스타리엘은 조심스레 뒤로 한 걸음 물러섰다. "저들을 계속 비난하는 너도 그리 잘한 건 없는 것 같은데! 어쩌면 아녜이가 말하려던 게 바로 이런 것 아니었을까? 우리가 서로 신뢰하지 못해 분열하는 것 말이야."

그들은 잠시 서로를 물끄러미 응시했다. 이윽고 이스타리엘이 깊은 한숨을 내쉬며 사피라의 눈길을 피했다. "어쩌면 네가 옳을지도 모르지. 우리 네 종족 사이에 평화가 가능할지는 며칠 내로 알게 될 거다. 트리스탄이 이 평화를 구축하는 데 없어서는 안 될 동맹임은 추호도 의심하지 않아. 하지만 그다음에 무슨 일이 일어날지는 아무도 모르지. 무슨 일이 있더라도 난 내 왕국이 폭정에 다시 침몰하는 꼴을 절대 가만히 지켜보지 않을 거야."

이스타리엘의 말은 단호했다. 그 말을 일종의 협박처럼 받아들여야 할지 사피라는 판단할 수가 없었다. 어쨌거나 확실한 건 파수꾼들 사이에 불신이라는 눈에 보이지 않는 씨앗이 뿌려졌다는 것. 사실 그 씨앗은 되크 발두르가 트리스탄의 육신에 깃들기 시작했던 그 순간부터 이미 싹이 터자라나고 있었다. 이제 사피라는 화염의 형제인 트리스탄을 더 잘 보살펴야 하리라. 이스타리엘이 도른슈트랑 가문의 내력에 대해 언급한 내용이 옳다는 걸 누구보다 잘 알기에….

일행이 출발 준비에 분주할 무렵 태양이 지평선 위로 한 뼘 높이만큼 떠올랐다. 이스타리엘은 아그네스에게 은신처에 남아 있으라고 일렀다. 아직 배는 전혀 부르지 않았지만 아무튼 임신 중이었다. 사피라는 인간과 엘프가 어떻게 저렇게 빨리 임신이 될 수 있는지 이해가 가지 않았다. 둘의 혼인식이 치러진 지 이제 겨우 3주쯤이 지났을 뿐인데. 일반적으로 드래곤은 잉태를 하려면 훨씬 더 오랜 기간이 소요됐다. 어쩌면 자연이 평소 육체적인 사랑을 탐닉하는 드래곤의 성향을 고려하여 그렇게 조율해 놓은 건지도 모른다. 더욱이 드래곤 암컷은 긴 수명 동안 서넛 이상의 아이를 낳지 않았다. 거기에 비하면 인간족과 엘프족은 자식을 열 명 이상 보는 이들도 더러 있었다. 변란이 없는 일반적인 상황에서라면 드래곤은 그럼에도 종족 수를 일정하게 유지할 수 있었다. 태생 자체가 강인하고 튼튼했기 때문이었다. 하지만 지난 수백 년간 데몬족에게 혹사당하면서 그런 강점마저 점점 퇴화했다. 이제는 변화가 필요한 시점이었다. 그리고 사피라 1세, 자신이 바로 그 위업을 달성할 차례였다.

아그네스의 외투를 빌려 입은 사피라는 울퉁불퉁한 떡갈나무 기둥에 기대어 트리스탄과 그의 여동생이 작별 인사를 나누는 모습을 가만히 지켜보았다. 지난번과 마찬가지로 사피라의 화염 형제는 죽음에서 부활한 후 겉모습은 달라진 게 없었다. 하지만 콕 짚어 말하기 힘든 무언가가 느껴졌다. 마치 그의 일부분이 여전히 죽어 있는 것 같은, 그래서 살아나지 못할 것 같은 인상이랄까. 물론 괜한 느낌일 뿐이겠지만. 예전에 엘리야는 이보다 훨씬 더 자주 저승 문턱을 넘나들었고, 매번 다시 아무 문제 없이 부활했으니까. 그럼에도 사피라는 여전히 마음이 개운치 않았다. 아까 이스타리엘이 쏘아붙이던 말이 다시금 와이번의 독처럼 제 심장을 파고드는 느낌을 좀처럼 지울 수가 없었다.

사피라는 아엘프스탄 상황을 이스타리엘에게 들었다. 양측면에서 두 적군이 성을 압박해 오고 있다고 했다. 데몬족의 파수꾼은 포로로 잡혔고, 어여쁜 레드 드래곤 소녀 스호오크는 이젠 이 세상에 없다고 했다. 순간 호리엘을 떠올리자 사피라의 심장이 끓어올랐다. 그놈은 트리스탄을 괴롭히고 카이에게 장애를 안긴 것도 모자라 감히 제가 아끼는 드래곤 신하를 살해했다. 그것도 비열한 방법으로. 언제가 그놈의 목을 머리에서 떼어내 버리겠다고 사피라는 굳게 다짐했다. 그러나 툴을 구출하고 아엘프스탄을 그들의 지배 아래 두는 일이 먼저였다. 그러기 위해선 두 적군을 물리쳐야 하는데 그 역시도 절대 쉽지 않을 것이다. 하지만 사피라는 이번에도 데몬족 노예 사슬에 묶인 제 종족들을 제 편으로 끌어올 자신이 있었다. 이스타리엘의 정보에 따르면 몰구르폰 스키르와 그의 부하들을 따르는 드래곤이 얼추 50여 마리라고 했다. 이 드래곤들이 모두 제 편에 선다면 사피라의 드래곤 부대는 거의 100마리에 달하는 정예병을 갖출 것이다. 그러면 호리엘과 몰구르 또한 그들에게 대항할 방도가 없을 것이다. 단지 사피라가 세운 계획의 약점이라면 데몬족 원수가 길들인 드래곤의 정신이 얼마나 심하게 무너졌는지 가늠할 수 없다는 점이었다. 처음부터 저의 부름에 따를 것인지, 아니면 극단적 상황까지 치닫게 될지 알 수 없었다.

그때 제 아내에게 인사를 건네려는 이스타리엘이 트리스탄과 아그네스 곁으로 다가왔다. 엘프 왕자는 지나치리만큼 냉정한 표정으로 트리스탄에게 고개만 까닥였다. 트리스탄은 엘프의 어깨를 살짝 두드리며 자리를 비켜 주었다. 사피라는 결의에 찬 걸음걸이와 자부심이 넘치는 태도로 아그네스에게 다가가는 이스타리엘의 모습을 유심히 관찰했다. 반은 엘프, 반은 인간이 된 것일까. 아니다, 저 엘프는 조금도 변할 리가 없었다. 그러니 따로 걱정할 이유가 뭐가 있을까!

"우리 엘프 왕자님은 원래 좀 뻣뻣했었지." 트리스탄이 나지막이 중얼거리며 사피라가 있던 나무 기둥에 저도 몸을 기댔다. "하지만 최근에는 아예 막대기를 삼킨 것 같지 않나."

"그래 좀 뻣뻣하긴 하지." 사피라가 받아쳤다. "궁정 생활에 길들다 보니 좀 딱딱해 보이긴 해도 나쁠 건 없잖아?"

트리스탄은 별로 탐탁지 않은 심기를 고스란히 드러냈다. "내 여동생과 혼인하고도 딱히 깨달은 바가 없는 것 같아. 결혼한 사이인데 저렇게 긴장할 필요가 있을까?"

순간 사피라가 푸 하고 내뿜었다. "난 오히려 정반대라고 생각했는데. 트리스탄, 네가 한번 말해 봐라. 너도 결혼했잖아. 벌써 잊은 거야?" 그의 기분을 풀어 주려는 듯 사피라가 팔꿈치로 갈비뼈를 툭 쳤다. 그러자 트리스탄이 숨을 크게 들이마셨다.

"아직도 아파? 갈비뼈 몇 대가 부러졌었던 것 같은데."

"이제 괜찮아. 온전히 재생되기까지 얼마나 걸리는지 곧 알게 되겠지. 물론 죽음만큼은 절대 익숙해지지 못할 것 같지만." 트리스탄의 얼굴에 어두운 그늘이 드리웠다.

"미안해, 내가 미처 널 제때 붙잡지 못했어." 사피라가 기어들어 가는 목소리로 말했다.

트리스탄은 고개를 흔들며 그녀에게 윙크했다. 흡사 사과를 따다가 나무에서 떨어져 까진 무릎이 얼마나 아픈지 들키지 않으려는 아이처럼. 트리스탄의 시선이 다시 서로 부둥켜안고 영원히 놓지 않을 것만 같은 동생 부부에게 향했다. 그 모습을 바라보는 그의 눈동자 색이 평소보다 유난히 짙어졌다. 사피라는 걸치고 있던 외투를 벗어 그에게 건넸다. "자, 어서 가서 아그네스에게 건네줘라. 저 뻣뻣한 왕자가 이제 내가 알몸이라는 걸 깨달으면 출발 신호를 외치겠지!"

사피라의 계획은 제대로 먹혔다. 잠시 뒤 모두 함께 공중으로 날아오른 일행은 아엘프스탄을 향한 미지의 비행길에 나섰다. 과연 그들이 살아서 돌아올 수 있을까? 사피라와 트리스탄, 이스타리엘과 하름. 그리고 드래곤족의 여왕과 제 종족의 해방을 위해 전쟁에 임하기로 맹세한 드래곤 20여 마리와 함께.

# 이조라

엘리야가 인간 왕국에서는 비록 왕일지는 몰라도 잠버릇만큼은 그저 시골 농부 같았다. 불멸의 촌부라고 해야 하나? 혼인한 이후 매일 아침 그랬던 것처럼 오늘도 이조라는 창가에 앉아 긴 금발을 빗어 내렸다. 그러면서, 여전히 침대에서 깊은 잠에 빠진 남편의 몸을 노골적으로 관찰했다. 매일 밤 품 안으로 맞이한 적이 없는 낯선 남자인 것처럼. 제 살결을 어루만지던, 전류가 흐르는 것처럼 찌릿하고 투박한 마법사의 손길을 전혀 모르는 것처럼. 이조라의 시선이 아무렇게나 뻗어 있는 머리카락에서 까칠까칠한 적갈색 수염과 턱 그리고 일정한 간격으로 오르내리는 그의 맨가슴을 스쳤다. 매일 밤 엘리야는 그녀의 이성을 송두리째 앗아갔다. 단지 더 많은 마력을 채워 다음 날 아침 더 강력해진 모습으로 깨어나기 위해서. 엘리야는 그가 섬기는 신들 중 하나를 꼭 닮은 것 같았다. 하기야 인간 종족의 신들은 너무 많아서 이조라가 전부 기억도 하지 못하지만. 겁 없고, 호전적이고, 불멸인 그런 신을 닮은 듯했다.

더욱이 이조라는 그를 배신한 전력이 있었다. 엘리야를 갈망했으나 또한 그만큼 혐오했고, 동시에 그의 부인이 된 현 상황이 꽤나 만족스럽다는 생각이 문득 들 때마다 견디기가 힘들었다. 엘리야는 자신이 원하던 사내는 아니었지만 그럼에도 이조라의 육체는 그의 고혹적인 매력에 속절없이 무너졌다. 이조라는 그가 잠자리에서 자신에게 아무 마법도 걸지 않는다는 걸 알고 있었다. 그래야만 그가 그토록 탐닉하는 저의 반응을 한껏 즐길 수 있기 때문이었다. 그러니까 그녀의 육체가 무너진 건 마력 때문이 아니었다. 그에게는 노련한 경험과 더불어 남자다움이 뒤섞인 자연 그대로의 매력이 넘쳐흘렀다. 하지만 이조라는 엘리야를 배신하는 것만이 저 자신과 트리스탄에게 신의를 지키는 길이라고 느꼈다. 트리스탄은 늘 그녀의 심장을 뛰게 했다. 엘리야가 그렇듯이.

저 아래 궁의 안뜰은 이미 두 시간 전부터 부산스러웠다. 마구간과 부엌 사이로 일꾼들이 이리저리 바쁘게 움직였다. 아마 엘리야는 이 성에 있는 이들 가운데 세상 태평하게 잠들어 있는 유일한 사람일 것이다. 그 모습에 이조라는 저를 사랑하는 일이 저렇게나 고된 일일까 생각하며 씽긋 미소를 지었다.

긴급 상황을 알리는 뿔 나팔 소리가 갑자기 허공을 가르며 울려 퍼졌다. 그러자마자 궁정 안뜰의 풍경이 얼음처럼 얼어붙었다. 공포에 질린 일꾼들이 하나같이 그 자리에 멈춰 서더니 이윽고 양동이와 우유 통을 바닥에 팽개치고 곧장 성으로 뛰어들어 왔다. 이조라는 애초에 벌어질 일을 이미 예상했던 터라 전혀 놀라지 않았다.

시끄러운 소란에 엘리야가 잠에서 깨어났다. 사랑을 나눌 때, 먹고 마시고 잘 때의 열정 그대로. 정신을 차리기까지 단 일 초도 걸리지 않았다. 기상과 함께 그의 정신은 이미 깨어 있었다. "공격을 시작한 건가?" 엘리야가 황급히 이조라에게 물었다.

들고 있던 머리빗을 옆으로 치운 이조라가 창밖의 상황을 제대로 가늠하려 몸을 창가 쪽으로 비스듬히 기울였다. "전 전술에 대해서 아는 게 별로 없어요. 하지만 확실한 건 몰구르 폰 스키르가 우리를 향해 접근 중이네요. 공중에는 여러 마리 드래곤을 띄웠고요, 지상에는 보병들이 뒤따르고 있네요."

그러자 벌떡 자리에서 일어난 엘리야가 침대에서 내려와 창가로 달려왔다. 그의 얼굴에 당황한 기색이 역력했다. 미처 몰구르의 공격을 예상하지 못했던 것이다. 그것도 이렇게 이른 아침이라니. 엘리야는 투박한 손가락으로 난간을 거칠게 움켜쥐고 창밖에 몸을 쭉 내밀어 그 광경을 일일이 살펴보았다. 뒤에서 보고 있던 이조라는 그가 떨어지지나 않을까 염려했다. 왠지는 설명할 수 없었지만 이조라는 지금 그의 목숨을 걱정하고 있었다. 그리고 마침내 안도의 한숨을 크게 내쉰 엘리야가 상체를 방안으로 들여놓았다. 여전히 바쁘게 움직였지만 당황한 기색은 어느새 사라졌다. 엘리야는 옷장에서 꺼낸 예복을 서둘러 걸쳤다. 이조라는 그가 쇠사슬 갑옷을 입는 게 이번이 처음이란 걸 알 수 있었다. 확실히 엘리야는 파수꾼들이 부재중인 현재 상황에서 순순히 목숨을 내놓을 생각이 없는 것 같았다.

"저자는 평화 협정을 체결하러 오는 거요. 적어도 그런 모양새를 갖추고 있군." 엘리야는 이조라를 쳐다보지도 않고 서둘러 설명했다. 마침 제 거짓 눈빛이 들킬까 두려웠던 이조라는 그런 엘리야의 태도가 그나마 다행이라고 생각했다. "저 데몬족 원수는 함정을 파러 왔거나, 아니면 호리엘에게 그리하라 했을 거요. 그러니 어서 이 망할 옷을 걸치게 도와

주시오!"

엘리야에게 다가간 이조라는 그의 손에서 백여우 털이 장식된 무거운 공단 망토를 받아들고 그가 걸치도록 치켜 들었다. 예복을 갖추자마자 곧장 아무 말 없이 황급히 방을 뛰쳐나간 엘리야 탓에 이조라는 미처 예복을 여며 줄 틈도 없었다.

이조라는 시간을 들여 정성스레 치장했다. 고심 끝에 목까지 덮는 하늘색 드레스를 선택하고는 시중드는 시녀의 손길마저 뿌리치고 직접 우아한 머리 스타일을 연출했다. 그리고 거울에 비치는 제 얼굴을 관찰했다. 솔직히 지금 제 속엔 맹렬한 회오리가 날뛰는지라 겉으로는 무표정한 제 얼굴이 꽤나 어색하게 여겨졌다. 이조라는 제 계획이 성공할지 아직 확신하지 못했다. 그때 궁의 안뜰에 말발굽 소리가 울려 퍼졌고, 드래곤의 뜨거운 입김이 가득 실린 공기가 밀려 들어 왔다.

마지막으로 드레스를 빳빳하게 쓰다듬으며 매무새를 점검한 문프린세스는 숨을 크게 들이쉬고 알현실로 내려갔다. 그리고 눈에 잘 띄지 않는 난간에 섰다. 모든 시선이 왕좌를 향해 있었기에 누구도 그녀를 응시하지 않았다. 이조라의 예상대로 그곳에는 그 옆에 선 엘리야만큼이나 화려한 왕실 예복을 걸친 제 아버지 님룬트가 왕좌에 앉아 있었다. 여전히 왕을 상징하는 검이 왕좌 뒤에 세워져 있었다. 칼끝이 위로 향하도록 왕좌 뒤에 고정되어 있는 검은 위협적인 빛을 뿜어내며 확실한 경고의 메시지를 보내고 있었다. 그들을 찾아온 방문객을 향한 경고였다. 그 광경을 바라보기만 해도 딸꾹질이 나올 지경이었다. 몰구르 폰 스키르는 날카로운 뿔과 뾰족한 치아가 인상적인 거대한 데몬이었다. 그의 눈동자는 피처럼 붉었지만 엘프 성에 있는 누구 하나 불안에 떨지 않았다. 밖에서 이리저리 날아다니는 드래곤 무리를 제외하면 데몬은 지금 당장 엘프족에게 대항할 수단이 그리 많지 않아 보였다. 사실 이곳을 찾아와 저와 제 딸의 안위를 위험에 빠트린 건 몰구르 자신이었다. 저자의 딸 이름이 뭐였더라? 칼리스토. 남자에게나 어울릴 이름이지만 제 아버지 곁에 선 투박하고, 어깨도 넓은 소녀를 본 이조라는 그녀에게 제법 어울린다고 생각했다. 표정은 다른 데몬족만큼 긍지와 완고함이 돋보였지만 볼품없는 자태와 빈약하고 힘없는 머리카락을 지닌 데몬족 소녀였다. 그녀도 그녀의 아버지도 엘프족의 왕과 인간 종족 왕에게 무릎을 굽히지 않았다. 칼리스토는 대략 열대여섯쯤 되어 보였다. 워낙 어려서부터 흉터로 가득한 외모를 지닌 데몬족의 나이를 추정하기는 그리 쉽지 않았다. 하지만 데몬 공주의 얼굴은 놀랄 정도로 상처 하나 없이 매끈했다. 물론 그렇다고 해서 아름답다고 말할 수는 없겠지만 적어도 앞으로 아내가 될 여인의 얼굴을 마주한 베리안이 공포로 기절하는 상황만큼은 피할 수 있을 것 같았다. 이조라는 부디 엘리야가 제때 그녀의 오빠를 옥사에서 데려와 적어도 손님과 마주하기 전 따뜻한 목욕이라도 허락하는 선견지명이 있기만을 진심으로 바랐다.

"군영에서 여기 성까지 오는 데 너무 오래 걸린 것 같소만." 엘리야가 데몬족 원수에게 말했다.

"당신 말이 맞다." 데몬이 특유의 낮고, 거친 음성으로 대답했다. "당신과 당신의 동맹이 내게 부탁한 임무를 수행하느라 시간이 좀 걸렸지. 그런 당신의 불신은 어디에서 근거하는가, 인간의 왕?"

"상황을 설명해 준다면 이러한 불신이 사라질 수도 있겠소만."

그러자 옆을 응시한 몰구르가 뒤에 있는 누군가에게 눈짓으로 신호했다. 그러자 데몬족 무리 가운데 한 노인이 앞으로 나와 엘리야와 님룬트 앞에 무릎을 꿇었다. 엘리야는 곧바로 그를 알아보았다. "가바인." 냉담한 음성으로 엘리야가 말했다. "데모니아에서의 삶이 그리 혹독하지는 않았나 보군."

"네. 잘 지냈지요." 노인이 대답했다. 이조라는 노인의 이빨 사이로 새어 나오는 음성에서 이를 가는 소리를 들은 것 같았다. "존경받아 마땅하신 데몬족의 원수, 몰구르 폰 스키르 님께서 제게 지시하셨습니다. 지난 며칠간 아엘프스탄 성문 앞에서 있었던 일을 보고 하라고 말입니다."

엘리야는 고개를 끄덕이며 경청하고 있음을 알렸다. 그러자 노마법사가 설명하기 시작했다. "호리엘 폰 트레간디르의 신뢰를 얻기는 쉽지 않았지만, 제 주군이신 데몬족의 원수께서는 그 엘프에게 우리가 함께 싸울 거라는 확신을 심어 주셨습니다."

"그래서 말하려는 요지가 명확히 무어냐?" 엘리야가 그의 말을 잘랐다. "그 엘프는 지금 우리가 너희들에게 성문을 연 상황을 지켜보고 있겠지. 게다가 그는 우리와 그의 진영 사이에 300명의 노예 전사를 방패로 세워 놓고 있다. 지금 당장 너희가 전쟁을 선포하지 않으면, 그는 자신이 배신당한 사실을 알아차릴 텐데."

가바인의 입가에 보일락 말락 음흉한 미소가 걸렸다. "왕이시여, 데몬족의 원수께서 설마 그렇게 순진하리라 생각하십니까?" 가바인이 속삭이듯 말했다. "물론 원수께서는 왕이 제안한 정략혼을 거짓으로 수락하여 칼리스토 공주님을 혼인식에 데려가는 시늉을 하는 것처럼 호리엘이 믿도록 만드셨습니다."

"그러면 이제 뭘 어찌해야 한다는 건가?" 그때 님룬트가 조바심에 입을 열었다. 순간 이 장소를 지배하는 진정한 왕이 누구인지 그곳의 모두가 깨달았다. 바로 몰구르 폰 스키르였다. 그는 여기에 있는 모두를 흔들어 대는 게임을 벌이고 있었다. 그리고 이제 그가 무슨 결정을 내리느냐에 따라 엘프와 인간의 운명이 통째로 변할 상황이었다. 입을 꾹 다문 엘리야의 마법 지팡이에 장식된 프레지오라이트가 위협적으로 번쩍였다.

"우리는 이 혼인을 완성할 것이다. 그것도 지금 당장 여기서." 몰구르가 우레와 같은 음성으로 외쳤다. "아름다움 속에 적개심을 가득 품은 당신네들 얼굴을 마주하는 것이 참으로 고역이군. 또한 여기서 데몬 여인 하나의 체면을 따질 일도 아니니까, 어서 끝냅시다!"

그러자 엘리야의 프레지오라이트에서 번쩍이던 빛이 순식간에 사라졌다. 엘리야와 몰구르는 상대의 의도를 파악하려는 듯 한참 서로를 응시했다. 이윽고 엘리야가 고개를 끄덕였다. "알겠소." 그가 말했다. "베리안을 데려와라."

엘리야의 신호에 한 하인이 서둘러 밖으로 달려나갔다. 몰구르의 표정은 꽤 만족스러운 것 같았다. 하지만 엘리야는 여전히 그의 진정성을 전적으로 확신하지 못한 것 같았다. "언젠가 바로 이 자리에서 당신네 종족의 귀족과 만난 적이 있었지." 엘리야가 말했다. "라미로 폰 스키르, 초기 데몬족 중 한 명이었어. 당시 드래곤족의 왕이었던 탸르크 폰 반고를 포로로 붙잡은 그는 우리의 동맹이 되겠다고 평화 협정을 맺으러 이곳 아엘프스탄에 왔던 거였다네. 우리는 그를 철석같이 믿었지. 그러나 딱 하루뿐이었다네. 우리 모두 함께 술을 마시고 자축하며 드라고니아를 탸르크에게 되돌려줄 계획을 세웠었다. 그런데 라미로가 갑자기 모두에게 반기를 들며 드래곤을 석방하는 것은 협약에 포함되지 않는다고 주장했다네. 그런 그와 언쟁이 붙었고, 그 과정에서 내게서 튄 미약한 마력 파장이 그에게 닿는 작은 사고가 일어나고 말았지. 라미로는 그런 모욕을 참지 못했어. 하지만 그렇다고 내게 복수할 수 없었기에 다른 식으로 앙갚음을 했다네. 바로 내 눈앞에서 드래곤족의 왕을 찔러 죽여 버렸던 거야."

"그 사연이야 나도 잘 알지." 몰구르가 무덤덤하게 말했다. "드래곤 습격! 스키르에서 우리는 선조의 용감무쌍한 행동을 기리며 커다란 축제를 열지."

엘리야의 눈동자가 잠시 번뜩였다. "그건…" 입 밖까지 나오려던 말을 엘리야가 겨우 거둬들였다. 그리고는 침묵했다.

"…우리의 당연한 권리지. 우리는 우리의 관습대로, 당신은 당신의 관습대로 하면 되는 거니까." 엘리야가 못다 한 말을 몰구르가 되받아쳤다.

그것은 몰구르의 엄연한 도발이었다. 하긴 그 누구도 데몬족의 원수가 겁먹은 졸개처럼 가만히 서서 누명을 뒤집어쓰리라 기대하진 않았다. 엘리야는 끝내 아무 대꾸도 하지 않았다. 이조라는 그들이 잠시 회의를 멈추고 휴식을 취하거나 혹은 잘하면 앞으로의 동맹을 위한 세부 사항을 논의하게 될 거라고 기대했다. 하지만 그때 문이 열리더니 연회장을 벗어났던 하인이 베리안을 데리고 돌아왔다. 엘프족의 스타프린스는 고개를 빳빳이 세우고 그곳에 모인 이들에게 곧장 걸어왔다. 족쇄도 차지 않았고 지난 몇 주간 지하감옥에 있었다는 흔적은 유독 창백해진 피부에만 살짝 남았을 뿐이었다. 다시 말해 엘리야는 그녀의 오빠가 목욕을 하고 의복을 정비할 시간을 안배해 뒀던 것이다. 베리안은 저를 감옥에 처넣어 수치를 안긴 인간 종족 왕을 무시한 채 데몬족의 공주인 칼리스토에게 시선을 고정했다. 엘프족답게 베리안은 그녀를 본 순간 낙심한 마음을 하나도 드러내지 않았다. 역으로 데몬족의 공주 또한 베리안의 시선을 조금도 피하지 않았을 뿐만 아니라 범접할 수 없는 분위기와 고집스러운 태도로 화답했다. 베리안은 조금도 망설이지 않고 부왕의 왕좌 옆에 올라섰다.

"내 아들이자 알빈가르트의 차기 국왕이요." 님룬트가 베리안을 소개했다.

몰구르는 칼리스토의 어깨에 한 손을 올렸다. "내 딸이자 알빈가르트의 차기 왕비요."

팽팽한 긴장감이 가득했지만 이조라는 피식 웃음이 터져 나왔다. 궁정 예절에 따르면 몰구르는 칼리스토를 '데모니아의 공주'라고 소개했어야 했다. 그러나 그러는 대신 몰구르는 제 손자가 훗날 엘프의 땅을 지배할 것임을 모든 이에게 천명한 것이다. 그 뜻을 알아차린 님룬트는 베리안만큼이나 창백해졌다.

"당신들의 신들에게 고하는 예식을 치를 건가? 아니면 저 둘을 그냥 침실에 넣어 버릴 텐가?" 몰구르가 단도직입적으로 물었다. 님룬트는 혼미해진 정신을 차리려 무던히 노력했다. "우선 여명의 아들인 신관을 부를 거요." 그가 단호한 음성으로 말했다.

"원하는 대로. 우리 데몬족은 믿는 신이 없으니…. 하지만 그렇게 신께 기도하고 싶다면 하시오. 우린 아무래도 상관없으니까."

신관이 서둘러 알현실로 들어왔다. 제 딸을 왕좌 앞 계단으로 이끈 몰구르는 잔뜩 긴장한 그녀를 베리안에게 넘겼다. 님룬트와 엘리야가 신혼부부 뒤에 섰고, 이조라 또한 난간을 벗어나 제 남편 곁에 섰다. 혼례는 최소한의 절차로 축소되었다. 그런 만큼 신관은 이 혼인의 성사를 증명하기 위한 핵심적인 말만 골라서 했다. 엘프 신들의 규율에 따라 혼례를 마친 신랑 신부가 서약의 키스를 나누기 위해 마주 봤다. 신랑 신부의 눈동자에 격렬한 거부감이 떠올랐다. 칼리스토 또한 저 엘프 왕자가 저를 생각하는 것만큼이나 그를 경멸하고 있음이 너무 확연했다. 그럼에도 칼리스토는 베리안의 입술이 아주 살짝 제 입에 닿는 것을 허락했다. 그리고 간신히 멈췄던 호흡을 토하며 서둘러 정면으로 돌아섰다.

"이제 만족하는가?" 베리안이 엘리야에게 중얼거렸다. "아니면 끝내 우리를 홀구르나무에 묶어 놓을 셈인가?"

"아니다." 불사의 마법사가 말했다. "하지만 난 저 밖에 있는 드래곤들이 호리엘을 내 앞으로 대령하기를 원한다. 그리고 데몬족 파수꾼도 되돌려 받고 싶다."

"약속한 대로 호리엘에게도 아무 일이 없어야 할 걸세." 님룬트가 엘리야에게 상기시켰다. "그를 잡아들여 책임 추궁은 할지언정, 당신이 약속한 대로 앞으로도 그는 트레간디르의 계승자로 남아야 할 걸세."

"그렇게 약속했으니 지킬 것이다." 엘리야가 확실히 다짐했다.

"데몬족의 파수꾼이라면 내 그렇잖아도 당신들에게 선물로 전하려 했지." 몰구르가 말했다. "그런데 호리엘은 약조한 것을 지키기 전까지 내게 양도하는 것을 꺼리더군."

"그에게 뭘 약속한 거지?" 엘리야가 몰구르에게 질문했다. "도대체 내게 무슨 함정을 파려던 건가?"

모두가 서로를 응시했다. 기묘한 침묵이 그 공간에 내려앉았다. 누구도 감히 깨뜨리지 못할 폭풍 전의 고요함이었다. 베리안을 제외한다면. 순간 베리안의 음성이 적막을 갈랐다. 마치 문스워드로 버터를 베어 버리듯. "바로 이거지!"

베리안은 유령늑대처럼 빠른 속도로 단검을 뽑아 엘리야의 목덜미에 꽂아 넣었다. 그곳은 엘리야가 걸친 갑옷의 유일한 취약 부위였다. 이 터무니없는 행동에 엘리야는 허를 찔렸고 미처 제때 방어하지 못했다. 베인 상처에서 흘러내린 피가 하얀 털로 장식한 왕의 망토 깃을 붉게 물들였다. 황급히 두 손으로 상처를 눌렀지만 아무 소용이 없었다. 엘리야의 두 다리에 힘이 풀리더니 결국 무릎을 꿇었다.

"그래, 엘리야. 난 당신이 딱 그곳에 그리 있었으면 해. 바로 그 자리에!" 베리안이 차갑게 내뱉었다. 그리고 곧이어 불구대천의 원수인 엘리야의 녹안이 번뜩이는 모습을 아주 잠시 노려보고는 팔꿈치로 그의 관자놀이를 가격하며 그를 완전히 혼절시켰다. "자 이제, 누이." 이조라에게 돌아선 베리안이 말했다. "네 가슴에 뛰는 심장이 엘프 공주의 것인지 아니면 인간 창녀의 것인지 이제 증명할 때가 된 것 같구나."

베리안은 단검을 이조라에게 건네기 전 제 바짓자락에 쓱쓱 닦았다. 이조라는 구태여 또 다른 고통을 감내해야 할 필요가 없다는 걸 알고 있었다. 베리안에게 감금당해 있던 기간 동안 뽑아 간 피만으로도 엘리야에게 두 겹 혹은 세 겹의 결계를 치기에 충분했다. 그렇지만 그녀는 베리안이 건넨 단검을 쥐고 맥이 뛰는 곳에 칼날을 가져다 댔다. 이조라는 제게서 피를 내고 싶었다. 그 대가가 무엇이든 자신이 해야 하는 일이기도 했다. 자신이 자발적으로 이 계략에 동참했다는 것을 모두가 똑똑히 볼 수 있도록.

“나는 알빈가르트의 빛나는 공주, 이조라 폰 아엘프스탄이다.” 단호한 음성으로 선포한 이조라가 번뜩이는 칼날을 제 살에 박아 넣었다.

# 카이

카이는 지금 저 위에서 무슨 일이 벌어지고 있는지 전혀 몰랐다. 지하 감옥은 어두컴컴했다. 그 사이 사방을 비추던 횃불은 다 타고 겨우 두어 개 남짓 남았지만, 아무도 새것으로 교체하러 오지 않았다. 카이가 아는 사실은 그저 옆 감방에 투옥되어 있던 베리안이 이제 그 자리에 없다는 것 정도였다. 이 상황이 그는 기쁘기도 했지만 동시에 염려스럽기도 했다. 잔인하고 증오로 범벅된 스타프린스의 폭언을 더 듣지 않아도 되었기에 한결 마음이 편해졌다. 베리안은 입이 더럽기로 소문난 하피와 비슷한 영혼을 가진 것 같았다. 거의 온종일 저주의 말을 쏟아 내고, 어떻게 하면 엘리야를 잔인하게 죽일지 기상천외한 살인 방법을 떠벌이는 게 그의 일과였다. 베리안은 카이가 옆에 있어서 더 자극을 받는 듯했다. 불사의 마법사에 대한 저주와 욕을 퍼붓다 지칠 때쯤

되면 그다음 화살을 카이에게 돌렸다. 그리고 몇 칸 건너 수감된 돌프는 베리안의 욕설에 맞장구를 치며 분노에 불을 지폈다. 지난 몇 시간만 해도 저들의 상상 속에서 카이는 이미 여러 차례 사지가 절단되고, 태형에 처해지고, 화형당하고, 조각조각 찢겨 나갔다. 베리안은 일반적인 고문 혹은 살인 방식을 말하고 나면, 항상 새로운 방식을 개발했다. 뜨겁게 끓어오르는 기름 단지에 담그고, 발가락을 절단하고, 찢어진 사타구니에 소금을 치고, 양팔을 묶어 매단 후 매시간 다리에 돌덩어리를 더하는 방법 등 스타프린스의 머리에서 나온 잔혹 행위는 영원히 끝나지 않을 것처럼 보였다.

그런데 갑자기 찾아온 두 병사가 베리안을 다시 그의 왕실로 데리고 돌아가자, 옥사에는 놀랄 만큼 고요한 적막이 내려앉았다. 돌프 또한 마침내 입을 다물고 조용히 잠들 정도로 독기를 충분히 내뿜은 것 같았다. 그리고 다른 감방에 수감된 죄수들도 전부 입을 다물었다. 미쳐 날뛰는 스타프린스의 정신적 고문에서 해방되어 마음이 편해진 모양이었다. 현 감옥 책임자는 그리 길지 않은 쥐 털 같은 금발을 지닌 별 볼 일 없는 외모의 엘프였다. 그는 가끔씩 죄수들에게 물과 딱딱한 빵을 가져다주러 모습을 드러내곤 했다. 이따금 횃불을 교체하러 올 때도 있었지만, 베리안이 이곳에서 사라진 후부터는 제게 찾아온 평온을 어디선가 만끽하고 있는지 좀처럼 나타나질 않았다.

다른 한편으로는 베리안이 불려 올라간 일로 카이는 걱정이 이만저만이 아니었다. 엘리야가 그를 옥사에서 데려오라 지시했다면 분명 데몬족 공주와의 혼례가 진행된다는 의미였다. 그러니까 몰구르 폰 스키르가 이 성에 입성했다는 말이기도 했다. 잘하면 엘프와 인간은 그 결혼으로 귀중한 동맹을 얻을 것이다. 그리고 어떻게든 호리엘을 제거하는 데 그들의 도움을 받을 수도 있으리라. 그러나 카이의 뱃속을 긁는 야릇한 느낌이 그를 몹시 불안하게 만들었다. 저 위에서 분명 뭔가가 잘못될 것만 같은 불길한 예감이 들었다. 하필 이때 엘리야가 드래곤 군대를 조성한다는 명목으로 저를 호위해야 할 두 파수꾼을 북쪽으로 보낸 터라 공격받기 딱 좋은 상황이었다. 게다가 이스타리엘을 불신한 나머지 그가 아엘프스탄에서 도주할 수밖에 없는 상황으로 내몰았다. 그리고 카이, 저를 이렇게 감옥에 처박아 둔 것도 바로 그였다. 다만 툴이 사라진 일만이 엘리야와 무관했다. 이제 저 위층에 있는 불사의 마법사 왕 엘리야는 오롯이 혼자였다. 물론 그는 여전히 이 성 전체에서 가장 강한 남자였다. 하지만 그렇다고 절대 제압당하지 않으리라는 보장은 없었다.

오랫동안 홀로 온전히 지낼 수 있는 자는 이 세상에 존재하지 않으니까.

그때 갑자기 문에서 난 날카로운 소리가 생각에 잠겼던 카이를 깨웠다. 컴컴한 어둠 속에서 카이는 대여섯 인물의 실루엣만 간신히 알아보았다. 누군가 생명력 없이 축 늘어진 몸뚱이를 양옆에서 질질 끌고 왔다. 죄수의 다리가 바닥에 끌리는 모습을 보니 의식을 완전히 잃은 것 같았다. 저 무리가 앞을 지나는 감방마다 웅성거렸고, 마침내 잠에서 깨어난 돌프 역시 네 발로 복도까지 기어 나와 그 모습을 지켜봤다. 카이는 위병들이 바로 제 옆에 멈춰 선 후에야 이런 소란을 일으킨 주범이 누구인지 깨달았다. 엘리야, 바로 그였다. 정신을 잃은 그가 칼에 베인 목 근처의 상흔에서 피를 뚝뚝 흘리며 두 엘프 병사에게 끌려오고 있었다. 그들은 예전에 베리안이 갇혀 있던 감옥 바닥에 엘리야를 거칠게 내동댕이쳤다.

“거기 보고 있나, 마법사?” 스타프린스의 싸늘한 음성이 들렸다. “이렇게 인간의 왕이 또다시 내 손아귀에 떨어졌군!” 베리안은 시커먼 액체가 담긴 물컵만한 플라스크를 가방에서 꺼냈다. 조심스럽게 옥문을 열고 들어온 베리안은 플라스크 안에 든 액체로 엘리야 주변에 원을 그리며 정확히 감방의 창살 안쪽까지 이어지는 결계를 완성했다. "이제 저놈이 깨어나기만을 기다려야겠군." 베리안이 말했다. "널 죽이는 장면을 직접 목격하게 할 거거든. 그런 뒤 저 자식의 목숨을 다시 빼앗을 거고."

"이런 방식으로는 당신에게 걸린 저주를 절대 풀지 못해요." 카이가 처절한 목소리로 소리쳤다. 하지만 곧 후회와 함께 공포가 뼛속까지 밀려들었다. 차기 알반가르트 왕이 될 베리안의 잔혹한 언사에 저도 모르게 쓸데없는 말을 내뱉고 말았다. 물론 카이의 주제넘은 발언은 아무 처벌 없이 곱게 넘어가지 않았다. 베리안은 피로 그린 결계를 완성한 후 신중하게 플라스크 마개를 닫았다. 그리고 카이의 감방 쪽으로 발걸음을 옮겼다. 카이는 뒷걸음질 쳤지만 시선만큼은 베리안에게서 떼지 않았다. 눈매를 길게 좁혔다 뜨며 스타프린스는 카이에게 몸을 숙였다. "17년이면 엘프가 그런 고통에 익숙해지기에 충분한 시간이란다, 인간아! 차라리 내 삶의 마지막 순간까지 심장이 부서진 채로 남고 싶구나. 저 배신자 왕과 그의 사생아 새끼가 이 왕국을 통치하는 꼴을 두고 보느니 말이야! 그리고 넌…," 그가 더 가까이 다가왔다. 어둠조차도 그의 눈에 활활 타오르는 광폭한 불꽃을 숨기지 못했다. "저항하면 할수록 그만큼 더 천천히 죽게 해 줄 거다."

카이는 심장이 튀어나올 것만 같았다. 엘리야가 저렇게 되기까지 도대체 무슨 일이 있었던 거란 말인가? 어차피 베리안에게서는 아무 대답도 기대하지 않았다. 베리안은 오만한 미소와 함께 뒤로 물러났다. 엘리야가 갇힌 감방문을 닫기 전 다시 한번 카이의 모습을 시야에 담았다. 지금 그의 눈에 보이는 감옥의 풍경에 몹시 흡족한 것 같았다. 이윽고 베리안이 제 부하들을 향해 돌아섰다. "이제 이 소굴에서 나간다. 피로연을 치러야 하니까. 그리고 이어 초야도 치러야 하고."

카이는 감옥 바닥에 웅크리고 앉아 양손으로 다리를 감싼 채 숨죽이며 어서 엘프들이 사라지기만을 기다렸다. 그런 뒤 바닥에 배를 대고 저와 제 마법 스승 사이에 놓인 쇠창살까지 기어갔다. 그리고 얼마 남지 않은 횃불의 희미한 빛 아래 엘리야의 상태가 어떤지 가늠해 보려 애를 썼다. 숨이 아직 붙어 있는 건 확실했다. 사슬 갑옷 윗부분에 노출된 목 부위를 겨냥한 단검이 다행히도 동맥을 빗나갔기 때문이었다. 분노에 휩싸인 베리안이 잘못 조준하여 그 옆을 찔렀거나, 아니면 서서히 피를 흘리게 두려고 일부러 그랬을 수도 있을 것이다. 아무튼 저대로 두면 얼마 지나지 않아 곧 숨이 멎을 것 같았다. 카이가 한숨을 쉬었다. 어느새 앙금은 사라졌다. 저 가련한 인간 왕에게 이제 아무런 악감정도 남아 있지 않았다. 지난 며칠간 느꼈던 분노도 사라졌다. 엘리야는 마지막까지 충성과 신의를 보이던 추종자들을 쫓아낸 대가를 혹독히 치른 셈이었다. 저렇게 지하 감옥 속에 또 갇혀 버렸으니!

그때 기묘한 감정이 카이의 가슴을 간질였다. 엘리야를 그냥 죽게 내버려 두고 싶지 않다는 무조건적인 소망이었다. 카이는 이런 터무니없는 감정이 왜 밀려오는지 이해되지 않았다. 지금까지 저 마법사 왕은 이미 수천 번은 죽음을 맞이했고 매번 부활했다. 더구나 이미 의식을 잃은 상태라 한 번 더 죽는다 해도 딱히 고통을 느끼지도 않을 것 같았다. 그렇기에 애석하지만 그냥 계속 피 흘리다 죽게 내버려 뒀다가 다시 부활하기를 기다리면 될 터였다. 추측건대 그것이 훨씬 나은 방법이리라. 또다시 베리안의 감옥에 갇혔다는 것을 깨달은 엘리야의 절망적인 표정을 마주하지 않고 보낼 수 있는 1분 1초가 오히려 이득일 수도 있었다. 하지만 그럼에도 카이의 머릿속에서 울리는 경종이 그를 가만히 두지 않았다. 매 순간 그 소리가 점점 커져만 갔다. *그를 구해! 어서 치료하라니까!*

마력 때문일까? 아니면 나약해져 버린 마음 때문일까? 왜 이런 생뚱맞은 소망이 저를 괴롭히는지 도무지 알 수 없는 노릇이었지만 카이는 쇠창살에 더 바짝 접근했다. 이렇게 깜깜한 어둠 속에서도 카이는 제 주변의 소금 결계를 비롯하여 엘리야 근처에 피로 그린 결계가 그려진 장소를 정확히 파악하고 있었다. 몇 차례 심호흡을 한 후 이를 악물고 경계선 밖으로 손을 뻗었다. 그러자마자 고통이 그의 사지 전체를 강타했다. 마치 염산에 닿은 듯 소금 연기가 피어오르며 카이의 손이 타들어 갔다. 결계 위에 닿은 피부는 금방 화상으로 물집이 부풀어 올랐다. 그럼에도 거친 신음을 내뱉으며 온 힘을 기울여 엘리야에게 닿으려 전진했다. 하지만 엘리야를 가둔 혈계에 손끝이 닿자마자 거칠게 뒤로 내동댕이쳐졌다. 반대편 벽에 세게 등을 부딪친 카이는 한동안 숨을 쉴 수조차 없었다. 이윽고 폐에 다시 산소가 공급되는 것을 느끼자마자 감옥 한가운데로 서둘러 기어와야 했다. 그를 고통스럽게 밀어대는 소금 결계가 벽을 따라 그려져 있었기 때문이었다. "제기랄!" 카이가 거칠게 소리쳤다.

"어이, 아직도 발악을 하고 있는 거냐? 꼬마 마법사." 돌프의 쉰 목소리가 카이의 귓가를 파고들었다.

"그래! 난 인정 못 해! 모든 게 지금 이렇게 끝장났다는 것도, 결국 베리안이 이겼다는 것도!" 카이가 악에 받쳐 소리쳤다.

"항상 이기는 건 엘프들이지, 아직까지도 그걸 몰랐냐?" 돌프가 대답했다. "아무도 그들을 막지 못해. 누구나 알고 있는 사실인데, 쯧쯧."

하지만 카이는 이런 운명을 그대로 받아들일 준비가 되어 있지 않았다. 분명 탈출할 방법이 있을 것이다! 하지만 다른 한편으로는 그런 의문도 들었다. 예전에 같은 환경에서 지난 17년간 엘리야가 성공하지 못했던 일을 지금 이 상황에서 제가 어떻게 성공할 수 있단 말인가?

"베리안이 날 최대한 오래 이곳에 뒀으면 좋겠군. 이 흥미로운 광경을 끝까지 구경하도록 말이야." 돌프가 비아냥거렸다. "그가 널 조각조각 내는 광경을 곁에서 지켜볼 수만 있다면 정말 즐거울 텐데. 나야 뭐 언젠가는 풀려나지 않겠어? 날 여기 가둔 건 엘리야니까 말이야. 엘리야의 적은 말할 것 없이 베리안의 친구겠지."

"그 입 닥쳐!" 카이가 투덜댔다. 그렇지만 의도했던 것보다 확신이 부족한 말투처럼 들렸다. 제 내면을 잠식한 절망이 저도 모르는 새 음색마저 찌그러트렸나 보다. 돌프가 킥킥거리며 비웃었다.

깜박거리는 횃불의 어두운 불빛 아래 카이는 스승의 창백한 얼굴을 살폈다. 그의 모습이 저렇게까지 싸늘해 보이는 이유는 무엇일까? 카이는 마지막 남은 불빛이 마침내 꺼지고 완전한 암흑이 내려앉은 지금이 차라리 기쁘게 느껴졌다.

하지만 그것도 오래 가지 못했다. 30분이 채 지나지 않아 다시 문이 열리고 누군가 복도로 들어왔다. 누군지는 몰라도 새 횃불을 손에 들고 있었다. 카이는 눈이 부셔 상대의 얼굴이 제대로 보이지 않았다.

*오타르와 티케여, 부디 나를 도우소서!* 카이가 속으로 되뇌었다. *제발 베리안만큼은 아니기를 간절히 염원하나이다!*

다행히 그 엘프 왕자는 아니었다. 그 사람은 다 탄 횃불이 있던 자리에 새 횃불을 꽂아 넣고는 카이를 향해 돌아섰다. 카이는 제가 마법을 걸어 만들어 준 푸른 비둘기색 드레스를 단번에 알아봤다. 그녀는 윤기 흐르는 금발을 후드 아래 감추고 한 손에는 말라비틀어진 빵조각이 든 바구니를 들고 있었다.

"넌?" 돌프가 잇새로 내뱉었다. "어떻게 들어온 거냐? 이 천한 계집!"

"그레타!" 카이의 심장이 즐거움으로 방망이질 쳤다.

“쉿!” 감방 앞에 무릎을 꿇은 그레타가 황급히 제 입 앞에 검지를 가져다 댔다. “부엌 하녀 하나가 죄수들에게 빵을 배급해요. 티발트가 그녀를 다른 곳으로 유인했고, 내가 그 하녀인 척 들어왔어요.” 그레타의 시선이 카이의 몸을 훑었지만 그녀가 무엇을 보고, 무슨 생각을 하는지는 전혀 읽히지 않았다. 돌프는 미친한 그레타를 완전히 무시했다.

“엘리야가 있는 옥사에 가까이 갈 수 있어?” 카이가 황급히 물었다.

“모르겠어요. 왜 그러죠?”

“엘리야를 치료하려면 그의 손이 내게 닿아야만 해.”

순간 그레타가 눈을 굴렸다. “당신이 그를 치료할 필요는 없잖아요, 카이. 엘리야 님은 불사의 몸이라고요!”

“나도 알아!” 카이가 대답했다. “하지만 내 마력이 원하는걸. 그러니까 저 사이로 손을 뻗어 봐. 도와줄 거야, 말 거야?”

그레타는 못마땅한 신음을 흘렸지만 창살 사이로 손을 뻗어 엘리야를 더듬었다. 그녀의 팔은 사슬 갑옷의 끝자락을 잡을 수 있을 정도로 충분히 길었다.

“좋아! 이제 그를 창살 근처로 잡아당겨 봐!”

그레타가 열심히 잡아당겼지만 사슬 갑옷까지 걸친 엘리

야의 무거운 몸을 끌어오는 데는 오랜 시간이 걸렸다. 피로 그려진 결계 앞에서 그레타는 숨을 거칠게 몰아쉬었다. "저게 다 뭐예요, 카이? 원래 난 지금 성에서 무슨 일이 일어났는지 알려 주러 왔어요."

"그건 나도 좀 관심이 있는데!" 돌프가 큰 소리로 말했다.

"그건 엘리야를 치유한 다음에 듣자." 카이가 말을 가로챘다.

온 혈관에 퍼진 독처럼 불안감이 카이를 잠식했다. 이제 시간이 얼마 남지 않았다는 것을 카이는 육감적으로 깨달았다. 카이는 그레타에게 엘리야를 꼭 붙들고 있으라고 지시했다. 카이가 그랬듯 결계에 닿는 순간 반동으로 튀어나갈 경우를 대비한 것이었다. 다행히 엘리야의 경우 결계가 밀어내는 반동은 카이 것만큼 강하지 않았다. 카이가 소금에 닿을 때와 비슷한 수준이었다. 엘리야의 팔이 달아오르며 피부에 수포가 생겼다. 엘리야의 몸이 경련하며 뒤틀렸고 나지막한 신음이 그의 목구멍에서 흘러나왔다. 그 소리가 너무 미약하다고 카이는 생각했다. 원래 이 정도의 고통이라면 아무리 혼절을 한 상태였다 해도 벌떡 깨어날 수준이었다. 하지만 지나치게 피를 흘린 엘리야는 혈관에 피가 모자랄 수밖에 없었고, 아예 영혼까지도 몸에서 빠져나가기 직전이었다. 엘리야는 서서히 죽어가고 있었다. 정말로 죽음이 코앞이었다!

서둘러 그의 손에 제 손을 뻗어 꼭 붙잡은 후 마력을 그에게 쏟아부었다.

**살과 피부 그리고 피여, 이제 하나가 되어라! 아무리 죽음이 부른다 하여도 그를 다시 데려오라. 나는 너희를 촉진하는 심장이요, 너희에게 명령을 내리는 채찍이로다. 어서 그를 데려오라!**

카이는 온 힘이 쑥 빠져나가는 기분을 느끼며 엘리야의 손을 놓았고, 그레타는 반쯤 불에 그슬린 왕의 팔을 끝까지 놓지 않으려 최선을 다했다. 눈 앞에 펼쳐진 혐오스러운 모습에 그레타가 코를 찌푸렸다. 그런 뒤 또다시 속내를 읽을 수 없는 강렬한 시선으로 카이를 바라보았다. “지금 쓸 수 있는 마력을 전부 소진한 거죠. 그것도 이렇게 아무 의미도 없을 황당한 치료에!”

“넌 뭘 기대했냐?” 돌프가 끼어들었다. “저놈이 머리가 맑았던 적은 없었던 것 같은데!”

카이는 눈꺼풀을 뜨려고 애를 써야 할 정도로 눈이 자꾸만 감겼다. 그레타는 여전히 불신 가득한 시선으로 저를 바라보고 있었다. “네 말이 옳을지도 몰라. 하지만 이상하게도 난 엘리야가 고통을 당하게 두고 싶지 않았어." 카이가 대답했다.

그레타가 눈매를 가늘게 떴다. 아마 이 일에 대해 계속 따질 만한 가치가 있는지 가늠해 보는 것 같았다. 그러나 곧 그럴 필요가 없다고 판단했는지 그레타는 돌프가 알아듣지 못하도록 속삭이며 알현실에서 있었던 사건을 들려주었다. 혼례 후 데몬족들은 신혼부부를 홀구르나무에 묶는 풍습 대신 엄청난 양의 와인과 발효된 산양유에 담가야 한다고 주장했다는 것과 엘리야를 원래 갇혀 있던 감옥에 다시 가두는 데 성공한 엘프들은 한결 마음이 가벼워졌는지 그들의 요구에 동의했다는 것, 그리고 그사이 아엘프스탄에 도착한 호리엘 또한 그들이 짠 계략이 성공적으로 통한 것에 축배를 들었다는 이야기였다.

"이조라가 배신했어요!" 그레타가 계속 속삭였다. "그 여자 때문에 당신이 지금 감옥에 갇힌 거라고요. 돌프와 불화를 일으킨 것 자체가 전부 계획된 일이었어요. 그리고 엘리야 님을 결계에 가두도록 그 여자가 제 피를 자진해서 제공했던 거죠."

카이는 도무지 믿기지가 않았다. 그 또한 지금까지 이런 일을 우려했지만 막연한 추측일 뿐이었다. 하지만 그레타의 말을 듣는 순간 지금까지 가장 우려하던 최악의 사태가 현실이 되었다. "이상해." 그가 중얼거렸다. "이조라에게도 엘리야에 대한 감정이 있는 것 같은 인상을 받았었거든. 뭐라고 설명하기 힘들고, 다소 병적이긴 했어도 분명 그런 걸 느꼈었어."

"그랬겠죠." 그레타가 말했다. "사랑하지 않았더라면 그녀의 피는 아무 효과도 없었을 테니까요." 또다시 불신으로 뒤범벅된 그레타의 시선이 카이에게 닿았다. "아니면 따로 사랑하는 누군가가 있는 건가요."

그러자 카이가 바닥을 내려다보았다.

"당신은 뭐 아는 거 없어요?" 그레타가 물었다.

카이가 고개를 저었다.

"당신, 아직도 날 못 믿는 거죠, 정말 계속 이렇게 못되게 굴 거예요?"

"그레타!" 카이가 다급히 외쳤다. "저 밖의 세상은 지금 멸망해 가고 있어. 그러니까 당장 널 어떻게 생각하는지 내 마음을 설명하는 일 따윈 바라지마! 지금만큼은 아니야!"

"지금만큼은 아니야!" 돌프는 징징거리는 어린아이처럼 카이의 말을 흉내 내었다. 하지만 그를 거들떠보는 사람은 아무도 없었다.

"그럼 언제요?" 그레타가 씩씩거리며 말했다.

카이는 가능하면 그레타가 바라는 걸 당장 증명하고 싶었다. 베리안이 감옥 문을 열고 불쑥 들어와 두 사람을 영원히 떼어놓기 전에 저 여자에 대한 제 믿음과 사랑을 고백하며 오해를 풀고 싶었다. 하지만 당장은 불가능했다.

팔짱을 낀 그레타가 하늘 높이 코를 치켜들었다. "좋아요. 당신이 정 그렇게 나온다면 아엘프스탄을 구할 마지막 기회마저 망칠 수도 있죠."

"그게 무슨 뜻이야?" 어리둥절해진 카이가 물었다.

몹시 모욕당한 눈빛으로 그녀가 카이를 내려다봤다. "하피와 와이번이 불안해해요, 카이. 그들은 이 성을 보호하라는 명령을 받았었죠. 그런데 난데없이 엘리야가 몰구르를 이 성에 입성하도록 허락했고, 느닷없이 칼에 찔려 버렸어요. 샤텐발트 마물들에게 뭐라 한마디 하지도 않은 채로요. 그래서인지 뭔가 이상한 낌새를 느끼나 봐요. 이미 마물 몇 마리가 엘프 병사 몇을 공격해 죽였거든요. 그리고 지금 성 앞에 유령늑대 무리가 와 있어요." 그레타는 강조하려는 듯 일부러 잠시 말을 멈췄다. "호리엘이 툴과 사피라가 취한 정복자 검의 행방을 묻고 있대요. 님룬트도, 이조라도 그 검들이 어디에 있는지 모르는 상태죠. 하지만 아무래도 저들이 이곳에 있는 모든 궤를 탈탈 털어 찾아낼 때까지 시간이 얼마 남지 않은 거 같아요. 카이, 당신은 그 검들이 어디에 있는지 알고 있죠?"

카이는 침묵했다. 여러 생각이 그의 머릿속을 헤집어 놓았지만 마력이 전부 빠져나간 탓에 맑은 정신으로 집중하기가 힘들었다. 그저 묻는 질문에 그렇다, 아니다로 대답하는 수밖에. 모 아니면 도처럼.

"그래."

그레타는 마치 그럴 줄 알고 있었던 것처럼 고개를 끄덕였다. "내게 알려 줘요. 내가 검들을 찾아서 안전한 곳에 숨겨 놓을게요."

혹은 호리엘에게 그대로 가져다 바칠 수도 있을 것이다. 감당할 자신이 있다면 제 스스로 정복자가 되려고 할지도 모른다. 카이는 유령늑대들 한가운데 서서 피 묻은 검을 엘프들에게 겨누는 그레타의 모습을 떠올려 보았다. 그런 상상은 일면 마음에 드는 구석이 있었다. 그레타가 통치하는 에냐도르의 모습은 어떠할지 궁금했다. 어쩌면 그냥 그레타가 말한 대로 행동할 거라 믿어야 할지도 모른다. 지금 그녀가 진심을 말하고 있다는 걸. 그리고 정말로 그의 편에 서서 파수꾼들이 눈치를 채고 돌아와 성을 다시 수복할 때까지 그 검들을 무사히 숨겨 놓을 거라는 걸.

카이는 그레타의 귀가 창살에 닿을 정도로 가까이 다가오라고 손짓했다. "정복자의 검은 지하 묘지에 있어." 입가를 손으로 가린 카이가 속삭였다. 돌프가 엿듣게 해서는 절대 안 되었다. 돌프가 당장은 감옥에 갇혀 있지만 곧 순찰을 할 엘프 위병에게 엿들은 걸 폭로해 버린다면 상황은 걷잡을 수 없게 될 것이다. "묘지의 가장 안쪽, 유령늑대 가죽이 쌓여 있는 곳 뒤편에 숨겨져 있어."

그레타가 신음했다. "그 안에 가려면 어떻게 해야 해요?"

"가장 좋은 방법은 입구를 지키는 위병을 따돌리는 거야. 그러기 힘들다면 예전에 이조라가 사용했던 방법밖에 없어. 이스타리엘이 내게 들려준 적이 있어. 잘 들어…."

카이는 외벽에서 이어지는 비밀 통로에 직접 가 보지는 않았지만 그레타에게 알고 있는 정보를 빠짐없이 전달해 줬다. 그레타는 살면서 산전수전 다 겪어 본 여자였다. 그런 그녀라면 엘프 성의 비밀 통로로 몰래 잠입하는 방법을 어떻게든 찾아낼 것이다. 카이는 확신했다. 단지 그레타가 단독으로 행동할지, 혹은 속셈이 무엇인지만큼은 솔직히 알 수 없었다. 가능하면 그레타의 손을 붙잡고 그녀에게 위임한 이 임무가 얼마나 중요한지 구구절절 설명해 주고 싶었다. 하지만 그녀는 의기양양한 표정으로 머리카락을 목 뒤로 넘기며 자리에서 일어섰다. 떠나기 전 창살 너머로 제 손을 한 번 잡을 생각 따위는 없어 보였다.

"믿어 줘서 고마워요, 카이." 그레타가 말했다. "난 이때만을 기다렸어요. 그냥 내게 맡겨요."

이 말과 함께 미련 없이 돌아선 그레타가 달려나갔다. 그녀의 발걸음 소리가 들리지 않을 때쯤이 되어서야 왜 돌프가 요란법석을 부리지도 않고, 감독관을 부르겠다고 날뛰지도 않았을까 하는 의구심이 카이의 머릿속을 맴돌았다.

# 트리스탄

공중에서 내려다본 아엘프스탄은 여느 때처럼 평화로웠다. 그렇지만 트리스탄을 불안하게 하는 두 가지가 눈에 들어왔다. 예전에 이조라를 두고 이스타리엘과 결투를 벌였던 남쪽 성문 앞에 유령늑대 무리가 전부 결집해 있었다. 그들의 천성대로 소란스럽고 무질서했다. 샤텐발트 마물이 지닌 특유의 공격적인 기질을 그대로 드러냈다. 목덜미 털을 바짝 세우고 서로 으르렁거리는 유령늑대들은 뭔가를 기다리는 것 같았다. 그렇지 않다면 유령늑대는 성이나 호리엘의 군영을 벌써 쳐들어갔을 것이다. 호리엘의 진영은 협곡 쪽에 위치했다. 화살의 사정거리에서 겨우 벗어난 정도로 늑대들과 가까운 곳이었다. 게다가 방어하기에 그리 적절한 장소가 아닌 것처럼 보였기 때문에 트리스탄은 더욱 혼란스러웠다. 인간 궁병들이 화살이 가득 든 통을 메고 호리엘 군영을 에워싸고 있긴 했지만 그들의 무기는 전혀 위협적이지 않았다. 석궁도, 드래곤 전용 창도 없었고 호리엘이 전쟁에 나설 때마다 투입하던 투석기 하나 없었다. 사피라와 트리스탄이 가시권에 들어오자마자 궁병들은 수비 태세를 갖추며 트리스탄 일행에게 활을 겨눴다. 궁병 부대 뒤로는 보병 부대가 대열을 갖추고 있었고 엘프들과 데몬들이 대열에서 이탈하는 노예를 막으려는 듯 후방을 지키고 있었다. 그게 전부였다! 호리엘이 이곳에 펼쳐 놓은 부대 배치는 우스꽝스러운 장난에 불과했다. 인간 부대의 화살만 피해 날아 들어가 그 뒤에 숨은 몇 안 되는 엘프와 데몬을 죽이면 그만이었다. 게다가 그들에게는 대기 중인 또 다른 아군이 있었다.

"툴이 저기 있어!" 트리스탄이 툴을 발견했다. 파수꾼이 갇힌 이동식 감옥은 병영 한가운데에 있었다. 그 안에 갇힌 데몬이 저를 향해 열심히 손을 흔들며 신호를 보냈다. 트리스탄은 이마를 찌푸렸다. 툴이 갇힌 저 이동식 감옥은 흡사 베이컨 조각을 미끼로 달아 놓은 쥐덫 같았다. 미끼를 물었다간 큰코다칠지도 몰랐다. 하지만 전반적으로 볼 때 너무 허술하고 지나치게 쉬워 보였다! 사피라도 트리스탄과 같은 생각이었는지 공중에서 조금 뒤로 물러서며 엘프 군영과 안전거리를 확보했다. 어느새 하름과 이스타리엘이 트리스탄과 사피라가 있는 선두로 다가왔다. 도깨비불 떼가 반짝이는 금빛 외투처럼 이스타리엘의 주변을 에워쌌다. 그중 한 마리가 트리스탄을 유혹하려는 듯 무리에서 이탈해 그가 있는 방향으로 팔랑거리며 날아왔다.

"이스타리엘…." 트리스탄이 말했다. 하지만 엘프가 그 사실을 알아차리기도 전에 사피라가 먼저 주둥이를 벌려 도깨비불을 삼켜 버렸다. 사피라는 짜증으로 범벅된 눈빛을 쏘아 보내며 이스타리엘을 노려봤다.

"미안!" 이스타리엘이 간결하게 말했다.

트리스탄은 정신을 다잡기 위해 잠시 눈을 감았다. "저 도깨비불 떼가 저 아래 인간들을 안 건드리는 건 확실한 거겠지?"

"맞아." 엘프가 약속했다. "저들은 내 명령을 따를 거니까. 믿어라! 단지 네가 예외일 뿐이야. 너와 그리고…"

"그렇다면 아무래도 상관없어! 어서 저들을 출격시켜라. 먼저 공격하면 무슨 일이 벌어질지 보고 싶으니까."

이스타리엘은 심기가 불편해 보였다. "어떻게 되나 보려고 시험 삼아 도깨비불 떼를 희생시킬 셈인가?"

"그럼 선봉대로 누구를 보내야 할지 다른 의견이 있나, 엘프 왕자?" 트리스탄이 서늘한 음성으로 물었다. 이제껏 그들은 누가 파수꾼들을 이끌 것인지, 또 불확실한 경우 최종 결정을 누가 내릴 건지 단 한 번도 의논한 적이 없었다. 그렇지만 그 우두머리가 트리스탄임을 모두 인정하고 있었다. 엘리야가 아엘프스탄을 지휘하는 진정한 주군이었던 것처럼. 이스타리엘이 답했다. "그래, 네 말이 옳다." 다시 전방으로 시선을 돌린 이스타리엘이 대치 중인 하찮은 인간 궁수들을 응시했다. 이제 궁병들이 두려움에 팔을 덜덜 떠는 모습이 눈에 들어올 정도로 거리가 좁혀졌다.

"자, 어서 가서 엘프와 데몬을 협곡으로 유혹하라. 하지만 인간들은 해치지 말아야 한다!" 이스타리엘이 제게 종속된 샤텐발트 마물에게 명령했다. 그러자 도깨비불 떼가 술렁거렸다. 원래 타고난 천성이 잔혹하고, 탐욕스러운 마물들이었기에 상대의 생명을 앗으라는 제 주인의 잔혹한 명령에 한껏 들뜬 것 같았다. 휘황찬란한 빛 무리가 무시무시한 속도로 상대 진영을 향해 날아갔다. 그 광경을 목격한 인간 궁수들이 주춤하며 뒤로 물러섰지만, 후방에서 그들의 등을 채찍으로 갈겨 대며 고함치는 엘프 병사의 명령에 다시 대열을 갖췄다. 이제 도깨비불은 적진이 몇 미터 남지 않은 거리까지 도달했다. 그때 갑자기 적군의 대열이 갈라지더니 몇 가닥 남지 않은 흰 머리칼과 낡은 펠트 코트를 입은 노인이 앞으로 걸어 나왔다. 손에는 희미하게 빛나는 프레지오라이트가 박힌 마법 지팡이가 들려 있었다. 엘리야의 지팡이였다.

“가바인.” 트리스탄이 속삭였다.

노인이 음흉하게 웃어 재꼈다. 강력한 마법사만이 낼 수 있는 괴상하고도 커다란 웃음소리였다. 그 메아리가 숲 너머 절벽까지 족히 백 번은 울려 퍼졌다.

“부르크스메아데에서 온 트리스탄, 환영하네!” 가바인이 외쳤다. “전설 같은 네 마력은 도대체 어디 있는 겐가?” 동시에 아무것도 들지 않은 빈손을 하늘을 향해 뻗자 초록빛 파장이 쏘아졌다. 순간 시커먼 비구름이 몰려와 태양을 가렸다.

“돌아와!” 이스타리엘이 도깨비불 떼를 향해 소리쳤다. “당장 숲으로 피해!”

하지만 이미 늦었다. 천둥이 치더니 굵은 빗방울이 후드득 떨어졌다. 도깨비불 떼는 어떻게든 도망치려 했지만 순식간에 절반이 휩쓸려 나갔다. 간신히 살아남은 마물들은 우왕좌왕하며 가까스로 숲 기슭에 도착했다. 목숨을 구하려 숨을 곳을 찾아야 한다는 본능에만 이끌려 애처롭게 깜박였다. 같은 시각 몰구르가 이끄는 드래곤 부대가 후방에서 등장하더니 곧바로 파이어브레스를 연신 쏘아 대기 시작했다.

가바인은 마법 지팡이를 들어 올려 트리스탄을 겨냥했다. 1초도 안 되는 그 짧은 순간, 사피라가 급히 옆으로 몸을 기울이며 피했다. 트리스탄은 침착하게 사피라의 등에 솟은 비늘을 단단히 잡았다. 그리고 사피라가 작전을 개시하는 동안 안전하게 몸을 지탱할 위치를 찾았다. 사피라는 북풍처럼 빠르게 측면으로 하강하며 날개를 완전히 접어 몸에 바싹 붙였다. 그리고 거대한 암석을 따라 계곡 아래로 직활강했다. 트리스탄의 시야에 같은 방법으로 뒤를 따르는 하름의 모습이 보였다. 곧이어 하늘은 온통 화염 천지로 변했다. 그때 귓가를 스치며 지나간 창에 놀란 트리스탄이 순간 방향 감각을 잃었다. 저 아래 지상에 대기 중이던 인간 병사들의 쓸데없어 보였던 무기가 이 순간 갑자기 위력을 발휘한 것이다. 날카로운 함성이 뒤에서 연이어 울려 퍼졌다. 드래곤 화염이 그들을 아슬아슬하게 스쳐 지나갔다. 그 순간 트리스탄은 보았다. 몰구르가 이끄는 드래곤 십여 마리가 갑자기 머리 위에 나타나 주둥이마다 거대한 파이어볼을 응축 중이었다. 목에 강철 구속구를 찬 드래곤들의 등에는 완전 무장한 데몬들이 타고 있었다. 이 모든 게 가바인이 파 놓은 함정이었던 것이다. 허술하기 짝이 없는 군영은 그들을 유인하기 위한 미끼였을 뿐이었다. 그들이 군영을 만만히 보고 가까이 접근하자 매복해 있던 진짜 정예 부대가 그들을 기습한 것이었다. 사피라가 이끄는 드래곤 중 일부는 제때 피하지 못했다. 날카로운 발톱을 세운 데몬족의 드래곤이 활활 타오르는 파이어브레스를 쏘아 대며 트리스탄의 일행을 향해 돌진했다.

"다시 돌아가자! 몰구르가 이끄는 드래곤들이 우리 편에 서도록 설득해야 해!" 트리스탄이 다급히 외쳤다.

그 말을 알아들은 사피라가 방향을 바꿔 공중으로 솟아올랐다. 거대한 피막을 펼친 사피라가 가바인이 엘리야의 마법 지팡이로 쏘아 보낸 마력 광선을 피하며 날아올랐다. 그리고는 포악스럽게 달려드는 적군 드래곤들의 주변을 돌아 그들이 저와 마법사 사이에 방패처럼 가로놓이도록 위치를 잡았다.

그 와중에 아래를 내려다본 트리스탄은 유령늑대들이 한 곳으로 모여드는 모습을 관찰했다. 트리스탄은 툴을 찾으려 사방을 두리번거렸지만 광분하며 날뛰는 소란 탓에 툴이 갇힌 감옥의 위치를 파악하기가 힘들었다. 하지만 확실한 건 유령늑대들이 군영으로 접근 중이라는 것이었다.

사피라가 적진의 가장 외곽에 자리한 작은 드래곤 앞에 멈춰 섰다. 그 드래곤은 어디론가 이동하는 유령늑대들을 향해 파이어볼을 뿜으려 했다. 드래곤의 등에 탄 데몬은 사피라가 접근하는 것을 미처 보지 못했다. 사피라는 날카로운 뿔로 상대 드래곤의 옆구리를 찔렀다. 그녀가 찢어 놓은 상처에서 피가 흘렀다. 급선회하며 하강한 탓에 그가 쏘려던 파이어볼이 허공으로 흩어졌다. 그러자 드래곤의 시선이 사피라와 마주쳤고, 순간 드래곤이 화염을 쏘려던 주둥이를 다물었다. 이제 공중에서 멈춰 선 두 마리 드래곤은 서로를 노려보며 찬찬히 관찰했다.

"싸워라!" 드래곤의 등에 탄 데몬이 목줄을 잡아당겼다. "당장 공격하라! 아니면 내 창 맛을 보게 될 테니까!"

계속 가만히 대치 중인 상황이 이어지자 무기를 꺼낸 데몬이 창끝으로 제가 탄 드래곤의 목덜미를 사정없이 찔러 댔다. 흠칫 놀라 몸을 움츠린 드래곤이 고통스러운 비명을 질러 대며 마침내 사피라를 향해 화염을 발사했다. 트리스탄이 재빨리 몸을 웅크려 피했다. 하마터면 불지옥 맛을 볼 뻔했던 순간이었지만 화염은 그의 옆으로 살짝 빗나갔다. 트리스탄은 왜 사피라의 세뇌가 통하지 않는지 이해가 되지 않았다. 갈린에서는 모든 드래곤이 직접 제 손으로 사슬을 끊어 내고 뒤를 따를 정도로 사피라의 의지가 강력하게 작동했었다. 하지만 저 자그마한 드래곤은 사피라에게 복종하지 않았다. 제 주변을 태우던 지옥 불이 전부 소멸되자 트리스탄은 사피라의 다음 행동을 숨죽여 기다렸다. 이제 드래곤족의 여왕은 어떤 선택을 할 것인가? 제 종족이자 신하인 저들을 모조리 죽일 것인가? 아니면 데리고 온 드래곤들과 적군의 드래곤 노예 군대가 아무도 남지 않을 때까지 서로 물고 뜯게 방치할 것인가?

"아무래도 저 목에 찬 구속구가 원인 같다!" 트리스탄이 사피라에게 외쳤다. "가바인이 마법을 걸어 놓았을 거야!"

사피라는 망설이지 않았다. 쏜살처럼 앞으로 뛰쳐나간 그녀가 날카로운 발톱으로 드래곤의 등에 탄 데몬을 공격했다. 울부짖으며 나락으로 추락하기 전 데몬이 든 창이 사피라의 가슴팍을 찔렀다. 하지만 사피라는 그런 부상쯤은 아무렇지도 않다는 듯 아무런 내색도 하지 않았다. 그 대신 다시 한번 데몬족 드래곤을 뚫어져라 응시했다. 무조건적이고 강력한 열망을 담아 제 의지를 상대에게 심어 주려는 것 같았다.

순간 트리스탄의 시야에 시커먼 그림자가 덮쳤다. 하름이었다. 그의 가슴에는 이미 화살이 여러 개 꽂혀 있었다. "적의 수가 너무 많아!" 이스타리엘이 외쳤다. "당장 하피가 필요해!"

트리스탄이 뭐라 대답하기도 전에 하릅이 아래에서 쏜 석궁의 화살을 피하려 측면으로 선회했다. 트리스탄은 성을 가리키며 그의 말을 알아들었다는 신호를 보냈다. 사피라와 함께 슈투름 산맥으로 출발하던 당시 트리스탄은 하피들에게 숲속에 머물며 엘리야의 지시를 따르라는 명령을 내렸었다. 하지만 지금 하피들이 전혀 보이지 않는 걸 보면, 엘리야가 성의 수비를 위해 불러들인 것 같았다. 트리스탄은 우선 전체 하피 떼에 지령을 전달할 한 마리를 찾아야 했다.

"드래곤들이 다치지 않게 주의해! 데몬족은 반드시 죽이고!" 멀어지는 이스타리엘의 뒤통수를 향해 트리스탄이 소리치자, 고개를 끄덕인 이스타리엘이 하릅을 타고 격전을 벌이려 다시 전투에 합류했다.

사피라는 여전히 덩치 작은 드래곤을 회유 중이었다. 드래곤은 이제 사피라의 눈빛에 죽음의 고통을 느끼듯 사지를 뒤틀었다. 그러자 목에 걸린 강철 올가미가 빛났다. 그들 아래 지상에서는 유령늑대 무리가 군영으로 쳐들어가는 중이었다. 유령늑대 떼는 인간들을 전혀 공격하지 않고 지나갔다. 후방에 있는 가바인이 목표인 듯 측면으로 갈라진 후 계속 전진했다. 하늘에서 내려친 번개가 마법사 근처로 접근한 유령늑대 여러 마리를 단숨에 쓰러트렸다. 그렇지만 유령늑대는 포기하지 않고 연신 날카로운 이를 드러내며 가바인을 위협했다. 노마법사는 마법 지팡이를 연거푸 들어 올려 접근하는 유령늑대를 차례대로 죽여 나갔다. 헝겊 인형처럼 속수무책으로 쓰러진 유령늑대의 목구멍에서 단말마의 비명이 흘러나왔다. 그 광경을 목격한 트리스탄은 샤텐발트를 벗어나 마법사의 마력에 제약이 없는 이곳은 샤텐발트 마물에게 결코 유리하지 않다는 사실을 문득 깨달았다. 도대체 엘리야에게 무슨 일이 생긴 거란 말인가? 카이는 또 어디 있지?

그때 툴의 모습이 눈에 들어왔다. 이동식 감옥에 갇힌 데몬은 양손으로 쇠창살을 움켜쥔 채 멀리 떨어진 유령늑대를 응시하고 있었다. 툴의 입술은 명령을 내리듯 뭔가를 말하고 있었다. 흡사 유령늑대 무리와 정신적으로 연결되어 있는 것처럼. 이제 생각만으로 그들을 조종하는 경지에 이르렀단 말인가? 트리스탄은 정복자와 샤텐발트 마물 사이에 저런 것이 가능하다는 것조차 몰랐었다.

“우선 그 드래곤은 내버려 두자! 지금은 하피의 지원이 더 시급해!” 이윽고 트리스탄이 사피라에게 외쳤다. 하지만 사피라는 이 싸움에서 승리하고픈 욕망이 너무도 간절했다. 드래곤 기수 없이 혼자 남은 저 드래곤을 이대로 두고 떠나기가 못내 아쉬웠던지 여전히 드래곤을 노려보기만 했다.

그때 울부짖으며 거칠게 날갯짓을 하는 소리가 사피라의 머리에서 겨우 팔 하나쯤 떨어진 곳에서 들렸다. 트리스탄은 날카로운 발톱을 들이대며 채찍처럼 꼬리를 휘두르는 드래곤의 공격을 피해 황급히 고개를 숙였다. 폭발적인 불길이 트리스탄의 팔뚝을 휩쓸며 옷소매가 시커멓게 타들어 갔다. 트리스탄은 그 즉시 사피라의 이름을 외쳤지만 소용이 없었다. 결국 두 눈을 꼭 감고 제게 종속된 하피를 떠올리기 위해 온 정신을 가다듬었다. 검은 깃털을 지닌 새의 육신에 칼처럼 날카로운 발톱, 구불거리는 긴 머리카락, 두툼하고 섹시한 입술 뒤에 숨겨진 날카로운 송곳니…. *이곳에 당장 너희들이 필요하다!* 트리스탄이 머릿속으로 외쳤다.

그때 단말마의 비명이 그를 다시 현실로 이끌었다. 시선을 아래로 내려 지상을 바라본 트리스탄은 결국 유령늑대 두 마리가 가바인을 물어뜯는 광경을 목격했다. 한 마리는 다리를, 다른 한 마리는 팔을 덥석 물었다. 순간 가바인이 들고 있던 마법 지팡이의 프레지오라이트가 번쩍였다. 흡사 몽유병에서 깨어나 제가 직면한 불행을 깨달은 것처럼. 동시에 사피라와 대치 중이던 드래곤의 목에 걸린 사슬이 끊어졌다. 덜커덩 하는 소리와 함께 강철 올가미가 바닥으로 떨어졌다. 공중으로 고개를 쳐든 드래곤의 목구멍에서 자유로운 포효가 흘러나왔다. 사피라는 잠시도 망설이지 않았다. 방향을 바꿔 선회한 그녀가 곧장 하강했다. 저 아래 유령늑대들이 있는 곳으로. 엘리야의 프레지오라이트가 새 주인의 의지에 따라 제 기억을 놓아 버리고 가바인과 합세하기 전에 먼저 도착해야 했다. 마법 지팡이를 다시 고쳐 쥔 노마법사는 자신을 질질 끄는 두 늑대에게 치명적인 공격마법을 퍼부었다. 또 다른 늑대무리가 가바인에게 접근할 때까지 힘겹게 버티던 늑대들이 결국 옆으로 풀썩 쓰러졌다. 피가 철철 흐르는 입가에서 애처로운 하울링이 흘러나왔다. 사방을 방어하느라 정신이 없던 가바인은 마지막 순간에야 위를 응시했다.

날카로운 사피라의 발톱이 그를 쓰러트렸다. 이어 사피라는 가바인에게서 몇 미터 떨어진 지점에 가뿐히 착륙했다. 사피라의 등에서 트리스탄이 내렸다. 하지만 미처 검을 꺼내 들기도 전에 왼쪽 어깨에 어디선가 날아온 화살이 박혔다. 트리스탄은 비틀거리며 주위를 살폈다. 저보다 훨씬 어려 보이는 금발 곱슬머리 소년이 활을 들고 서 있었다. 재빨리 화살집에 손을 댄 그 소년은 또 화살을 뽑아 들었다. 하지만 활을 당기는 것이 불가능할 정도로 손을 심하게 떨었다. 몇 번이고 활시위에 화살을 걸려고 시도했지만 계속 미끄러졌다. 유령늑대들은 하나둘 차례대로 아무 해도 끼치지 않고 그 인간 소년 곁을 스쳐 지나갔다. 지금 이런 상황에서 저 정신 나간 놈은 제 진정한 적이 누구인지 아직도 깨닫지 못한단 말일까?

순간 분노의 베일이 트리스탄의 눈을 덮었다. 트리스탄이 제 어깨에 박힌 화살을 붙잡아 거칠게 부러트렸다. 찌르는 고통이 그를 관통했다. 그 사이 소년도 마침내 두 번째 화살을 시위에 올리는 데 성공했다. 그는 활을 들어 트리스탄을 겨눴다.

"감히 꿈도 꾸지 마라!" 트리스탄이 원망 섞인 음성으로 다그쳤다. 하지만 제 음성이 얼마나 차갑게 들렸을지 트리스탄도 알아차리지 못한 것 같았다.

트리스탄의 호통에 입술을 꽉 깨물고 무릎을 덜덜 떨던 어린 병사는 그대로 얼어붙었다. 그의 두 눈에 원초적인 공포가 가득했다. 트리스탄이 문스워드를 높이 쳐드는 순간 소년은 화살을 쏘았다. 트리스탄은 칼을 휘둘러 제게 날아드는 화살을 손쉽게 쳐 냈다. 그리고 몹시 분노한 몸짓으로 바닥을 쿵쿵거리며 소년에게 다가간 트리스탄이 그의 머리 위로 검을 높이 쳐들었다. 어린 궁수는 이제 더는 기회가 없다는 걸 알았다. 애써 저항하지도, 도망치지도 않았다. 활을 바닥에 떨어트리고 그저 멍하니 트리스탄을 응시했다. 죽음밖에 남지 않은 제 운명을 피할 도리가 없다는 걸 깨닫고 체념한 듯. 하지만 운명의 여신 티케는 이 비참한 어린 사내를 좀 더 이 세상에 두기로 결정했다. 트리스탄의 검이 소년의 목에 닿기 직전 블루 드래곤이 그를 가로막았다. 사피라였다. 그녀는 주둥이를 벌려 트리스탄을 향해 크게 포효했다. 순간 뜨거운 드래곤의 숨결이 그를 휘감았다. 이상하게도 그녀의 뜨거운 숨결은 오히려 트리스탄의 끓어오르는 혈기를 가라앉혔다. 지금 그를 얼어붙게 만든 냉기는 어디서 온 것일까? 부슬부슬 내리기 시작한 비 때문일까? 아니면 내면에 퍼져 드는 오한 때문일까? 그의 시선이 소년에게 닿았다. 그때 트리스탄은 깨달았다. 지금 저 자리에 선 소년이 자기 자신이었을 수도 있었다는 것을. 그리고 진짜 적은 다른 곳에 있다는 것을.

사피라의 날카로운 비명에 트리스탄은 저 어린 궁수에게 쓸데없이 신경을 빼앗기고 있었다는 걸 깨달았다. 지금은 이럴 때가 아니었다. 다시 자리를 털고 일어난 가바인이 그들을 공격하고 있었던 것이다. 그러는 사이 온몸으로 트리스탄을 보호해 주고 있던 사피라가 다리를 휘청거리며 쓰러지기 직전이었다. 트리스탄은 재빨리 제 드래곤 앞으로 돌아 나와 가바인의 공격을 가로막았다. 트리스탄은 근접한 거리에서 가바인을 노려봤다. 발을 질질 끄는 걸음걸이에 다 해진 옷을 걸치고, 머리도 거의 다 벗겨진 늙은 마법사. 며칠이나 저를 동굴 감옥에 가두고 데몬족에게 팔아넘기기까지 한 저 인간 종족의 배신자. 엘리야에게서 탈취한 프레지오라이트는 가바인이 수십 년간 찾아 헤매던 무한한 마력을 허용했다. 다시 젊은 청년으로 회춘한 듯 가뿐한 동작으로 돌아선 가바인이 제 주변을 둘러싼 유령늑대 십여 마리를 단번에 휩쓸었다. 그런 뒤 제 마법 지팡이를 들어 사피라에게 겨눴다. 지팡이에서 녹색 섬광이 번쩍이는 순간 사파리 역시 파이어브레스를 토했다. 마치 지옥의 화염처럼 치명적인 두 빛 덩어리가 모든 분노를 발산하듯 정중앙에서 맞부딪혔다.

하지만 프레지오라이트의 힘이 더 막강했다. 녹색 광선이 붉은 화염을 이겨 내며 드래곤 여왕에게 점점 가까워졌다. 가바인의 얼굴에 음흉한 미소가 퍼졌다. “이제 너희들 중 누구도 날 해치지 못해!” 그가 소리쳤다. “너희들 전부를 합친 것보다 내가 더 강하니까!”

트리스탄은 결단을 내렸다. 이루 말할 수 없는 고통이 따르리라는 건 누구보다 자신이 더 잘 알았다. 또 죽어야 한다니! 하지만 사피라의 목숨은 하나뿐이다. 그는 극악무도한 마법사가 쏟아 내는 저 무시무시한 녹색 섬광 한가운데로 뛰어들 정도로 그녀에게 빚진 게 많았다. 그리고 이것만이 저 무시무시한 공격을 막고 운명을 나눈 제 화염 누이를 구할 유일한 방법이었다. 더군다나 이 전투가 끝나면 언젠가 자신은 부활할 테니까. 바라건대 자기가 죽어 있는 동안 이스타리엘과 드래곤들이 저 없이도 아엘프스탄을 수복해 주길…. 트리스탄은 곧 밀어닥칠 고통에 대비하며 결의에 찬 발걸음으로 걸어나갔다. 하지만 그 순간 날카로운 발톱이 트리스탄이 걸친 가죽 갑옷의 뒷덜미를 낚아채더니 뒤로 잡아끌었다.

“우리가 저놈의 뼈에서 살점을 다 뜯어 버릴게요!” 하피가 울부짖었다.

“아주 발기발기 찢어 버리겠어요!” 다른 하피가 이어 소리쳤다.

그 순간 잔인한 마물 수십 마리가 가바인에게 날아가 날카로운 발톱으로 그의 어깨를 움켜쥐고, 날카로운 송곳니를 그의 목덜미에 박았다. 긴 비명을 지르며 마법사가 바닥에 풀썩 쓰러졌다. 그가 손에서 놓친 프레지오라이트 지팡이가 암석 지대를 굴러 트리스탄 발 근처에 떨어졌다. 트리스탄은 경외심이 가득한 손길로 마법 지팡이를 움켜쥐었다. 샤텐발트 때와는 느낌이 전혀 달랐다. 이번만큼은 마법의 돌이 그와 소통하지 않았다. 그렇지만 적어도 트리스탄의 손길을 거부하지 않았다.

가바인에겐 원래 제 몸에 지닌 마력이 좀 남아 있었다. 그러나 프레지오라이트 없이 뭔가를 도모하기에는 심신이 너무 지친 상태였다. 에너지 중 상당 부분이 이미 고갈되었고, 그나마 남은 마력은 덤벼든 하피 두 마리를 죽이느라 소진해 버렸다. 곧이어 나머지 하피 떼도 천성대로 날뛰었다. 그들은 제 앞에 보이는 희생양을 두 조각 내 버렸다. 하피들은 서서히 늙은 마법사를 물어뜯어 피부를 갈가리 찢어 놓고 앞서 예고했던 것처럼 날카로운 이빨을 그의 피부에 박아 넣었다. 트리스탄은 미동도 없이 가만히 서서 그 광경을 지켜봤다. 가바인의 절규가 울려 퍼졌다. 목구멍까지 차오른 피에 목이 막혀 아무 소리도 내지 못할 때까지 비명을 질러댔다. 샤텐발트의 마물이 그를 완전히 끝장내기까지는 생각보다 한참이 걸렸다. 하피들이 마지막 한 조각까지 물어뜯고 난 후 그가 서 있던 자리에는 뼛조각과 찢어진 옷가지만 덩그러니 남았다. 이어 하피 중 한 마리가 트리스탄 앞으로 푸드득 날아오더니 고개를 숙였다. 턱에서 흘러내린 피는 목까지 흥건했고, 화염처럼 붉은 머리카락이 바람에 휘날렸다. "주인님, 당신이 우리를 부르셨잖아요!" 그녀가 살랑거리며 속삭였다.

트리스탄은 간신히 고개만 끄덕였다. 사파리가 의아한 눈빛으로 그를 쳐다봤다. 그제야 트리스탄은 전투의 소음이 잠잠해졌다는 것을 깨달았다. 다만 머리 위 공중에서는 여전히 드래곤들이 치열하게 격전 중이었다.

"머릿속의 생각만으로도 마물들과 소통할 수 있는 거였어. 어서 너의 와이번들을 불러 도움을 요청해. 그런 뒤 네 부하들의 지원을 받아 이 전쟁을 끝내 버리자."

하지만 사피라는 고개를 저었다. 트리스탄도 그녀가 그의 제안을 거부한 이유를 짐작했다. 와이번은 천성이 아둔했다. 사피라는 독립적인 판단이 필요한 전투에 투입할 만큼 그들을 신뢰하지 않았던 것이다. 최악의 경우 위험한 마물인 와이번 떼가 드래곤에게 치명적인 독을 퍼트릴 가능성도 있었다. 대신 사피라는 우측에 있는 이동식 감옥을 응시하며 어서 데몬족의 파수꾼을 풀어 주라는 신호를 보냈다. 그런 뒤 거대한 피막을 펼치고 공중으로 되돌아갔다. 가바인은 죽었지만 그가 드래곤 올가미에 걸어 놓은 마법은 소멸되지 않았다. 하지만 프레지오라이트는 더 이상 가바인을 위해 힘을 쓰지 않았다. 오히려 반대였다. 미약하게 약동하는 마법 지팡이를 보며 트리스탄은 저 신통방통한 마법의 돌이 이제 저 드래곤 여왕을 위해 다시 한번 움직이기로 결정했다는 것을 깨달았다. 예전에 토이펠 호수에서 카이의 프레지오라이트가 그랬던 것처럼, 엘리야의 프레지오라이트 역시 제 안에 남은 마력을 전부 끌어모아 사피라를 돕기로 결정한 것이다. 드래곤 노예의 목에 채워진 강철 올가미가 하나둘씩 차례로 부서지며 바닥으로 떨어져 내리자 지상에 있던 인간들이 질겁했다. 그것으로 사피라는 제 종족을 해방시키는 임무가 한결 수월해졌을 것이다. 더욱이 이스타리엘이 공중에서 그녀를 도울 것이 분명했으니까.

마지막 올가미가 부서지기 직전 희미하게 깜박이던 프레지오라이트의 불빛이 멈춰 버렸다. 프레지오라이트 안에 농축된 마력을 방출하려면 마법사가 필요했다. 하지만 엘리야는 여기 없었다. 이렇게 인간의 왕은 꼭 필요할 때 제 종족 곁을 지키지 못했다. 그런 만큼 이제 그의 아들이자 후계자인 트리스탄이 인간 군대를 통솔해야 할 터였다.

트리스탄은 눈을 동그랗게 뜨고 저만 바라보는 노예 병사들을 찬찬히 살폈다. 그들의 얼굴에는 두려움, 희망 그리고 절망이 한데 뒤섞여 있었다. 몇 분 전에 거의 죽다 살아난 어린 궁수도 아까 서 있던 그 자리에서 미동도 없이 기대에 찬 눈빛으로 트리스탄을 응시했다. 트리스탄의 등 뒤에선 유령늑대 두 마리가 죽은 엘프를 놓고 서로 싸우고 있었고, 나머지 마물 무리들은 이동식 감옥 근처로 모여들었다.

트리스탄은 한때 노예병이었던 인간들이 전부 똑똑히 볼 수 있도록 제 문스워드를 높이 들어 올렸다. 트리스탄의 머리 위로는 드래곤들의 포효가 이어졌다. 여전히 활활 타오르는 뜨겁고 매캐한 공기가 공중을 가득 채웠다. 지금은 어깨에 박힌 부러진 화살로 인한 통증조차 거의 느껴지지 않았다. 당장은 제 운명에 따라 이 대업을 완수해야 한다는 충동이 전부였다. "나는 절대 무너지지 않는 인간이자, 불사의 드래곤 라이더, 하피의 정복자이자 도른슈트랑과 트레간디르의 상속자이며 인간의 파수꾼인 트리스탄 폰 도른슈트랑이다!" 트리스탄이 사령관을 잃은 군대를 향해 외쳤다. "오늘 이후로 너희들은 엘프의 노예가 아니다. 개처럼 헌신하는 짓은 당장 그만두고, 내 곁에서 저 늑대들처럼 싸우라. 너희들의 왕이 도른슈트랑으로 귀환하는 대업을 위해. 너희들의 형제와 아들이 종속에서 벗어나 스스로 삶을 결정할 수 있는 날을 위해. 그리고 에냐도르 대륙 모든 종족의 자유를 위해!"

잠시 고요한 침묵이 사방에 내려앉았다. 그들 대부분은 방금 트리스탄이 제시한 모든 것들을 마음에서 접은 지 오래였고 그 이후로는 감히 꿈도 꾸지 못했다. 자유, 긍지, 정의? 저들에게 그런 목표는 그저 동화에나 등장할 만한 닿을 수도 없고, 손에 쥘 수 없는 터무니없는 얘기였다. 그렇지만 단지 떠올리는 것만으로도 사람들의 눈빛이 아련하게 빛났다. 이윽고 전사들 가운데서 한 사내가 앞으로 한 걸음 나왔다. 큰 키에 수염이 덥수룩한 건장한 남자였다. 옆머리는 밀다시피 바싹 잘랐지만 윗머리는 길게 길러 검은 머리끈으로 질끈 묶고 있었다. 남자는 손에 움켜쥔 피가 흥건한 도끼를 하늘을 향해 들어 올렸다. 동시에 고개를 뒤로 젖히며 벼락 같은 함성을 질렀다. 마치 사슬을 끊고 주인을 죽인 야생 동물처럼 의기양양했다. 영혼 한구석 깊은 곳에 숨겨 놓았던 원초적인 힘이 부글부글 끓어 넘치는 것 같은 함성이었다. 또 다른 병사가 그의 옆에 다가와 함께 고함을 질렀고, 얼마 지나지 않아 군대 전체가 함성에 동참했다. 트리스탄은 제 안에서 솟구쳐 밀려오는 자긍심을 느꼈다. 예언은 사실이었다. 이제 파수꾼들이 모든 왕국을 지배하게 될 것이다. 각 종족은 그들을 따를 준비가 되어 있었다. 공중을 힐끗 쳐다

본 트리스탄은 마침내 사피라도 성공했음을 깨달았다. 점점 더 많은 드래곤이 등에 탄 데몬을 떨쳐 버리고 사피라 곁에 합류하고 있었다.

이제 남은 건 데몬족과 엘프족이었다. 에냐도르의 평화는 툴과 이스타리엘이 그들의 종족을 규합해 낼 수 있느냐에 달렸다.

뒤로 돌아선 트리스탄이 데몬족 파수꾼이 갇힌 이동식 감옥을 향해 걸어갔다. 툴은 감옥 정중앙에 꼿꼿이 서 있었다. 원래 데몬족이 지닌 특성처럼 다가가기 힘든 거만한 모습으로. 뭔가 섬뜩한 감정이 서린 그의 시커먼 동공을 마주치자 트리스탄은 곧바로 감옥의 자물쇠를 부수지 못하고 잠시 주저했다.

"스호오크가 죽었어." 트리스탄과 정면으로 시선을 맞대며 툴이 말했다.

"그 소식은 들었다. 정말 유감이야." 트리스탄이 대답했다. "도대체 어떻게 된 거냐?"

아주 잠시 툴의 입술이 파르르 떨렸지만, 툴은 금세 안정을 찾았다. "고문 중에…. 호리엘이 우리의 긴밀한 관계를 알아차리고 우리를 고문했어."

"하지만 너희들은 그가 원하는 정보를 끝까지 알려 주려

하지 않았던 건가?"

"그래."

"그러니까…" 트리스탄이 이동식 감옥 가까이 다가섰다. "…네가 정보를 털어놓지 않으려 해서 그가 스호오크를 죽였다고?"

툴이 침묵했다. 하지만 그의 일렁이는 눈빛이 모든 걸 말해 주고 있었다. 트리스탄은 그가 굳이 소리 내어 말하지 않아도 알 것 같았다. 그러니까 저 데몬은 지금 보이고자 하는 태도와는 달리 의연하게 대처하지 못했던 것이다.

"그래서 호리엘에게 도대체 뭘 알려 준 건지? 엘리야와 카이는 어떻게 된 거야?" 트리스탄이 추궁했다.

"계속 널 주시하고 있었다, 트리스탄." 툴은 묻는 말에 대답은 하지 않고 딴소리를 했다. "아까 사피라가 널 막지 않았더라면 넌 무기력한 궁수를 죽였겠지. 여전히 넌 그 되크 발두르가 담길 그릇 노릇을 하고 있는 거야. 평정심을 잃는 순간 그가 네 안에 다시 빙의할 거다."

트리스탄이 고개를 흔들었다. 그는 툴이 하는 말을 믿고 싶지 않았다. 여기는 샤텐발트가 아니다. 샤텐발트에서 멀리 떨어져 있는 만큼 되크 발두르로부터 안전하다고 믿었다. 적어도 엘리야는 그렇게 말했었다. "전쟁의 광기에 빠진 자들은 곧잘 괴물이 되곤 하지." 트리스탄이 반격했다. "하지만 난 내 감정을 잘 추스르고 그를 용서했어."

"그래, 하지만 그건 곁에서 정신 차리라고 소리친 사피라 덕분이었지!"

"지금은 날 심판할 상황이 아니다, 툴! 우리 둘 중 누구를 그래야 한다면 그건 너겠지!"

데몬이 눈매를 좁혔다가 떴다. "지금 본 건 비밀로 해 주겠다, 인간의 파수꾼. 내가 엘리야를 배신했다는 걸 너도 입 다물어 준다면."

"그건 그럴 수 없어. 그는 내 아버지야."

트리스탄을 뚫어지게 바라보며 툴이 가까이 다가왔다. 가죽처럼 질긴 피부가 도드라지는 붉은 손이 창살을 세게 움켜쥐었다. "잘 생각해 봐. 지금 이 상황을 전화위복으로 만들 수도 있지 않겠어? 어쨌거나 너희들은 여전히 내 종족과 나를 필요로 하니까. 우리가 서로 돕지 않는 한 에냐도르에 평화란 없다."

트리스탄은 아무 대답도 하지 못했다. 거친 날갯짓을 하며 하피 한 마리가 트리스탄 곁에 착륙했다. 머리가 이리저리 흔들릴 정도로 제대로 몸도 가누지 못했고, 입에 거품을 물고 있었다. "주인님!" 다리가 꺾이며 트리스탄의 앞에 고꾸라지기 직전 하피가 신음을 흘리며 부르짖었다. “와이번 놈들이… 우리를 물어뜯었어요. 우린 이대로 죽을 거예요. 끔찍하게 죽게 생겼어요!” 목구멍에 숨이 막히는 것처럼 컥컥거리며 여러 차례 경련을 일으키더니 축 늘어져 버렸다. 트리스탄은 뒤집힌 하피의 두 눈과 오그라든 발톱을 응시했다. 인제 보니 그들이 방금 치른 격전이 호리엘과 몰구르가 세운 유일한 계책이 아니었던 것이다. 그들은 샤텐발트 마물까지 노리고 있었던 거였다. 와이번을 지배하던 사피라의 권능은 이제 끝나 버렸다. 그리고 그들의 다음 목표물은 예측 불가하고 화살처럼 빠른 괴수인 유령늑대일 것이 분명했다. 지금은 평온하게 이 이동식 감옥 주변에서 늘어져 있지만….

“엘리야가 너의 칼을 어디에 숨겼지?” 트리스탄이 툴에게 물었다.

“지하 묘지 어딘가에.”

“또 누가 알고 있지?”

트리스탄의 질문에 놀랍게도 데몬이 히죽 웃었다. “네 형제, 카이. 엘리야 외에 검을 숨겨 놓은 장소를 아는 이는 그가 유일하다. 결국은 둘 다 네 가족이군. 우리 군대의 절반이 우리를 등지게 만든 자들이….”

“아직 그렇게 단정하긴 일러.” 트리스탄이 툴의 도발에 넘어가지 않고 침착하게 말했다. “와이번은 성을 지키고 있었어. 그러니까 새 정복자가 쉽게 와이번을 취할 수 있었겠지. 하지만 유령늑대는 지금 전부 우리 곁에 있다. 호리엘과 몰구르가 유령늑대에 손가락 하나 대지 못하게 만들어야 해. 유령늑대들을 여기서 먼 곳으로 보내라!”

“그러면 우리 전력도 약해질 텐데.”

“그럴지도 모르지.” 트리스탄이 툴의 말을 잘랐다. 그의 시선이 하늘 위 드래곤 무리에게 향했다. 파이어브레스를 쏘며 상대를 불태우고 찢어발기려 공격하던 드래곤들이 이제 한데 어울려 있었다. 그들의 반대편에 떠 있던 사피라가 트리스탄의 시선에 답하듯 포효했고, 그 뒤에는 이스타리엘이 하름과 함께 대기하고 있었다. 과묵한 드래곤 하름은 피를 흠뻑 뒤집어쓴 채 마치 선인장처럼 수많은 화살과 석궁이 몸에 꽂혀 있었다. “하지만 우리에게는 드래곤이 있어. 그리고 엘리야의 프레지오라이트도 있지. 이걸 전부 활용하면 와이번도 되찾을 수 있을 거다. 그러니 어서 아엘프스탄으로 가자!”

검을 치켜든 트리스탄은 망설임 없이 툴이 갇힌 감옥의 자물쇠를 두 동강이 냈다.

# 마론

아담의 시야에 샤텐발트가 담긴 순간 증상이 다시 나타났다. 숲을 본 순간부터 시작된 발작에 마지막으로 남아 있던 마론의 자제심까지 모두 증발해 버릴 지경이었다. 미쳐 날뛰는 아담을 달리 도울 방도가 떠오르지 않았기에 마론은 결국 검 손잡이로 그를 때려 기절시켰다. 하지만 기절한 상태에서 다시 깨어날 때마다 발작은 되풀이되었다. 궁여지책으로 마론은 부서진 배의 판자를 구해 혼절한 그를 묶은 뒤 힘겹게 끌고 갔다. 다친 어깨가 욱신거렸다. 피가 흐르는데도 계속 힘을 쓰다 보니 뻣뻣해진 근육이 비명을 질러 댔다. 이런 식으로 반나절 가까이 이동했지만 아까 있던 자리에서 몇 킬로미터도 벗어나지 못한 것 같은 기분이 들었다. 힘겹게 동쪽으로 조금 더 이동한 지점에서 알빈가르트 방향으로 이어지는 것으로 보이는 숲길을 발견했다. 마론은 부디 제 추측이 옳기만을 간절히 소망했다. 지금 자신이 홀로 감수해야 하는 이 짐덩이를 끌고 숲의 덤불 속을 이리저리 헤치고 다닐 수는 없는 노릇이었다. 그러다 자칫 덤불 속에 갇히기라도 한다면 낭패일 것이다. 어떤 상황에서도 마론은 묶어 놓은 아담을 풀어 줄 생각이 없었다. 시간이 흘러 정신을 잃었던 아담이 깨어났다. 그리고는 두 눈을 부릅뜨고는 붉은 나무들과 숨 막히는 공기, 알아듣기 힘든 위험과 북쪽으로 이어지는 터널에 관해 횡설수설 중얼거렸다. 하지만 다행히도 이런 상태는 그리 오래가지 않았다. 아담의 뇌도 차라리 실신하는 것이 낫다는 걸 본능적으로 아는 듯 몇 분 후 제풀에 지쳐 잠들었다. 그렇지만 중얼거리는 아담의 말에 엄습한 공포는 잠들지 않고 줄곧 마론을 오싹하게 했다. 불안한 마음에 마론은 주변에 보이는 숲의 시커먼 우듬지와 길의 양옆으로 빽빽한 가시덩굴 숲을 이리저리 두리번거렸다. 마론은 자신에게 용기를 내라고 거듭 소리 내어 말했다. 샤텐발트 마물을 두려워할 필요가 없었다. 그들은 지금 여기에 없었으니까. 갑자기 덤불에서 튀어와 날카로운 송곳니를 제 목에 박을 유령늑대도, 잔인한 욕설을 뱉으며 죽음을 다그치는 하피도…. 마론은 최근에 이 숲을 지나며 겪은 장면들을 떠올리지 않으려고 무던히 애를 썼다. 거칠게 호흡하며 멈춰 선 마론이 어깨에 짊어진 부서진 배의 판자를 내려놓았다. 입술도 푸석해지고 긴장감에 침을 삼키는 것조차 힘들 정도로 입안이 말라붙어 있었다. 이렇게 계속 가다 보면 언젠가는 길목 어딘가에서 갈증을 해소하고, 상처를 씻을 만한 연못을 찾을 수 있을 것이다. 하지만 아담을 혼자 두고 가기에는 영 마음이 찜찜했다. 지금 이 숲에는 토끼와 작은 여우 몇 마리를 제외하고는 생명체가 전혀 없는 것 같았지만 그럼에도 마론은 이 샤텐발트에 눈이 달린 것 같은 느낌을 지우지 못했다.

잠시 휴식을 취한 후 마론은 몸을 숙여 판자에 고정해 둔 밧줄을 다시 어깨에 짊어졌다. 시간이 흐를수록 아담이 점점 무겁게 느껴졌다. 더욱이 그의 체중에 눌린 판자가 축축한 숲 바닥을 파고드는 탓에 앞으로 나아가려면 온몸을 던지다시피 해야만 했다. 그러자 상처에서 다시 피가 흐르기 시작했다. 마론은 이를 악물고 계속 끌고 갔다.

그때 마론은 길가에서 움직임을 감지했다. "넌 누구냐?" 오만한 음성이 그녀의 귓가에 울려 퍼졌다. 별안간 놀란 마론이 밧줄을 떨어트리고 칼집에서 검을 뽑아 들었다. 순간 마론이 휘청거렸다. 수천 개의 작은 별이 제 얼굴 앞에서 춤을 췄다. 정면에 누군가 서 있었지만, 눈앞에 형상이 아른거려 얼굴을 제대로 볼 수가 없었다.

"그따위 짓은 꿈도 꾸지 마라! 난 아까부터 네 힘이 빠질 때까지 계속 기다리고 있었고, 넌 이미 탈진 직전이야, 인간 소년!"

"난… 소년이 아니야." 마론이 대답했다. "이제는 아니야."

"이제는 아니라고?" 상대가 다가왔다. 그제야 마론은 상대가 엘프 소녀라는 것을 깨달았다. 저와 마찬가지로 남성의 복장을 걸쳤지만 곱게 빗어 내린 금발과 고운 얼굴선만 보더라도 틀림없는 여자였다. 엘프 소녀는 화살을 활시위에 걸고 마론의 가슴을 겨누고 있었다. "여기 샤텐발트에서 뭘 하는 거지? 그리고 저 남자를 왜 저렇게 끌고 가는 거야? 어서 대답해!" 그녀가 물었다.

"난 그냥 이곳을 지나가려는 거야. 아엘프스탄으로 가야 해. 우리를 좀 도와줄 수 있어?"

"너희를 *도우라고?*" 엘프 소녀가 코웃음을 쳤다. "아니, 그 반대야. *너희*가 *날* 도와야 해! 당장 검을 덤불 속에 던지고 양손을 등 뒤로 대라!"

마론은 절망했다. 하필 기력이 전부 고갈된 상태였다. 안 그래도 아담을 데리고 이 숲을 통과하기가 힘들었던 판에 저 멍청한 엘프 소녀가 길을 가로막은 것이었다. 이대로 며칠만 가면 아엘프스탄에 당도할 것도 같았는데. 이제는 그곳에 도착하기는커녕 제 피로 이 숲 바닥을 적시게 생겼다. 왜 운명의 여신 티케는 유독 제게만 이렇게 잔혹한 걸까?

"어서 검을 던져라!" 엘프 소녀가 윽박질렀다. 마론은 순순히 그 말을 따랐다. 그녀의 검은 일반 병사들이 쓰는 아무 장식 하나 없는 검으로 그리 값비싼 무기는 아니었지만, 어쨌거나 그녀의 왕이 손수 하사한 검이었다. 낙담한 마론이 근처의 슬로나무 덤불에 검을 던졌다.

"이제 뒤돌아서 등 뒤로 팔을 대라!" 마론은 시키는 대로 따랐다. 엘프 소녀는 재빨리 활을 옆에 내려놓고 마론의 손목에 올가미를 씌웠다. 마론을 묶는 솜씨가 거침없는 걸로 보아 이런 일이 처음이 아니라는 걸 짐작할 수 있었다. 오른쪽 어깨가 뒤로 잡아당겨지자 마론이 신음을 흘렸다.

"왜 피를 흘리는 거지?"

"바다에서 사고가 나서 난파당했어."

"그럼 저 사내는 왜 저래? 어디 아픈 거냐? 아님 미친 거야?"

"어쩌면 둘 다일지도." 마론이 말했다. "나도 재가 왜 저러는지 정확히 몰라. 사고를 당한 후 의식을 못 차리고 있어."

엘프 소녀는 마론에게서 눈을 떼지 않고 주변을 돌며 회의적인 시선으로 아담을 훑었다. "아직 저만하면 생기는 충분하다. 저 정도면 거뜬하지. 그리고 또 저 배의 파편을 내 뒤에서 끌고 오는 꼴을 두고 볼 마음도 없고. 더군다나 그러기에 넌 너무 약해빠져서 더는 그럴 수도 없을 테니까."

"뭘 어쩔 셈이냐?"

마론의 질문에 대답하는 대신 숲지기가 눈매를 좁혔다 뜨더니 반대로 질문을 던졌다. "넌 왜 저 사내를 위해 목숨을 거는 거지? 저 남자가 네 연인이라도 되는 거냐?"

마론이 황급히 고개를 저었다. "모든 신들을 걸고 맹세하건대, 정말 말도 안 되는 소리야. 아니다!"

"이 세상에 신은 단 둘뿐이다." 엘프 소녀가 까칠하게 대답했지만 다행히도 더는 그 주제를 논하지 않았다. "그럼 네 입으로 직접 왜 이렇게까지 하는 건지 어디 한번 말해 봐라! 어린 인간 둘이서 알빈가르트에 가서 뭘 하려는 거냐?"

"내가 이러는 건, 우리 인간들이 원래 그렇기 때문이야! 친구라면 서로 돕는 게 인지상정이라고, 제기랄!" 마론이 거칠게 대답했다. 마론은 적을 자극하는 건 현명하지 못한 처사란 걸 알았지만 좌절할 대로 좌절한 상황에서 조심성은 한계에 다다랐다. "그리고 우리는 우리의 왕인 엘리야 폰 도른슈트랑을 찾고 있다."

"불사인 그놈? 우리 왕을 붙잡고, 우리 종족을 노예로 삼으려 숲에서 샤텐발트 마물들을 데려간 그 망할 자식 말이냐?"

마론에게서 경멸이 가득 담긴 웃음이 터져 나왔다. "그래, 바로 그분."

그들의 시선이 한데 얽혀들며 소리 없는 싸움을 벌였다. 마론은 저를 바라보는 엘프의 눈빛에서 분노와 혐오감을 알아차렸다. 그럼에도 무슨 이유에서인지 엘프는 마론을 죽이려 들거나 계속 힘이 빠지게 하려는 의도는 없는 것 같았다.

"저 사내는 여기 두고 간다." 이윽고 엘프 소녀가 결정했다. "너는 약할지는 몰라도, 젊고 건강해. 그리고 그거면 충분해."

"뭘 하는 데 충분하다는 거지?"

"마녀가 내게 요구한 수명을 대신 건네는 일 말이지."

마론이 화들짝 놀라 물었다. "혹시 아녜이 말이냐?"

"그 마녀를 알아?" 엘프의 눈빛에 불신이 깊어졌다. 허리에 양손을 올리고 마론을 내려다보았다.

"물론 알지." 마론이 확고한 음성으로 말했다. "무슨 거래를 하려는 건지는 몰라도 넌 손해 보게 될 거야."

"내 일에 끼어들려 하지 마라, 인간 창녀." 이 엘프가 쓰는 말을 보면 그리 고귀한 가문 출신은 아닌 것 같았다. 게다가 지금 부츠 발로 아담을 툭툭 차는 모습은 오히려 농부의 딸이나 농노처럼 보였다. 엘프가 아담의 갈비뼈를 밟자 기절해 있던 아담이 신음을 흘리며 정신을 차렸다. "누구…" 그가 신음했다. 그러나 순간 아담의 눈이 뒤집히며 다시 헛소리를 지껄이기 시작했다. 엘프 소녀는 몇 마디라도 이해하려고 노력하는 것 같았지만 결국 포기하고 말았다.

"저놈, 도대체 뭐라는 거냐?" 그녀가 마론에게 물었다.

마론은 그저 어깨만 으쓱일 뿐이었다. "내가 말했잖아. 제정신이 아니라고."

동시에 아담의 입에서 엘프 소녀를 까무러치게 만든 이름이 튀어나왔다. "아레티!" 마론은 아무것도 할 수 없었다. 엘프 소녀는 두 눈을 커다랗게 뜨고 몸을 숙여 아담의 셔츠 깃을 거칠게 잡아당겼다.

"내 이름을 어떻게 아는 거냐?" 그녀가 아담에게 윽박질렀다. 마론은 오만한 엘프의 표정에 공포가 스며드는 모습을 보는 것이 꽤나 만족스러웠다.

"아레티…" 아담이 계속 이상한 소리를 떠들었다. 그의 시선은 허공을 향한 채였다. 두 손은 부들부들 떨렸고, 입가에서는 침이 주르륵 흘러내렸다. "그래 봤자 아무 소용없어. 그는 이미 죽었으니까!"

“뭐라고?” 자리에서 펄쩍 뛰어오른 엘프 소녀가 양손으로 얼굴을 가렸다. “아니야, 아니야! 그럴 리가 없다! 네 말을 믿을 수 없어!”

“그는 죽었어!” 아담이 또다시 중얼거렸다. “죽었어, 죽었어, 죽었다고!”

아담은 그 이상 말을 잇지 못했다. 아레티가 길 근처에 있던 돌을 집어 그의 관자놀이를 내리쳤기 때문이다. 그의 머리가 옆으로 축 늘어졌다. 마론은 아담의 이마에 솟아오른, 피로 얼룩진 혹을 걱정스러운 표정으로 응시했다. 엘프는 분을 못 이긴 듯 괴성을 질러 대며 손에 든 돌을 덤불 속으로 던져 버렸다. “저놈 뭐야? 마법사야?” 그녀가 으르렁거렸다.

마론이 고개를 저었다. “솔직히 말하면, 나도 정확히 몰라.”

“저놈의 정체가 뭐든 간에, 저놈이 하는 말은 틀렸어. 알아듣겠어?”

“미안하지만, 난 네가 하는 말도 무슨 얘기인지 도무지 모르겠어.” 마론이 대담하게 말했다.

“어차피 넌 알 필요도 없는 일이야.” 아레티가 호통을 쳤다. “넌 그저 젊고 건강하기만 하면 돼. 그걸로 된 거야. 그 이상은 필요 없다!” 그녀는 벨트를 매만지더니 얇고 긴 가죽끈을 뽑아 마론의 목에 묶었다. “내 조언하건대, 튈 생각은 절대 하지 않는 게 좋아. 나랑 같은 방향으로 걷지 않으면 이 올가미가 널 조일 테니까. 그걸로 죽지는 않겠지만 엄청 고통스러울 거다."

엘프 소녀는 몸을 숙여 쏘지 않은 화살을 집어 화살집에 다시 넣고는 덤불 속으로 이어지는 오솔길을 향해 나섰다. 마론은 마지막으로 아담을 바라봤다. 이런 상태로 아담을 놔두고 꽁꽁 묶인 채 엘프를 따라가야 하다니…. 그러나 어떻게든 다시 돌아오고야 말 테다. 아레티의 허점을 찔러 최대한 빨리 그에게 되돌아올 것이다. 다시 깨어난 아담이 샤텐발트 숲을 보고 광기에 빠지기 전에 꼭 그래야만 한다. 순간 격렬하고 날카로운 고통이 목 주위를 옥죄어 왔다. 마론은 더는 지체할 수 없다는 걸 깨달았다. 마론은 아무 말 없이 엘프를 따라 숲속으로 향했다.

아녜이는 또 나무 위에 새 집을 지었다. 예전만큼 크지도 않았고 비행 기능도 없는 것 같았다. 빽빽한 샤텐발트 나무들이 지붕처럼 둘러싼 탓에 하늘 위로 부양하는 건 아예 불가능했다. 도착하자마자 예전처럼 밧줄 사다리가 아래로 내려왔다. 예전 사다리가 나무줄기였다면 이번 사다리는 새하얀 뼈로 만든 것이었다.

“유령늑대의 유골이야.” 마치 마론의 생각을 읽기라도 한 듯 아레티가 설명했다. “저 마녀가 벌써 여러 짐승의 수명을 앗아갔지. 그 뼈를 전부 이어 붙였으면 사다리가 하늘까지 닿았을걸.”

분명 엘프 소녀는 아녜이의 왕국에 대해 잘 아는 것 같았다. 최소한 이 유골 사다리를 오른 것이 처음이 아닌 건 확실했다. 엘프는 그 이상 다른 설명 없이 마론의 손목과 목에 묶어 놓은 끈을 풀어 주며 어서 위로 올라가라고 재촉했다. 마론은 순순히 시키는 대로 했다. 어차피 저 마녀가 제집에 들어선 방문객이 누구인지 모두 알고 있는 상황에서 탈출은 불가능했으니까. 마론은 흔들리는 사다리를 한 칸씩 침착하게 올라갔고 아레티가 뒤쫓아 올라왔다.

아녜이를 처음 봤을 때처럼 이번에도 마론은 집 안에 드리운 암흑의 농도에 당황했다. 서쪽에 난 창문으로 미약하나마 햇살이 들어오는데도 예전보다 훨씬 어두컴컴했다. 지금 집 안에 가득한 이 시커먼 어둠도 분명 마법으로 빚어냈을 것이리라. 암흑계의 도래를 예고하는 불길한 전조처럼 샤텐발트와 흑마법사가 비밀리에 끈끈히 결탁하고 있다는 명백한 증거이기도 했다. 오롯이 마녀의 프레지오라이트만이 빛을 발하고 있었다. 아네이는 프레지오라이트를 마법 지팡이에 보관하지 않고 직접 손에 쥐고 있었다. 지난 수년간 저를 거부했던 그 강력한 보석을 제 눈에 넣어 둬도 시원치 않다는 것처럼. 더욱이 왕좌처럼 보이는 손수 만든 의자도 희멀건 뼈로 제작한 것이었다. 그 위에 하얀 유령늑대 가죽이 덮여 있었다.

"어머나, 이게 누구야," 마녀가 인사를 건네며 마론에게 환한 미소를 지었다. 선한 구석이라고는 찾아볼 수 없는 음흉한 미소였다. "소년이고 싶은 소녀로구나. 네 이름이 뭐였더라?"

아녜이가 몸을 살짝 앞으로 숙이자 프레지오라이트의 빛이 그녀의 얼굴을 비췄다. 그제야 마론은 아녜이가 마지막에 본 이후로 훨씬 늙어 보인다는 사실을 깨달았다. 얼굴에는 주름이 가득하고, 눈 밑에도 잔주름이 자글자글한 눈물주머니가 불룩 튀어나왔다. 예전에 열일곱 살처럼 보였다면, 오늘은 적어도 예순은 넘어 보였다. 그 간극이 너무나 커서 완전히 다른 사람을 보는 것 같았다. 마론은 하마터면 아녜이에게 연민을 느낄 뻔했다.

"마론."

"아, 맞다. 이제 기억이 나는군." 아녜이가 말했다. "나이가 들어 좋은 게 하나도 없다니까. 눈도 침침해지고, 기억력도 흐려져. 드디어 이 문제를 해결할 시간이 왔구나."

"어서 그러시죠, 마법사님!" 아레티가 서둘러 말했다. "그리 갈망하시던 수명을 취하시라고 저 젊은 인간 아이를 데려왔어요."

"어리석은 소리!" 아녜이가 엘프 소녀에게 벌컥 화를 냈다. "인간은 내 마력에 굴복하는 샤텐발트 마물이 아니다. 수명을 취하는 일이 그리 쉬웠다면, 어제 이미 너한테서 가져갔겠지, 이 멍청한 엘프 계집!"

"하지만 마법사님!" 아레티가 애처롭게 말했다. "전 당신께 질병 부적의 대가로 이미 5년을 드렸잖아요!" 그녀 음성에는 절망이 가득했다.

아녜이는 불충한 신하에게 판결을 선고하는 여왕처럼 앉은 자리에서 도도하게 일어섰다. 눈매를 좁혀 뜨며 강렬한 눈빛으로 어린 엘프 소녀를 뚫어져라 응시했다. "그래서? 내 기억에 그 부적은 효과가 있었던 걸로 아는데. 단지 그 부적을 그 여인의 침대 아래 뒀어야 했어. 그런데 넌 어찌했더라?"

"전 부적이 제 연인에게까지 영향을 줄지 미처 몰랐어요."

아레티가 흐느꼈다. "그들은 항상 같은 침대를 써요. 전 그 쪽이 그녀가 눕는 쪽이라 생각했어요!"

"그래, 하지만 아니었지." 야네이가 아무렇지도 않은 투로 말했다. "아무튼 부적은 효과가 있었던 거야. 네 연인에게 고열과 종양을 안겼잖니. 그 여자는 아니었지만. 흑마법을 가벼이 다루면 꼭 그런 불상사가 벌어진단다."

흐느끼던 아레티의 울음소리가 서서히 통곡으로 이어졌다. 눈물을 뚝뚝 흘리며 야네이 앞에 무릎을 꿇었다. "마법사님, 제발 이렇게 부탁드려요! 부디 자비를 베풀어 해독제를 주세요! 내가 한 짓 때문에 그가 죽어선 안 돼요."

무표정한 얼굴로 야네이가 어깨를 한 번 으쓱였다. "그건 내 문제가 아니란다. 그럼 50년을 내게 다오. 그러면 네가 사랑하는 그 남자를 고통에서 해방시켜 주마."

"50년이요?" 아레티가 겁에 질려 소리쳤다. "어제만 해도 20년이라고 하셨잖아요!"

"어제는 상황이 지금처럼 심각하지 않았거든."

저를 야네이에게 팔아 버리려고 납치한 저 엘프 소녀가 비록 괘씸하긴 했지만 마론은 연민을 느꼈다. 그 망할 놈의 사랑! 일단 사랑에 포로가 되어 버리면 얼마나 어처구니없는 짓까지 서슴지 않게 되는지 마론 역시 잘 알고 있었다.

마법의 힘을 빌려서라도 사피라를 급사시킬 방법이 있었더라면 마론 또한 주저하지 않았을 것이다. 다만 저 아레티는 수단을 선택하는 데 있어 신중하지 못했을 뿐이었다. 그리고 이제 그 때문에 엄청난 대가를 치러야 했다.

"50년이라고요!" 절망에 빠진 아레티가 아녜이의 말을 반복했다. "그러면 내 수명이 하나도 남지 않을 텐데요."

"어쩌겠니. 그게 내가 바라는 정당한 대가란다." 아녜이가 말했다. "그로써 네 사랑이 얼마나 위대한지 증명할 수 있겠구나."

잠시나마 마론은 절 납치한 엘프 소녀에게 그녀가 아담을 기절시키기 전 그가 했던 말을 상기시키려 했다. *'그래 봤자 아무 소용없어. 그는 이미 죽었으니까!'* 아담은 분명 그렇게 말했었다. 하지만 마론은 제 입술을 깨물었다. 절망 가득한 엘프 소녀의 표정에 마음이 몹시 흔들리긴 했지만, 선지자가 지척에 있다는 걸 알아차리는 순간 아녜이가 제 야심을 채우기 위해 아담에게 무슨 짓을 저지를지 알 수 없었기에…. 이 상황에서는 아레티가 괴로워하더라도 모르는 척하는 것이 최선이었다. 어쨌든 아레티는 낯선 엘프 여인일 뿐이고 제가 뿌린 씨앗은 저 스스로 거둬들여야 마땅하니까. 그럼에도 마론은 아레티의 선택을 지켜보는 것이 꽤나 힘들었다. 아레티는 사랑하는 남자보다 제 목숨이 소중하다는 걸 깨닫기까지 한참이 걸렸다. 이윽고 아레티가 무릎을 꿇었던 자리에서 일어나 아네이의 눈을 마주 보았다. 아레티의 얼굴은 희뿌연 프레지오라이트의 빛을 받아 몹시도 창백했다. "와이번에게나 잡혀가길! 언젠가 너의 마력에 네가 뒤져 버릴 날이 오고야 말 거야, 이 저주받을 마녀야!"

아네이는 그저 고개를 뒤로 젖히고 껄껄 웃는 것으로 대답을 대신했다. 일말의 수치심도 없이 듬성듬성한 치열을 드러냈다. 구역질을 참으며 두 소녀가 사악한 마녀를 노려봤다.

"넌 이제 돌아가도 좋겠구나." 마녀가 말했다. "어서 네가 속한 촌구석으로 돌아가거라. 이제 넌 쓸모가 없으니까. 허나 네가 이렇게 훨씬 쓸모 있는 사람을 데려왔구나."

흑마법사가 강렬한 눈빛으로 마론을 샅샅이 훑었다. 그러면서 엘프 소녀에게 할 말을 다 했으니 이제 가 보라는 의미로 한 손을 까닥여 보였다. 순간 마론은 소름이 돋았다. 엘프 소녀는 분을 못 이겨 잠시 부들부들 떨더니 숨을 한 차례 크게 들이마신 후 고개를 빳빳이 세우고 입구로 나가 밧줄 사다리에 발을 내디뎠다. 내려가는 동안 아레티는 절대 뒤돌아보지 않았다.

“좋아, 이제 우리 얘기를 좀 해 볼까.” 이제 그들만 남았다는 걸 확인한 마녀가 천천히 말을 꺼냈다. “저 엘프 숲지기와 똑같은 거래를 제안하지. 아무쪼록 저 아이가 널 이곳으로 데려온 걸 행운이라고 생각하렴. 어쨌든 네 왕자님을 되찾으려면 나의 조력이 많이 필요할 테니까 말이야.”

저 음흉한 마법사가 저런 말을 꺼낼 거라 짐작했었다. 그렇지만 막상 그런 상황을 마주하자 자기 자신도 예상치 못했던 똥배짱이 거침없이 불거져 나와 내심 당황스러웠다. 결정을 내리는 데 단 1초도 걸리지 않았고 망설임 없이 이 말을 내뱉고야 말았다. “그럼 당신은 뭘 줄 건가요?”

“아아아… 하하하하!” 예상치 못한 마론의 반응에 마녀의 놀라움이 즐거운 웃음으로 변했다. “네가 평범한 소녀가 아니라는 건 내 이미 알고 있었지! 정말 아니로구나.” 아녜이는 오랜 친구라도 되는 것처럼 찡긋 눈짓했다. 친한 사이처럼 마론의 어깨에 한쪽 팔을 두르고 제 백골 의자로 데려간 후 자리에 앉혔다. 마론은 겉으로 아무렇지도 않은 척 행동했지만, 마음만큼은 준비를 단단히 하고 있었다. 아녜이는 흡사 날카로운 발톱을 감춘 고양이처럼 마론 주위를 살금살금 맴돌았다. 하지만 언제, 얼마나 빠르게 치명적인 공격을 가할지 모른다는 걸 둘 다 잘 알고 있었다.

"가장 먼저, 데몬족의 치명적인 안광에 저항할 면역력 없이는 넌 절대 아엘프스탄에 돌아갈 수 없단다. 이제 곧 전쟁이 일어날 거야. 그리고 지금의 너처럼 그런 보호 장치 하나 없는 인간들은 맥없이 쓰러지겠지."

"엘리야 님과 카이가 나를 보호해 줄 거예요." 마론이 대답했다.

"그래, 아마 그러겠지." 아네이가 대수롭지 않게 대꾸했다. 동시에 얇은 피부가 유독 돋보이는 긴 손가락으로 마론의 목선을 쓰다듬었다. "하지만 그들도 그 한 사람한테서만큼은 널 보호하지 못한단다. 그건 오직 나만 할 수 있는 일이지. 바로 되크 발두르!"

그 이름을 듣는 순간 마론은 숨이 턱 막혔다. "그가 누구죠?" 가까스로 마론이 물었다.

"북쪽에서 올 악마란다. 그는 파수꾼과 모든 왕국의 왕들, 그리고 그들의 군대를 합친 것보다도 강하지. 그가 내 주인님의 임무를 완수할 거야. 그리고 화염이 이글거리는 검으로 제 앞길을 가로막는 이들을 전부 처단하겠지." 그녀의 두 눈이 광적으로 번뜩였다. 순간 온몸을 마비시키는 베일이 마론의 사지를 뒤덮는 기분이 들었다. "그러면 당신의 주인님은 누구죠?"

“슈투름 산맥의 지배자이시자 첫 시대의 대마법사이신 위대한 벨타인 님이시다.” 아녜이가 속삭이자 그녀의 손에 들린 프레지오라이트가 환한 빛을 발산했다. “샤텐발트의 마력을 전부 지배하시는 그분은 나한테만은 에너지를 뺏기지 않고 이곳에 머물도록 허락하셨단다. 그래서 난 이 숲에서 그분의 눈이자 귀가 되었지. 여기 머무르고 있는 동안만큼은 엘리야를 비롯한 그 누구도 날 해칠 수 없어.”

“벨타인….” 마론은 그 이름을 들어본 적이 있었다. 에냐도르의 네 종족을 창조하고, 엘리야를 불사로 만든 그 마법사였다. 지금까지 마론은 그가 실존 인물이 아니라고 생각했고 그와 관련한 모든 이야기가 그저 전설일 뿐이라고 믿었었다. “저번에 우리가 이곳을 지날 때 트리스탄에게 마력을 빌려준 것도 바로 그 마법사인가요?”

마론의 목선을 훑던 아녜이의 손가락이 말해도 되는 부분과 하지 말아야 하는 내용을 심각하게 고민하는 것처럼 잠시 멈춰 섰다. “꽤나 영리한 녀석이군.” 마침내 아녜이가 중얼거렸다. “그래, 그분이 그러셨지. 벨타인 님이 트리스탄 편에, 그러니까 네 편에 섰던 거란다. 사랑하는 연인을 네가 가져도 좋아. 다만 네 수명을 내게 건네면 그리될 게야. 그의 품 안에서 정열을 불태울 미래를 떠올려 봐라. 그걸 포기하고 혼자서 쓸쓸하게 보낼 50년이 뭐 그리 대수겠니?"

"그렇죠." 마론이 속삭였다. "정말 무의미한 시간이죠."

"맞아, 그러니까 그 시간을 내게 주려무나!" 제 요구의 타당성을 강조하려는 듯 아녜이는 바싹 말라 뼈만 앙상한 손가락으로 마론의 어깨를 세게 붙잡았다.

"그러면 그 대가로 난 뭘 얻는 거죠?" 마론이 지지 않고 되물었다.

"네게 되크 발두르의 안광은 물론 모든 데몬족의 치명적인 안광을 견딜 능력을 선사하지. 그리고 또 너와 경쟁 중인 그 여인을 제거할 질병 부적을 주겠다. 그녀가 죽으면 자유로워진 그의 심장이 네게로 향하게 될 테니까."

"아레티의 연인에게 저지른 짓과 같은 방식이네요?"

아녜이가 음흉한 웃음을 터트렸다. "너라면 그 멍청한 엘프 소녀가 저지른 실수 따윈 하지 않겠지. 그 부적을 네 연적이 쓰는 베개 아래 두렴. 절대 네 연인의 베개에 두지 말고! 하긴…" 아녜이는 잠시 망설였다. "…미리 말해 두겠는데, 트리스탄은 그 어떤 치명적인 마법에도 안전하단다. 엘리야가 지난 오랜 세월 동안 그랬던 것처럼."

"그게 무슨 뜻이죠?"

"곧 알게 될 게야. 그러니까 어떻게… 거래에 응할 거냐

말 거냐?"

마론은 고작 몇 년을 놓고 밀고 당기고 흥정해 봐야 소용없다는 걸 알았다. 무언가를 간절히 바라는 그녀는 제물을 바쳐야만 했고, 마음의 준비는 이미 끝난 상태였다. "당신이 원하는 세월을 가져가면, 내 모습이 어떻게 변하나요?" 마론이 물었다.

"변하는 건 없단다, 아이야. 난 네게 남은 수명을 앞이 아니라 뒤에서부터 가져가는 거니까. 그냥 원래 정해진 수명보다 빨리 죽는 거야."

그러자 마론은 마음이 한결 편안해졌다. 적어도 그랬다.

아녜이가 이젠 됐다 싶었는지 의욕이 넘치는 몸짓으로 마론 앞에 섰다. 그녀의 표정은 무척이나 탐욕스러웠다. 그리고 서둘러 양손을 마론에게 뻗었지만, 마론은 그 손을 잡지 않았다. "내 수명의 50년을 잃기 전에 알고 싶은 것이 하나 더 있어요."

"뭐지?" 눈에 띄게 흥분한 아녜이가 물었다.

"트리스탄의 목걸이를 깨트렸더니 당신의 프레지오라이트가 다시 깨어났잖아요. 왜죠?"

"그건 고급 마법이란다. 설명해 줘도 넌 단 한 마디도 이해하지 못할 텐데…." 마녀가 슬쩍 발뺌하려 했다.

마론은 평온한 표정으로 제 두 손을 뒤로 가져갔다. 지금 아녜이의 심리 상태를 정확히 파악했던 것이다. 그리 간절히 바라던 제 소망이 손에 닿을 것처럼 코앞에 보이는 것 같았지만 저 바다 너머로 멀어져 가려는 상황. 저 흑마법사가 무슨 짓을 어떻게 하더라도 마론의 수명을 강제로 취할 방법은 없었다. 그런 측면에서 보면 저 마법사는 아무것도 아닌 평범한 인간 소녀에 불과한 제가 하자는 대로 할 수밖에 없는 처지였다. 물론 마론 역시 그렇긴 마찬가지였지만. 그런 상호의존적 상황은 마론에게 약간이나마 심리적 보상을 주었다. "아직 시간은 많아요." 마론이 가슴 앞에 팔짱을 꼈다.

아녜이의 눈동자에 초록빛 섬광이 번뜩이는 모습을 보니 마녀의 초조함이 점점 극단으로 치닫고 있다는 것을 알 수 있었다. 그렇지만 그 눈빛은 처음 나타날 때만큼이나 순식간에 사라졌다. "그래, 좋아. 뭐, 목걸이와 프레지오라이트, 그 둘은 서로 아무 상관이 없었어." 마녀가 말했다. "내 프레지오라이트를 다시 깨운 건 벨타인 님이셨지. 그분께서 내 임무 수행의 대가로 수여하신 보상이었어."

"무슨 임무요?"

"이런 암흑계의 모든 신들이 까무러칠 일이로구나. 너 이렇게나 수다스러운 아이였니? 그냥 합의한 수명을 어서 이리 넘겨라, 아니면 통째로 빼앗아 버릴 테니까!"

"당신은 그럴 수 없을걸요." 마론이 자리에서 일어났다. 마론만큼이나 아네이도 체구가 그리 크지 않았다. 그들은 상대의 눈을 도전적으로 노려봤다. "당신은 내 수명을 마음대로 취할 수 없어요. 그러니까 말해요. 무슨 임무죠?"

아녜이의 목구멍에서 짜증 가득한 한숨이 터져 나왔다. 그녀는 불쾌한 표정으로 입술을 깨물었다. 하지만 곧 되찾을 젊음을 만끽할 생각에 더는 이런 일로 옥신각신하고 싶지 않았던 모양이었다. "딱 한 가지. 그 목걸이를 부수는 것이 전부였어! 그 목걸이가 수년 동안 그 아이를 벨타인 님에게서 숨기고 보호했으니까. 그러니 내 주인님과 되크 발두르 사이를 갈라놓을 것은 이제 아무것도 없다!"

"되크 발두르라뇨? 그가 트리스탄 안에 빙의하도록 당신이 수를 쓴 거군요?"

"그럴 리가 있겠니? 아이야." 대화에서 우위를 되찾은 아녜이가 음흉한 미소를 지었다. "되크 발두르가 그 아이 안으로 빙의한 게 아니란다. 순전히 그의 내면에서 나온 거니까. 그러니 어서 그 손을 이리 내려무나. 그의 곁에 살아남고 싶으면…."

# 카이

그레타를 본 카이는 너무나도 반가웠다. 참으로 기묘하고 부자연스러운 감정이었다. 밧줄에 꽁꽁 묶여 감옥으로 되돌아오는 그레타의 눈동자엔 푸른 그늘이 서려 있었다. 순간 카이는 깨달았다. 그녀가 정복자의 검을 잃었다는 것을. 에냐도르의 명운이 달려 있는 일인데도 카이는 왠지 마음이 따뜻해지는 기분이었다. 여기저기 긁히고 다친 그레타의 얼굴이 그녀의 결백을 방증했기 때문이고, 지금은 그것만이 중요했다. 그레타는 약속을 지켰다. 그녀가 임무를 완수하지 못한 건 나무랄 일이 아니다. 마침내 이것으로 그레타가 믿을 만한 사람이란 걸 입증했다는 것만이 더없이 중요했다. 하지만 엘리야는 달랐다. 끌려오는 하녀를 발견하고는 격분한 듯 입속으로 욕설을 퍼부었다. 그러면서 한숨 섞인 허탈한 웃음을 지었다.

엘프 위병들은 카이가 갇힌 감방 옆 빈방에 그레타를 밀어 넣고, 문을 잠근 뒤 서둘러 밖으로 나갔다. 저 위 감방 밖에선 폭동이라도 일어났는지 소란스러운 소음이 이곳 지하 감옥까지 들렸다. 대리석 바닥을 쿵쿵 울리며 바삐 뛰어가는 부츠 소리, 갑옷에 달린 사슬들이 철컹거리는 소리, 문이 박살 나며 열리는 소리…. 지금쯤 거행됐어야 할 베리안의 혼례식 피로연 때문에 나는 소음은 분명 아니었다.

"이 멍청한 계집." 엘리야가 그레타에게 욕설을 퍼부었다. "넌 지금 우리를 구할 유일한 기회를 날려 버렸어! 정복자의 검은 어디 있는 거지?"

"스타프린스가 가져가 버렸어요, 전하." 그레타가 조심스레 대답했다. "정말 죄송해요. 위병들이 절 들여보내기 직전 우연히 지하 묘지 근처를 지나던 스타프린스의 눈에 띄어 버렸어요."

"아엘프스탄의 병사들을 *설득*하려 했단 말이냐? 이 성에서 가장 은밀한 장소에 들어가게 해 달라고? 도대체 얼마나 단순하면 그런 생각을 할 수 있지? 네게 그런 임무를 맡긴 내 차세대 마법사보다 훨씬 더 아둔하구나!"

"아무려면, 배신한 부인의 요청을 들어주느라 유일하게 신뢰할 수 있는 신하를 감옥에 처박아 버린 왕만큼 어리석을까요?" 카이가 불쑥 끼어들었다.

통제되지 않은 마력 폭풍이 엘리야에게서 새어 나왔다. 격정과 분노를 가득 담은 채. 피로 그린 결계 가장자리까지 흘러나온 마력이 투명한 벽에 부딪힌 것처럼 튕긴 후 대마법사를 다시 강타했다. 거친 신음을 흘린 엘리야가 양손으로 곧 터질 듯 미쳐 날뛰는 관자놀이를 지그시 누른 채 구부정하게 몸을 웅크렸다. 그러자 카이의 입가에 만족스러운 미소가 걸렸다. 카이는 그레타를 바라보며 격려하는 듯 고개를 끄덕였다.

"전하를 실망시켜 드린 점은 심히 유감이에요." 그레타가 후회막심한 목소리로 중얼거렸다. "아무튼 전하가 이렇게 다시 정신을 차리셔서 정말 다행이라고 생각해요."

엘리야는 아무 대꾸도 하지 않았다. 지금은 제게 남은 힘을 전부 끌어모아 직접 자처한 통증을 이겨 내느라 정신이 없었다. 카이가 그런 엘리야 대신 상황을 설명했다. "결계 안에서는 마법이 통하는 것 같아. 혼절한 상태에서 깨어나신 후 스스로 치유하셨거든. 물론 고맙다는 인사는 아직 하지 않으셨고."

"난 불사의 몸이다, 이 멍청한 놈아." 엘리야가 잇새로 투덜거렸다. "네 도움은 하피가 싸 놓은 똥만큼이나 하등 필요가 없었어!"

"뭐, 그럴 수도 있겠죠." 카이가 중얼거렸다.

그레타와 카이의 시선이 맞닿았다.

"위병들을… 어떻게 설득하려던 거야?"

하녀가 씩 미소를 지었다. "남자는 죽었다 깨어나도 생각해 내지 못할 그런 기술이 있지요. 아무리 당신들 같은 마법사라 해도요. 카이, 무슨 말인지 알죠?" 그레타가 저를 향해 윙크하자 카이는 피가 거꾸로 솟구치는 기분이었다. 이 암울한 상황에 전혀 걸맞지 않게 기뻤던 감정이 질투에 자리를 내주었다. 질투와 기쁨이 부적절하게 버무려진 목소리로 카이가 확인했다. "부디 네가… 아니기를… 그러니까…"

그레타가 고개를 저었다. "아니에요. 걱정하지 말아요. 그럴 필요도 없었으니까요. 엘프 위병들은 인간 병사들만큼이나 여자와 접촉한 적이 많지 않은 것 같더라고요. 그저 몇 번 아양을 떨어 주는 것만으로도 충분했어요." 자리에서 몸을 일으킨 그레타가 제 머리카락에서 헤어핀 하나를 뽑아냈다. 카이는 고개를 뒤로 젖힌 그레타가 금발을 풀어헤치고 이리저리 흔드는 모습을 홀린 듯 바라봤다. 그 몸짓에 그녀의 풍만한 가슴선이 더욱 두드러졌다. 그레타의 모습을 넋 놓고 바라보느라 카이는 그녀가 머리카락에서 뭔가를 뽑아

냈다는 사실도 미처 깨닫지 못했다. 그러다 그레타가 헤어핀처럼 보이는 것을 감방 잠금장치에 대고는 톱질하는 모습을 본 후에야 그레타의 의도를 깨달았다. "줄이구나!"

그레타가 카이에게 또다시 윙크했다. "물론 나도 계획대로 되지 않을 수도 있다고 판단했죠. 그래서 잘못될 경우를 대비해서 대안을 하나 세워 놓아야겠다고 생각했어요. 내 머리카락을 뒤져서 탈출 도구를 찾을 사람은 없을 테니까요. 그 외에 다른 곳은… 음… 그곳에 숨겨 둔 건 전부 뺏겼어요."

"나쁜 놈들!" 불쑥 카이의 입에서 욕설이 튀어나왔다.

"오히려 경솔한 멍청이들에 가깝죠." 그레타가 지적했다. "그들의 관심을 다른 곳으로 돌리는 건 너무 간단했어요. 다행인지 몰라도 남자들이란 원래 다 그러니까요. 그렇지 않았다면 우리 셋 다 여기서 계속 썩어야 했을 거예요." 그레타는 의기양양한 미소를 지었다. 그리고 아랫입술을 힘껏 깨물며 열정적으로 자물쇠를 갈았다.

"우리 넷이겠지." 갑자기 돌프가 툭 끼어들며 말했다. "네 탈출 계획에 날 끼워 줘야 할 거다. 그렇지 않으면…"

"그 입 다물지, 손가락도 여덟 개밖에 없는 놈이!" 그레타가 그에게 침을 퉤 뱉었다. 그녀는 불쑥 끼어들어 이의를 제

기하는 돌프의 말에 대답해 줄 가치조차 느끼지 못하는 것 같았다. "널 풀어 줄지 말지는 네 행동에 달렸어!" 예상과 달리 농부는 그레타의 말에 만족한 것처럼 보였다. 엘리야처럼 돌프 역시 그 이후 30분 동안 그레타에게 욕설을 퍼붓거나 조롱을 일삼던 짓을 멈췄다. 그레타가 숨겨 온 작은 줄의 톱날에서 나는 소리가 이 공간에 울려 퍼지는 유일한 소음이었다. 아니 희망을 담은 노랫소리였다. 이 옥사에 있는 그 누구도 그 서투른 노래에 감히 끼어들 엄두를 내지 못했다. 당장 그 줄을 쥐고 있는 손이야말로 삶과 죽음을 결정하는 주군이자 만인의 운명을 결정하는 새 여신이었다. 마침내 잠금장치가 부서지자 그레타의 표정에 승리감이 차올랐다. 그레타는 황급히 교도관의 방 쪽을 힐끗 쳐다보고는 조심스레 잠금장치를 걷어 냈다. 그리고는 서둘러 카이에게 기어가 애교 넘치는 미소를 지어 보였다. "어서 나와요, 꼬마 마법사님!" 그레타가 키득거리며 소금 결계를 쓸어 버렸다.

카이의 심장이 쿵쿵 뛰었다. 지난 몇 시간 동안 무슨 일이 있었는지는 불문하고 어쨌든 그레타는 약속을 지켰다. 그리고 이제는 자신이 나서서 친구들을 구하고, 이 성을 탈환한 후 에냐도르 대륙의 평화에 이바지할 차례였다. 그 과정에서 목숨을 잃을지언정. 하지만 그 후에 카이가 바라는 건 딱 하나였다. 이 여자와 영원히 함께하고 싶었다. 설령 그것으로 인간 왕이 세운 계획이 어그러진다 해도 상관없었다. 속마음은 기쁨으로 떨렸지만 카이는 우선 제 앞에 보이는 감방문에 집중했다. 그가 마법의 주문을 외자 문이 철커덩 열렸다. 마침내 찾아온 안도감에 둘은 서로를 끌어안았다. 그들의 인사가 생각보다 길어지자 엘리야가 음침한 소리를 냈다. “그래서 이제 뭘 어쩌려는 거지?” 결국 엘리야가 참지 못하고 끼어들었다. “그냥 밖으로 나가서 그대로 죽으려는 건가? 허접스러운 촌놈의 마법으로 고삐 풀린 와이번과 데몬들을 상대해 보겠다는 거냐?”

카이는 마지못해 그레타에게서 떨어졌다. “당신을 데려가고야 싶지요. 하지만 안타깝게도…” 카이는 엘리야의 주변에 피로 둘러친 결계를 어정쩡한 손짓으로 가리켰다. 그러자 왕의 눈이 분노로 번뜩였다.

“가바인이 엘리야 님의 프레지오라이트를 가져가 버렸어요.” 그때 그레타가 두 사람에게 알려 주었다. “하지만 여전히 카이 님의 마법 지팡이는 되찾을 수 있을 거예요. 베리안의 방에 보관 중인데, 몇 안 되는 보초병들이 지키고 있으니까요.”

“그 비열한 늙은 두꺼비 놈이 감히 내 프레지오라이트를 훔쳐갔다고?" 격분하던 엘리야가 몸을 흠칫거렸다. 이번에도 제게서 새어 나간 마력에 또 한 방 맞은 것 같았다.

불경스러운 말이 저절로 튀어나왔지만 카이는 제게 있는 자제력을 모두 끌어모아 그 욕구를 참아냈다. "불사인 마법사 왕, 엘리야 폰 도르슈트랑이 아니기 때문에 얻는 이점도 있네요." 대신 최대한 절제된 언어로 카이가 말했다. "허접스러운 촌놈 마법사의 프레지오라이트를 탐낼 자는 아무도 없을 테니까요."

그것으로 엘리야에게서 등을 돌리고 돌아선 카이가 다른 감방의 실태를 살펴봤다. 투옥된 죄수들은 인간이 대다수였지만 엘프도 더러 있었다. 죄수들은 걸어 나오든, 기어 나오든 전부 창살을 부여잡고 기대에 찬 눈망울로 그들을 응시하고 있었다. 누구도 감히 말 한마디조차 꺼내지 못했다. '감사할 줄 모르는 능구렁이'라는 타이틀을 얻은 엘리야를 포함해서.

"이제 난 당신 백성들을 구하러 갑니다." 카이가 엘리야에게 말했다. "그 사이에 당신은 누구를 욕해야 마땅한지, 또 그토록 사랑하는 아내는 도대체 지금 어디서 뭘 하고 있을지 잘 생각 좀 해 보시죠. 당신을 구하기 위해 노심초사하고 있을 거라 믿나요? 그 혈계가 그녀의 피로 그려진 것쯤은 아실 테죠?" 카이가 이렇게 쏘아붙이며 주변 감방 자물쇠에 차례로 손을 얹어 마법 주문을 외자 잠금장치들이 철커덩 철커덩 열렸다.

잠시 후 수십 명의 죄수가 지하실의 어두컴컴한 복도를 가득 메웠다. 발을 질질 끌며 걷는 이들, 절뚝이는 이들, 더러는 기어가는 이들도 있었다. 베리안이 교도관이던 시절을 겪은 죄수들은 몸 상태가 최악이었다. 팔다리가 탈골되고, 인대가 늘어나고, 손가락뼈가 부러지는 일이 예사였기 때문이었다. 죄수들은 마치 좀비처럼 비틀거리며 황급히 옥사를 빠져나갔다. 어디선가 날아온 화살이 절 쓰러트리거나, 샤텐발트 마물에게 찢겨나가더라도 마지막으로 햇살을 보겠다는 일념으로.

그들은 무거운 쇠사슬로 감옥 입구에서 졸고 있던 교도관을 처참히 살해했다. 두개골이 깨져 피가 철철 흘러내릴 때까지 계속 내리쳤다. 카이는 잔혹한 그 광경을 보지 않으려 애써 시선을 피했다. 엘프 한 명이 쏟아 낼 수 있는 피가 그렇게나 많은지… 정말 섬뜩했다. 이 공포로 얼룩진 장면을 마주한 사람이라면 누구나 눈이 뒤집힐 지경이겠지만, 사실 이 정도면 관대한 죽음에 가까웠다. 적어도 그 엘프는 베리안이 저질렀던 가혹 행위를 한 적이 없었기 때문이었다.

만약 스타프린스였다면 저 죄수들은 그를 심판하는 데 훨씬 더 많은 시간을 할애했을 것이다. 죽은 엘프의 칼을 집어든 죄수들은 지하 감옥 입구 바깥에서 보초를 서던 다른 보초병들을 서슴없이 찔러 죽이며 밖으로 전진했다. 죄수들은 겨울잠에서 깨어난 짐승들처럼 탐욕스럽게 밖으로 쏟아져 나갔다. 카이는 아무 말 없이 그들 뒤편에서 죄수들의 탈옥을 지켜봤다.

“저들은 곧 죽으리란 걸 알면서도 저러는 걸까요?” 그레타가 카이 곁에서 물었다.

“어쩌면.”

“그런데 왜 저렇게까지 기를 쓰고 탈옥을 하려는 거죠?”

“찰나의 자유가 100년의 감금보다 값어치가 있을 테니까.” 카이가 중얼거렸다.

돌프가 그들 곁에 가까이 다가왔다. “아니면 죽음을 피해갈 딴 계획을 세우지 못할 정도로 멍청하기 때문이겠지.” 돌프가 담담히 말했다. 카이는 돌프의 감방문을 열어 주는 것이 옳은 선택인지 감방문 앞에 선 순간까지도 확신이 서지 않았었다. 그렇지만 그레타는 그래야 한다고 카이를 설득했다. 인간을 이런 비인간적인 장소에 두는 것은 옳지 않다고 강조하면서. 만약 그레타만 아니었더라면 카이는 아마 저 역겨운 촌놈을 이 감옥에서 영원히 썩게 내버려 뒀을 것이다.

"이제 어디부터 갈 거지, 꼬마 마법사?" 돌프가 빈정거렸다. "마법 지팡이를 가지러 갈 텐가, 아니면 염소를 구하러?"

"그바일로에게 손가락 하나 댈 생각도 하지 마!" 카이가 윽박질렀다.

흥분한 카이를 가라앉히려는 듯 돌프는 엄지가 잘려 뭉뚝한 두 손을 들어 올렸다. "진정해, 진정하라고. 바로 코앞에서 미쳐 날뛰는 전투가 벌어지고 있는 지금 고작 그 고집 센 염소 한 마리를 훔쳐갈 놈이 어디 있겠어? 그런 생각 따윈 하지 않을 거니까 염려 마."

카이는 돌프의 말을 그대로 믿어도 좋을지 판단할 수 없었다. 그냥 믿기에는 위험 부담이 너무 컸다. 카이는 마법을 아껴 둘 필요도 있었고, 또 어떻게든 그레타의 요청도 들어주고 싶었지만 워낙 예측 불가한 놈이었다. 결국 카이는 망설임 없이 그의 목덜미를 붙잡은 뒤 그가 어떻게 막아 볼 틈도 주지 않고 한 손을 돌프의 이마에 올렸다. 몇 초 후 농부의 몸이 축 늘어졌다. 그는 두 눈이 위로 뒤집히며 밀가루 포대처럼 바닥에 툭 쓰러졌다. 이미 죽어 버린 엘프 시신 바로 옆에.

“저놈은 당신을 절대 용서하지 않을 거예요.” 그레타가 이마를 찌푸리며 말했다.

“그러거나 말거나. 이걸로 내게 예의를 좀 차릴 줄 알게 되면 훨씬 다행이고.”

# 이조라

그 정도 고통을 참는 건 그리 어려운 일이 아니었다. 제 영혼의 극히 일부분만이 살짝 멍들었을 뿐이니까. 무의미하고 사소한 인간적인 열정 따위는 현실을 직시하는 순간 제풀에 사그라져 버릴 테니까. 그렇다. 누가 뭐래도 이조라는 엘프 공주답게 현실을 직시하며 의연하게 처신했다. 이조라는 저와 제 가족을 인간 마법사 왕의 무도한 폭정에서 구해낸 것이다. 그렇지만 제 안에서 이 결정을 거부하던 그 무의미하고 사소한 부분이 절 배신자라고 욕했다. 그리고 제 뜨거운 피부를 쓰다듬고, 때로는 황홀한 비명을 지르게 만들던 그의 두 손과 능수능란한 손가락이 떠올랐다. 하지만 이제 이 모든 것은 과거일 뿐이다. 엘리야 그 사내 역시 과거 속에 묻어야 한다. 제 유골이 무덤에 묻히고 수백 년이 지나도 엘리야는 여전히 제 피로 그린 결계 속에 갇힌 채 감옥에서 썩을 것이다. 이조라는 앞으로 절대 그를 다시 눈에 담을 일이 없기만을 원했다. 그러다 보면 이런 이율배반적인 그리움도 언젠가 옅어지고, 양심을 찌르는 가책도 사라질 것이다. 어쩌면 생각보다 훨씬 빨리 그런 날이 올 수도 있을 것이다.

이조라는 벨트에 묶어 둔 식량 주머니를 손가락에 경련이 일 정도로 단단히 움켜쥐었다. 그 옆에는 금화가 든 주머니도 하나 있었다. 상황에 따라 필요할지도 모른다는 생각에 준비해 둔 것이었다. 다리에는 가죽 벨트를 차고 단도를 은밀히 고정해 두었다. 그 이상 무기를 지니는 것은 포기했다. 어차피 트리스탄에게 문스워드가 있으니 그들을 보호하는 데 그거면 충분할 것이다.

아무 소리 없이 몸을 꼿꼿이 세운 이조라는 거대한 함선을 닮은 아엘프스탄 고원을 살폈다. 언제나 환하고 영롱하게 빛나던 성의 대리석 바닥은 이미 흙먼지와 피로 얼룩진 채였다. 저 아래 바닥에 이리저리 찍힌 발자국이 멋진 예술작품 같은 그림을 그려냈다. 성에서 마구간으로 그리고 성곽에서 홀구르나무까지 이어지는 십자가 형태였다. 하피 발톱이 남긴 핏자국이 그 십자가 위에 무시무시한 방점을 찍었다. 솜씨 좋은 화가가 실수를 가장해 화폭에 뿌려 놓은 시뻘건 물감처럼. 시커먼 사체들이 여기저기 널브러져 있었지만 이런 미적 관점에서 전장이 발산하는 기괴한 아름다움을 훼손하지 못했다. 지난 몇 분간은 사방이 고요했다. 이조라는 바닥에서 죽음에 임박해 경련을 일으키는 하피 두 마리를 발견했다. 목구멍이 부어올라 평소 내뱉던 욕설도 목에 걸렸는지 비명조차 지르지 못했다. 핏기가 사라진 푸르스름한 피부, 충혈된 눈동자 그리고 호흡곤란과 맞서던 하피들이 체내에 와이번 독이 퍼지자 마지막 경련과 함께 결국 생을 마감했다.

샤텐발트 마물 중 가장 위협적이라는 와이번의 모습을 처음 목격한 이조라는 소름이 돋았다. 겉모습은 드래곤과 유사했지만 체구는 어린아이만 했다. 길게 굽은 목에 금실을 수놓은 듯한 작은 머리만 얼핏 보면 도마뱀 같기도 했다. 와이번은 꽥꽥거리는 거위처럼 연신 목덜미를 움직이며 승리를 자축하듯 괴성을 질렀다. 그들 아래 돌처럼 미동도 없이 정복자 검을 굳게 쥐고 서 있는 호리엘의 모습이 보였다. 하피와 맞붙어 거둔 승리를 실컷 즐긴 호리엘이 마침내 의기양양한 표정으로 검의 날을 들어 올려 백여 마리의 거대한 피막 날개가 태양을 뒤덮고 있는 방향을 가리켰다.

그 광경을 본 이조라의 심장이 요동쳤다. 트리스탄! 마침내 인간 종족을 하나로 결속시키고, 드래곤을 해방시킨 트리스탄이 유령늑대와 연합하여 군대를 이끌고 이곳으로 전진 중이었다. 와이번들도 그 사실을 알아차렸다. 새 정복자의 주변을 맴돌며 새된 비명을 질렀다.

"어서 저들을 하늘에서 끌어 내려라!" 호리엘이 명령했다. "저들에게 제 주인에게 반기를 드는 노예들의 말로를 보여주거라. 파수꾼들과 인간들을 몰살하라! 다만 트리스탄 폰 도른슈트랑의 목숨만은 붙여 놓아라! 그 목숨을 빼앗을 권리는 오롯이 내게 있으니까!"

광분한 와이번 떼가 공중으로 날아오르기 위해 날개를 푸드덕거리는 소리가 울려 퍼졌다. 50마리에 달하는 와이번의 수는 그들을 향해 날아오는 드래곤의 수에 못 미쳤지만 존재 자체가 어마어마한 위협감을 자아냈다. 와이번은 새 주인이 내린 명령에 따라 일사불란하게 두 방향으로 나뉘어 날아갔다. 일부는 창공을 날아 드래곤을 공격했고, 나머지는 인간 병사를 공격하기 위해 거침없이 지상으로 하강했다.

날개 달린 군대가 공중에서 서로 격돌하기까지는 몇 초도 걸리지 않았다. 드래곤 대 와이번, 화염 대 독, 트리스탄 대 호리엘. 이조라는 숨이 턱 막혔다. 그녀의 손가락이 앞에 있는 난간을 세게 움켜쥐었다. 섬뜩한 공포가 그녀의 심장에서 핏줄을 타고 온몸에 퍼졌다. 트리스탄을 죽이지 말라는 호리엘의 명령에 따라 와이번들은 가장 선두에 선 블루 드래곤만큼은 공격하지 않았다. 그 대신 그 뒤를 따르는 다른 드래곤 무리에게 총공세를 펼쳤다. 와이번 중 일부는 두꺼운 사슬 비늘을 쓸데없이 물어뜯다 드래곤 발톱에 세게 얻어맞았지만, 기어코 들러붙어 기생충처럼 계속 기어 올라가 비늘 두께가 비교적 얇은 목 주변과 사타구니를 물었다. 공황 상태에 빠진 드래곤은 제게 달라붙은 와이번을 쳐내려 했지만, 와이번은 한 번 문 것은 절대 놓지 않았다. 공중은 혼란에 빠졌다. 목표 없이 이리저리 솟구친 파이어브레스가 허공을 난타했고, 그 와중에 와이번 한두 마리를 맞추긴 했지만 이스타리엘의 블랙 드래곤까지 저격하고 말았다. 블랙 드래곤은 한쪽으로 몸이 기울더니 이윽고 나선형을 그리며 추락했다. 이조라는 눈앞이 깜깜해졌다. 그리고 저도 모르게 무기력한 흐느낌이 흘러나왔다. 이조라는 방금 추락한 저 블랙 드래곤이 어렵사리 비상 착륙에 성공했는지 혹은 바위투성이 지면에 그대로 충돌했는지 알 길이 없었다. 눈앞에 있는 성탑이 드래곤과 제 쌍둥이 오빠의 마지막 추락 장면을 가려 버렸기 때문이었다.

곧이어 드래곤 두 마리가 추가로 추락했다. 육중한 몸이 허공에서 여러 차례 공중제비를 돌며 추락을 거부했지만, 아엘프스탄 협곡이 그들을 집어삼키기 직전이었다. 바로 그때 다른 드래곤들이 날아와 날카로운 와이번의 송곳니를 동료 드래곤의 몸에서 떼어낸 후 단숨에 짓이겨 버렸다.

사피라는 지금 자기가 제 군대 속에 뒤섞여 우왕좌왕 와이번과 대적할 상황이 아니라는 걸 깨달았다. 지금 자행되고 있는 대학살을 멈추기 위한 유일한 방법은 와이번을 노예로 만든 정복자의 검을 되찾아오는 것뿐이었다. 사피라는 거칠게 포효하며 호리엘에게 정면으로 날아갔다. 그제야 이조라도 트리스탄의 얼굴을 확인할 수 있었다. 그의 얼굴은 창백했고, 거의 잿빛에 가까웠다. 하지만 분노로 번뜩이는 두 눈엔 굳은 의지가 선명했다. 트리스탄은 슈발벤하인 성 폐허에서 저와 열정적인 밤을 보냈던 때보다 훨씬 나이가 들어 보였다. 트리스탄을 번민에 빠트리고 그의 마음에 독을 퍼트린 건 바로 이조라 자신이었다.

거대한 블루 드래곤이 착륙하자 순간 아엘프스탄 고원이 흔들렸다. 피와 먼지로 그려진 수채화 위 어느 곳에 착륙해야 할지 망설이지도 않았다. 사피라는 주저 없이 제가 타고난 강력한 힘으로 그곳을 그냥 덮어 버렸다. 하지만 호리엘은 단 한 걸음도 물러서지 않았다. 치명적인 검 끝을 앞으로 향한 채 양손으로 문스워드를 쥐고 있었다. 연기가 피어오르는 사피라의 콧구멍이 검 끝에 닿을 듯 가까이 착륙했다. 사피라와 트리스탄은 증오로 가득 찬 눈빛으로 호리엘을 쏘아봤다.

"저자는 내 것이다!" 사피라의 등에서 뛰어내리며 트리스탄이 외쳤다. 트리스탄은 엘리야의 마법 지팡이를 쥐고 있었다. 그것으로 보아 가바인은 이제 저 세상 신들이 책임져야 할 상태라는 걸 유추할 수 있었다. 아무렇게나 바닥에 지팡이를 던져 놓은 트리스탄이 검을 움켜쥐었다.

와이번 세 마리가 황급히 성벽에 내려앉아 주군을 구하려 서둘렀지만 호리엘이 완강히 거절했다. 죽음과 잔혹함에 대한 탐욕을 통제하지 못하고 흥분한 와이번들이 이 성벽에서 저 성벽으로 넘나들었다. 사피라 역시 그들 못지않은 공격적인 시선으로 그 모습을 뒤쫓았다.

"이게 누구야. 사생아 놈, 트리스탄이로군." 호리엘이 그를 모욕했다. "여전히 날 보면 등에 남은 상처가 욱신거리는가? 아님 가슴에 남은 낙인이 타오르는 것 같나?"

트리스탄은 대꾸하는 대신 검을 치켜들었다.

엘프는 악의 가득한 미소를 지었다. "나를 떠올릴 만한 또 다른 추억을 쌓으러 온 거냐?" 호리엘의 시선이 트리스탄의 왼쪽 어깨에 닿았다. 이조라는 그곳에 부러진 화살대가 꽂혀 있다는 걸 깨달았다. "상처가 또 있군. 그런데도 나랑 붙겠다고?" 엘프가 트리스탄을 조롱했다.

호리엘이 무엇을 노리고 저런 말을 내뱉는지는 자명했다. 어떻게든 트리스탄의 용기를 앗아가려는 속셈이었던 것이다. 그런 말에 대다수가 휘둘렸겠지만 도른슈트랑 가문의 왕자라면 절대 그럴 리가 없다는 것을 이조라는 누구보다 잘 알았다. 맥박이 점점 빨리 뛰는 것을 느끼며 이조라는 빠르고 능숙하게 검을 돌리는 트리스탄의 모습을 관찰했다. 딱 봐도 부상이 그에게 크게 문제가 되지 않는다는 증거였다. 설령 그렇다 하더라도 이조라는 마음이 놓이지 않았다. 그녀가 아는 한 호리엘은 알빈가르트 내 최고의 검사였다. 호리엘은 수많은 전투에 참전했고 단 한 번도 패배한 적이 없었다. 화살이 박힌 상처를 지니고 맞서는 이에게 그보다 더 버거운 적수는 없을 것이다. 아무리 검을 쓰는 팔에 입은 상처가 아니라고 할지언정.

트리스탄과 호리엘이 천천히 서로를 맴돌며 기회를 노리듯이 상대를 탐색하기 시작했다. 와이번의 울부짖는 소리와 여기저기 화염이 작렬하는 소리가 공중에서 울려 퍼졌지만 이조라는 두 전사에게서 시선을 떼지 못했다.

"네놈은 내 백성 수천 명을 노예로 만들고 고문했지." 트리스탄이 말했다. "내 형제가 네놈에게 다리를 잃었고, 데몬족 파수꾼은 아내를 잃었어. 엘프와 인간이 맺은 동맹을 깨트렸고, 내게 합당한 권리가 있는 트레간디르를 차지했어. 네놈이 남긴 흉터를 볼 때마다 뭘 위해 싸워야 할지 날마다 되새기곤 했다."

갑자기 걸음을 멈춘 호리엘이 한 발을 뒤로 딛고는 역방향으로 트리스탄 주변을 맴돌기 시작했다. 그러더니 양손으로 검을 들어 트리스탄의 다친 어깨 위를 겨눴다. 검 끝은 정확히 트리스탄의 심장을 가리켰다. 이 자세라면 트리스탄도 방어할 수단이 전혀 없었다. 보아하니 트리스탄은 호리엘의 공격에서 빈틈을 찾아 치명적인 반격을 시도하려는 것 같았지만 호리엘은 섣불리 먼저 도발하지 않았다.

"그래서 네가 뭘 어쩌겠다는 말이냐?" 공격을 개시하는 대신 호리엘이 물었다. "복수? 내게 복수하려는 이들이 이 세상의 절반은 된다! 이 사생아 새끼야! 뭐, 좀 더 그럴듯한 핑계를 대지 그러냐!"

트리스탄이 씩씩거리며 숨을 몰아쉬었다. "당연히 그냥 복수 따위가 아니다. 정의에 관한 문제지. 그리고 네 혈관에 피가 흐르는 한 이 에냐도르 대륙에는 절대 정의가 존재하지 못하겠지." 트리스탄은 말을 미처 끝내기도 전에 호리엘을 향해 제 검을 내리쳤다. 엘프는 트리스탄을 피할 수도 있었지만 그러는 대신 저를 향해 날아오는 검을 가볍게 받아치고는 손목을 돌려 트리스탄의 얼굴에 칼날을 들이대며 한 발짝 앞으로 나아갔다. 이조라는 저 검술을 잘 알았다. 과거 이스타리엘이 대련할 때마다 본 적이 있었기 때문이었다. 대부분 저런 공격은 상대에게 치명적인 결과로 끝났다. 그러나 트리스탄도 때맞춰 팔을 높게 치켜들며 그의 공격에 맞섰다. 칼날의 밑동으로 호리엘의 검을 막아내며 저를 베려는 칼날을 힘껏 밀어냈다. 두 남자의 칼날이 맞부딪치자 불꽃이 튀겼다. 둘은 전력을 다해 상대의 검을 밀어냈다.

"제법 괜찮은 시도였다." 호리엘이 잇새로 소리쳤다. "하지만 원래 인간이 그렇듯이 훤히 보이는 수였지."

호리엘이 미처 말을 끝내기도 전에 트리스탄이 뒤로 물러서며 두 남자의 간격이 다시 벌어졌다. 호리엘은 상대가 힘이 빠진 것 같은 상황을 적극적으로 활용하려는 듯 곧장 공격을 이어갔다. 호리엘이 오만한 눈빛을 번뜩이며 연이어 트리스탄에게 검을 내리치자 트리스탄은 속절없이 뒤로 물러서야 했다. 이 결투에서 호리엘의 승리가 확정되는 것 같았다. 그 모습을 알아본 와이번도 날카롭고, 섬뜩한 비명을 지르며 환호했다. 하지만 반대편 벽에 부딪히기 일보 직전, 칼의 손잡이를 좌측으로 비틀어 검을 막아낸 트리스탄이 주먹으로 호리엘의 귓가를 강타했다. 엘프가 비틀거리는 틈을 타 한쪽 팔로 상대의 팔꿈치를 세게 비틀자 호리엘의 손에서 검이 툭 떨어졌다. 아주 짧은 순간이었지만 두 남자는 그 상태로 얼어붙었다. 트리스탄의 얼굴에 자부심과 만족감이 가득했다. 트리스탄은 상대의 표정을 찬찬히 뜯어먹듯 관찰했다. 한 손으로는 축 늘어진 팔꿈치 관절을 쥐고 고통에 몸을 웅크린 채 호리엘이 망연자실 트리스탄을 노려봤다. "방금 그건 오롯이 인간만이 생각해 내는 한 수란다!" 트리스탄이 호리엘에게 속삭였다.

엘프 사령관은 당장 상황을 헤쳐 나갈 해결책을 찾는 데 몇 초도 걸리지 않았다. 커다란 함성을 지르며 제 몸을 앞으로 내던졌다. 결국 팔꿈치 관절이 빠드득 소리를 내며 탈골됐다. 피부 아래 뼈가 뒤틀리고 근육과 인대가 파열되더니 마침내 경련하던 팔 전체가 축 늘어졌다. 트리스탄은 최후의 일격을 날리기 위해 호리엘에게 다시 검을 휘둘렀다. 하지만 공격을 미리 감지한 호리엘이 뒤로 성큼 피하며 트리스탄의 사타구니를 걷어찼다. 이 볼썽사나운 공격 하나가 전세를 역전시켰다. 트리스탄이 신음과 함께 무릎을 꿇었고, 순간 문스워드가 그의 손에서 미끄러졌다.

"네놈이 또 틀렸어." 호리엘이 트리스탄에게 침을 뱉었다. "엘프도 촌놈처럼 싸울 수 있거든!" 호리엘이 몸을 숙여 멀쩡한 왼팔로 바닥에 떨어진 제 검을 집었다. 트리스탄이 바닥에서 몸을 일으키기도 전에 호리엘은 트리스탄의 머리 위로 검을 들어 올렸다.

순간 이조라의 눈앞에 장막이 덮이는 것 같았다. 그녀의 귓속에 날카로운 경고음이 울려 퍼졌다. 저도 모르게 비명을 지른 것이었다. 절대 감당하지 못할 감각을 미리 차단하려는 듯 그녀의 몸이 저절로 반응했다. 호리엘이 트리스탄을 죽일 것이다! 당장. 바로 여기서. 그런데도 그녀가 할 수 있는 건 아무것도 없었다. 그건 사피라도 마찬가지였다. 그 드래곤 여인이 뿔 뒤 피막을 위협적으로 곧추세우자 하피들이 새된 소리를 질렀고, 하늘마저 어두컴컴해지는 것 같았다. 바로 그때 이조라가 비명이 울려 퍼졌다. "트리스타아안!" 사랑하는 연인의 이름을 외치며, 공포에 질린 얼굴로 절망했다. 순간 호리엘과 트리스탄이 동시에 고개를 들어 이조라를 바라봤다. 이조라의 시선이 트리스탄과 마주친 건 몇 초도 안 되는 찰나였지만 미처 소리 내어 말하지 않은 말을 그가 알아들은 것 같은 기분이 들었다. 알아차리기 힘든 희미한 미소가 트리스탄의 얼굴을 스쳐 지나갔다. 그러나 호리엘은 그들에게 이 짧은 순간 이상을 허락할 생각이 없었다. 호리엘은 승리를 확신하는 얼굴로 검을 아래로 내리쳤다. 바로 그 순간 사피라가 호리엘을 공격했고 와이번들이 그녀를 덮쳤다.

치명적인 호리엘의 칼날이 트리스탄에게 닿기 직전 눈에 보이지 않는 무형의 장애물에 턱 가로막혔다. 튕겨 나온 힘에 호리엘이 휘청거리며 뒷걸음질 쳤다. 그런 뒤 또 다른 무형의 공격이 그의 얼굴을 강타했다. 이어 허공에서 초록빛 번개가 내리꽂히며 사피라의 목덜미를 물어뜯던 와이번을 강타했다. 사피라와 엉겨 붙어 있던 와이번들이 괴성을 지르며 날아가 그대로 성벽에 세게 부딪쳐 미동도 없이 축 늘어졌다.

공황 상태에 빠진 이조라는 도대체 무슨 일이 벌어진 건지 이해하지 못했다. 반면 트리스탄은 상황을 정확히 파악한 것 같았다. 여전히 고통에 일그러진 얼굴로 비틀거리며 일어선 트리스탄이 다시 검을 잡았다. “고맙다, 형제!” 트리스탄은 힘들게 겨우 몸을 일으키는 호리엘 쪽 어딘가를 주시하며 외쳤다.

그때 남쪽에서 병사들이 지르는 함성이 들려왔다. 분명 누군가 성문을 열어 준 것이리라. 인간 군대가 정말 이렇게 아엘프스탄을 정복하다니! 이조라는 어떻게든 마음을 다잡으려 애썼다. 호리엘이 패배하고, 샤텐발트 마물이 다시 파수꾼 통제 아래 들어간다면 엘리야가 감옥에서 풀려나 권력을 되찾는 건 시간문제였다. 그러면 그가 절 어찌할지 상상도 하고 싶지 않았다. 당장 도망쳐야 했다! 황급히 양손으로 드레스 자락을 움켜쥔 이조라는 아래로 이어지는 대리석 계단을 따라 달렸다.

이조라가 결투가 끝난 고원 마당에 도착했을 무렵 트리스탄은 드래곤 여왕에게 호리엘의 검을 건네고 있었다. 그리고 제 검 끝을 호리엘의 목구멍에 가져다 댔다. 그 사이 사피라는 인간형으로 변신했지만 여전히 드래곤의 눈동자를 번뜩이고 있었다. 능숙하게 문스워드를 잡은 손은 무거운 엘프 검의 무게에 부들부들 떨렸다. 사피라는 트리스탄에게 눈을 찡긋해 보이고는 성벽으로 걸어가 축 늘어진 채 자빠져 있는 와이번 한 마리를 베었다. 검붉은 피가 샤텐발트 마물의 가슴에서 뿜어져 나와 사피라의 새하얀 피부를 적셨다. 역겨워하지도, 놀라지도 않고 몹시 평온한 표정으로 생명이 빠져나간 몸뚱이에서 검을 뽑아낸 사피라는 지금 이 순간에도 혈투를 벌이며 죽어가는 와이번과 드래곤이 가득한 하늘을 응시했다. 그런 뒤 머리를 꼿꼿하게 들고 트리스탄 곁으로 다가갔다. *그녀의 남편에게로.* 그런 생각이 떠오르자 이조라의 머릿속엔 뜨거운 질투가 솟구쳤다.

하지만 트리스탄은 벌거벗은 채 피를 흠뻑 뒤집어쓴 아내가 다가오는데도 눈길조차 주지 않았다. 경직된 눈빛으로 이조라를 응시할 뿐이었다. 이조라는 그의 눈빛이 무얼 말하는지 읽을 수 없었다. 그 사이 공중을 메우던 드래곤의 포효가 멈췄고, 와이번 떼는 옛 정복자이자 다시 주인이 된 사피라의 지시에 복종하기 위해 성의 흉벽에 하나둘 내려앉았다. 묘한 정적이 흘렀다. 단 한 명만이 이 숨 막히는 이 침묵을 깨트릴 수 있었다.

"트리스탄," 카이의 음성이 이조라의 귀에 닿았다. "저 여자는 배신자야. 네게 뭘 부탁하든 절대 따르면 안 돼!"

이조라가 침을 꿀꺽 삼켰다. 원래 눈에 잘 띄지 않던 저 어린 마법사를 미워한 적은 없었다. 그럼에도 카이와 엘리야의 사이를 갈라놔야겠다고 결심했던 것은 어느 순간부터 저 어린 사내가 꽤나 위협적으로 느껴졌기 때문이었다. 그가 지닌 마력 때문이라기보다 사뭇 냉철한 그의 이성 때문이었다. 카이는 눈에 잘 띄지 않은 조용한 소년이었지만 엘프 성 내의 인간들과 엘프들 사이에 이는 동요를 누구보다 빨리 감지했다. 카이는 거의 모든 사람을 꿰뚫어 보는 통찰력이 있었다. 물론 천방지축 말썽을 저지르는 그 하녀한테만큼은 눈이 멀어 보이긴 했지만.

"맞아." 트리스탄에게 다가온 이조라가 무표정한 얼굴로 말했다. "베리안이 엘리야를 제압할 수 있게 내가 도왔어. 그리고 카이와 엘리야가 감옥에 갇히게 한 것도 나야."

트리스탄이 몸을 부들부들 떨며 말했다. "왜 그런 짓을 한 거지?"

"결단코 네 아버지의 부인이 될 수는 없으니까. 널 사랑해, 트리스탄. 네 곁에 설 수만 있다면 에냐도르 전체를 배신할 수도 있어."

"이미 그래 놓고 웬 딴청인가, 예쁜이?" 사피라가 불쑥 끼어들었다. 그녀는 두 눈에 혐오감을 전혀 숨기지 않았다. "이 전투에서 드래곤 수십 마리가 목숨을 잃었어. 하피도 잃었고, 도깨비불도 상당 부분 소멸했지. 게다가 네 쌍둥이 오빠한테 생긴 일이 양심에 찔리지도 않니? 이 모든 게 너 때문에 생긴 일인데 그런 말이 입 밖으로 나오니?"

이조라의 두 눈에 눈물이 그렁그렁 차올랐다. 이스타리엘이 떠오르자 목이 멨다. "미안해!" 그녀가 훌쩍였다.

그때 트리스탄이 겨누고 있는 검을 목에 댄 채 바닥에 쓰러져 있던 호리엘이 밭은 숨을 몰아쉬었다. "지금 그 태도는 엘프 공주에게 합당하지 않습니다!" 그가 으르렁거렸다.

"그녀는 인간의 왕비다." 트리스탄이 호리엘의 말을 정정하자 이조라는 그가 제 뺨을 후려친 것 같은 기분이 들었다. 인간의 왕비라, 그러니까 엘리야의 부인이라는 것이다.

"내가 무엇이든 난 아무래도 상관없어." 제 음성이 너무 비참하게 들리지 않도록 최대한 노력하며 이조라가 말했다. "하지만 확실한 건 내가 그렇게는 살 수 없다는 거야. 그러니까 어서 여길 떠나자, 트리스탄. 이렇게 부탁할게! 나랑 함께 떠나! 지금까지 있었던 일들을 생각하면 다른 해결책이 없어."

트리스탄은 아무 대답도 하지 않았다. 이조라는 그의 머릿속을 스치는 생각을 읽을 수 있었다. 그리고는 갑자기 이조라에게서 돌아선 트리스탄이 양손으로 검의 손잡이를 붙잡았다. 다리를 넓게 벌리고 호리엘 앞에 선 트리스탄이 그의 눈을 응시했다. "이런 죽음은 네게 너무 과분한 처사다. 당장 네 머리를 기둥에 꽂아 놓아야 네놈에게 합당한 대우일 테지만. 그러지 않는 걸 인간의 왕비에게 감사해야 할 것이다."

호리엘이 트리스탄의 발 앞에 침을 뱉었다. “잔말 말고 어서 찔러라, 이 사생아 새끼야. 부디 네 아버지가 널 찾아내기를 바라마!”

“안 돼!” 카이의 음성이 허공에서 울려 퍼졌다. “저 작자를 죽이면 안 돼, 트리스탄. 엘리야가 그를 살려두기로 했어. 엘리야가 님룬트에게 약조했다고!”

순간 트리스탄이 멈춰 섰다. “엘리야가 약조한 게 뭐 그리 대수야? 어차피 인간과 엘프의 동맹은 이미 깨져 버렸는데.”

“하지만 그러면 절대로 복구되지 않을 테니까. 호리엘을 죽여도 그렇고, 네 아버지의 부인을 훔쳐도 그렇겠지.”

“난 그녀를 훔치는 게 아니야. 이조라는 예전부터 내 여자였어!”

그 말을 듣는 순간 이조라의 가슴에 얽힌 모든 매듭이 풀리고, 그녀를 애태우던 긴장감과 절망이 연기처럼 사라졌다. 트리스탄은 자신을 선택했다. 아버지도, 파수꾼도, 에냐도르의 막강한 권력도 아닌 오롯이 저만을. 저를 따라나서기 전 그가 마지막으로 해결해야 할 일은 딱 하나였다. 그와 그의 백성들에게 수많은 고통을 안겼던 저 사내를 죽이는 것. 호리엘 역시 잘 알고 있는 듯 체념하며 말했다. “아노르의 화염이 다가오는 게 보이는군.” 그가 절대 꺾이지 않는 눈빛으로 담담하게 말했다. 트리스탄이 검을 높이 쳐들었지만 결국 제 숙적을 찌를 수는 없었다. 카이의 마력 파장이 트리스탄을 감싸더니 그를 몇 발자국 뒤로 내팽개쳤다. 격분한 트리스탄이 두 주먹을 움켜쥐고 자리에서 벌떡 일어섰다. "너에게 그럴 권리는 없어!" 트리스탄은 카이가 있을 것으로 추정되는 방향을 응시하며 고함을 쳤다. 격분한 트리스탄의 음성이 갑자기 낮고 음산해졌다. 마치 연기와 불을 머금은 것 같은 목소리였다. 이어 호흡도 거칠어졌다. 가슴이 심하게 오르내렸다. 이조라는 순간 트리스탄의 두 눈에서 번뜩였다가 곧바로 사라진 붉은 빛을 보았다.

"트리스탄…" 몹시 걱정스러운 카이의 음성이 들렸다. 그 또한 비슷한 것을 감지한 것 같았다. "또 그러려는 것 같아. 그러니까 우선…"

"나와 저놈 사이에 나서지 마!" 트리스탄이 몸을 숙여 바닥에 떨어뜨린 검을 다시 집어 들고 쿵쿵거리며 호리엘에게 다가갔다. 카이는 이조라가 이해하기 힘든 요상한 소리를 웅얼거렸다. 예전에 엘리야가 비슷한 소리를 내는 것을 딱 한 번 들어본 적이 있었다. 샤텐발트 숲에서 그들을 공격하는 하피 떼를 막으려 마지막 남은 에너지를 전부 끌어모았을 때였다. 하지만 지금 카이는 샤텐발트 마물이 아니라 마력이라고는 전혀 없는 트리스탄 앞에 서 있었다.

"트리스탄, 제발 정신 좀 차려!" 카이가 목이 쉬도록 소리쳤다.

호리엘 앞에 다시 선 트리스탄이 검을 치켜들며 자세를 취했다. "한 번만 더 막으면 넌 이제 내 형제가 아니다!"

카이에게도 결코 쉽지 않은 일이었다. 눈에 보이지는 않지만 카이의 망설임이 고스란히 느껴졌다. 그럼에도 카이는 결국 트리스탄을 향해 힘겹게 응축한 마력을 쏘아 보냈다. 강렬한 빛을 번쩍이며, 제게 남은 마력을 전부 끌어모은 최후의 일격을. 거칠게 튕겨 나간 트리스탄이 임시 마구간에 뒤통수를 세게 부딪치는 바람에 놀란 가축들이 울부짖었다. 아주 잠시지만 트리스탄은 충격에 의식을 잃은 것처럼 보였다. 트리스탄이 다시 눈꺼풀을 들어 올린 순간 주변에 있던 모두가 그 모습을 목격했다. 트리스탄의 동공이 활활 타오르는 화염처럼 붉게 빛났다. 증오와 광기에 휩싸인 채. 순간 카이가 고문이라도 당하는 것처럼 괴로운 비명을 질러 댔다. 그때 둔탁한 소리와 함께, 연민을 자극하는 신음이 이어졌다. "사피라." 카이가 외쳤다. "어떻게 트리스탄이 정신 좀 차리게 해 봐. 저러다 날 죽이겠어!"

드래곤 여왕이 앞으로 나서려 했지만, 이조라가 나서서

그녀의 팔을 붙잡았다. “*내가* 할 거야! 당장 트리스탄을 막을 수 있는 건 나뿐이야!”

아주 잠시 사피라가 망설였다. 친구와 연인의 음성 중 무엇이 더 효과적일지 재는 것처럼. 잠시 후 사피라가 고개를 끄덕였다. 그러자 이조라는 그녀의 팔을 놓고 트리스탄에게 달려갔다. 그의 앞에 쓰러지듯 주저앉은 이조라가 양손으로 그의 두 뺨을 잡았다. 트리스탄과 시선을 마주친 이조라는 깜짝 놀랐다. 그의 눈동자는 그 어떤 데몬에게서 본 것보다 강력한 화염이 광폭하게 활활 타오르는 중이었다. 엘프인 이조라는 고통을 느끼지 않았지만 순간 값을 매길 수 없는 귀중한 것을 잃었다는 끔찍한 확신이 들었다. “트리스탄, 나야, 이조라!” 그녀가 트리스탄을 소환하려 애썼다. “어서 내 곁으로 돌아와!”

돌아온 트리스탄의 대답은 그녀의 기대보다 훨씬 낮고 음침한 말투였다. “솔직히 내가 네 곁에 있었던 적은 없었어. 네 사랑의 묘약은 호리엘의 채찍보다 더 잔인했으니까. 내 속을 갈기갈기 찢어놨지.” 그의 눈동자에 고인 눈물이 시뻘건 화염의 불씨를 꺼트렸다. 천천히 그의 갈색 눈동자가 돌아왔다. 절망과 불안에 휩싸인 이조라가 황급히 제 입술로 그의 입술을 눌렀다. “트리스탄, 어서 떠나자…. 제발 그냥 가자!" 이조라가 키스를 퍼붓는 사이사이 속삭였다. 트리스탄은 이 세상을 초월한 힘에 홀린 듯 간신히 고개를 끄덕였다. 그런 뒤 이조라의 손을 잡고 일어섰다.

누구도 그들을 막으려 나서지 않았다. 카이도 마법을 쓰지 않았고, 신들 앞에서 트리스탄과 부부의 연을 맺은 사피라도 막아서지 않았다. 이 터무니없는 결말에 호리엘마저도 침묵을 지켰다. 하지만 모두가 매혹과 혐오의 감정이 동시에 실린 눈빛으로 트리스탄과 이조라를 노려봤다.

"언젠가 널 꼭 내 손으로 죽이고 말 거다." 트리스탄이 엘프 사령관에게 말했다.

"그날이 오면 내가 네 목숨을 끊어 주지." 그가 응수했다.

이조라와 트리스탄은 마구간에서 말 두 마리를 꺼낸 후 성의 북문으로 도망쳤다. 마치 신들이 직접 나서서 뒤를 쫓아오기라도 하듯 아무 말도 없이 말을 타고 달리는 데만 몰두했다. 산악 도시인 나르누크가 저 멀리 지평선에 어렴풋이 보이는 산기슭에 도착한 후에야 트리스탄과 이조라는 완전히 지쳐 버린 말의 속도를 조절하며 멈춰 세웠다. 말에서 내린 트리스탄이 두 마리 말의 고삐를 쥐고 동굴처럼 움푹 파인 거대한 바위로 이끌었다. 그곳에서 조금 떨어진 마른 나무에 말고삐를 단단히 묶어 두고 이조라가 안장에서 내리도록 도왔다.

태양은 이미 서쪽 하늘 지평선에 걸려 있었다. 이조라는 문득 밤을 보낼 임시 거처를 마련하려면 시간이 부족하겠다고 생각했다. 하지만 트리스탄은 마른 나뭇가지나 이끼를 찾아볼 생각이 전혀 없어 보였다. 대신 그녀를 번쩍 안아 들고 바위틈으로 데려갔다. 영문도 모른 채 그의 목에 팔을 두른 이조라는 수수께끼 같은 트리스탄의 표정을 응시했다. 슈발벤하인에서 그가 선사해 주었던 헌신의 찌꺼기라도 찾으려는 듯. 하지만 그녀가 발견한 건 다가가기 힘든 차가움뿐이었다.

동굴에 도착한 트리스탄은 이조라를 내려놓았다. 트리스탄은 차가운 바위에 이조라를 앉히고는 그의 눈빛이 불편해질 때까지 노골적으로 그녀를 바라봤다. 그녀의 입술에 수천 마디 말이 맴돌았지만 그중 무엇도 선뜻 꺼내기가 힘들었다.

“나는…” 이조라가 머뭇거리며 말을 꺼냈다. “난 절대…”

“아무 말도 하지 마!”

트리스탄은 그녀를 뒤로 밀더니 이조라가 입은 드레스 치맛자락을 위로 들쳤다. 그의 손가락이 욕망에 사로잡힌 동작으로 성마르게 그녀를 헤집으며 탐험하는 동안 뜨거운 숨결이 그녀의 귓가에 닿았다. 이조라의 내면에 두려움과 욕망이 동시에 솟구쳤다. 이조라는 트리스탄을 더 가까이 느끼려는 듯 제 몸을 그에게 바싹 밀착시켰다. 갑자기 제 손을 뒤로 뺀 트리스탄이 서둘러 의복을 풀어냈다. 귓가를 애무하는 입술을 조금도 멈추지 않은 채로. “사랑해.” 거친 숨을 토하며 그가 이조라의 귓가에 속삭였다. 그리고는 이조라를 살포시 뒤로 쓰러트리고는 곧장 그녀 안으로 돌진했다. 심하게 헐떡이는 모습이 몹시 낯설면서도 거칠었다. “그리고 널 증오해.”

# 이스타리엘

기절한 후 도대체 시간이 얼마나 흘렀는지 감이 오지 않았다. 하지만 의식을 차리고 보니 주변에 가득했던 전투의 굉음이 멈춘 후였다. 이스타리엘은 아주 잠시 당황했다. 시커먼 암흑 말고는 아무것도 보이지 않았다. 저를 뒤덮은 이 갑갑한 느낌은 또 무엇이란 말인가? 지상에 충돌하며 사지가 마비되고 눈이 멀어 버린 것일까? 하지만 얼마 후 이 엄청난 크기의 서늘한 장막이 열리며 이스타리엘을 암흑에서 해방시켜 줬다. 그 장막은 바로 그의 드래곤, 하름의 날개였다. 이스타리엘이 빠져나올 수 있도록 하름이 날개를 펼쳐 준 것이었다. 지상에 추락할 때 드래곤은 이스타리엘이 으깨지지 않도록 제 몸으로 그를 감싼 채 땅바닥과 충돌했던 것이다.

“아아, 안 돼!” 그제야 눈에 들어온 드래곤의 참혹한 모습에 이스타리엘이 절규했다. 하름의 몸 곳곳에 화살과 석궁이 선인장 가시처럼 꽂혀 있었다. 이미 굳어 버린 피가 마치 붉은 덮개처럼 그의 검은 비늘 위로 막을 형성하고 있었다. 여기저기 쑤시는 제 몸의 통증은 깡그리 무시한 채 드래곤에게 기어간 이스타리엘은 하름의 주변을 돌며 숨 가쁘게 화살촉을 제거해 나갔다. 화염에 입은 열상으로 몹시 허약해진 상태였지만 다행히도 와이번에게 물린 흔적은 없었다.

"어떻게든 꼭 버텨!" 이스타리엘이 하름에게 간청했다. "널 치유해 줄 카이나 엘리야를 찾아올 테니까!"

드래곤은 일반적으로 상처 재생 속도가 빠르다는 것은 이스타리엘도 알고 있었다. 하지만 그 능력이 제대로 작동하지 않는 걸로 보아 하름은 죽음이 임박할 정도로 심각한 상태였다. 하름을 절대 그렇게 내버려 둘 순 없었다. 하름은 이스타리엘을 제대로 마주 보기 위해 고개를 들어 올리려 했지만 목 근육이 견디지 못해 커다란 머리가 암석 바닥에 그대로 툭 떨어졌다. 이스타리엘이 자리에서 일어나서 절망적인 눈빛으로 사방을 둘러보았다. 지금 그가 있는 곳은 성의 남쪽 정문에서 그리 멀지 않은 곳이었다. 인간 부대의 마지막 잔여 인원이 정문을 통과하고 있었다. 아마도 트리스탄이 성을 탈환한 것 같았다. 지금 아엘프스탄을 휘저어 놓은 이 난리 통 속에서 다 죽어가는 드래곤을 치유해 줄 마법사를 찾기는 쉽지가 않을 것이다. 더욱이 성 주변 격전지에는 숨이 완전히 끊어지지 않은 드래곤들로 가득했다. 그럼에도 이스타리엘은 어떻게든 시도해 봐야만 했다. 길게 찢어진 동공을 껌벅이는 하름의 금안이 이스타리엘을 찬찬히 살폈다. "어떻게든 살아 있어!" 그가 속삭였다. "내가 가서 도움을 청할게."

대답 대신 힘없는 신음이 흘러나왔다. 그런 뒤 풀썩 쓰러진 드래곤의 눈꺼풀이 천천히 감겼다. 하름의 흉곽이 몹시 힘겹게 오르내렸다.

성으로 내달리는 동안 이스타리엘은 이를 악물었다. 아무리 하름이 추락하는 과정에서 날개로 그를 고치처럼 둘둘 감아 보호했다고는 하지만 딱딱한 암석 바닥에 충돌하면서 뼈가 뒤틀리고 인대가 늘어난 것 같았다. 욱신거리는 통증에 머리까지 지끈거렸다. 상태가 그 지경이다 보니 이스타리엘은 아엘프스탄 성 정문을 이제 누가 통제하고 있는지조차 제때에 깨닫지 못했다. 곰처럼 덩치가 큰 사내가 길을 가로막았다. 엘프가 아닌 인간이었다. 한 손에는 커다란 도끼를, 또 다른 한 손에는 손잡이에 호리엘 노예 부대의 낙인이 찍힌 단검을 들고 있었다. "멈춰 서라, 이 뾰족 귀 새끼야!"

그가 이스타리엘에게 호통을 쳤다.

이스타리엘은 이 거인의 인상적인 모습에 움찔했지만 곧 그와 시선을 마주하기 위해 턱을 치켜들고 확고한 음성으로 말했다. “난 엘프족의 파수꾼이다. 그러니 당장 내 앞에서 비켜서라!”

병사의 두 눈에 망설임은 없었다. “네가 무엇이든 상관없다. 나는 오직 도른슈트랑의 왕자에게만 자리를 비킬 뿐 그 누구도 지나가게 두지 않을 것이다.”

“좋아. 허나 날 지나가게 두지 않으면 트리스탄이 너의 그 큰 키에서 머리 하나만큼을 작게 만들어 줄 텐데.” 이스타리엘이 조롱하며 그 곁을 스쳐 지나려 했다. 그러나 그 사이 엘프를 발견한 다른 인간 전사들이 몰려와 그 주변을 에워쌌다. 이스타리엘의 손이 어느새 문스워드에 닿았다. 저들 중 다수를 쓰러트릴 자신이 있었지만 전부를 상대하기는 버거웠다. 저들도 그것을 알고 있었다.

“안 되지, 안 돼. 이 뾰족 귀 놈아!” 거인이 경고했다. 순간 이스타리엘의 분노가 솟구쳤다. 제때 도울 사람을 찾지 못하면 하름은 끝내 죽어 버릴 것이다. 하지만 속수무책이 되어 버렸다. 저 망할 노예들이 멋도 모르고 저의 급한 길을 가로막았기 때문이었다. 제 명예냐, 하름의 생존이냐를 두고 심각하게 저울질하고 있을 때, 그의 왼편에서 귀에 익은 음성이 들려왔다. “그를 들여보내, 토메스! 저 엘프는 우리 편이야.”

고개를 돌려 성벽 위를 바라보니 그 통로에 서 있는 하녀, 그레타가 보였다. 몇몇 지저분한 인간들과 함께 주변을 순찰 중인 것 같았다. 치렁치렁한 금발을 온통 풀어헤치고 두 뺨은 붉게 상기된 모습이었다. 지금 저 여자는 이 북새통에 제가 얻게 된 지위를 즐기는 것이 분명했다. 이스타리엘이 살짝 고개를 끄덕이며 아는 척을 했다.

“내가 당신을 이렇게 또 구하다니, 참 다행이지 않나요, 왕자님?” 그레타가 푸 하고 내뿜으며 웃음을 터트리자 함께 서 있던 병사들도 멋모르고 덩달아 웃어 재꼈다. 그 한심한 모습에 심호흡을 한 번 한 이스타리엘이 길을 내어 준 병사들 사이를 빠르게 지나갔다.

“어디로 가면 카이를 찾을 수 있지?” 성문을 지나며 이스타리엘이 그레타를 향해 외쳤다.

그레타는 성벽 통로에서 그를 내려다보며 말했다. “아무데서도 못 찾을걸요. 지금 투명 마법을 시전 중이거든요.” 마침내 그레타의 음성이 조금은 진지해졌다. “하지만 저기 고원 마당 쪽으로 가 보세요. 거기서 트리스탄과 호리엘이 싸웠었거든요."

더 들을 필요도 없었다. 대연회장을 가로지른 이스타리엘이 성 아래 회랑을 따라 발걸음을 서두르는 동안 그를 제지하는 사람은 없었다. 목적지만을 보고 달리다 보니 가는 길목에서 사피라를 마주쳤지만 하마터면 못 보고 지나칠 뻔했다. 사피라를 본 순간 이스타리엘은 지금 카이가 곁에 있다는 것을 직감했다. 드래곤족 여왕은 상황이 허락할 때마다 즐겨 입던 관능적이면서도 위엄이 넘치는 예복을 걸친 상태였다. 그녀에게 그런 옷을 준비해 줄 만한 사람이 누가 또 있겠는가? 언제나 모두를 배려해 주는 그 어린 마법사 외에.

사파리도 다가오는 이스타리엘을 발견했다. "이스타리엘! 하늘과 사방의 바람 신들에게 감사드릴 일이야!" 크게 안도하는 모습이 역력한 사피라가 기쁘게 외쳤다. 하지만 도마뱀처럼 깜박이는 사피라에 눈동자엔 평상시 그녀답지 않게 여러 감정이 담겨 있었다. 기쁨, 분노, 슬픔… 그리고 수치심까지. 그 마지막 감정이 이스타리엘을 가장 불안하게 했다.

"카이를 찾고 있다." 사피라를 반기는 대신 이스타리엘이 서둘러 말했다. "너와 함께 있나?"

"맞아." 아니나 다를까 소년의 목소리가 사피라 곁에서 들렸다. 투명 마법 해제에 또 실패해 낙담한 것 같은 말투였다.

"하름이 죽어간다. 그를 치유할 수 있겠나?"

"가능할 것 같아. 지금 마법 지팡이를 두 개나 지니고 있거든. 그중 하나가 나를 도와주겠지."

이스타리엘은 평상시 카이가 말할 때 표정에 속마음이 전혀 드러나지 않는 게 짜증이 났었는데 지금은 그런 얼굴조차 전혀 보이지 않아 더 화가 났다. 사피라마저도 평소와 달라 보였다. 단도직입적으로 터놓고 말하던 평소 모습은 찾아볼 수 없었다. 사피라의 불안한 눈빛이 끔찍하고도 엄청난 비밀을 털어놓고 싶다고 소리치고 있었다. 이스타리엘이 정말 알고 싶은지조차 확신할 수 없을 만큼 엄청난 비밀을.

"왜 그래? 트리스탄은 어디에 있지?" 이스타리엘이 물었다.

사피라와 카이 둘 다 침묵했다. 누구도 선뜻 나서지 못하고 서로 설명을 미루는 것 같았다. 마침내 드래곤 여왕이 결단을 내렸다. "트리스탄과 이조라가 도망쳤다."

이스타리엘은 이마를 한 대 얻어맞은 것 같았다. 사피라가 툭 던진 한마디가 아엘프스탄의 텅 빈 대리석 회랑에 울려 퍼지는 전쟁 나팔 소리처럼 이스타리엘의 머릿속에 메아리쳤다.

"도망쳤다니?" 이스타리엘이 당황하여 되물었다.

"어떻게 할 방법이 없었어." 사피라가 중얼거렸다. "사랑의 묘약이 지닌 힘이 그 어떤 소명보다도 강력했으니까. 아무래도 예전에 네가 도른슈트랑 가문에 대해 했던 말이 옳았던 것 같다. 트리스탄은 막무가내였어. 우리는 어떻게든 트리스탄의 이성을 되돌려놓으려 했어. 엘리야가 그 사실을 알아차리기 전에…. 그리고…" 사피라가 머뭇거렸다.

"그리고 뭐?"

사피라는 바닥을 바라보며 눈꺼풀을 내리깔았다. 마치 다음 말이 차마 이스타리엘의 귀에 닿지 않기를 바란다는 듯이. "그리고… 트리스탄이 되크 발두르로 완전히 현신하기 전에 말이야."

이스타리엘이 거칠게 숨을 몰아쉬었다. 매번 이스타리엘은 그럴 가능성이 있다고 의심했었지만, 누구 하나 그의 말을 믿어 주지 않았었다. 물론 이스타리엘 자신도 믿고 싶지 않았다. 되크 발두르는 북부에서 온 미지의 악마가 아니었다. 그는 음흉한 계획의 결과물이자 수백 년 동안 이어진 오래된 질문에 대한 답이었다. 언젠가 벨타인이 남부 왕자에게 던졌던 그 질문에 대한 답.

알현실로 향하던 것으로 보이는 인간 병사 무리가 곁으로 다가오자 암울한 생각에 잠겼던 이스타리엘이 정신을 차렸다. 아무튼 당장 구할 수 있는 것부터 구해야 했다. 차근차근 단계별로. 그리고 제일 우선순위는 그의 드래곤이었다. "어서 하름을 살펴봐 줘! 남문 밖에 쓰러져 있어. 그리로 가면 곧장 찾을 수 있을 거다." 이스타리엘이 카이에게 지시했다. 카이가 이견이 없자 이스타리엘은 사피라를 바라봤다. "넌 트리스탄과 내 누이를 데려와라. 그리고 난… 감옥에 갇힌 인간의 왕을 구하겠다. 보아하니 적임자가 나밖에 없는 것 같으니까. 어쩌면 그냥 그곳에 처박아 둘지도 모르겠다만."

사피라가 고개를 끄덕였다. "엘리야에게 이제 불사의 몸이 아닐 수도 있다고 전해 줘라."

순간 이스타리엘은 고소한 마음과 동시에 연민이 솟구치는 것을 느꼈다. 이스타리엘은 베리안과는 달랐다. 엘리야의 괴로운 상황이 전혀 즐겁지가 않았다. 비록 엘리야는 툭하면 제 자존심을 밟으며 유치한 앙갚음을 했었지만…. 순간 이스타리엘은 지금 이 대화에 등장했어야 마땅한 핵심인물 중 하나임에도 언급되지 않은 이름이 떠올랐다. "호리엘은 어떻게 됐어?" 이스타리엘이 물었다. "트리스탄이 그를 죽였나?" 이스타리엘은 마음속으로 부디 그렇게 되었기만을 떠오르는 태양의 신 아노르께 간절히 탄원했다.

하지만 사피라가 고개를 저었다. "그도… 도망쳤다."

"*도망쳤다*니? 호리엘에게 맞설 프레지오라이트를 무려 두 개나 지닌 카이가 있었는데도 말이냐?" 격분한 이스타리엘의 시선이 사피라의 허리춤에 고정된 정복자의 검에 닿았다. "더욱이 에냐도르 전 대륙에서 가장 위협적인 마물에게 명령을 내리는 네가 있는데도? 거짓말 마라, 드래곤!" 이스타리엘이 쏟아 내는 분노는 평소 익숙하던 제 모습보다 훨씬 격렬했다. 격앙된 분노가 걸러지지 않은 채 그대로 사피라에게 닿았다. 사피라가 대답 대신 한 걸음씩 발걸음을 옮기기 시작했다.

"그에게 말해 줘." 카이가 속삭였다. "이 전쟁에서 승리하려면 우리 모두 솔직해야 해."

발걸음을 멈춘 드래곤족 여왕이 한숨을 쉬며 이스타리엘의 눈을 응시했다. "우리가 놔줬어. 님룬트는 그의 목숨을 보존하기를 원했지. 그런데 그가 트리스탄의 행동을 전부 목격했어. 그래서 그 작자가 엘리야에게 전부 털어놓을 위험을 차마 감수할 수 없었다. 적어도 트레간디르는 여기서 멀리 떨어져 있잖아. 지금 놓아주면 우선 그곳에 틀어박혀서 적어도 그 입을 꾹 다물고 있겠지."

"왜 그냥 죽이지 않은 거냐?" 엘프 왕자가 신음했다.

사피라의 표정에 분노가 서렸다. "이스타리엘, 넌 엘프잖

아. 난 적어도 네가 진지한 사안에 어떻게 행동해야 할지 안다고 생각했는데 말이다. 호리엘이 네 아버지의 비호를 받고 있다니까!"

이스타리엘은 아무 대꾸도 하지 않았다. 딱히 반박할 만한 근거가 없었기 때문이었다. 호리엘이 전장에서 격전 중인 상황이었다면 님룬트도 그의 죽음을 어느 정도 수긍했을 것이다. 하지만 파수꾼에게 처형당하는 건 다른 문제였다. 엘프와 인간 사이에 평화가 찾아오려면 상대의 조건을 수용해야 한다는 걸 이스타리엘도 잘 알고 있었다. 그렇지만 뭐라 규정하기 힘든 그의 촉이 지금 호리엘을 없애지 않은 건 크나큰 실수였다고 말하고 있었다.

"명예만으로는 전쟁에서 승리하지 못해." 이스타리엘의 말은 답변이라기보다는 오히려 속삭임에 가까웠고, 사피라는 그런 이스타리엘의 말을 무시했다. 그러자 뒤로 돌아선 이스타리엘도 걸음을 뗐다. 불현듯 하늘을 훑은 사피라의 시선이 어디에 내려앉을지 자리를 물색 중인 까마귀를 뒤쫓았다. 창가로 다가간 드래곤 여왕이 난간 사이로 팔을 뻗었다. 공중의 피조물들끼리 이해하는 특유의 방식이 있는 것 같았다. 일반적으로 까마귀들을 불러들이는 건 아무나 할 수 있는 일이 아니었다. 전서구로 쓰이는 까마귀들은 정해진 목적지가 있었고, 그곳으로만 날아갔다. 아엘프스탄의 경우 전서구를 다루는 담당은 북쪽 탑에 있었다. 하지만 지금 그 탑엔 와이번이 득실거리는 탓에 까마귀가 그쪽으로 날아가기를 주저했던 모양이었다. 까마귀는 제 운을 사피라에게 걸어 보기로 결심한 것 같았다. 까악 울음소리를 낸 까마귀가 사피라가 뻗은 팔에 살포시 내려앉았다. 사피라가 날개 아래 고정된 작은 양피지 두루마리를 꺼냈다.

"엘리야에게 보내온 것이군." 까마귀를 다시 놓아주며 사피라가 이마를 찌푸렸다. "도른슈트랑에서 온 거야."

"그러면 내게 줘. 내가 전달하겠다." 이스타리엘이 제안했다.

이스타리엘이 말을 끝내기도 전에 사피라는 봉인을 뜯고 두루마리를 펼쳤다.

"인간의 왕에게 전할 서신을 읽는 거냐?" 이스타리엘은 기가 막혔다. 도무지 믿기지 않는 시선으로 내용을 훑는 사피라의 푸른 눈동자를 가만히 지켜봤다. 서신을 읽을수록 사피라의 눈동자가 드래곤의 금안으로 변하면서 번뜩였다. 마침내 서신을 전부 읽은 사피라가 이스타리엘에게 두루마리를 건넨 후 창가로 다가갔다. 난간에 올라선 사피라는 여왕의 예복을 단숨에 찢었다. 그리고는 정복자의 검을 아무렇게나 바닥에 떨어트리며 말했다. “이번에는 제대로 숨겨 놔라.”

“어쩌려는 거지?” 이스타리엘보다 적잖이 놀란 카이가 황급히 물었다.

“이대로 곧장 도른슈트랑으로 날아간다. 너희는 어서 트리스탄을 꾈 만한 다른 사람을 찾아봐. 마론이 딱일지도 모르겠군. 아직 살아 있기만 하다면 말이야.” 넝쿨 너머로 두 다리를 뻗은 그녀가 그대로 뛰어내렸다.

“사피라!” 그녀를 막아 보려고 이스타리엘이 서둘러 창가로 향했지만 사피라는 이미 뛰어내린 후였다. 곧장 아래로 추락하던 그녀가 순식간에 드래곤으로 변신해 거대한 날개를 펼치고 곧장 남쪽으로 날아갔다.

“젠장!” 카이가 욕설을 뱉었다. “도대체 서신에 뭐라고 적혀 있기에…?”

부들부들 떨리는 손가락으로 이스타리엘이 양피지를 다시 펼쳤다.

츠빌링스 섬의 수호자이자 도른슈트랑의 임시 관리자인 코리안 폰 안고르 파비아가 불사이자 첫 시대의 대마법사 그리고 인간의 왕인 엘리야 폰 도른슈트랑께 고합니다. 수일 전에 당신의 신하 두 명이 아무런 보고도 없이 당신을 찾아 아엘프스탄으로 떠났습니다. 허나 그 두 사람이 탑승한 선박이 후마니아 해안에서 좌초했다는 소식이 전해졌습니다. 도른슈트랑에 남은 인간 병사, 야레드 콘라드센을 추궁하고 압박해 보았지만 제 동료들이 떠난 실질적인 이유와 전후 사정을 보고하지 않고 있습니다. 우선 그는 일시적으로 구금된 상태이며 아무리 무력을 사용해도 침묵하고 있습니다. 추후 조사를 마치면 진행 상황을 보고하겠습니다.

"제기랄!" 카이가 숨을 헐떡였다. "그 망할 엘프 놈이 어찌 이런 짓을!"

"물론 그럴 수 있다." 이스타리엘은 서신을 다시 고이 접어 주머니에 넣으며 대답했다. "코리안을 도른슈트랑의 관리자로 임명한 건 엘리야다. 야레드나 다른 인간이 아닌 그를 임명했지. 따라서 그는 엘프의 규율에 따라 아랫사람의 위법 행위를 판단할 권한이 있다."

"하지만 야레드를 고문한다잖아!"

이스타리엘은 저 멀리 지평선으로 사라진 사피라의 실루엣을 응시했다. "이제 그리 오래는 못하겠지."

⚜

지하 감옥은 고요했다. 이스타리엘은 여기저기 쓰러진 위병들의 시체를 넘어 칠흑 같은 어둠이 깔린 긴 복도를 따라 걸었다. 근래에는 횃불을 밝히러 오는 사람도 없는 것 같았다. 이스타리엘은 두개골이 박살 난 교도관 옆 벽난로에 남은 불씨를 발견했다. 가까스로 횃불에 불을 붙인 그가 감옥을 샅샅이 살폈다.

마침내 엘리야가 횃불 아래 제 얼굴을 알아봤지만 아무 말도 없었다. 이스타리엘은 그가 감금된 옥사 바로 앞에 멈춰 섰다. 하지만 엘리야는 한때 부당하게도 배신자라고 욕을 해 댔던 파수꾼과 눈높이를 맞추려 일어나는 수고조차 하지 않았다. 바닥만 뚫어져라 바라보는 엘리야 얼굴에는 수염이 거뭇하게 자랐고, 상체에는 오물이 가득 묻은 사슬 갑옷과 가죽 방어구를 걸치고 있었다.

“트리스탄이 성을 탈환했소.” 이스타리엘이 말했다. “툴은 풀려났고, 이제 드래곤들이 우리 편에 섰지. 하지만 하피와 도깨비불을 잃었소.”

한숨을 크게 쉰 엘리야가 마침내 고개를 들어 이스타리엘을 바라봤다. “가바인은?” 그가 물었다.

“하피에게 찢겨 죽었소.”

“내 프레지오라이트는?”

“그건 카이가 당신 대신 보관하고 있지.”

왕은 고개만 끄덕일 뿐 아무 내색도 하지 않았다. 환호하지도 않았고 눈에 띄게 안도하는 표정도 짓지 않았다. 더군다나 저를 용서하라는 부탁도 하지 않았다. 이스타리엘이 이를 악물었다. 그는 항상 엘리야를 보며 탄복했었다. 제 운명에 맞서는 확고한 태도, 설득력, 용기에. 하지만 엘리야는 어렸을 때부터 툭하면 저를 멸시하고 모욕했다. 지금 이 순간에도 엘리야는 그의 생각이 틀렸었고, 저에 대한 신뢰를 접어 버렸던 것이 근시안적인 실수였다는 걸 전혀 인정하지 않고 있었다.

“여기는 왜 온 거냐? 이런 내 꼴을 보며 조롱하러 온 건가?” 엘리야가 물었다.

“어쩌면 그럴지도. 하지만 당신을 꺼내 줄지도 모르지. 난 당신이 그렇게 떼어놓으려 했던 촌부의 여식을 사랑하니까. 그렇기에 그녀를 사랑하는 내 피가 사랑에 빠진 엘프의 피로 만든 이 감옥에서 당신을 꺼내 줄 열쇠가 되겠지. 때로는 삶이 예상과는 딴판으로 전개되는 걸 보면 참 묘하지 않소?”

엘리야가 다시 시선을 거뒀다. 그렇지만 이번만큼은 오래 침묵하지 않았다. "내 아내는 어디 있나?"

엘리야가 이 질문을 할 거라 짐작했었기에 이스타리엘은 대답을 망설이지 않았다. "이조라는 성을 떠났소. 트리스탄이 그녀를 뒤쫓고 있지."

"그녀가 날 배신했다." 엘리야의 말은 질문도, 책망도 아닌 순수한 사실 그 자체였다.

이스타리엘이 고개를 끄덕였다. "엘프의 공주인 이조라는 종족의 부름에 응답했을 뿐이오." 이스타리엘이 변함없는 어조로 설명했다. "분명 이조라에게도 쉽지 않은 결정이었을 거라 확신하오."

"하지만 그녀의 피가…" 엘리야는 그 이상 말하지 않았지만, 이스타리엘은 엘리야가 무슨 말을 하려는 건지 정확히 알고 있었다.

"당신을 결계에 가뒀지."

"그 뜻은 그녀가 사랑을 한다는 건가?"

엘프 왕자가 고개를 끄덕였다. 잠시 침묵이 흘렀지만 엘리야는 그 무엇보다 절 가장 고통스럽게 만든 다음 질문을 이어가기로 결심했다. "그녀가 사랑을 느끼는 다른 누군가가 있는 건가?"

그러자 이스타리엘이 시선을 내리깔며 바닥을 응시했다.

지난 몇 주간 그는 저 마법사 왕에게 너무나 많은 것을 침묵했고, 일부는 다소 사실과 다르게 알려 줬었다. 허나 단 한 번도 냉정하게 완전히 속인 적은 없었다. 엘리야는 망설이는 이스타리엘을 묵묵히 기다리더니 마침내 자리에서 일어나 창살 가까이 다가왔다. 그의 눈동자가 제 녹수정 빛처럼 번쩍였다. "예전에 내가 이조라와 혼인하려는 걸 왜 그렇게까지 막으려 했지?" 그가 갑자기 물었다

아주 짧은 찰나 이스타리엘은 진실을 말해야 하나 고민했다. 그렇지만 동시에 별것도 아닌 이유로 엘리야가 번개, 우박 소나기를 동반한 악천후를 일으켰던 전력을 떠올렸다. 그럴 때마다 휘몰아쳤던 마력 폭풍의 위력. 그리고 베리안에게 저주를 퍼붓던 그의 두 눈에 가득했던 분노. 그 누구도 막지 못할 강렬한 증오를 떠올렸다. 지금 저기 그려진 혈계가 그런 폭발을 막아 줄까? 아니면 지하 감옥 전체에 지진이라도 일어나 성이 골짜기 아래로 무너지는 건 아닐까? 아니다, 절대로 엘리야에게 진실을 말해선 안 된다. "그 아이야 당신을 사랑하지." 제발 거짓말처럼 들리지 않기만을 바라며 이스타리엘이 최대한 뻔뻔스럽게 대답했다. "이조라의 눈에서 그런 기색을 읽어 이미 잘 알고 있지. 부르크스메아데에서 알빈가르트로 돌아오던 그때."

“그러면 확신한다는 건가?”

이스타리엘이 고개를 끄덕였다. “난 이조라의 쌍둥이 오빠요. 그런 건 말하지 않아도 느낄 수 있지.”

“그럼 그때 왜 굳이 트리스탄과 그렇게 무리하게 결투한 거냐?”

“베리안이 나서는 걸 원하지 않았기 때문이오.”

“그 이유는 뭐지?”

“아무리 그래도 베리안도 내 형제니까. 그가 패했으면 트리스탄은 베리안을 죽였을 것이오. 하지만 나라서 살려 준 거 아니겠소.”

정말 비루하기 짝이 없는 엉터리 핑계라는 걸 평소처럼 영민한 엘리야였다면 알아차렸을 것이다. 하지만 사랑은 정말 묘한 힘을 지녔다. 사랑은 한때 불사였던 마법사 왕이 석연치 않은 핑계를 계속 추궁해 나가는 것조차 포기하게 만들었다. 이스타리엘의 거짓말이 타당하게 들렸기 때문이 아니라 그저 그 말을 믿고 싶었기 때문이리라. 어느새 번뜩이던 눈빛이 가라앉았고, 엘리야는 다시 한 걸음 뒤로 물러섰다. “네 어머니가 널 자랑스러워했을 거다.” 엘리야가 중얼거렸다. 단순히 좋은 의도로 무심코 내뱉은 거였겠지만 요정에게서 제 어머니 사연을 듣고 온 이스타리엘은 불쑥 화가 치밀었다. 우연인지는 몰라도 엘리야는 이스타리엘이 그와 단둘이 만나려고 찾아온 이유를 제대로 짚었던 것이다.

“내 어머니에게 무슨 일이 일어난 거지?” 이스타리엘이 가까스로 말을 꺼냈다.

그런 이스타리엘의 반응에 흠칫 놀란 엘리야가 한쪽 눈썹을 높게 치켜떴다. “너도 잘 알고 있을 텐데. 레이나는… 널 낳던 날 죽었다.”

그 대답에 격분한 이스타리엘이 창살을 세게 내리쳤다. “거짓말. 어머니는 나 대신 자신을 제물로 바치러 요정들에게 간 거잖나?”

“어떻게 알았지?” 불현듯 왕의 얼굴에 비친 공포는 그가 어머니의 실종에 얽힌 내막을 잘 알고 있음을 방증했다.

“요정에게 들었소.”

“요정과 얘기를 나눴다고? 이미 수년째 엘프족 앞에 모습을 드러내지 않았는데!”

“이제 다시 나타나더군. 물론 왕가의 혈통을 지닌 아이에게만 나타나긴 하지만!”

엘리야가 입을 뗐지만 결국 단 한마디 말도 꺼내지 못하고 다시 굳게 다물었다.

“어머니께 있었던 일을 꼭 알고 싶소!” 이스타리엘이 요구했다. “얘기해 주면 여기서 당신을 꺼내 주지. 거부하면 아마 수십 년을 이 창살 뒤에서 썩어야 할 거요. 그래도 다행이라고 해야 하나. 길어도 이번 세기는 넘기지는 않을 테니까. 당신은 이제 불사의 몸이 아니거든!”

이스타리엘은 분노가 끓어올랐지만 돌처럼 굳어 버리는 엘리야의 얼굴을 본 순간 형언할 수 없는 만족감이 피어올랐다. 여태껏 저 오만한 인간의 왕이 정신을 못 차릴 정도로 당황한 모습은 본 적이 없었다.

“알려 줄 수 없네.” 엘리야가 속삭이듯 말했다.

“그러면 앞으로도 여기서 썩는 수밖에 없겠군!”

“이스타리엘….” 엘리야가 제 이름을 이렇게 직접 입에 올린 건 손가락으로 셀 정도밖에 없었다. 마지못한 표정을 지으며 엘리야가 창살 가까이 다가왔다. “때로는 다른 이들을 보호하기 위해 공개하지 못하는 비밀도 있지. 무슨 뜻인지 자네도 이해하지 않나?”

그러니까 엘리야도 앞서 자신이 베리안을 두둔하려 했던 말이 진실이 아니란 걸 알고 있다는 말이었다. 순간 이스타리엘의 마음이 흔들렸다. 이성은 과거 따위는 그냥 묻어두고 더 캐묻지 말라고 조언했다. 잠든 망자의 혼을 깨우지 않으려면 토이펠 호수 수면에 아예 손을 대지 않는 것이 최선인 것처럼. 그렇지만 제 심장은 달리 말하고 있었다. 심장이 박동할 때마다 온 혈관으로 분노와 증오가 흘러넘쳤다. 이스타리엘은 감방 반대편 거치대에 횃불을 꽂아 넣었다. "그러면 한 시간 정도 생각할 시간을 주겠소. 그 이후에는 사실대로 털어놔야 할 것이오. 아니면 난 이 감옥을 다시 베리안에게 넘길 거요."

# 툴

"이제 눈물을 그쳐. 저 드래곤은 내가 구할 수 있어."

화들짝 놀란 툴이 뒤로 물러서며 날렵한 동작으로 얼굴에 흘러내린 눈물을 훔쳤다. 절 보는 이가 아무도 없다고 생각했기에, 스호오크를 추모하며 저를 압도한 슬픔을 있는 그대로 발산하던 중이었다. 성에서 얼마 떨어지지 않은 계곡에 쓰러진 블랙 드래곤도 서서히 죽음을 맞이하고 있었다. 이제 주변에는 병사도, 파수꾼도, 샤텐발트 마물도 전부 모습을 감췄다. 그저 드래곤의 상처에서 흐른 선혈만 낭자했을 뿐. 툴은 그의 곁에 주저앉아 양손으로 드래곤의 비늘을 쓰다듬었다. 얼마나 오랫동안 그랬는지 가늠할 수 없었다. 죽어가는 드래곤을 위해 그가 할 수 있는 건 아무것도 없었다. 스호오크의 머리를 끌어안고, 생명의 등불이 꺼져가는 모습을 곁에서 지켜보는 것 외에 아무것도 해 주지 못했던 것처럼. 생을 마감하기 전 오롯이 저만을 바라보는 그녀의 시선이 툴에게 마지막 메시지를 전했다. 그들에게는 항상 두 가지 감정이 공존했다. 사랑 그리고 파괴적인 권력에 대한 증오.

"이 망할 마법사가!" 데몬이 으르렁거렸다. "지금 본 건 입 다무는 게 좋을 거다, 그렇지 않으면…!"

"협박할 필요 없어, 툴." 카이가 말했다. "네 얘기를 누설할 생각은 전혀 없으니까. 그리고 지금 이렇게 눈물이 흐르는 건 당연해. 끔찍한 일을 겪었으니까."

"내가 무슨 일을 겪었는지 알고 하는 말인가?" 툴이 카이에게 윽박질렀다.

"그래, 네 말이 맞아. 난 아무것도 몰라. 하지만 나도 너와 똑같은 심정이야. 적어도 여기 있는 이 드래곤은 살아날 거야."

눈에 보이지 않는 카이가 하름이 쓰러진 곳 옆에 무릎을 꿇고 앉은 듯 바스락거리는 옷자락 소리가 들렸다. 아마 저 마법사는 지금쯤 두 손을 드래곤에게 얹고 마법 주문을 외우고 있겠지. 갑자기 툴은 지금 자기가 있을 곳이 여기가 아니란 생각이 머리를 스쳤다. 저 블랙 드래곤이 어찌 되건 상관할 바가 아니었다. 그리고 눈에 안 보이는 저 마법사의 등장으로 예전에 자유롭고 활기찬 기분을 만끽했던 그 시절이 떠올랐다. 그의 형제 트리스탄을 찾아 드래곤 산맥에서 쾨니히스하인으로 여행하던 그 시절이. 그리고 스호오크와의 첫 결투. 인간의 형태로 변신한 스호오크. 카이에게 귀속되어 그를 '주인님'이라 부르던 스호오크. 산꼭대기에서 제 뿔을 붙잡고 흔들더니 갑자기 열정적인 키스를 퍼붓던 스호오크. 툴의 머릿속은 여전히 스호오크로 가득했다! 거칠게 자리에서 일어난 툴은 어디로 가야 할지 망설이는 눈빛으로 사방을 둘러봤다.

"넌 여전히 데몬족 파수꾼이야." 카이의 음성이 툴의 귓가를 파고들었다. "당장 저 성에서 네가 할 일이 산더미야. 네가 몰구르 폰 스키르를 옳은 방향으로 이끌어야 해. 그리고 너희 종족 공주가 방금 엘프족의 차기 국왕과 혼인했어."

"유감스럽게도 그들은 내게 전혀 관심이 없어." 툴이 잇새로 마지못해 중얼거렸다. "그들에게 데몬족 파수꾼 따윈 필요 없어. 아무도 내 말을 귀담아듣지 않아!"

"그러면 네 말을 듣게 하면 되잖아!"

"어떻게 하란 거냐?"

카이가 있을 법한 곳에서 초록빛이 소용돌이쳤다. 아마도 드래곤을 치료하고 있는 카이의 양손 어디쯤일 것이다. 카이의 위치를 알아차린 툴은 괜히 카이에게 안광을 쏘아 괴롭히고 싶어졌다. 그냥 심술이 났다. 스호오크가 동서남북 사방의 바람과 함께 저세상으로 떠났는데도 아직도 이렇게 살아 숨 쉬고 있는 자신과 카이가 너무 끔찍해서일까. 하지만 툴은 그런 충동을 겨우 자제했다.

인간 종족이 사는 남부는 전혀 내키지 않았다. 그곳에 가면 모두가 그를 증오하고 두려워할 테니까. 드라고니아에서처럼. 그렇다고 여기 알빈가르트에 마냥 머물 수도 없었다. 엘프족은 그의 눈빛에 무감각했고, 이따금 저보다 우월한 전사들도 있었다. 결국 갈 곳은 자신이 가장 사랑하면서도 경멸하는 땅, 데모니아밖에 없었다. 툴을 단 한 번도 반겨 준 적이 없는 그의 고향.

"그러니까 어서 성으로 돌아가!" 카이가 이번에는 조금 더 강한 어조로 말했다. "데몬족의 원수가 새 연합에 참여하도록 네가 손써야 해. 에냐도르 연합을 위해서. 지금은 몰구르가 수세에 몰린 상황이거든. 데몬족 왕을 압박하기에 지금보다 좋은 기회는 없을 거야. 마침내 데몬 파수꾼이 활약할 시간이 온 거라고!"

*그 파수꾼은 이미 죽었지.* 툴이 속으로 생각했다. *아니다, 처음부터 존재했던 적이 없었다고 해야 하나.*

툴은 어디로 발걸음을 옮겨야 할지 갈피를 잡을 수 없었다. 하지만 데몬의 혈통에 망설임이란 존재하지 않는다. 결국 툴은 제게 열린 유일한 길을 선택했다. 아엘프스탄으로.

“잘 결정했어.” 카이가 말했다.

툴은 아무 대답도 하지 않았다.

아엘프스탄 성문은 지키는 건 이제 엘프족이 아니었다. 엘프군 대신 여러 인간 전사들이 입구를 통제하고 있었다. 다가오는 툴을 발견하자 그들은 경계 태세를 취했다. 그제야 툴은 만족스러운 기분이 제 몸에 스며드는 걸 느꼈다. 하지만 그런 기분도 성벽 위에서 들려온 호들갑스러운 여자의 음성에 곧 산산 조각났다. “어머, 데몬족 파수꾼. 당신 살아있었군요!” 정말 이해할 수 없지만 카이가 그리도 목매는 단순무식한 인간 여자, 그레타였다. 인간들 중에 저 정도면 겉모습은 제법 예쁘장했지만 마음을 살펴보면 사랑스러운 성품이 하나도 없는 하찮은 유형이었다. 귀하게 포장했지만 그 안에 구더기와 벌레가 가득한 선물처럼. 데몬족들도 절 그렇게 여길 테지. 툴이 씁쓸한 표정을 지었다.

툴은 가능한 한 저 하녀와 조금도 말을 섞고 싶지 않았기에 양 눈썹이 하나로 이어지도록 눈을 위로 한 번 치켜뜨는 걸로 응답을 대신했다.

그레타가 그런 툴의 의향을 곧장 파악했다. "알겠어요!" 그레타는 평화를 원한다는 걸 입증하듯 재빨리 양 손바닥을 툴에게 들어 보였다. "어서 들어가요. 당신이 가는 길을 아무도 막지 않을 거예요. 그러니까 그 시커먼 동공이나 잘 간수하라고요!"

성문 앞의 인간들은 툴과 엮이지 않아도 된다는 사실에 한숨을 돌린 것처럼 서둘러 옆으로 비켜섰다. 눈을 커다랗게 부릅뜨고 초롱초롱한 눈빛으로 절 쳐다보는 인간들도 있는 것을 보니 그들 중 일부는 이제껏 단 한 번도 데몬족을 마주친 적이 없는 것 같았다. 그곳을 지나가는 동안 들려온 대화가 그의 귀에 꽂혔다. "무서워." "하나도 흉하지 않은데." "아주 잔인한 종족이야." 그나마 저렇게 생각해서 다행이었다. 툴은 데몬족이었고, 앞으로도 전부 절 저렇게 두려워해야 옳은 것이다!

성안으로 들어가면서 툴은 마음을 확고히 굳혔다. 앞으로 운명이 자신을 어떻게 시험하더라도 더는 굴하지 않으리라. 이제 그 누구와도 타협은 없을 것이고, 섬기지도 않으리라. 더욱이 마음을 여는 일도 없을 것이다.

대연회장에 들어선 툴은 엘프 한 명을 심문하느라 여념이 없던 인간 셋과 마주쳤다. 그들은 검 끝으로 엘프 사내의 배를 겨눈 채 가혹한 목소리와 굳은 얼굴로 그를 심문했다.

“몰구르 폰 스키르는 어디 있느냐?” 툴은 그들에게 물었다.

인간들이 화들짝 놀라 황급히 툴을 둘러쌌다. 셋 모두 긴장하며 두 눈을 반쯤 감고 아래로 내리깔았다. 조롱 섞인 웃음이 툴의 입에서 터져 나왔다. “날 안 보려면 눈을 감아야 할 테고, 포로를 놓치지 않으려면 눈을 떠야 할 테니…. 둘 중 무엇이 더 악수일까?”

그러자 한 사내가 감았던 눈을 슬쩍 떴다. “뭘 원하는 거요, 데몬? 당신은 누구 편이지?” 불신이 가득한 음성으로 그가 물었다.

“난 오롯이 내 편이다.”

“그게 무슨 의미요?”

“그저 내가 데몬족 원수와 할 말이 있다는 뜻이다. 그러니까 그가 어디에 있는지 대답하라.”

인간 병사는 이 일이 얽힐 만한 가치가 있는 건지 잠시 고민하는 것 같았다. 그러나 결국 두려움이 앞섰는지 이 상황을 다른 이에게 떠넘기기로 결심한 듯 말했다. “뵤족 귀 왕과 함께 알현실에 있소.”

원하는 정보를 얻은 툴은 아무 말 없이 그 자리를 떠났다. 그리고 회랑을 따라 엘프의 정사가 처리되는 커다란 홀로 향했다. 알현실의 문 앞을 가로막은 인간들이 잔뜩 겁에 질려 어쩔 줄 모르는 모습을 본 툴은 몰구르가 아직 아엘프스탄에서 탈주하지 않았다는 사실이 의아했다. 솔직히 몰구르가 제대로 결심만 한다면 이 성을 점령한 드래곤과 인간의 목숨을 빼앗는 건 일도 아니었다. 그러니까 데몬족의 원수는 실제로 동맹에 관심이 있는 것이다. 단지 누구와 연합할 것인가를 저울질하고 있을 뿐.

툴은 보초병과 옥신각신하지 않았다. 지금까지 너무 오래 제 본성을 억누르고 괜히 구질구질한 말로 해결하려 애를 썼다는 생각이 들었다. 이제 진정한 데몬의 모습을 되찾을 시간이 왔다. 본래 데몬에게 설명 따위는 없다. 부탁도 하지 않는다. 원하는 건 그냥 취한다. 고통을 일으키는 잔인한 툴의 안광이 인간 위병들을 차례로 공격했다. 그들은 비명을 지르며 양손으로 두 눈을 가리며 바닥에 쓰러졌다. 툴이 그들 곁을 유유히 지나 알현실 문을 열어젖혔다.

데몬족의 원수는 엘프의 왕 님룬트의 왕좌 옆 엘리야가 앉았던 화려한 의자에 앉아 있었다. 그의 뒤편에는 베리안과 데몬족 공주 칼리스토로 추정되는 데몬 소녀가 서 있었다. 모두가 그들을 향해 걸어오는 툴을 주시했다. 약간은 거부감으로, 약간은 놀란 시선으로.

몰구르가 가장 먼저 입을 뗐다. “하, 데몬족 파수꾼이로군.” 그가 조롱했다. “네가 엘프 성을 고고한 척 휘젓고 다니고 있구나. 마치 엘프족의 일원이라도 되는 양.”

“전 엘프족의 일원이 아닙니다!” 툴이 외쳤다. 그의 말을 뒷받침하기라도 하듯 문을 지키다 툴의 안광에 얻어맞은 위병들이 여전히 신음을 흘리며 몸부림치고 있었다. 몰구르의 조롱에 툴은 분노가 치밀었다. 그는 데몬족 원수에게 성큼성큼 걸어갔다. 원수는 눈썹을 아래로 내리깔았다. 행여 허튼수작이라도 하면 곧바로 공격하겠다는 명확한 경고였다. 하지만 툴은 안광을 잘 갈무리했다. 왕좌로 이어지는 계단 바로 아래에서 툴이 발걸음을 멈췄다. “원수께서는 패배하셨습니다!” 툴이 말했다. “엘프와 데몬은 과거 노예로 삼았던 종족에게 항복하고 말았습니다. 그런데도 원수께서는 지금 그 자리에 앉아 마냥 기다리고만 있군요. 도대체 무엇을 기다리시는 겁니까?”

“확실한 건 널 기다리진 않았다는 것이지, 예쁜 꼬마 놈아!” 베리안이 툴이 있는 쪽으로 침을 퉤 뱉으며 끼어들었다.

툴은 그를 무시했다. “당연히 아니겠죠. 원수께서는 아마 도른슈트랑 가문을 기다리고 계실 겁니다. 원수님을 우롱하고 패하게 만든 그 가문의 마법사와 전사를 말입니다. 엘리야, 트리스탄 그리고 카이. 물론 그들 모두가 곧 이리로 오겠지요. 그러면 뭘 하시렵니까? 간청이라도 하실 겁니까? 아니면 용서라도 빌 겁니까?"

몰구르가 분노를 터트렸다. 길길이 날뛰는 모습이 저 몰상식한 베리안보다 못하지 않았다. "인간 앞에 무릎을 꿇는 데몬은 없다! 설령 먼지가 된다 하여도!" 그가 툴에게 침을 뱉었다.

"하지만 불사의 마법사 왕에게 맞서면 그리되실 겁니다. 더욱이 원수께서는 그를 배신하셨고, 거의 쓰러트릴 뻔하셨다는 걸 잊지 마시기 바랍니다. 이번에는 엘리야도 달랑 혼례 하나로 넘어가진 않을 겁니다." 몰구르의 시선이 아주 잠깐 칼리스토에게 머물렀다. 그의 딸은 몰구르 폰 스키르가 하려던 마지막 거래의 희생양이었다. 엘프 부군을 얼마나 경멸하는지 전혀 겉으로 드러내지 않을 정도로 자제력이 강한 데몬 소녀였다. 상황이 지금과 달랐더라면 툴은 칼리스토에게 연민을 느꼈을 것이다.

"그리고 네놈은 그 상황을 피할 방법을 알려 주러 왔다 이건가." 몰구르가 결론을 내렸다.

툴이 고개를 끄덕였다. 잠시 두 데몬은 서로를 마주 보며 상대의 생각을 읽으려 했고, 그 말의 신뢰성을 이리저리 재는 것 같았다. 결국 몰구르가 툴을 재촉하는 몸짓을 먼저 보였다. 승리한 기분이 툴의 내면을 가득 채웠다. 툴이 아무리 제 힘을 증명해 보여도, 데몬족 원수는 결코 신뢰를 주지 않았었다. 그러나 적어도 지금은 툴의 말을 듣고 있었다.

"엘리야는 네 왕국의 왕들이 그 권한을 파수꾼에게 양도하기를 원합니다." 툴이 말했다. "네 명의 인간 마법사가 받은 신의 계시가 그랬지요. 그가 원하는 걸 건네십시오. 그러면 엘리야는 원수님께 해를 끼치지 않을 것입니다."

"정녕 데모니아의 통치권을 네게 넘기라는 건가?" 몰구르가 으르렁거렸다. 그의 손톱이 나무가 쪼개질 정도로 의자 팔걸이를 세게 움켜쥐었다.

"당연히 아닙니다." 툴이 서둘러 대답했다. 데몬족 원수의 붉은 눈이 벌써 위험하게 번뜩였다. "단지 엘리야에게만 그리 말씀하시면 됩니다. 전 권력에 관심이 전혀 없으니까요. 절 스키르로 데려가셔서 데몬 부대의 권한을 넘겨주십시오. 곧 도른슈트랑과 반고의 성벽이 무너지는 날이 다시 올 것입니다. 우선 때를 기다리다가 엘프와 함께 연합한 후 인간과 드래곤에 맞서 전쟁을 치르면 됩니다. 원수께서 그 미래의 문을 여실 열쇠는 제가 쥐고 있습니다. 왜냐하면 마법사 왕의 계획을 원수께 알려드릴 수 있는 자는 저뿐이니까요.

천하무적이신 원수께 남은 건 이제 선택뿐입니다. 그냥 인간들 앞에 무릎을 꿇으시거나…," 툴은 의도적으로 잠시 말을 멈췄다가 다시 말을 이어갔다. "아니면 마침내 절 데몬족의 파수꾼으로 인정하시거나."

# 아그네스

아그네스는 지금까지 살면서 절실한 마음으로 기도를 드렸던 순간이 그리 많지는 않았다. 한 번은 어린 시절 카이가 아팠을 때였다. 카이는 아담을 비롯해서 갑작스러운 고열에 시달리던 여러 마을 아이들을 치유했다. 병든 아이들의 목숨을 하나씩 구해 나가다 보니 정작 자기 자신은 전염병에 저항할 기력을 다 소진해 버렸다. 창백해진 낯빛에 온몸을 부들부들 떨며 침대에 누운 카이는 마치 다른 세계에 떨어진 것처럼 연신 헛소리를 해 댔다. 당시 어머니와 아버지, 트리스탄 그리고 저는 바닥에 주저앉아 운명의 여신 티케를 애타게 불렀었다. 그리고 다른 한 번은 겨울이 너무 길어진 탓에 식량을 비축해 둔 저장실이 텅 비어 버렸던 때였다. 당시 부르크스메아데 전체가 신전에 모여 온화한 날씨를 허락해 달라고 신들에게 기도를 올렸다. 그리고 아그네스가 마지막으로 신들께 기도를 드린 건 아엘프스탄 지하 감옥에 갇혔을 때였다. 이 세 경우 모두 신들은 제 기도에 응답해 주었다. 그리고 이제 평원 끄트머리에 있는 말라비틀어진 가문비나무 기둥 사이에 무릎을 꿇은 아그네스는 또다시 마음을 다해 기도했다. 그 자리에서 아엘프스탄은 보이지 않았지만 눈을 들어 하늘을 바라보면 번쩍이는 시뻘건 화염의 불빛이 보였다. 공중을 가르는 드래곤의 포효와 산맥의 암벽에 부딪혀 수천 번 메아리치는 늑대들의 하울링이 아그네스의 귓가에 울렸다. 아그네스는 마치 곤봉 수백 개로 구타당하는 것 같은 공포심을 억누르려 무던히 애를 썼다. 전쟁의 신인 오타르가 그녀가 사랑하는 모든 이들의 생명줄을 손에 쥐고 있었다.

"부디 카이와 트리스탄을 지켜 주세요." 아그네스가 훌쩍이며 기도했다. "당신의 강력한 방패를 부디 그들에게 드리우시고, 당신의 검으로 그들의 적을 베어 주소서! 그리고 엘프의 신들이 내릴 징벌로부터 이스타리엘이 다치지 않게 보호해 주소서. 아시다시피 그의 심장은 순수하고, 항상 당신의 편에서 싸우고 있나이다!"

"넌 참 어리석구나." 그때 아그네스의 뒤편에서 한 음성이 들려왔다. 깜짝 놀란 아그네스가 뒷걸음질 쳤다. 치맛자락을 움켜쥐고 자리에서 벌떡 일어났지만 아무도 보이지 않았다.

"정말 너는 신이 종족마다 그렇게 다 다를 거라 믿는 거니? 아노르가 이스타리엘을, 그리고 티케가 널 수호한다고? 그러면 믿는 신이 없는 데몬은 그 누구의 수호도 받지 못한다고 생각하는 건가?"

갑자기 허공에서 우아한 여성의 형상이 바로 아그네스의 코앞에 아른거렸다. 흐릿한 형상 뒤편으로 숲의 모습이 한여름에 피어오르는 아지랑이처럼 흔들렸다. 나뭇잎과 가지의 윤곽이 서서히 희미해지더니 마침내 요정이 모습을 드러냈다. 레오드릴 샘의 수호신이었다. 이번에도 고사리와 덩굴을 몸에 두른 그녀가 그 자리에 미동도 없이 서 있었다.

"당신 때문에 놀랐잖아요!" 아그네스가 큰소리로 외쳤다.

"너희 인간들은 워낙 잘도 놀라잖니. 무슨 감각이 그렇게 바위처럼 무딘지, 원."

그런데 요정의 얼굴에 떠오른 표정이 좀 이상했다. 딱히 적대적이라 할 수는 없었지만 어쨌든 뭔가 기회를 벼르는 그런 분위기였다. 아그네스는 속으로 조심해야겠다고 다짐했다. "여기 왜 나타난 거죠?" 아그네스가 다소 소심하게 물었다.

"당연히 널 데리러 왔지." 요정이 대답했다. 그게 전부였다. 오래전부터 예정되어 있었던 것처럼. 그리고 모든 관련자가 전부 동의라도 한 것처럼. 그래서 너무나도 당연하다는 듯. 아그네스의 내면에 꾸물꾸물 피어오르는 공포심이 온 혈관에 퍼지는 독처럼 그녀를 장악했다. 아그네스는 어떻게든 그런 감정을 억누르려 했지만 요정은 몹시 긴장한 그녀의 상태를 곧바로 알아차렸다. "네 심장이 얼마나 빨리 뛰는지 여기까지 들리는구나. 무섭니?"

*그래요*가 솔직한 아그네스의 심정이었을 것이다. 그랬다. 아그네스는 몹시 두려웠다. 아직 태어나지 않은 제 아이를 염려하는 두려움. 이제 이스타리엘을 다시는 보지 못할까 봐 밀려드는 두려움. 이런 온갖 종류의 공포가 아그네스의 맥박을 더 빠르게 뛰게 하는 또 다른 감정과 뒤섞였다. 분노였다. 아그네스가 두 주먹을 불끈 말아 쥐었다. "날 어디로 데려가려는 건지는 몰라도, 절대 당신을 따라가지 않을 거예요!"

요정은 아그네스의 말에 유리처럼 맑은 웃음을 터트리며 반응했다. "네게는 달리 선택지가 없단다. 에냐도르의 모든 피조물이 우리 마력의 지배를 받거든. 내가 달리라고 하면 넌 달리고 서라고 하면 설 뿐이지. 네 몸에 흐르는 피에 얼어붙으라고 명령하면 그냥 그리되는 거란다."

요정의 설명에 아그네스는 맞서 봐야 아무런 소용이 없다는 걸 깨달았다. 자신이 할 수 있는 건 아무것도 없었다. 말대꾸해 봤자 먹히지도 않을 것이고, 당장 저를 지켜낼 무기조차도 없었다. 자신은 그저 아무 힘없는 인간 소녀에 불과했다. 절망적인 시선으로 불타는 하늘을 올려다볼 뿐이었다. 분명 지금 저기 어딘가에서 이스타리엘이 죽음과 사투를 벌이고 있을 것이다.

"당신은 제 아이를 원하시는 거죠." 아그네스가 속삭였다.

요정이 고개를 끄덕였다. "우리 여왕께서 널 데려오는 것이 최선이라 결정하셨단다. 이스타리엘이 멀리 있을 때 말이야. 그는 네게 무슨 일이 생겼는지 절대 알지 못할 테지."

"그가 날 찾을 거예요!" 아그네스가 다급하게 외쳤다.

"아니, 그러지 않을 거란다." 요정은 옆을 주시하며 허공에 손으로 원을 그렸다. 그러자 숲에서 귀를 쫑긋 세운 산양이 나타나 명령을 기다리듯 음매 하고 울었다. 요정이 나무가 울창한 방향으로 똑같은 몸짓을 하자 이번에는 늑대 한 마리가 나타났다. 아그네스는 겁이 났다. 그 짐승은 수수한 회색빛에 유령늑대보다 훨씬 몸집이 작았지만, 목덜미 털을 바싹 곤두세우고 날카로운 송곳니를 드러냈다. 겁먹은 산양이 연신 울부짖었지만 다리는 전혀 움직이지 않았다. 어서 달아나야지! 아니면 숨을 곳을 찾아 발버둥이라도 쳐야지! 그러나 산양은 요정에게 시선을 고정한 채 머리를 조아리며 본능보다 더 강한 힘이 제게 안긴 숙명에 순응했다. 그러자 모든 일이 삽시간에 일어났다. 날렵하고 익숙한 동작으로 늑대가 제 희생양의 목덜미를 단번에 물어뜯었다. 돌바닥에 선혈이 튀었다. 천천히 앞다리를 구부리며 무릎을 꿇은 산양이 옆으로 털썩 쓰러졌다. 순간 아그네스는 시선을 피하려 고개를 돌렸다.

"이제 네 드레스를 내게 주렴." 요정이 명령했다. "우리가 가려는 그곳에서는 필요하지 않으니까."

우듬지 사이를 뚫고 레오드릴 샘으로 떨어지는 햇살은 여느 때와 다름이 없었다. 저 빛줄기는 혹시 한밤중에도 볼 수 있는 건 아닐까? 아그네스는 자문해 보았다. 마치 그 모습 그대로 영원히 유지되는 환영처럼 보였다. 순간 아그네스는 한기를 느꼈다. 요정이 너무나 당연한 듯 자연스럽게 물속으로 걸어 들어가는 동안 얇은 페티코트만 달랑 걸친 아그네스가 연못 가장자리에 멈춰 섰다. 연못 한가운데까지 걸어 들어간 요정이 그녀를 향해 돌아섰다. “어서 따라오렴!”

“어디로 가는 거죠?”

“아래로.”

소녀가 몸을 부르르 떨었다. 아그네스는 샘 주변 암벽에 숨겨진 입구가 있을 거라 기대했다. 요정의 왕국으로 이어지는 일종의 순간 이동 마법 포털처럼. 그렇지만 현실은 저 레오드릴 샘 자체가 저들의 왕궁으로 통하는 입구였던 것이다. “그 안으로 어떻게 들어가죠?” 요정에게 거의 들리지 않을 정도로 아그네스의 음성이 기어들었다.

“물과 하나가 되는 순간.”

“그러면 내가 익사하는 건가요?”

요정은 아그네스가 있는 곳으로 다시 헤엄쳐 돌아왔다. 그녀의 주홍빛 머리카락이 수중에서 해초처럼 흐느적거렸고, 손바닥 역시 같은 색조를 뿜어내고 있었다. 요정이 아그네스를 향해 손을 뻗자 알 수 없는 힘에 이끌린 아그네스의 다리가 스스로 연못에 발을 들여놓았다. 요정의 지배에 따라 움직이는 건 참 묘한 기분이었다. 명령과 함께 요정은 왠지 모를 평온함을 전달하는 듯했다. 앞으로 무슨 일이 벌어지든 전부 옳다는 생각이 들었다. 저를 늪으로 이끌던 도깨비불에 홀렸던 카이가 딱 이런 느낌이었을 것이다.

"설마 이런 식으로 날 죽이려는 건 아니겠죠?" 아그네스가 속삭였다. "내가 죽으면 내 아이도 목숨을 잃을 테니까요."

"물론 그렇지." 요정이 대답했다. "하지만 어쨌든 물은 좀 마시게 되겠지."

그 말과 함께 아그네스의 양손을 붙잡은 요정이 그녀를 수면 아래로 끌어당겼다.

원래 인간은 삶 자체가 투쟁이었다. 배고픔과 흉작에 맞서고 데몬과 엘프에게 대항하며 질병과 죽음에 투쟁한다. 그러나 여태껏 아그네스가 겪었던 모든 투쟁은 지금과는 판이하게 달랐다. 지금까지는 희박하나마 그 싸움에서 이길 가능성이 항상 존재했다. 하지만 지금은 그렇지 않았다. 이것은 저 자신과의 투쟁이었다. 제 몸과 정신에 맞서야 하는 싸움이었다. 인간의 특성에 한참 어긋나는 이 상황에서 뭐든 해 보려는 발상은 애초부터 무의미했다. 바로 수중에서 숨쉬기. 곤경에 처한 그녀가 그 사실을 받아들이기까지 한참이 걸렸다. 아무리 참아도 완화될 기미가 없는 날카로운 고통이 가슴을 가득 메웠다. 아그네스가 마지막으로 본 것은 동정심이라고는 찾아볼 수 없는 서늘하고 아름다운 요정의 얼굴이었다.

그러나 다행인지 불행인지, 그것이 종말은 아니었다. 아그네스가 다시 눈을 뜨기까지 한참이 흘렀을 것이다. 아그네스는 해초로 만든 침대에 누워 있었다. 뽀송뽀송하고, 깨끗한 모습으로. 그리고 자신의 폐에 가득 찬 숨도 느껴졌다. 아그네스는 제 아래 깔린 축축한 풀줄기의 감촉을 느꼈다. 그리고 주변에 있는 흙과 돌무더기가 눈에 들어왔다. 이 동굴 안에 누군가 있는 것 같았다. 그리고 아마도 그 사람이 제 페티코트를 벗기고 새 옷을 입혀 놓았을 것이다.

갈대를 엮어 지은 것처럼 보이는 드레스 소매에는 수백 개의 자그마한 조약돌 구슬이 달려 있었지만, 아그네스는 당장 그런 걸 신경 쓸 여력이 없었다. 두근거리는 심장으로 자리에서 일어나 앉은 아그네스가 두리번거리며 주변을 살폈다. 이 작은 방에는 창문 하나 없었다. 뿌리가 얽혀 있는 벽을 보니 정말 자신이 땅 밑에 있다는 실감이 났다. 저들의 왕궁에 가려면 '물과 하나가 되어야 한다'는 요정의 말이 떠올랐다. 그리고 이제 땅과도 일체가 된 것 같은 기분이었다.

그때 반대편에서 움직임이 느껴졌다. 아그네스는 본능적

으로 다리를 끌어당기며 침대 끝까지 뒤로 물러났다.

"겁내지 마!" 친근한 여인의 음성이 말했다. 노래하는 것 같기도 하고 조금은 따스한 음성. 레오드릴 샘 수호신의 음성과는 사뭇 달랐다. 그럼에도 아그네스는 경계를 풀지 않았다. 상대가 무슨 말을 하든 혹은 무슨 행동을 하든 이곳 지하 세계에 속한 이들은 그 누구도 신뢰할 수 없었다. 가물거리는 양초의 빛 아래 여인의 모습을 본 아그네스는 그녀가 요정이 아니라는 걸 깨달았다. 식물 줄기로 만든 드레스를 입었지만 얼굴에 가시 같은 비늘도 없었고, 발가락 사이에 물갈퀴도 없었다. 키가 인간만한 그녀의 피부는 새하얗고, 백금발 사이에 잿빛 새치가 듬성듬성 섞여 있었다. 웃을 때마다 눈가에 주름이 지고, 뺨에 보조개가 생겼다. 게다가 그녀의 두 귀는 뾰족했다.

천천히 아그네스에게 다가온 그 여인이 침대 가장자리에 앉았다. "저들이 널 이리로 데려오지 않기만을 바랐는데." 그녀가 나지막이 말했다. "그렇지만 널 이리 보니 참으로 기쁘구나." 초롱초롱하고 밝게 빛나는 푸른 눈동자를 보면 지금 그녀의 입에서 나오는 저 말이 거짓일 리가 없었다.

"당신은 누구죠?" 아그네스가 물었다.

"내 이름은 레이나란다." 그녀는 아그네스의 반응을 기다리는 것처럼 잠시 말을 멈췄다. 하지만 아무 대답도 돌아오지 않자 하던 말을 이어나갔다. "21년 전 요정들이 날 저들의 왕국에 데려왔단다."

아그네스의 심장이 두근거렸다. 흥분한 도깨비불처럼 온갖 생각이 머리를 스쳤다. 21년 전이면 딱 이스타리엘이 태어났을 시점이었다. 그리고 그의 어머니가 이스타리엘 대신 자신을 제물로 바쳤다던 바로 그때였다. 그런데 이렇게 제 눈앞에 있는 것이 정말 가능하단 말일까? 요정들이 그녀의 목숨을 살려 준 걸까? 너무나 혼란스러워 미처 엘프의 왕비에게 경의를 표하는 것마저 잊어버렸다. 황급히 침대에서 내려와 무릎을 꿇은 아그네스가 마침내 인사를 올렸다. "왕비마마… 죄송해요…. 몰라봬서…."

레이나가 아그네스의 어깨를 붙잡더니 다시 일으켰다. "내 앞에서 절대 숙이지 말거라! 넌 내 아들의 부인이자 그 아이의 아기를 품고 있지 않니. 그 아가는 내 손자고, 넌 내 딸이란다."

이 모든 일이 아그네스에게는 그저 너무 벅찬 일이었다. 연신 눈가에서 눈물이 흘러내렸고, 어깨가 제어되지 않을 정도로 들썩였다. 엘프가 한숨을 쉬며 일어나 아그네스를 끌어안았다. "울지 말거라! 모든 것이 다 잘 될 거라 확신한다, 아가." 레이나가 아그네스의 귓가에 속삭였다.

아그네스는 왕비의 말을 믿고 싶었다. 그렇지만 근본적으로 레이나 역시 이 왕국의 포로였다. 저와 레이나 모두 요정의 결정에 따라야만 했고, 그 누구도 찾아올 수 없는 이 지하 세계에 감금당한 상황이었다. 그렇지만 이 여인의 품에 안겨 있는 순간만큼은 큰 위로가 되었다. 아그네스는 레이나의 어깨에 기대 한참을 소리 없이 울었다. 레이나는 어린 딸아이를 달래듯 아그네스의 머리카락을 부드럽게 쓰다듬었다. 어느 정도 시간이 흐르자 아그네스 스스로 레이나의 품에서 떨어질 정도로 힘을 되찾은 기분이 들었다.

엘프 왕비가 그런 아그네스를 염려하는 눈빛으로 지켜봤다. "어서 내 아들 이야기 좀 들려주렴." 그녀가 부탁했다. 다소 진정한 아그네스가 고개를 끄덕이자 레이나는 다시 침대 가장자리에 앉았다. 아그네스는 제 오른손을 부드럽게 잡아끄는 레이나의 손길을 따라 그녀의 옆자리에 앉았다. 이스타리엘을 떠올리는 것만으로 조금이나마 희망이 느껴졌다. "이스타리엘은 친절하고 정이 많아요." 아그네스가 이야기를 시작했다. "뛰어난 검사이기도 하고 훌륭한 사냥꾼이죠. 항상 정의를 추구하고 동맹을 맺은 이들에게 신의를 지킨답니다. 그럴 만한 가치가 없는 자에게조차 말이에요!"

레이나가 미소를 지었다. “엘리야 폰 도른슈트랑을 말하는 거로구나.” 레이나가 추론했다. 아마 요정들이 밖에서 벌어지는 상황에 관한 정보를 상당 부분 알려 준 것 같았다. 그렇지만 어딜 봐도 레이나는 좌절하고 괴로워하는 포로처럼 보이지 않았다. 오히려 페엔 산맥 깊숙한 땅 밑에서의 삶을 스스로 선택한 것처럼 보였다. 하지만 아그네스는 감히 그 이유를 물을 엄두도 내지 못했다. 그래서 계속 이스타리엘 이야기를 이어갔다. “엘리야는 처음부터 이스타리엘을 함부로 대했어요. 그럼에도 이스타리엘은 매 순간 신의를 지켰지요. 이스타리엘은 한 왕국의 국왕보다도 훨씬 더 왕가의 모범을 몸소 보여 줬답니다.”

그 말에 엘프의 입가에만 머물던 미소가 심오한 웃음소리로 번졌다. “그 사내를 정말 제대로 파악했구나, 아가야. 아주 오래전부터 엘리야는 제멋대로였지. 다혈질에 과할 정도로 열정적인 남자이고. 그렇지만 좋은 왕이란다.”

“하지만 그분은 인간을 노예 상태로 내몰았어요.” 아그네스가 반박했다.

“그래, 하지만 그건 그의 사랑이 책임감보다 강했기 때문이었지. 때로는 사랑이란 감정 때문에 왕과 왕비가 제 백성들을 배신하기도 한단다.”

"하지만 왕비님은 그러시지 않으셨잖아요." 아그네스가 중얼거렸다. "왕비님은 스스로 희생하는 길을 선택하셔서 엘프족과 가족을 보호하셨어요."

레이나가 한숨을 내쉬었다. "꼭 그런 건 아니란다. 솔직히 내가 엘리야보다 더 나을 것도 없어. 수백 년 동안 요정들은 엘프를 수호했단다. 그런데 경솔한 내 행동으로 종족 간의 결속이 깨졌지. 그 뒤로 요정들은 님룬트와 내 아이들을 멀리하게 됐단다. 누군가 나를 찾아 나서는 모험을 감행할지도 몰랐기 때문이었지. 그 모든 게 내가 품은 이 비밀이 너무 크기 때문이란다. 하지만 이제 내 생명도 끝나가는구나. 내가 떠나면 이 요정 왕국에 엘프 왕가의 핏줄이 더는 존재하지 않게 되겠구나."

"왕비마마, 아직 그런 말씀을 하시기에 너무 젊으셔요." 아그네스가 레이나의 말을 가로막았다. "아직 죽음은 너무 먼 이야기예요."

레이나가 고개를 흔들었지만 의도적인지 혹은 무의식적인지 알 수 없었다. "난 귀니퍼를 잘 알았지." 대신 불쑥 뜻 모를 알쏭달쏭한 말을 꺼냈다. "베리안은 그녀를 행복하게 해 주지 못했을 거야. 그 아이는 그녀의 심장에 숨 쉬고 있는 갈망을 제대로 이해하지 못했으니까. 엘리야라면 그녀를 행복하게 해 줄 수 있었겠지만 그의 사랑은 결국 그 아이를 죽음으로 내몰고 말았지. 그리고 그가 이제 이조라, 내 딸아이를 사랑한다지…. 그의 곁에 있게 된 그 아이에게는 어떤 운명이 기다리고 있으려나?"

"저도 모르겠어요, 왕비마마." 아그네스가 바닥에 시선을 내리깔며 중얼거렸다.

"날 레이나라고 부르렴." 왕비의 두 눈이 당황한 아그네스를 면밀히 관찰했다. "내게 숨기는 것이 무엇이지?"

불쑥 들어온 질문이 아그네스를 곤란하게 했다. 레이나를 만난 지 이제 겨우 몇 분밖에 되지 않았는데 파수꾼들이 힘들게 지키려는 비밀을 이렇게 쉽게 털어놓아도 되는 걸까?

"엘리야가 그 아이를 사랑하니?" 왕비가 되물었다.

아그네스가 고개를 끄덕였다. "네, 그것도 엄청요. 첫눈에 사랑에 빠졌죠."

레이나의 두 눈이 초롱초롱 빛났다. 아주 오래전부터 그런 사랑을 꿈꾸기라도 한 것처럼. "그리고… 그 아이도 그를 사랑하고?"

아그네스도 레이나가 듣고 싶어 하는 대답을 들려주고 싶었다. 어쩌면 그녀와 저는 이제 에냐도르의 태양을 바라볼 날이 영영 없을지도 몰랐다. 이런 마당에 별 것 아닌 거짓말

쯤이 무슨 대수일까? 딸아이가 진짜로 사랑하는 상대가 누군지를 곧이곧대로 알려 주어 이조라 어머니에게 괜한 고통을 안겨 주는 것보다는 훨씬 낫지 않을까? 결국 아그네스는 약간 에둘러 답하기로 결심했다. “그건 제가 대답할 수 없는 부분이죠. 하지만 엘리야 님이 이조라에게 잘해 준다는 건 확실해요.”

“오오,” 레이나의 반짝이던 눈빛이 순식간에 사라졌다. “그것참 유감이로구나. 귀니퍼가 끝내 이루지 못한 행복을 이조라라도 얻기를 내 그리 염원했건만.”

한숨을 쉰 왕비가 잿빛으로 희끗희끗해진 머리카락을 귀 뒤로 넘기며 일어섰다. “가자, 아가야. 네게 요정 왕궁을 보여 주마. 너도 앞으로 오랫동안 이곳에 머물러야겠지. 그러려면 이곳에 익숙해지는 법을 빨리 배워야 한단다.”

지금까지 아그네스는 지하 세계에 포로로 잡혀 온 제 생활이 앞으로 어찌 될지 생각해 볼 겨를이 없었다. 한편으로는 지금 이 공간을 벗어나 자유롭게 움직일 수 있겠다는 추측만으로도 한결 마음이 가벼워졌다. 또 다른 한편으로는 이곳이 탈출이 절대 불가한 환경이라는 걸 확인할 수 있었다. 자유를 허락함으로써 요정들은 이곳에 탈출구란 없다고 자신 있게 공언한 셈이었다. 아그네스는 망설이며 자리에서 일어섰지만 문가에 선 레이나를 곧바로 따라가지는 않았다. 먼저 확인해야 할 일이 있었다. 아그네스는 이곳에 잡혀 온 이유를 알아야만 했다.

"저들이 왕비님께 무슨 짓을 한 거죠? 내 아기가 태어나면 또 무슨 짓을 하려는 속셈인가요?"

엘프 왕비의 얼굴에 슬픔 가득한 그늘이 드리웠다. 말하기 꺼리는 속내가 또렷이 보였다. "내가 죽으면 네 아기가 새로운 피의 잔이 될 거란다."

"피의… 잔이라뇨?" 무슨 의미인지 조금도 모르는 상황에서도 그 단어 자체가 주는 중압감과 공포는 엄청났다.

"지상 최고의 마법을 담기 위한 살아 있는 그릇이란다. 이 에냐도르 전 대륙에서 단 두 존재만이 사용 가능한 마력이지." 잠시 말을 멈춘 레이나가 알빈가르트의 하늘을 영원히 바라볼 수 없음에도 고개를 들어 하늘 방향을 응시했다. "내 가슴에는 심장이 없단다, 아그네스. 대신 애미시스트적수정 하나가 박혀 있을 뿐."

# 사피라

사피라가 도른슈트랑 망루에 털썩 내려앉자 지진이라도 일어난 것 같았다. 두 동강 난 널빤지가 우당탕탕 바닥에 떨어졌다. 그 밑에서 창과 석궁을 들고 보초를 서던 엘프 병사들은 새파랗게 겁에 질렸다. 사피라의 쭉 찢어진 눈이 엘프 병사들을 노려봤다. 그들 모두 드래곤을 한 번도 본 적이 없는 서부 출신 병사들이란 걸 금세 알아차렸다. 사피라는 이런 환경을 최대한 이용하기로 마음을 먹었다. 등장부터 강한 인상을 심어 줘야 야레드를 살릴 확률이 높아질 것이다. 그런 만큼 사피라는 날개 피막을 한껏 활짝 펼치고, 입안에 화염을 가득 모아 밤하늘에 거칠게 뿜어냈다. 그러나 엘프들은 누구 하나 눈에 띄는 반응을 보이지 않았다. 역시 엘프는 인간과는 달랐다. 인간이었다면 공포에 찐 얼굴로 사지를 덜덜 떨었을 것이다. 그러나 드래곤 본체로 현신해 있는 사피라의 코는 위병들의 이마에 송골송골 맺힌 땀방울 냄새를 맡을 수 있었다. 엘프 역시 동요하고 있었다. 그들을 향해 사피라가 우렁차게 포효했다. 그야말로 노골적인 협박이었다.

엘프 중 한 명이 앞으로 걸어 나왔다. 딱히 눈에 띄지 않는 아담한 체격을 지닌 젊은 사내였다. 그가 투구를 벗자 사피라는 그 엘프가 코리안 폰 안고르 파비아라는 걸 알아보았다. "드래곤, 도대체 왜 이러는 거냐?" 그가 사피라에게 고함을 쳤다. "대화가 가능하도록 변신하라."

코리안은 사피라의 본신을 본 적이 없었다. 샤텐발트에서 엘리야 일행과 이동하던 중 그녀의 인간형을 딱 한 번 본 게 전부였다. 즉, 절 미처 알아보지 못한 코리안은 사피라가 왜 이렇게 공격적으로 나오는 건지 모르는 게 분명했다. 아마도 공식적인 방문 절차를 따르는 게 드래곤족의 여왕으로서 격에 맞았을지도 몰랐다. 코리안이 보낸 서신을 엘리야에게 전하고 그의 답변을 듣고 이곳에 오는 게 정상적인 절차였을 것이다. 하지만 사피라는 다른 방법을 택했다. 지금 마법사 왕이 처해 있는 곤궁한 상황에서 이 사안을 하루 안에 처리하기란 불가능해 보였다. 적들과 오해의 매듭을 풀든, 그를 배신한 부인을 찾고 있든, 새로운 동맹을 구축하든, 엘리야가 지금 무엇에 골몰하고 있는지는 알 수 없으나 코리안의 편지에 당장 답장을 쓸 만큼 마음이 한가하지는 않을 것이다. 따라서 사피라는 다른 선택의 여지가 없었다. 직접 나설 수밖에.

다만 유감스럽게도 사피라는 지금 몹시 난감한 상태였다. 이곳에 온 이유를 코리안에게 제대로 이해시키지 못한다면, 코리안은 절대 포로를 넘겨주지 않을 것이다. 잠시 망설이던 사피라는 결국 인간형으로 변신했다. 절 죽이고는 누구인지 못 알아봤다는 식의 핑곗거리를 주지 않기 위해서이기도 했다. 원래 처음부터 증인이 될 만한 사람 하나 없이 무턱대고 이곳을 찾은 것 자체가 현명하지 못한 선택이었지만, 야레드가 고초를 겪고 있다는 소식을 읽은 순간 분노가 치솟아 앞뒤 가릴 겨를이 없었다. 사피라가 선택할 수 있는 건 단 하나뿐이었다. 결국 엘리야에 대한 코리안의 두려움이 권력을 탐하는 욕망보다 더 크기만을 기대해 보는 수밖에 달리 방법이 없었다. 사피라는 달랑 그것 하나만을 믿고 인간형으로 변신했다.

사피라의 모습을 본 엘프는 표정 하나 찌푸리지 않았다. 벌거벗은 그녀의 맨피부를 감히 제대로 응시조차 못 하는 대다수 인간과 달리 코리안은 지붕 위로 부는 바람에 사피라의 비단결 같은 검푸른 머리카락이 그녀의 나신을 휘감는 모습을 아무렇지도 않게 응시했다. “드래곤족의 여왕께, 인사드립니다.” 코리안이 사피라에게 인사를 건넸지만 그의 음성에는 아무 감정도 실려 있지 않았다.

사피라는 인사에 화답하지 않았다. 저 엘프의 직위가 무엇인지 제대로 기억하지 못했던 것이다. “인간의 왕이 나를 보냈다. 네가 감금한 포로를 넘겨라!” 그녀가 요구했다.

“어떤 포로를 말씀하시는 겁니까?”

계속 모르는 척하는 코리안의 태도가 사피라의 화를 북돋웠다. 사피라는 제 혀까지 올라온 욕설을 간신히 삼켰다. “야레드 콘라드센 말이다! 네가 엘리야에게 소식을 전하지 않았더냐.”

“아, 그 인간 말이로군요.” 코리안이 태도를 바꿨다. “여왕께서는 그를 어떻게 처리하라는 왕의 전서를 가져오셨겠지요.”

사피라가 입속말로 중얼거렸다. *그것을 네게 알려 주려 내 이리 친히 오지 않았더냐, 이 멍청한 놈아!* 보통의 경우 신분 차이를 명확히 짚은 것만으로도 별로 중요하지 않은 병사 하나를 석방하는 데 충분할 것이다. 적어도 드래곤족 여왕에게 토를 달고 나설 자는 없을 거라고 사피라는 생각했다. 하지만 코리안은 제 요구 사항을 고집했다. "자랑스러우신 님룬트 국왕의 신하이자 엘리야 폰 도른슈트랑의 대리인으로서 두 주군의 지시만을 받들 뿐임을 재차 알려드려야 할 것 같군요."

사피라는 화가 치밀었다. "내 너와 네 병사들을 잿더미로 만들어야겠구나!"

"그러시면 분명 큰 고통을 감내해야겠지요." 코리안이 그녀의 말을 잘랐다. "그러나 부디 주군을 향한 제 맹세 때문이니 양해해 주시지요." 코리안은 어쩔 수 없다는 몸짓을 했다. 그리고는 사피라를 달래듯 말했다. "어서 저와 함께 왕궁으로 가시지요. 우선 의복부터 갖추시고 함께 저녁 식사를 하시죠. 이 사건을 어찌 처리해야 할지 의논하면서 아엘프스탄에 전서구를 다시 보내는 것도 방법일 겁니다. 당신께서 우리와 한 지붕 아래 머무시는 한 야레드에게는 아무 일도 일어나지 않을 겁니다."

사피라는 저렇게 장담하며 외교적 재능을 뽐내는 저런 엘프의 화술을 증오했다. 드래곤은 달랐다. 확실한 표현을 사용했고, 협상에서도 정직했다. 드래곤이 말하는 내용은 전부 진실이라 믿어도 좋았다. 음모를 꾀하는 방식은 종족의 특성상 전혀 입맛에 맞지 않았기 때문이었다. 반면 엘프족을 대할 때는 매 순간 그들이 뒤에서 비수로 찌르거나 독살하지 않을지 계산해야 했다. 그런 특징은 에냐도르의 역사를 통해 여러 번 입증된 바 있다. 다른 한편으로, 코리안은 절대 굽히지 않을 것임을 사피라에게 명확히 강조했다. 게다가 야레드가 어디 있는지 단서가 전혀 없었다. 저 엘프 사령관과 그 부하들을 불태워 버리면 그것으로 인간 대장장이의 사형 선고를 확정하는 것이나 다름없을 수도 있었다. 결국 간교한 함정이 도사리고 있을지 모르는 이 게임에 동참하는 것 외에 사피라에게 다른 선택지는 없었다.

"좋다." 그녀가 결정을 내렸다. "하지만 너희의 무기를 성 밖에 보관해야 할 것이다. 그리고 누구든 내게 손을 대려는 자는 그 손모가지를 잃을 것이야."

"당연히 그리될 겁니다." 코리안이 대답하며 사피라에게 공간을 내주기 위해 한 걸음 뒤로 물러섰다.

⚜

엘프는 최대한 시간을 끌었다. 사피라가 머물 방을 준비하고, 시녀를 구하고, 드레스를 입히고, 대연회장 식탁을 세팅하는 데 거의 한 시간이 소요됐다. 분주하게 움직이는 일꾼들의 몸놀림 하나하나가 정해진 준비 절차를 따르는 것처럼 보였다. 사피라는 연회에 대해 잘 알지 못했지만, 정황상 코리안이 지금 지연작전을 쓰고 있다는 느낌이 들었다. 마침내 짜증이 머리 꼭대기까지 치민 드래곤족 여왕이 풍성하게 차려진 식탁 앞에 마련된 코리안의 옆자리에 착석했다.

"야레드는 어디 있지?" 사피라가 그에게 물었다.

"인내심을 가지시지요, 전하." 코리안이 대답했다. 코리안은 다혈질인 제자를 훈계하려는 스승처럼 입술을 비죽거렸다. "그를 예의범절에 맞는 상태로 준비시키려면 한참이 걸린답니다. 도른슈트랑의 옥사는 불손한 포로가 편히 지내기에 그리 적합한 곳이 못 되니까요. 수년째 사용되지도 않았었죠. 게다가 그 감옥은 여기서 꽤 먼 깊은 산속에 있지요."

코리안은 말하는 동안 계속 두 눈을 깜박였다. 반듯한 엘프의 얼굴이 한층 더 교활해 보였다. 호리엘이나 베리안과는 달리 코리안은 뱃속에 품은 악의를 단번에 알아차리기가 힘든 유형이었다.

"별로 중요하지도 않은 보고를 망설였다고 부하를 감금하는 것이 너희 종족의 관례인가?"

코리안이 사피라에게 와인을 따른 잔을 건네며 제 잔에도 직접 따랐다. "그 정보가 별 의미 없는 것인지는 두고 보면 알게 되겠지요. 실제로 엘프는 이런 방식으로 불손한 병사를 다루곤 합니다. 우리 군대의 핵심 전력은 문스워드가 아니라 병사들의 위계질서에 있으니까요. 어떤 상황에서도 이 위계는 지켜져야 하지요."

"하지만 야레드는 엘프도, 폭도도 아니다. 심지어 네 병사도 아니잖나!" 사피라가 씩씩거리며 말했다.

"하지만 제 지휘하에 있는 건 맞지요." 코리안이 대수롭지 않게 대답했다. 그리고 다소 교만한 눈빛으로 사피라를 주시했다. "제가 보기에는, 여왕께서 대장장이에 불과한 그 병사에게 지대한 관심을 보이시는 것 같습니다만. 이렇게나 관대한 여왕의 아량이 무엇 때문인지 여쭤도 될까요?"

"야레드는 파수꾼들의 조언자이자 꼭 있어야 할 동지다." 코리안의 질문이 왕실 예법에 어긋난다는 사실을 인지하기도 전에 사피라의 입에서 변명이 툭 튀어나왔다. 사피라는 굳이 변명을 해야 할 위치가 아니었지만 순간 저도 모르게 말이 먼저 나와 버린 것이다.

"어쨌든 대장장이에 불과하죠. 얼마 전까지 노예 신분이었던 자이기도 하고요. 제가 아는 한은 그렇습니다만." 엘프가 사피라의 말에 또 토를 달았다.

사피라는 식탁 아래 두 손을 말아 쥐었다. 코리안은 긴장한 그녀의 기색을 알아차렸다는 듯 손사래를 치며 손을 뻗어 와인 잔을 잡았다. "야레드와 여왕님의 재회를 위하여." 코리안이 분위기를 띄우며 제 잔을 들어 올렸다. 잔 안에서 영롱한 빛을 발산하는 와인은 사피라에게 건넨 것과 같은 병에서 따른 것이었다. 다시 말해 그 안에 독은 없다는 뜻이었다. 그럼에도 사피라는 코리안이 먼저 한 모금 마실 때까지 기다린 후 와인을 입에 가져갔다. 묵직한 달콤함이 인상적인 와인이었다. 코리안은 그 와인을 고향에서 직접 공수해 왔다고 설명했다.

"어떻게 향이 마음에 드십니까?" 엘프가 와인을 음미하며 그녀에게 물었다. "그런데 입안을 맴도는 이 농염한 달콤함은 어디서 오는 걸까요? 따스한 햇살 가득한 안고르 파비아에서 무르익은 포도의 맛일까요? 이끼와 허브의 씁쓸한 향이 느껴지나요? 난 그 이끼와 허브를 엘리야가 샤텐발트에서 제 손으로 직접 딴 거라고 확신하는데 말이죠."

순간 사피라의 몸이 경직됐다. "지금 무슨 말을 하고 있는 거지?"

몹시 거만한 동작으로 제 의자에 몸을 기댄 코리안이 잔에 든 와인을 돌리며 향을 음미했다. "우린 이 성에서 많은 것들을 발견했지요." 코리안이 말했다. "특히 불사인 당신

네 대마법사가 마법 포션을 제작하던 방은 정말 흥미로웠지요. 그자는 엘프 성에 감금되기 전 미처 그 포션들을 없애지 못했던 것 같더군요. 일부는 제조된 지 너무 오래되어 쓸 수 없을 지경에 이르렀지만 적어도 이건 쓸 만하더군요."

코리안은 제 벨트에 달린 주머니에서 작은 플라스크 하나를 꺼내 들었다. 병은 비어 있었지만 아까 코리안이 언급했던 이끼와 허브의 향이 살짝 풍겨왔다. 사피라가 그의 손에서 플라스크를 빼앗아 들고는 그 위에 섬세한 필기체로 적힌 라벨을 읽었다. *'변신 방지약'* 사피라는 잠시 머뭇거렸지만 이내 자신이 계략에 빠졌다는 사실을 깨달았다. "어디 한 번 애써 보시지, 드래곤 아가씨. 어서 본신으로 변신해 보라고." 코리안이 사피라의 귓가에 속삭였다. "네가 그토록 그리워하는 대장장이가 갈증으로 죽어가고 있는 그 구덩이에 널 처넣기 전에 네가 용쓰는 모습을 꼭 한번 보고 싶단 말이다."

지금까지 이렇게 무기력한 기분은 처음이었다. 일단 인간형으로 변신한 이상 제 거죽은 아무 도움도 되지 않았다. 나약하고 부서지기 쉬운 이 몸뚱이는 에냐도르의 타 종족과 접촉하는 용도 외에 쓸모가 없었다. 그래서 사피라는 항상 드래곤의 본신일 때가 편했다. 거대하고 방어할 능력이 충분한 몸체, 두꺼운 비늘을 갑옷처럼, 활활 타오르는 화염을 무기로 든든하게 무장한 드래곤일 때가 좋았다. 그녀의 삶에선 딱히 말이 필요하지도 않았다. 음모나 속임수가 없는 단순한 삶이 훨씬 편하고 좋았다. 그런데 그녀는 지금 이렇게 인간으로 변신한 상태에서 연약한 여자의 몸체에 갇혀 버린 것이다. 사내들의 시선을 끄는 것 외에는 아무 능력 하나 없는 이 비리비리한 여체에. 사피라가 아무리 발버둥 쳐도, 제 안의 드래곤 본성은 깨어나지 않았다. 사피라는 저런 망할 포션을 제조한 엘리야를 저주했다.

코리안이 소리 내어 크게 웃었다. 그런 뒤 자리에서 벌떡 일어난 그가 사피라의 목덜미를 거칠게 붙잡아 끌어올렸다. 그리고 별 힘도 들이지 않고 사피라의 오른쪽으로 등장한 위병의 품에 그녀를 집어 던졌다. 사피라가 비틀거렸다. 억세고 거친 손길이 그녀를 우악스럽게 붙잡았다.

"이 주제넘은 드래곤 창녀를 당장 내 눈앞에서 치워 버려라." 코리안이 으르렁거렸다. 그러더니 다시 와인 잔을 들고 사피라를 향해 다시 건배했다. "운이 좋으면 네 애인 놈에게 *작별 인사* 정도는 할 수 있을지도. 너희들의 애달픈 해후를 위하여!"

⚜

야레드를 마주한 순간 사피라는 비로소 코리안이 했던 말의 의미를 이해했다. 위병들은 성 안뜰을 가로질러 마구간과 일꾼들의 숙소를 지나 정문 밖으로 사피라를 거칠게 끌고 갔다. 성벽 건너편에는 다 쓰러져 가는 오두막이 하나 있었다. 예전에 염소를 키우는 마구간으로 사용됐을 법한 곳이었다. 오두막 바닥에는 심하게 녹슨 쇠고리가 달린 비밀 통로 입구가 있었다. 함께 온 병사 중 한 명이 비밀 문을 들어 올리고 그 아래로 이어지는 구덩이로 사피라를 거칠게 밀쳤다. 사피라는 속절없이 아래로 떨어져 팔꿈치와 엉덩이를 바닥에 들이박았다. 그녀가 신음을 흘리며 얼얼한 곳을 문질렀다.

사피라는 그러는 사이 머리 위의 비밀 문이 닫혔다는 것조차 깨닫지 못했다. 곧이어 지저분한 지푸라기가 깔린 구석에 미동도 없이 웅크린 형체를 발견했기 때문이었다.

"야레드!" 두근거리는 가슴으로 사피라가 기어가 벽에 기댄 야레드의 머리를 제 무릎 위에 올려놓았다. 아직 숨을 쉬고 있었지만 눈은 감겨 있었다. 눈 아래 시커멓고 짙은 그늘이 드리워져 있었다. 입술은 살며시 벌어져 있었고, 두 뺨은 초췌했다. 사피라가 조심스레 정신을 차리게 하려고 그의 팔을 쓰다듬는 순간 손아래 느껴진 그의 피부는 나무껍질처럼 거칠었다. 코리안의 고문 방식은 베리안과 달랐다. 피는 덜 흘릴지 몰라도 잔혹함만큼은 덜하지 않았다. 지금까지 사피라는 갈증으로 누군가가 죽어가는 모습을 목격한 적이 없었다. 그녀의 커다란 눈망울에 눈물이 차올랐다. "야레드… 제발 정신 좀 차려 봐!"

야레드가 무거운 눈꺼풀을 힘겹게 들어 올리기까지 한참이 소요됐다. 그러나 사피라가 그의 시야에 들어오자 잿빛으로 말라 버린 흉터 가득한 얼굴에 환한 빛이 돌았다. 무언가를 말하려는 듯 입을 열었지만 거칠게 헐떡이더니 이어 격렬한 기침이 그를 집어삼켰다. 야레드가 몹시 힘들게 몸을 일으켰다.

"아무 말도 하지 마라! 쓸데없이 기력을 낭비하지 마!" 사피라가 흐느끼며 말했다. 야레드를 고통에서 해방해 줄 모든 기회를 날려 버린 상태에서 저런 모습을 지켜보는 것은 너무나 괴로웠다. "널 구할 수도 있었는데, 내가 다 망쳐 버렸어."

살며시 고개를 저은 야레드가 손을 뻗어 사피라의 뺨을 쓰다듬었다. 그러면서 힘겹게 침을 삼켰다. "당신의 품에서 깨어나기만을 항상 꿈꿨는데." 야레드가 속삭이자 또 한 번 기침이 그를 뒤흔들었다. 갑자기 사피라의 눈앞이 흐려졌다. 그녀의 목구멍에서 솟구친 흐느낌이 파이어볼처럼 타올랐다. 지금까지 그들은 이렇게 서로 몸을 맞댄 적도, 제대로 소통한 적도 없었지만 사피라는 야레드의 곁에서 마침내 집에 돌아온 것 같은 기분이 들었다. 동부 드래곤 산맥의 황무지에 있는 그녀의 고향. 거칠고 자유로운 삶이 숨 쉬는 그곳. "지금과는 상황이 달랐으면 좋았을 텐데. 말하지 그랬어, 야레드."

"당신은 다 알고 있었을 텐데요." 야레드가 힘겹게 말을 이었다.

사실이었다. 처음부터 그들 사이에는 이해하기 힘든 마법 같은 유대감이 존재했다. 그렇지만 이렇게 그의 곁에서 사피라의 몸과 마음에 찾아온 급작스럽고 제어하기 힘든 감정은 그녀를 몹시 혼란스럽게 했다. 두 손이 부들부들 떨리고, 피가 거꾸로 도는 것 같은 기분에 말도 제대로 나오지 않는 이 상황이 사피라는 몹시 낯설고 무섭기까지 했다. 이런 건 그녀가 일찍이 느껴 보지 못했던, 그리고 그렇기에 제어할 수도 없는 감정적 영역이었다. 차라리 트리스탄과 북부의 얼음 사막을 헤치고 진군할 때가 야레드와 마주한 지금보다 훨씬 수월했던 것처럼 느껴졌다. 물론 야레드는 제가 먼저 첫걸음을 뗄 엄두를 내지 못했을 것이다. 제 생명을 소중하게 여기는 한 드래곤족 여왕에게 느끼는 로맨틱한 감정을 고백할 대장장이는 이 세상에 없을 테니까. 더군다나 그녀는 미래의 왕이 될 제 친구와 혼인한 상태였으니.

사피라는 대답할 필요가 없었다. 구태여 그러지 않아도 야레드는 그녀의 생각을 전부 알고 있었기에. 이에 사피라는 그저 고개를 숙여 제 이마를 그에게 맞대었다. 순간 핏기 없이 거친 그의 입술이 그녀의 것에 닿았다. 사피라의 첫 키스였다. 그녀는 사방의 바람에 이것이 마지막 키스가 되지 않기만을 기도했다.

그날 밤 그들은 많은 대화를 나누지는 않았다. 야레드는 아엘프스탄의 정세를 물었지만 사피라가 전투 소식을 들려주는 사이 그녀의 품에서 의식을 잃어버렸다. 벽에 등을 기대고 힘겹게 앉은 사피라는 야레드의 힘겨운 숨소리에 가만히 귀를 기울였다. 그녀의 뜨거워진 눈엔 이미 눈물이 말라 버렸다. 조심스레 자리에서 일어난 사피라가 구덩이 위쪽 비밀 문을 어떻게 열 방법이 있을지 살펴보았다. 그렇지만 입구가 너무 높아 야레드의 도움 없이 올라가는 것은 불가능했다.

밤은 도무지 끝나지 않을 것 같았다. 비몽사몽 몇 시간이 흘렀는지 알 수조차 없었다. 느낌상 아침이 됐을 거라 생각하는 사이 머리 위 오두막에 구둣발 소리가 들렸다. 이윽고 비밀 문이 열리고 누군가 내린 사다리를 타고 엘프 장교 두 명과 그 뒤로 위병 몇이 내려왔다. 맨 앞은 코리안이었다. 두 번째 엘프는 먼지가 뽀얗게 앉은 여행용 코트의 후드를 푹 눌러 쓰고 있어 얼굴을 볼 수 없었다. 팔에 멜빵 붕대를 착용한 그는 통증 때문인지 몸을 숙이는 것조차 힘겨워하는 것 같았다. 사피라 앞에 멈춰 선 그가 후드를 벗었다. 호리엘이었다.

"도른슈트랑에 온 걸 환영한다, 드래곤 여왕. 당신을 속이는 일이 이리도 쉬울 줄이야…."

사피라는 대꾸하지 않았다. 그녀는 도망친 호리엘이 부디 트레간디르에 틀어박힌 채 제 상처나 핥고 있기만을 바랐었다. 하지만 그 대신 파수꾼들을 쓰러트릴 또 다른 음모를 꾸미고 있었다니. 문득 사피라는 자신이 인간 혹은 엘프가 아닌 드래곤이라는 사실을 다시금 절감했다. 저 음흉한 놈들과 달리 항상 직선적이고, 단순하게만 생각했던 것이다. 덫을 놓고, 음모를 꾸미는 건 원래부터 그녀의 적성에 맞지 않았다. 엘프인 이스타리엘조차 저 작자를 죽여야 한다고 주장했었다. 하지만 자신과 그리고 저만큼이나 순진하고 어리석은 카이가 합세하여 저 몹쓸 놈을 풀어 줬다. 그 결정은 아마 제 삶에서 가장 쓰디쓴 실수가 되고야 말았다. 어쩌면 마지막 실수가 될지도.

"우연히 네 손에 날아든 까마귀. 그리고 인간의 왕에게 전하는 별 의미 없는 내용의 서신 하나라." 호리엘이 곰곰이 생각하며 말했다. "나도 인정해야겠군. 코리안이 그 계책을 내게 먼저 보고했다면, 난 그걸로는 어림도 없을 거라 대답했을 거다. 내가 널 너무 과대평가했던 모양이다, 이 드래곤 계집!" 호리엘은 말을 하면서 사피라 주위를 맴돌았다. 야레드는 계속 의식을 잃은 상태였다. 사피라는 호리엘이든, 죽음이든 야레드를 자기로부터 영원히 갈라놓을까 봐 두려웠다. 엘프의 날카로운 시선이 몹시 흡족한 듯 한동안 그들에게 머물더니 이윽고 뒤에 대기 중이던 병사에게 꽂혔다. 그러자 그는 호리엘에게 고개를 끄덕여 보였다. "네놈이 옳았구나. 저 대장장이가 드래곤 여자에게 접근할 열쇠였어. 꽤 쓸모 있는 조언이었다."

그 말에 놀란 사피라가 구덩이를 채운 어둠을 꿰뚫어 보려 했지만 투구를 쓴 위병의 얼굴은 잘 보이지 않았다. "넌 누구냐?" 사피라가 냉정한 음성으로 물었다.

그렇지만 병사는 그저 한 걸음 뒤로 물러서며 고개만 저을 뿐이었다. 사피라가 벌떡 자리에서 일어나 그 병사에게 달려들었다. 사피라의 가슴에 분노와 증오가 끓어올랐다. 하지만 미처 몇 걸음 다가가지 못하고 다른 병사들에게 제지당했다. "누구냐니까?" 사피라는 정신 나간 사람처럼 다급하게 외쳤다.

위병은 그저 물러나려 했지만 천성이 잔혹한 호리엘은 지금 이 상황이 꽤나 마음에 드는 것 같았다. "투구를 벗어 네가 누군지 알려 줘라." 그가 지시했다. 투구 속에서 격렬하게 헐떡이는 소리가 들렸다. 저 배신자는 어떻게든 제 신분이 노출되지 않기만을 바란 것 같았지만 정작 그의 새 주인이 아무렇지도 않게 공개해 버린 셈이다. 이어지는 호리엘의 으름장에 사내는 예상하지 못했던 방식으로 신분을 드러내고야 말았다. "투구를 벗어라. 안 그러면 널 다시 그 시골뜨기 마법사에게 보내 버리겠다. 이번에는 그놈이 네 허접스러운 물건을 아예 떼어 버리겠지."

"티발트." 사피라의 입에서 그 이름이 불쑥 새어 나왔다. 저 못생기고 추악한 하인 놈이 지난 몇 주간 그 더러운 눈으로 저를 얼마나 샅샅이 관찰했을지 상상만 해도 구역질이 났다. 투구를 들어 올린 티발트가 짧게 자른 머리와 비뚤어진 누런 치열을 고스란히 드러냈다. 그리고는 검지로 야레드를 가리켰다. “토이펠 호수에서부터 저치를 지켜봤습니다요. 그때는 상황이 지금과 정반대였죠. 당신이 반쯤 죽은 상태였고, 저자가 당신을 챙겼으니까요.”

“왜 우릴 배신한 거냐?” 사피라가 중얼거렸다. “그리고 네 왕과 네 종족을?”

티발트가 어깨를 으쓱였다. “내 종족은 내게 전혀 관심이 없고, 내 왕도 저만 아는 이기적인 얼간이 아닙니까요. 그리고 당신을 배신한 이유야 뭐, 내게는 신분상 접근할 기회가 아예 없었으니까.”

“그렇다고 엘프라니… 네놈은 정말 너무 멀리 가 버렸구나!” 사피라가 호통을 쳤다. 이런 사피라의 거센 항의에도 티발트는 고작 어깨를 한 번 으쓱일 뿐이었다. 정말 그 정도로 어리석기 때문인지 혹은 그런 척하는 건지 짐작도 되지 않았다.

“그러면 이제,” 호리엘이 말했다. “저 대장장이에게 뭔가 마실 걸 가져다줘라. 저놈이 저대로 죽어 버리면 우리 드래곤 여왕을 이곳에 붙들어 놓지 못할 테니. 언젠가는 약효가 사라질 거란 생각도 든다만.” 호리엘이 코리안에게 시선을 던지자 코리안이 동의하는 듯 고개를 끄덕였다. “그럼 이제 누가 저 여자를 가장 먼저 찾으러 올지 지켜보자꾸나. 엘리야일까? 트리스탄일까? 그 인간의 왕에게 들려줄 몹시 흥미로운 이야기가 있는데 말이지."

호리엘의 말이 미처 끝나기도 전에 발아래 땅이 지진이 난 것처럼 거세게 흔들렸다. 쿵 하는 둔탁한 소리를 시작으로 낙석의 굉음이 사방에서 들려왔고, 이어 흔들리는 성벽의 무게에 성의 토대가 견디지 못하고 함몰하는 것 같았다. 사피라와 호리엘 사이 돌바닥도 금이 쩍 갈라지더니 저 멀리 바다를 향해 찌지직 뻗어 나갔다.

"이게 뭐야? 무슨 일이 생긴 거지?" 코리안의 얼굴이 창백해졌다.

깜짝 놀란 사피라가 주변에 있는 이들의 얼굴을 차례대로 살폈다. 자신을 강타한 공포를 분명 저들도 똑같이 느끼고 있었다. 잠시 후 모두가 두려워하던 최악의 상황을 호리엘이 외쳤다. "성이 무너진다. 도르슈트랑이 붕괴하고 있어!"

티발트가 서둘러 구덩이 밖으로 나가려 했지만 커다란 암석이 입구를 덮쳤고, 뒤이어 끝날 것 같지 않은 낙석 폭격이 이어졌다. 사피라는 어서 변신하라고 제 몸에 명령했지만 여전히 아무 반응도 없었다. 결국 그녀는 제게 허락된 행동을 할 수밖에 없었다. 야레드를 보호해야 한다는 일념으로 그를 향해 몸을 날린 사피라는 사방의 바람 신들에게 도움을 요청하는 소리 없는 비명을 질렀다.

# 카이

그바일로는 흥분한 상태였다. 춤을 추듯 카이 주변을 돌면서 투명 마법에 보이지 않는 카이의 두 손을 핥으며 뭉툭한 꼬리를 촐싹촐싹 흔들었다. 염소라기보다는 미친 황소를 연상케 하는 괴상한 울음소리를 냈다. 카이가 싱긋 웃으며 그바일로의 머리를 쓰다듬었다. "네가 무사해서 정말 기쁘다." 카이가 말했다. "와이번이 널 잡아갔거나 돌프가 나보다 먼저 왔더라면…." 카이는 불현듯 떠오른 끔찍한 장면을 머리에서 지워 버리려는 듯 고개를 세차게 흔들었다. 그바일로 역시 카이 말에 동조하는 것처럼 더 큰 울음소리로 답했다. 지난 며칠 동안 마구간에 갇혀서 죽음의 공포 속에 떨었을 것이 분명했다. 그럼에도 카이는 우선 그바일로를 지금 이곳에 그대로 두기로 결심했다. 투명 마법이 해제되지 않은 상태에서 그바일로를 데려간다면 염소가 도망치는 것처럼 보일 것이 뻔하니까. 그러느니 차라리 여기 마구간에 두는 게 나을 것이다.

주변에 아무도 없다는 것을 재차 확인한 카이가 벨트에서 사피라의 소유인 무거운 정복자 검을 꺼내 가축우리 한편에 쌓여 있는 지푸라기 더미 속으로 깊숙이 밀어 넣었다. 그런 후 마법 지팡이를 손에 들고 다시 투명 마법 주문을 외었다. 카이는 부디 프레지오라이트가 투명 마법을 제게서 거두어 저 검에 옮겨 주기를 간절히 기원했지만 그런 일은 일어나지 않았다. 깊은 한숨을 쉰 카이가 다시 그바일로에게 다가갔다.

"넌 여기 있어야겠다, 하얀 악마." 애정이 듬뿍 담긴 손길로 염소의 뻣뻣한 털을 쓰다듬으며 카이가 중얼거렸다. "안전하게 데려갈 확신이 서면 널 데리러 올게."

그바일로는 그런 카이의 결정이 몹시 못마땅한 것 같았다. 이윽고 제게서 멀어진 카이가 우리의 문을 잠그자 큰 소리로 불평했다.

"시끄럽게 굴지 마! 우선 저 검을 잘 지키고 있어…. 너에겐 챙겨야 할 누군가가 또 있잖아!" 카이가 제 말을 입증하듯 조금 떨어진 곳에서 지금 이 광경을 지켜보는 암컷 염소를 가리켰다. 그러자 그바일로가 즉시 입을 다물었지만 그럼에도 계속 신경질적으로 이리저리 껑충거리며 뛰어다녔다.

카이는 그바일로를 격려하기 위해 고개를 한 번 끄덕이고는 마구간을 떠나 성으로 향했다. 고원 여기저기에 피로 얼룩진 하피의 사체가 기념물처럼 널려 있었다. 유령 같은 고요함이 아엘프스탄을 지배하고 있었다. 대리석 바닥을 두드리는 카이의 의족 소리만이 발걸음을 재촉했다. 그 사이 모든 통로와 문 앞의 보초병들은 인간 병사들로 교체되어 있었지만 카이는 여전히 안전에 대한 확신이 서지 않았다. 트리스탄은 이조라와 도망쳤고 툴은 몰구르 폰 스키르와 무슨 꿍꿍이일지 모를 협상을 타결했다. 사피라는 와이번들을 놔둔 채 도른슈트랑으로 황급히 떠나 버렸다. 내심 마지막 일이 그를 가장 불안하게 했다. 엘프와 데몬에 대한 경계를 늦추지 말라는 명령이 와이번들에게 내려졌지만, 카이는 저 마물들이 갑자기 적의 편으로 돌변하여 치명적인 독으로 아군을 죽이던 장면이 자꾸만 떠올랐다. 지금 샤텐발트 마물들은 신들의 석상처럼 미동도 없이 높다란 성벽에 내려앉아 있었다. 신들만큼이나 위협적인 모습으로.

카이는 지하 감옥에 가 보기로 결심했다. 툴이 통제하는 것처럼 보이는 알현실은 이미 들른 상태였다. 반면 이스타리엘은 아직 엘리야를 데리고 돌아오지 않았다. 투명 마법에 걸린 카이가 곁을 지나며 낸 소음에 위병들 중 일부가 놀란 듯 휘둥그레진 눈으로 돌아섰다. 카이는 그 소음이 어디서 나는 건지 들키지 않으려 조심조심 그들 사이를 통과했다. 아무 돌발 사태 없이 카이는 감옥 아래로 이어지는 계단에 도착했다. 하지만 옥사의 문을 여는 순간 카이는 뭔가 이상한 분위기를 감지했다. 너무 조용했던 것이다. 카이는 복도를 따라 절뚝이는 걸음을 재촉하며 이제는 비어 버린 여러 감방을 지나갔다. 저 안쪽 감방 앞에 이스타리엘이 팔짱을 끼고 다리를 넓게 벌린 채 서 있었다. 그 앞엔 인간의 왕이 똑같은 자세로 서 있었다. 둘은 무시무시한 눈빛으로 서로를 노려보고 있었다. 금방이라도 왕국 전체를 잿더미로 만들어 버릴 분위기였다.

의족에서 나는 소음을 들은 그들은 동시에 말 없는 싸움을 멈추고 카이가 있을 것으로 추정되는 지점을 응시했다.

"그래, 꼬마 마법사. 어떻게 세상을 구했나?" 엘리야가 비꼬았다.

"적어도 당신의 백성, 아들 그리고 명예는 구했죠." 카이가 대답했다.

"내 명예는 지금 협상 중이었는데." 이 말과 동시에 다시 돌아선 엘리야가 예리한 시선으로 이스타리엘을 노려봤다.

“이건 또 무슨 상황이지?” 카이가 물었다. 카이는 지금까지 엘프 왕자가 저렇게 차갑고도 고집스러운 표정을 짓는 모습을 본 적이 없었다.

“내가 저 인간을 꺼내 주지 않겠다는 뜻이지.” 이스타리엘이 통보했다.

“왜 그러는 거지? 지금 알현실에 데몬들과 엘프들이 모여 있어. 저들이 또 뭔가 음흉한 계략을 꾸미기 전에 어서 인간의 왕이 협상에 나서야 할 시점이라고.”

“난 아무래도 상관없어.” 이스타리엘이 완고하게 말했다.

“갑자기 왜 그래? 무슨 문제라도 생겼어?”

입을 꽉 다문 엘프의 새파란 눈이 길게 좁혀졌다. 이윽고 엘프 왕자가 카이에게 말했다. “왜냐하면 저 작자가 내 어머니에게 무슨 일이 생긴 건지 알고 있으니까. 왜 그런 일이 생겼는지 난 알아야겠어. 어머니는 내 목숨을 구하러 요정들에게 자진해서 가셨지. 엘리야가 그 비밀을 알고 있어. 내게 털어놓지 않는 한 이곳에서 절대 내보내지 않을 거야. 저 자를 죽이지 않는 선에서 어떻게 하면 가장 큰 고통을 안길지 지금 고민 중이다. 이제는 저자를 예전처럼 창이나 투검의 표적으로 쓰지는 못할 것 같으니까 말이야.”

카이가 신음을 흘렸다. “가족사는 지금 말고 나중에 알아

보면 안 되겠어?”

“그건 안 돼.” 이스타리엘이 다급하게 외쳤다. “저자를 꺼내는 순간 기회는 영영 사라질 거다. 불사의 몸은 아닐지언정 대마법사인 건 여전하니까. 이런 상황은 또 오지 않을 거야.”

이스타리엘의 말이 옳다는 걸 세 사람 모두 알고 있었다. 정황상 이스타리엘은 절대 포기하지 않을 것처럼 보였다. 결국 엘리야가 그의 요구를 들어주는 수밖에 다른 방법이 없었다. 카이가 돌아섰다. “어서 그의 어머니에게 무슨 일이 생긴 건지 알려 줘요. 그렇지 않으면 오늘 이 절호의 기회를 영영 놓치고 말 거예요. 에냐도르의 운명이 달린 동맹이 물 건너갈 거라고요!”

하지만 왕은 그에게 아무 대답도 없이, 그저 고개만 저을 뿐이었다.

“제기랄, 도대체 왜 안 된다는 거예요?” 카이가 엘리야에게 소리쳤다. “이 전쟁에서 수백 명의 병사가 당신을 위해 목숨을 잃었어요. 그런 그들의 희생을 고맙게 생각할 줄 모른다면 그들의 영혼마저 모욕하는 거라고요.”

“감사할 일이라는 걸 잘 알고 있다.” 엘리야가 말했다. “하지만 살아 있는 다른 병사들을 책임져야 할 막중한 의무가 있기에 말할 수 없는 것이야. 이성을 찾아야 할 놈은 내가 아니라 저 엘프다!"

아무 소용이 없었다. 두 남자의 마음을 돌려 보려 카이가 무슨 말을 해도 누구 하나 고집을 꺾을 기미가 보이지 않았다. 어느 순간 카이는 더는 이 지하에 머무를 필요가 없다는 걸 깨달았다. 하는 수 없이 카이는 알현실로 돌아갔다. 슬그머니 뒤편 창가로 데몬족 파수꾼을 데려가 지금 저 아래 감옥에서 벌어지고 있는 상황을 은밀히 알렸다. 그러면서 지금은 툴 혼자서 이야기를 끌어가야 한다고 조언했다.

"그 뾰족 귀가 제정신인 건 맞냐?" 툴이 중얼거렸다. "당장 엘리야가 이곳에 와야 한단 말이다!"

"이스타리엘도 알고 있어. 하지만 절대 포기하지 않을 거야."

"그러면 내가 알아서 처리하도록 하지. 엘리야를 감옥에서 꺼내는 데 이스타리엘의 피가 필요한 거지, 그의 허락이 필요한 건 아니니까!"

"그건 절대 안 될 말이야!" 카이가 경고했다. "그러지 말고 데몬족 원수에게 둘러댈 핑곗거리나 생각해 봐. 엘리야가 몸이 좀 좋지 않다고 하면 어떨까."

"몸이 좋지 않다고?" 툴이 눈을 부릅떴다. "누가 그걸 믿겠나? 그는 불사의 마법사, 엘리야 폰 도른슈트랑인데."

"그러면 마법에 관련된 문제가 있었다고 말해. 협상은 내일 있을 거라고."

그것으로 카이는 툴을 그곳에 그대로 두고 그레타를 찾으러 성의 곳곳을 수색했다. 마침내 성의 정문 앞에 피운 모닥불 가에 몇몇 인간 병사와 함께 있는 그녀를 발견했다. 그레타는 발목뼈가 다 드러나도록 치맛자락을 슬쩍 위로 올린 채 커다란 맥주 통에 앉아 노래를 부르고 있었다. 그 꼬락서니에 카이가 침을 꿀꺽 삼키며 치미는 질투심을 억눌렀다. 카이는 보이지 않는 손으로 그녀의 어깨를 덥석 잡았다. 그레타가 까무러칠 정도로 놀랐지만 카이는 전혀 미안하지 않았다. 그레타를 몇 걸음 옆 조용한 곳으로 데려간 카이는 최대한 티 내지 말고 어서 가서 부엌 하녀들을 소집하라고 부탁했다. 이미 늦은 저녁이 되어 버린 지금 몰구르 폰 스키르의 굶주린 배는 그를 더 비협조적으로 만들 것이 분명했다. 최대한 서두르면 연회까지는 열지 못하더라도 최소한 고귀한 군주들이 굶주린 배를 부둥켜안고 침대로 향하는 불상사만은 막을 수 있을 것이다.

"당신은 어쩌려고요?" 그레타가 물었다. "또 어디로 가려는 거죠?"

“다시 지하 감옥으로. 혹시나 기적처럼 둘 중 하나가 마음을 바꿨나 해서 말이야.”

그레타는 어깨를 으쓱이더니 모닥불 주변 군인들에게 별다른 인사 없이 엉덩이만 씰룩이며 치맛자락을 움켜쥐고는 서둘러 부엌으로 향했다. 그 모습에 열불이 난 카이가 반대 방향으로 절뚝이며 발걸음을 재촉했다.

정말 길고 긴 밤이었다. 잠시 까무룩 잠이 들었다가 소스라치며 깨어난 것만 해도 이미 여러 번이었지만 눈앞에 보이는 광경은 항상 똑같았다. 이스타리엘과 엘리야 둘은 계속 서로를 노려보기만 했다. 다행히도 엘프 왕자는 엘리야를 고문하거나 혹은 그럴 목적으로 베리안에게 넘기지는 않을 모양이었다. 그 대신 다음 날 아침까지 줄곧 증오로 가득한 눈빛을 날려 줄 작정인 것 같았다. 해가 떠오를 즈음 됐을까, 이스타리엘의 음성에 또다시 잠이 깬 카이는 저 둘이 한숨도 안 자고 저 상태로 밤을 꼬박 새웠다는 것을 알아차렸다. “당신 자신과 에냐도르의 자유만으로는 충분하지 않은가 보군.” 이스타리엘이 말했다. “그러면 내가 값을 좀 더

올려 보도록 하지."

엘리야는 아무 대꾸도 없었지만, 괜스레 카이의 맥박이 빨라지기 시작했다. 카이가 비틀거리며 일어났다. 이스타리엘이 뭘 하려는 건지 감이 왔다. "안 돼!" 카이는 어떻게든 그를 막으려 했다. "절대 그가 알아서는 안 돼!"

카이가 성급하게 말하는 순간 그는 이 말이 오히려 저 마법사 왕의 흥미를 지폈다는 걸 깨달았다. 엘리야가 창살 가까이 다가서며 말했다. "내가 이렇게 듣고 있잖은가?"

그러자 이스타리엘이 황급히 말했다. "내 어머니 일을 말해 주면 내 동생에 관한 진실을 알려 주겠소."

카이가 숨을 멈췄다. 이제 그가 할 수 있는 건 아무것도 없었다. 부탁도, 회유도 더는 먹히지 않을 것이다. "그렇게까지 하는 이유가 뭐지?" 엘리야가 나지막이 물었다. "이미 흘러간 과거에 왜 네 미래를 거는 거냐?"

"그 요정들이 이제 내 아이를 노리고 있거든. 내 아이에게 해를 끼치지 못하게 막을 방도를 찾아야 한다!" 엘프 왕자가 잇새로 소리쳤다. 동시에 다시 제 포로에게 돌아선 이스타리엘이 도전적인 눈빛으로 엘리야를 노려봤다. 엘리야는 그 강렬한 시선에 이윽고 고개를 끄덕였다.

⚜

이따금씩 카이는 엘리야가 트리스탄과 이조라의 진실을 알게 되면 무슨 일이 벌어질지 상상해 보곤 했다. 엘리야가 마력을 발산하며 미쳐 날뛰는 모습과 함께 먹구름이 몰려와 천둥 번개가 내리치고 아엘프스탄이 지진으로 쩍쩍 갈라지는 광경이 머릿속에 떠올랐었다. 때로는 분노에 눈이 뒤집힌 엘리야가 이조라를 죽인 적도 있었고, 트리스탄의 목을 조르기도 했다. 그리고 또 어떤 때는 심한 좌절감에 빠진 엘리야가 예전처럼 와인과 늪의 약초에 중독된 채 정신을 차리지 못하다가 끝내 자살해 버리는 모습이 떠오르기도 했다. 하지만 지금까지 카이가 무엇을 상상했든 정작 엘리야가 제 부인이 사랑하는 남자가 누군지 진실을 알게 된 지금은 아무 일도 일어나지 않았다.

마법사 왕은 침묵했다. 시선을 바닥으로 떨구지도 않았고, 더 캐묻지도, 문제 제기도 하지 않았다. 세상의 모든 신이 이 자리에 현신하여 엘리야의 육신을 돌로 바꿔 놓은 것만 같았다. 카이는 저렇게 가만히 있는 엘리야의 상태가 오히려 더 두렵기만 했다.

"이제… 당신은 어쩔 거요?" 이스타리엘의 목소리도 잠겨 있었다.

"약속대로 우선 요정들이 네 어머니를 어떻게 했는지 알려 주마." 엘리야가 답했다. 그의 얼굴에는 일말의 감정 변화도 보이지 않았다. 엘리야는 약간의 망설임도 없이 제 맹세를 깨트리는 일이 대수롭지 않은 일인 것처럼 요정들의 비밀을 털어놓았다. "처음부터 에냐도르에는 프레지오라이트녹수정가 존재했다. 대담하고, 순수한 마력을 제 몸에 지닌 마법사라면 그 수정을 획득할 자격이 있었지. 프레지오라이트는 마법사가 지닌 고유의 마력을 증폭시켜 준다. 그렇지만 이 세상에는 이런 프레지오라이트보다 훨씬 막강한 것이 존재했다. 그것은 전인미답의 산맥 깊은 곳에서 생성되었고 절대 그 장소를 벗어나서는 안 되는 것이었지."

"그게 무엇이죠?" 카이는 숨도 제대로 쉬지 못하고 물었다.

"그건 애미시스트적수정이다." 엘리야가 대답했다. "애미시스트 중 두 개가 세상에 공개돼 버리고 말았지. 하나는 슈투름 산맥에서 벨타인이 찾아낸 것이고, 다른 하나는 페엔 산맥에서 요정의 여왕 웨이요나가 손에 넣게 되었다. 그 둘 이외에 무모하게 이 애미시스트에 손을 대려던 마법사들은 전부 목숨을 잃었지. 애미시스트는 그 소유자에게 불사의 능력과 더불어 이 세상 것과는 차원이 다른 절대적인 힘을 선사한다. 기존의 마법으로는 감히 대적할 수 없는 엄청난 힘이지. 그렇지만 그 굉장한 힘을 사용하는 데는 제약이 따랐어."

엘리야가 이야기를 시작한 이래 처음으로 왕의 얼굴에 희미하게나마 감정의 흔적이 엿보였다. "수정이 품고 있는 마력이 일단 고갈되고 나면 다시 채워지지 않았지. 녹수정과는 달리 마법사 곁에 있는 것만으로는 재충전되지 않았고 그 대신 마법을 담아낼 다른 무언가가 필요했지. 바로 피의 잔이다!"

"그게 뭐요?" 이스타리엘이 얼굴을 찌푸리며 묻긴 했지만 이미 그 답을 알고 있는 것처럼 보였다.

"피의 잔이란 살아 있는 생명을 말한다. 그 생명체의 심장을 제거하고 그 자리에 수정을 넣는 거지. 그렇게 다음 교체 때까지 마법의 돌을 몸속에 보관하게 되는 거야. 일종의 살아 있는 그릇인 셈이지. 그렇지만 적수정이 지닌 힘은 실로 엄청난 것이어서 염소나 늑대를 피의 잔으로 사용하는 걸로는 충분하지 않았다. 애미시스트를 품은 짐승은 기껏해야 며칠 버티다 죽어 버렸으니까. 반면 드래곤, 인간, 데몬, 엘프 혹은 요정은 피의 잔이 되기에 적합했지. 왕가의 핏줄이면 애미시스트에 대한 저항력은 몇 배로 늘어났다. 벨타인은 저를 찾아온 온갖 유형의 '방문객들'에게 닥치는 대로 실험해 보았지만 대다수가 몇 주 혹은 몇 달을 버티는 게 고작이었다. 그러나 요정들은 에냐도르의 생명을 다루는 일에 훨씬 조심스럽게 접근했어. 고대에는 100년마다 요정 중 한 명을 선발해 피의 잔으로 바쳤지. 그렇지만 드래곤 전쟁 때 요정들이 초대 엘프 왕, 리아논 폰 아베론 편에 서게 되면서 모든 게 달라졌어. 요정들은 엘프 왕 리아논과 그의 후손들을 적들의 공격으로부터 보호해 줄 난공불락의 요새를 지어 주기로 했지. 그게 바로 이 아엘프스탄 성이었어. 그런데 이 성을 건축하는 마법을 시전하던 중 당시 피의 잔이 파괴되고 만 거야. 그 대가로 웨이요나는 100년마다 엘프 왕가의 피를 지닌 아이를 제물로 바치라고 요구했다네. 네가 태어나던 그 무렵은 제물 공납 기한을 두 차례나 넘긴 상황이었지. 너의 부모인 님룬트와 레이나는 베리안을 제물로 바칠 수도 있었지만, 그러는 대신에 아이를 더 낳기로 결정했다. 그리고 쌍둥이가 잉태되자 님룬트는 그것이 그들의 운명을 위로하는 신의 은총이라고 생각했지. 하지만 레이나는… 딱 너 같았단다."

"어머니도 사랑이란 감정을 느끼셨던 건가?" 엘프 왕자의 눈에 눈물이 고였다.

엘리야가 고개를 끄덕였다. "레이나는 널 구하려 직접 요정들을 찾아갔다. 하지만 그 당시 그녀의 나이가 이미 30대 후반이었고, 더욱이 그녀는 왕가의 자손도 아니었지. 그러니까 피의 잔으로 버틸 수 있는 그녀의 시간이 지금쯤 거의 다 되어 가고 있을 테지."

"그 말은 아직 내 어머니가 살아계시지만… 곧 임종이 가까워졌다는 말인가. 그다음엔 그 요정들이… 내 아기의 심장을 도려내려 한다는 거고?" 진실을 마주한 순간 이스타리엘은 충격에 휩싸여 온몸을 덜덜 떨었다. 엘리야마저도 그 모습을 차마 보지 못하고 다른 곳으로 시선을 돌리고 말았다. 격분한 엘프 왕자가 두 주먹을 불끈 움켜쥐었다. "기필코 내가 꼭 막을 거야!"

"가능할지 모르겠군…. 아그네스는 어디에 두고 온 거냐?"

카이와 엘리야가 궁금한 눈초리로 이스타리엘을 응시했다. 이스타리엘은 아무 대답도 하지 않더니 막힌 숨을 토해내듯 버럭 소리를 내뱉었다.

"페엔 산맥." 그리고 더는 아무 말도 하지 않고 제 검을 꺼내 거침없이 팔뚝을 그었다. 상처는 제법 깊었고, 피가 철철 흘렀다. 카이가 흐르는 피를 담으려 황급히 제 가죽 주머니를 그 아래 받쳤다. 카이는 추후에 이스타리엘의 상처를 치유해 줘야겠다고 생각했다. 그렇지 않으면 아그네스를 되찾기도 전에 쓰러질 판이었다. 도대체 사랑이 뭐길래 한 남자를 저렇게나 무모하고 충동적으로 만들 수 있는 건지!

“요정 왕국으로 향하는 입구는 레오드릴 샘이다.” 엘리야가 말했다. 동시에 주머니를 받아들고는 무릎을 꿇었다. 절해방해 줄 열쇠인, 이스타리엘의 혈관에 흐르던 액체를 조심스레 결계 주변에 뿌렸다. “요정들의 왕국, 빌라가르트에 도착하려면 우선 그 샘에서 익사해야 한다.”

“아그네스 곁으로 갈 수만 있다면 불타 죽는 것도 마다하지 않을 거요.” 이스타리엘이 대답했다.

엘리야가 고개를 끄덕였다. “어쩌면 그 과정도 거쳐야 할지도 모르지.”

잠시 후 이스타리엘이 쏜살같이 사라진 감옥에는 엘리야와 카이만 남았다. 마지막 핏방울을 전부 사용하고 옥사에서 나온 인간의 왕은 오물이 묻어 지저분하기 짝이 없었다. 엘리야는 몹시 지친 몰골로 그다음 행보를 어찌해야 할지 미처 결정하지 못한 채 가만히 서 있었다.

“연합을 체결해야 할 두 동맹군이 아직 기다리고 있어요.” 카이가 그를 상기시켰다.

엘리야는 그저 고개만 한 번 끄덕일 뿐이었다.

“오늘 저녁에 연회가 열립니다. 엘프들과 데몬들은 대화할 준비가 되어 있어요. 이스타리엘이 합석했더라면 좋았을 텐데요.”

또다시 침묵이 이어졌다. 몹시 느릿한 움직임으로 옥사를 벗어나는 엘리야가 당장 씻고, 단장을 도와줄 시종들을 찾아갈 거라 카이는 생각했다. 카이 역시 입을 다문 채 이맛살을 찌푸리며 그 뒤를 쫓았다. 마침내 아름다운 성의 모습이 곧 한눈에 들어오기 직전, 감옥 입구 마지막 계단에서 카이가 왕의 팔을 붙잡았다. 엘리야가 무표정한 얼굴로 카이에게 돌아섰다.

“프레지오라이트를 돌려받고 싶지 않으십니까?”

“글쎄다. 내가 방금 저지른 일을 생각하면 그럴 만한 자격이 있는지 확신이 서지 않는구나.”

“뭘 어떻게 했다는 거죠? 이스타리엘의 어머니에 관한 비밀과 관련이 있나요? 지금까지 그 비밀을 숨기면서 누구를 보호하려고 했던 거죠?”

엘리야는 긴 한숨을 내쉬었다. “내 성. 그리고 그 안에 거주하는 모든 인간. 그것이 요정들이 내게 요구했었던 담보였지.”

그가 또 한 번 한숨을 내쉬었다.

"당신의 성이라고요? 그러면…?"

카이가 말을 꺼내기도 전에 엘리야는 여전히 투명한 그의 손에서 제 마법 지팡이를 잡아챘다. 프레지오라이트는 이윽고 불사의 몸을 지녔던 마법사 왕, 엘리야 폰 도르슈트랑을 다시 섬길 때만을 기다렸다는 듯 곧장 주인을 바꿨다. 엘리야가 무슨 짓을 저질렀는지는 조금도 개의치 않는 것처럼. 아무 말 없이 돌아선 엘리야가 남은 계단을 성큼성큼 올라갔다. 이윽고 그가 던진 한마디가 카이의 몸속에 흐르는 피를 모조리 얼어붙게 했다. "도르슈트랑은 이제 존재하지 않는다."

⚜

콧대 높기로 유명한 님룬트였지만 어쩔 수 없이 알빈가르트의 권력을 엘프족 파수꾼에게 넘기게 될 판이었다. 엘프 국왕에게 그 당위성을 이해시키는 일은 오래 걸리지 않았다. 그는 이 협상의 방향이 그리로 치닫고 있다는 걸 이미 알고 있었다. 더욱이 그가 제 자식인 베리안과 이조라, 호리엘 그리고 데몬들과 합세하여 인간 왕을 배신한 마당에 엘리야가 저를 신뢰하지 않을 것은 너무도 자명했다. 그래서 님룬트는 금세 두 손을 들었다. 어쨌거나 엘프족 파수꾼은 제 소생인데다 이미 수년간 왕세자 역할을 맡긴 적이 있었던 터였다. 그 과정에서 이스타리엘은 추방과 투옥을 겪긴 했지만 그에 관해 이의를 제기하는 자는 아무도 없었다. 님룬트가 무조건 항복한 것은 아니었다. 그에 따르는 보상으로 엘리야가 걸었던 약속을 즉각 이행하라고 촉구했다. 즉 베리안의 심장을 망가트린 저주를 즉시 거두라는 요구였다. 그것이 지금 카이가 엘리야와 함께 베리안의 침실로 향하고 있는 이유였다. 시커멓고 악의로 찬 마법의 저주를 거둬들이는 일은 몹시 어려운 일이었고, 또 그 과정을 지켜보는 이가 적을수록 좋았다.

"마음이 불편하신가요?" 베리안의 방으로 가는 길에 카이가 제 마법 스승에게 물었다. "저주를 그대로 두고 싶은 건 아니고요?"

"아니다." 카이의 질문에 조금 더 걸음을 재촉하며 엘리야가 대답했다. 카이가 뒤쫓기 조금 버거울 정도였다. "오늘 아침 이후로 그를 조금 더 이해할 수 있게 되었거든."

단지 그 말뿐이었다. 하지만 각 음절을 하나하나 강조하는 엘리야를 지켜보며 카이는 그가 되찾은 저 위풍당당한 태도가 그저 가식에 불과하다는 것을 깨달았다. 감옥에서 벗어난 이후 그가 했던 일들은 전부 합리적이고 목표가 뚜렷한 일들뿐이었다. 엘리야는 코리안, 사피라 그리고 야레드가 어떤 상황인지 파악하고자 도른슈트랑으로 까마귀를 날려 보냈다. 비록 여태까지 아무 회신도 얻지 못했지만. 그런 뒤 몰구르 폰 스키르 그리고 툴과 함께 성공적인 협상을 끌어갔다. 그리고 종국에는 데몬족 원수에게 적어도 그가 지닌 권력의 절반을 데몬족의 파수꾼에게 양도하기로 약조를 받아냈다. 베리안과 칼리스토의 혼인으로 태어날 자손이 데몬의 모습이라면, 데몬족의 원수가 보유한 데모니아의 권한 중 절반을 그 아이가 상속받기로 합의했다. 하지만 여아를 낳는다면 훗날 툴과 혼인하여 데몬족 원수의 가문과 파수꾼을 하나로 잇기로 합의했다. 왠지 모르게 카이는 엘리야가 이스타리엘과 감옥에서 씨름하는 동안 툴이 이런 계획을 미리 꾸며 놓은 것 같은 의심을 지우지 못했다. 하지만 계획 자체는 나쁘지 않았기에 그 계획에 전원이 선뜻 동의했다. 날이 저물 무렵 파수꾼들은 모든 권력을 손에 쥐게 되었다. 모든 것이 예언에서 요구한 대로 이루어졌다. 엘리야가 생각한 대로이기도 했다. 물론 엘리야가 운명의 여신 계획을 받들어 자신의 권력을 인간의 파수꾼에게 이양할 생각이었다는 걸 전제로 할 때… 과연 그의 진심은 무엇일까? 지난 수백 년 동안 그가 그리도 손에 넣으려 애를 썼던 유일한 것, 바로 그 *사랑*을 가로채 버린 제 아들이자 상속자에게 진짜로 권력을 넘기려는 것일까?

"트리스탄 문제는… 어찌할 생각인가요?" 결국 카이가 용기를 내어 물었다. 여전히 그는 묵묵부답이었다. 하지만 역설적으로 그 무언의 비명은 하늘을 찌를 것 같았다.

"엘리야 님, 예언이 말하길…"

"다 왔군." 왕이 카이의 말을 단숨에 잘랐다. 이스타리엘에게 비밀을 폭로한 이후로 사라졌던 완고한 표정을 다시 짓더니, 카이가 또 다른 질문을 퍼붓기 전에 서둘러 방문을 열었다.

가슴 앞에 팔짱을 낀 베리안이 방 한가운데에 있었다. 그는 화려한 금실 자수가 놓인 적포도주색 튜니카를 걸치고 고급 가죽으로 만든 장화를 신고 있었다. 짧은 머리카락만 제외하면 난폭하고 품위 없는 옛 교도관의 모습은 눈 씻고도 찾아볼 수 없었다. 예전에 인간의 왕과 얽히지만 않았더라면 엘프 왕국의 왕좌에 올랐을 알빈가르트의 왕세자다운 모습이었다.

침대 발치에 염소 한 마리가 묶여 있었다. 커다란 눈망울로 방에 들어온 그들을 응시하며 음매 울음소리를 냈다. 베리안이 검지로 염소를 가리켰다. "도대체 내가 왜 손수 저 짐승을 데려와야 하는 거지?" 불만 가득한 음성으로 베리안이 물었다.

"왜냐하면 나도, 카이도 너의 몸에 새겨진 저주를 돌려받고 싶지 않으니까." 엘리야가 대답했다.

"투명 마법을 뒤집어쓴 그 꼬마 촌놈도 함께 온 건가?"

엘리야가 고개를 끄덕이자 카이는 제 위치를 알리려는 듯 의족으로 바닥을 두드렸다. 베리안은 이마를 찌푸렸지만 그 이상 그들을 자극하지는 않았다. "어서 시작하라!" 대신 베리안이 요구했다. "18년간 그만큼 괴로웠으면 충분하다."

"넌 놀라울 정도로 네 숙명을 잘 견뎌내더군." 갑작스러운 엘리야의 말에 둘은 의아해했다. "대부분은 그런 상황에 처하면 스스로 목숨을 끊었을 텐데."

"난 아니야! 난 내게 이런 짓을 저지른 놈에게 되갚아 줄 날만을 기다리고 또 기다렸지." 베리안이 씩씩거리며 중얼거렸다.

"그건 정당한 권리다. 그리고 네 심정을 이해한다. 스타프린스, 넌 엄청난 불의에 희생당한 거니까. 그리고 네가 그 굴레에서 벗어날 날이 드디어 이렇게 찾아왔군. 내가 너를 괴물로 만들기 전 너의 모습으로 부디 돌아가기를."

순간 그들 사이에 적막이 흘렀다. 카이도, 베리안도, 엘리야의 입에서 저런 말이 나올 거라 미처 예상하지 못했던 것이다. 그의 말은 거의 속죄에 가까웠다. 과거에 저질러진 불의가 그 어떤 한 사람의 잘못 때문이 아니라는 취지를 담은 발언이었다. 처음으로 카이는 아내가 배신하고, 배신한 아내의 연인이 건 저주에 당하기 전 베리안의 모습이 어땠을지 궁금해졌다.

엘리야는 아무 대답도 기대하지 않는 것 같았다. 그저 베리안에게 고개만 한 번 끄덕이고는 카이를 옆으로 슬쩍 밀고 염소를 풀어놓았다. 염소는 앞으로 무슨 일이 절 기다리고 있는지 아는 것처럼 비통하게 울부짖기 시작했다. 그제야 카이는 염소를 눈여겨보았다. 하얀 털 위에 보이는 검은 반점들. 그럼 저 염소가 바로 그바일로가 마음에 품은 그 암컷이란 말인가? 엘리야가 염소를 곁으로 가까이 끌고 왔다.

"기다려요!" 카이가 염소 목에 묶인 줄을 쥐며 황급히 외쳤다. "다른 염소를 데려와야 해요. 이 염소는 그… 그러니까… 그바일로의 부인이라고요!"

"그놈 얘기는 지금 꺼내지도 말거라!" 엘리야가 호통을 쳤다. 카이와 마찬가지로 엘리야 역시 알현실에서 돌프와 카이에게 판결을 내리던 잊지 못할 장면을 다시 떠올리는 것 같았다. 끝내 카이의 마법 지팡이를 빼앗고 그를 감옥에 처넣었던 바로 그 날을.

“미안해요.” 카이가 우물쭈물 말했다. 그런 뒤 제 안에 있는 용기를 전부 끌어모아 마법사 왕에게 재차 반박했다. “하지만 암컷에게 저주가 꽂힌 걸 알면 그바일로가 날 절대 용서하지 않을 거예요.”

카이는 엘리야의 프레지오라이트에서 무시무시한 힘이 뿜어 나오는 걸 미처 알아채지도 못했지만 이내 한 방을 얻어맞았다. 1초도 되지 않아 또 한 방의 마력이 회오리치며 카이의 세상을 온통 초록빛 소용돌이로 삼켜 버렸고 동시에 그를 반대편 벽에 내동댕이쳐 버렸다. 카이는 머리가 터져나갈 것 같고, 의식이 곧 꺼질 것만 같은 고통을 쫓아내려 노력했다. 하지만 엘리야는 카이가 정신을 차려 치유 마법을 걸 틈을 허락하지 않았다. 또 한 번의 마력 파장이 카이를 강타했다.

*안 돼요. 저 암컷만은!* 그것이 카이가 정신을 잃기 전 마지막으로 떠올렸던 생각이었다. 카이는 마지막으로 제 프레지오라이트가 깜박이는 것을 응시한 채 의식을 잃고 말았다. 암흑이 절 위로하는 오래된 친구의 품처럼 그를 보듬어 주었다. 어디선가 시끄러운 음성들이 어렴풋이 들렸지만 카

이는 그 음성이 누구의 것인지는 알지 못했다. 욕설, 번쩍이는 빛, 짙은 초록 안개의 소용돌이, 그리고 이 세상의 것이 아닌 것 같은 비명 소리. 이런 끔찍한 장면들이 주마등처럼 스쳐 지나가는가 싶더니 갑자기 한데 뭉쳐 회오리치며 마치 짐승의 이빨처럼 그의 생각과 감정을 갈기갈기 찢었다. 어마어마한 고통 뒤 완전한 암흑이 다시 찾아왔다.

카이가 다시 깨어났을 때 그 방에는 엘리야만 홀로 있었다. 엘리야는 거지처럼 바닥에 무릎을 꿇고 앉아 양손을 가슴에 모은 채 이마를 바닥에 대고 있었다. 그의 마법 지팡이는 곁에 널브러져 있었다. 모든 마력을 소진하고 대마법사만큼이나 축 늘어진 상태로. 암컷 염소도, 베리안도 보이지 않았다. 깨질 것 같은 머리를 부여잡고 고개를 든 카이가 엘리야에게 간신히 기어갔다. 왕의 저런 모습을 마주하니 불길한 감정이 샘솟았다. 평소 침착하고, 항상 자신감에 찼던 그의 표정은 일그러져 있었고, 극심한 고통에 눈꺼풀마저 감은 상태였다. 당황한 카이가 조심스레 그의 이름을 불렀지만 엘리야는 아무 반응도 없었다. 여러 번 가볍게 흔들어 정신을 차리게 한 후에야 엘리야가 천천히 몸을 일으켰다.

“무슨 일이 벌어진 거죠?” 떨리는 음성으로 카이가 물었다. 엘리야가 신음을 흘렸다. “정말 잘했군, 애송이 마법

사. 네가 그 염소를 구했어. 그리고 이제야 투명 마법이 풀렸군."

카이의 심장이 오그라들었다. 그는 제 안에 솟구치는 불길한 예감이 맞지 않기만을 바랐다. "그러니까… 베리안의 저주가 풀리지 않았다는 말인가요?" 카이는 용기 내어 그의 작은 소망을 발설했다. 동시에 티케에게 기도를 올렸다. 제발 저 인간의 왕을 위해 지을 양탄자에 지금 자신이 추측하는 그 어두운 빛깔의 실을 섞어 넣지 않았기만을.

"그래." 엘리야의 녹수정 빛 눈동자에 그늘이 졌다. "어쩌면 정의가 실현된 것일지도 모르겠구나. 저주가 깨져 새로운 그릇을 찾아간 것이. 영원히 심장을 찌르는 치명적인 고통. 내가 베리안에게 그런 고통을 겪게 했지. 그리고 이제 그것이 내게로 돌아왔구나."

"정말 유감이에요." 카이가 속삭였다. 그 이상 아무 말도 떠오르지 않았다. 카이는 엘리야에게 이런 잔인한 운명이 닥치기를 바란 적이 없었다. 또한 저주의 파훼에 어떤 식으로든 관여하라고 제 녹수정에 명령을 내린 적도 없었다. 카이가 원했던 건 다만 그바일로의 배필인 암컷 염소를 보호하는 것뿐이었다. 하지만 어쨌든 걷잡을 수 없이 일이 꼬이고 말았다. 그럼에도 카이의 내면에서 속삭이는 음성이 엘리아에게 용서를 비는 걸 막아섰다. 수백 년간 저 사내는 그가 지닌 권력을 이용해 에냐도르의 종족을 제 마음대로 주물렀다. 그러나 이제는 새로운 시대의 동이 트고 있었다. 파수꾼의 시대가 도래한 것이다. 이제 저 왕은 더는 불사가 아닌 필사의 삶을 사는 사람일 뿐이자 심장이 부서진 한 가련한 남자에 불과했다. 다른 많은 인간처럼. 그러니 엘리야도 그냥 그렇게 사는 법을 배워야 할 것이다. 혹은 달리 방도가 있을까?

# 마론

흑마법이라고 해서 백마법보다 기분이 딱히 나쁘진 않았다. 어디 아픈 데도 없었고, 숨이 막히지도, 흉터가 남지도 않았다. 마론은 아녜이가 제게서 빼앗아 갔다는 수명이 빠져나간 느낌을 전혀 감지할 수 없었다. 오히려 처음 이 나무집을 찾아올 때와는 달리 행복한 마음으로 마녀의 집을 나섰다. 그녀의 허리춤에 고정된 가죽 주머니에는 질병 부적이 들어 있었다. 썩은 나뭇조각, 누더기, 넝쿨, 점토로 만들어진 너저분한 형상의 부적이었다. 마론은 그 마녀가 이 부적에 어떤 흑마법을 걸었는지 전혀 알지 못했지만 알고 싶지도 않았다. 둘둘 감겨 있는 넝쿨 가닥마다 악의를 가득 품은 이 기묘한 물건이 어쨌거나 저를 도울 것이다. 흑마법사가 자신을 도왔던 것처럼. 이로써 마론은 제 삶을 위한 개인적인 전쟁을 치를 무기를 완벽하게 장착했다. 물론 단 한 번의 전투에서 승부가 갈리지는 않을 것이다.

샤텐발트의 빽빽한 밀림을 지나 아담에게 돌아가는 길에 마론은 앞으로 살날이 얼마나 남았을지 머릿속으로 떠올려 보았다. 이제 곧 열여덟 살이 되는 마론에게서 아녜이는 50년을 앗아갔다. 에냐도르에서는 팍팍한 삶이 어깨에 지운 짐 때문인지 68세가 되기도 전에 세상을 떠나는 인간들이 수두룩했다. 농부와 노예는 일반적으로 60세가 되기 전에 사망했다. 아무튼 아직 목숨이 붙어 있는 걸 보면 자신은 건강 체질 같았다. 이 세상에서 제게 허락된 시간이 정말 겨우 몇 달 혹은 몇 년뿐이라면 마론은 이제 그 시간을 제가 원하는 목표를 이루는 데 쓰고 싶었다. 그녀의 우선 과제는 그다음에 뒤따를 목표들에 비하면 비교적 소박한 것이었다. 아담을 아엘프스탄으로 데려가는 것. 이것 역시 말은 쉽지만 어찌해야 할지 여전히 막막하기만 했다. 하지만 지금 상황이 얄궂고 험난하긴 해도 마론의 마음에는 낙관적인 희망이 피어올랐다.

아담에게 거의 다 왔을 무렵 마론의 발걸음이 얼어붙었다. 제 친구는 더 이상 혼자가 아니었다. 부서진 선박의 판자 바로 옆에 숲지기 아레티가 무릎을 꿇고 있었다. 아담을 묶어 놓았던 밧줄은 이미 풀린 상태였다. 아레티는 아담 곁에서 그의 말을 홀린 듯이 귀담아듣고 있느라 다가오는 마론의 발소리도 미처 듣지 못했다.

"…그는 마침내 죽음으로 안식을 찾았으니 이제 네 영혼이 그리해야 할 차례야." 아담의 목소리가 마론의 귓가에 닿았다. 그러니까 아레티가 흠모하던 그 젊은 엘프 사내에 관한 이야기 같았다. 저 엘프 여인이 아네이와 맺은 거래로 인해 태양의 신을 향해 최후의 여정을 떠난 비운의 엘프 사내. 아담의 두 손을 감싸 쥔 아레티가 마음이 찢어지도록 흐느끼는 모습이 마론의 추측을 뒷받침했다. 그때 마론의 눈에 덤불 속에서 번쩍이는 강철 조각이 보였다. 제대로 살펴보니 얼마 전 아레티의 명령에 따라 던져 버린 제 검이었다. 마론은 소리 없이 검을 집어 들었다.

"…너 자신을 스스로 용서하는 것이 중요해. 용서만이 평온을 얻는 유일한 길이니까." 아담이 중얼거렸다. 투박하기 그지없던 저 농부가 언제부터 저런 말을 할 줄 알았단 말인가? 방금 전까지만 해도 마론은 아담이 '용서'라는 단어의 사전적인 의미조차 제대로 알지 못할 거라 생각했었다. 이제까지 그와 함께 보낸 시간을 돌이켜 보면 아담은 무척이나 둔감하고 이해력이 부족한 유형이었다. 그건 그렇다 치고 도대체 이해가 되지 않았다. 왜 갑자기 저 녀석이 저리도 차분하고 진중해진 걸까? 지난 며칠 내내 미친놈처럼 혼잣말하고, 거품을 물던 모습은 어디로 가고? 당장 뭘 해야 할지 망설이던 마론이 양손으로 검을 쥐고 수풀을 벗어나 아담이 있는 길가로 모습을 드러냈다.

아레티는 마론을 보자마자 그녀를 진정시키려는 듯 곧바로 양손을 위로 들었다. "그러지 마, 인간 여자! 네가 그 마녀와 손을 마주 잡고 주무르는 동안 지금까지 여기서 네 친구를 돌보고 있었으니까."

"내가 아녜이와 한 거래는 네가 신경 쓸 일이 아니야." 마론이 아레티에게 호통을 쳤다. "아담을 그대로 두고, 어서 네 마을로 돌아가!"

"난 그저 대화를 좀 했을 뿐이야. 너희들이 이 숲을 벗어날 때까지 내가 같이 가 주는 편이 좋을 것 같은데. 난 샤텐발트를 잘 아니까 길을 안내할 수 있거든."

"우리는 네 도움이 필요하지 않아!" 마론이 단호한 음성으로 말했다. 아담이 다시 정신줄을 놓는 상황을 고려하면 꼭 맞는 말은 아니었다. 어쨌거나 손이 두 개 더 있으면 훨씬 유용할 테니까. 그렇지만 마론은 저 숲의 방랑자를 믿을 수 없었기에 한 걸음도 따라갈 마음이 없었다.

"그래, 그렇다면 어쩔 수 없지." 아레티가 대답했다. 그녀는 아담과 악수를 한 후 자리에서 벌떡 일어났다. "내가 동행하면 그에게 이로울 거라는 기분이 드는데 말이야."

"그건 정말 그래! 이제까지도 그랬고." 아담이 허겁지겁 내뱉었다. 그는 사뭇 아쉬워하는 눈치였다. "그러니까 나한텐 그게 좋겠어. 네가…"

"절대 꿈도 꾸지 말고, 당장 꺼져!" 마론이 엘프 소녀에게 소리쳤다. 저 정신 나간 선지자가 반대하든 말든 지금은 그의 의견을 들어줄 형편이 아니었다.

아레티는 그들에게 더는 들러붙으려 하지 않았다. 화살과 활을 어깨에 메고, 여느 엘프들이 그러는 것처럼 몸을 꼿꼿이 세우고 머리카락을 휘날리며 길을 떠났다. 그녀는 뒤도 한 번 돌아보지 않았고, 길모퉁이를 돌아 모습을 감췄다. 마론은 짜증 가득한 눈초리로 아담을 노려봤다. "지금 우리에겐 마녀의 마력을 빌려 뒤에서 누군가를 살해하는 배신자 따위는 필요하지 않아."

"그런 점에서 저 여자가 너와 다를 게 뭐야?" 아담이 질문했다. "그녀는 후회하고 있는데 넌 아직 아니라는 정도일까?"

그것으로 잠시나마 맑아졌던 아담의 정신 상태가 다시 악화됐다. 마론이 입술을 질끈 깨물며 아담의 말에 대항할 반론을 머리가 터지도록 고민하는 사이 아담이 다시 경련을 일으켰다. 두 손이 오그라들더니 선박 판자에 앉아 있던 그가 다시 옆으로 쓰러졌다. “비젤… 너 어디 갔었던 거냐? 제발 도와줘!” 그가 이를 악물며 소리쳤다.

저런 상태로 말을 하도록 놔두는 건 좋지 않았다. 이미 도른슈트랑에서 저러다 혀를 깨문 적이 한 번 있었다. 그런 불상사를 막기 위해 마론이 길가에서 나뭇가지 하나를 집어 아담의 치아 사이에 끼워 넣으려 했다. 하지만 그런 마론의 손을 거칠게 쳐낼 정도로 아담은 제정신이 아니었다. “온통 시뻘겋구나, 시뻘게! 숲 전체가!” 공포에 질린 아담이 소리쳤다. 동시에 자리에서 일어나려 했지만 비틀거리다 대자로 쓰러졌다. 마론이 그를 부축하려 몸을 던졌다. 아담을 묶어 둔 밧줄을 풀어 준 아레티가 저주스러웠다. 아담은 키도 크고, 덩치도 있는 사내였던지라 마론보다 훨씬 힘이 셌다. 지금 당장은 위아래로 그를 뒤흔들어 대는 경련에 휩싸여 있기 망정이지 조만간 아담이 저를 때려눕히거나 아니면 그 무슨 몹쓸 짓을 할지 알 수 없었다.

도저히 희망이 보이지 않았다. 아담이 혀를 물어뜯지 않도록 막으려면 이제 방법은 단 하나밖에 없었다. 정말 내키지 않았지만 마론은 제가 낼 수 있는 가장 큰 목소리로 방금 곁을 떠난 엘프 숲지기를 불렀다. 그녀가 다시 그들 앞에 서기까지 1분도 채 걸리지 않았다. "내가 없이는 안 될 상황에 이른 것 같네." 아레티는 몹시 만족스러운 표정으로 지금의 상황을 평가했다.

"아까 아담을 진정시키는 데 무슨 수를 쓴 거야?" 저를 치려는 아담의 두 팔을 잡으려 애쓰며 마론이 헐떡였다.

"아무것도. 난 그냥 대화 좀 했을 뿐이야."

"그럼 어서 말을 걸어 봐!"

그러자 엘프가 그들 앞에 쭈그리고 앉아 양손으로 아담의 얼굴을 쥐고는 강제로 저를 바라보게 했다. "인간 소년." 아레티가 아담에게 말했다. 마론과 대화할 때와 달리 훨씬 섬세하고 상냥한 음성이 흘러나왔다. "두려워할 이유가 전혀 없어."

그 즉시 경련을 일으키던 몸이 축 늘어졌다. 마론은 있는 힘을 다 쥐어짜 가까스로 그를 부축했다. 아담이 몇 차례 눈을 번뜩였다. 하지만 아레티를 확인한 그의 눈빛이 환하게 빛났다. "넌 떠오르는 태양보다 훨씬 아름답구나!" 그는 확신이 가득한 음성으로 말했다. 마론이 서둘러 시선을 돌렸지만 숲의 방랑자는 그의 찬사를 너무나 당연하게 받아들였다. "네가 엘프에게 익숙하지 않아서 그런 거겠지."

"아니야." 아담이 강조했다. "아엘프스탄에서 여럿 봤어. 하지만 넌 내면에서 빛이 나. 그걸 알아채지 못한 그놈이 얼간이였어."

아레티가 시선을 떨어트리더니 눈가에 고인 눈물을 훔쳐냈다. 마론는 이런 꼬락서니를 계속 눈 뜨고 지켜보기가 꽤나 힘들었다. 결국 친구의 팔을 놓고 자리에서 벌떡 일어났다. 그리고 언짢은 표정으로 다친 어깨를 한 번 쭉 뻗고는 돌아서서 둘을 내려다봤다. "질질 짜는 꼴이 가히 차기 엘프 파수꾼 감이로군. 하지만 지금은 차기를 논할 때가 아니지." 마론이 말했다. "아무튼, 좋아. 너도 우리와 함께 간다. 널 인간의 왕께 소개할게. 그분은 너 같은 종의 감상적인 표본을 수집하는 게 취미시거든. 널 보면 기뻐하실지도 모르겠군. 네 마을에서는 넌 그저 떨거지에 불과한 존재였겠지만. 그리고 나한테도 마찬가지지만…."

"우리와 함께 가는 거지?" 아담이 기쁜 음성으로 물었다.

아레티는 아직 마음을 굳히지 못한 것 같았다. "음. 지금은…. 너희가 샤텐발트 숲을 벗어날 때까지 동행해 줄게." 결국 그렇게 결정을 내렸다. 그런 다음 아담에게 손을 내밀어 그를 일으켜 세웠다.

숲지기와 함께 하니 여정이 한결 수월했다. 마론은 겉으로 티를 내지는 않았지만 솔직히 인정해야만 했다. 숲을 벗어나는 지름길로 안내하는 내내 아레티는 계속 아담과 대화를 나누며 그의 정신을 다잡아 줬다. 아담은 두려운 듯 연신 사방을 기웃거렸지만 그를 잡아먹을 듯했던 공포와 경련은 다시 일어나지 않았다. 저 엘프 여인에게 육체적으로 끌려서일까? 아무튼 마론은 아담이 저 정도로 돌변한 게 몹시 황당할 정도였다. 아레티가 곁에 있으면 아담은 예전처럼 멍청한 농부의 아들도, 지난 몇 주 내내 꿈틀꿈틀 경련을 일으키던 살덩이도 아니었다. 아담은 완전히 새사람이 되었다. 나무숲 어딘가로 저 엘프 소녀를 유혹하고 싶은 욕망 때문일 것이라 치부하기에는 너무 과한 변화였다.

"그래서?" 숲의 끄트머리에서 환한 햇살이 들어오는 모습을 바라보며 마론이 아담에게 물었다. "여전히 온통 붉은 거야… 숲이?"

"그래." 아담이 나지막이 대답했다. "여전히 그래."

"하지만 전보다 널 덜 자극하고?"

"내가 이해받고 있다는 기분이 드니까 좀 견딜 만하다."

마론의 목구멍에서 거슬리는 소리가 나오려 했다. "그러면 나랑 있을 때는 이해받는 기분이 안 들었단 말이냐? 이렇게 생고생하며 널 여기까지 끌고 온 건 난데 말이야."

“물론 너무 고맙지, 비젤. 하지만 넌 내게 안정감을 주는 영혼이 아니란다.”

순간 바로 자신이 그런 상대라는 뉘앙스로 마론을 흘깃 바라보는 아레티가 속으로 쾌재를 부르는 듯했다. 아레티는 이제 자신이 없어서는 안 되는 존재라고 못 박는 눈치였다.

“하지만 넌 저 여자에 대해 아는 게 하나도 없잖아!” 마론이 과감하게 정곡을 찔렀다.

“그건 아무래도 상관없어.” 아담이 가볍게 받아쳤다. “서로를 알아가는 데 필요한 시간은 *내겐* 충분하니까.”

마지막 말은 우연이었을 수도 있겠지만, 어쩌면 그렇지 않을 수도 있었다. 마론은 아담이 얼마나 많은 걸 알고 있고 또 무엇을 인지하는지 그리고 몇 초 후 전부 싹 다 잊어버리는지 도무지 알 수가 없었다. 하지만 그러다 아녜이와의 거래에 관한 얘기가 또다시 튀어나올까 봐 마론은 그냥 입을 다물기로 했다.

그들은 마침내 숲을 벗어나 예전에 샤텐발트 마물들을 정복한 후 잠시 쉬어갔던 평야에 도착했다. 트리스탄이 마론을 거의 목 졸라 죽일 뻔했던 바로 그 장소였다. 당시 악마처럼 번뜩이던 트리스탄의 눈동자를 떠올리자 소름이 돋았다. 그것이 아담이 계속 말하는 온통 붉은 숲과 관련이 있는 걸까? 이제 그들과 헤어지려는 아레티가 생각에 잠긴 마론을 일깨웠다.

“아엘프스탄은 여기서 북서쪽으로 가다 보면 반나절 거리에 있어. 가는 길은 알고 있을 거라 생각하는데, 그렇지?” 아레티가 그녀에게 물었다.

마론이 고개를 끄덕였다. “그래. 하지만 너도 우리랑 같이 간다.”

“왜? 그렇지 않으면 네 친구를 제어하지 못할 것 같아서?”

“맞아. 정확히 그래서야.”

“나랑은 상관없는 일이야.” 엘프 소녀가 주장했다. “원한다면 마을에서 까마귀를 구해 줄 순 있어. 그걸로 아엘프스탄에 전갈을 보내면 되잖아.”

미처 아레티가 말을 끝내기도 전에 마론이 검을 빼 들었다. 하지만 아레티도 그만큼 빠른 동작으로 화살집에서 화살을 뽑은 뒤 마론에게 겨눴다. 눈매를 좁혔다 뜨며 서로를 위협하는 둘의 시선이 서로 얽혀들었다.

“너희들 왜 이러는 거냐?” 아담이 영문을 모르겠다는 표정으로 질문했다.

“난 그저 방어하려는 것뿐이야.” 아레티가 말했다. “이건 다 네 꼬맹이 친구 덕분이라고. 자기가 바라는 것을 말로 설득하기엔 뭔가 몹시도 바쁜 모양이지. 말 대신 저렇게 녹슨 인간의 검부터 뽑아 드는 걸 보니. 물론 내가 마음을 돌이키도록 설득하려면 훨씬 오래 걸릴 테니까 그러는 건 알겠어. 지금도 그녀의 시간이 계속 흐르고 있을 테니까 초조할 만도 하겠지!"

"정말이냐?" 아담이 마론에게 물었다. "정말 그 흑마녀랑 거래한 거야?"

"난 네가 알고 있다고 생각했는데." 검을 거두지 않은 채 마론이 중얼거렸다.

아담은 혼란스러운 표정으로 고개를 세게 흔들었다. "난 많은 걸 알고 있지만, 한편으로는 그렇지 않기도 해. 꿈과 현실이 얽히고설켜 때로는 구분하기가 힘들거든."

"그럼 이것만큼은 현실인 줄 알아둬라. 난 결코 이곳에 눌러앉아 야영할 맘이 조금도 없어. 까마귀를 기다리고 싶지도 않고, 그리고 저 멍청한 숲지기랑 여기서 옥신각신하고 싶지도 않아."

"그러면 나한테 맡겨 봐." 아담이 제안했다. 그리고는 아레티에게 돌아서서 승리의 미소를 지어 보였다. "제발 우릴 도와줘라. 네가 없으면 이 페엔 산맥을 절대 넘어가지 못할 거야."

"네가 그렇게까지 말한다면." 아레티는 생각보다 쉽게 대답했다. 동시에 제 활을 내리고 화살을 다시 화살집에 넣었다. "솔직히 말하면 나도 그리 고향에 돌아가고 싶지 않아. 게다가 아엘프스탄 성 내부가 어떤 모습일지 항상 궁금하기도 했고. 그러니까 굳이 가지 말아야 할 이유가 뭐가 있겠어?"

아레티는 마론에게 시선 하나 건네지 않고 그녀의 곁을 스쳐지나 북서쪽으로 향하는 산길로 앞장섰다. 그 모습을 본 아담은 씩 미소를 지으며 그녀의 뒤를 쫓아갔다.

저녁 무렵이 되어서야 마침내 마론과 일행이 아엘프스탄 성문 앞에 도착했다. 저물어 가는 석양빛이 계곡 너머 산맥에 반사되어 불타오르는 장관을 연출했다. 성문 앞을 지키고 있는 위병들은 엘프가 아닌 인간이었다. 거인처럼 몸집이 큰 사내와 그를 엄호하는 몇몇 인간 병사들이 다리를 넓게 벌리고 서 있었다. 마론과 그 일행이 위협적이지는 않았겠지만 적어도 의심스러웠는지, 곧바로 도끼와 검을 뽑아 들고 긴 호흡으로 "머어엄춰!"라고 외쳤다. 저 사내가 맡은 임무를 충분히 이해한 마론은 그에게 맞서지 않기로 결정했다. 그래서 시키는 대로 얌전히 멈춰 섰다. 아담과 아레티도 마론을 따랐다.

"여기서 무슨 일이 있었죠?" 마론이 병사들에게 질문했다. "전투라도 있었던 겁니까?"

"그렇다." 사내가 대답했다.

"누구의 전투였죠?"

"드래곤과 인간 대 데몬족과 엘프 연합 간의 전쟁이었지. 노예 대 옛 주인의 전쟁이라고나 할까."

"보아하니 권력 관계에 변화가 있는 것 같군요." 마론이 자부심이 넘치는 음성으로 말했다. "분명 우리 왕의 노고가 가장 컸을 것 같다는 확신이 드는데요."

웃음소리가 터져 나오며 우중충한 병사들의 얼굴이 밝아졌다. "그건 아니다. 그분의 아들 공로라고 해야겠지. 불사인 트리스탄 님이 성을 정복하셨지."

방금까지 마론을 가득 채웠던 기쁨이 일격에 사라졌다. "*불사인* 트리스탄 님이라뇨?"

"그가 자신을 직접 그렇게 칭했다. 그 밖에 다른 호칭도 여럿 이어졌지만."

"지금 그는 어디에 있나요?"

사내는 투박한 어깨를 으쓱였다. "그건 나도 모른다. 너희는 누구냐?"

마론이 저를 소개하자 그녀의 신분을 조회하고 입성을 알리기 위해 한 병사가 서둘러 성안으로 달려갔다. 잠시 후 돌아온 병사는 그들을 성안으로 들였다. 이곳에 다시 발을 딛는 마론의 기분이 조금 묘했다. 높은 대리석 성벽, 상아로 장식한 벽과 창문들. 이 모든 광경이 그녀가 이곳을 떠나던 때를 새삼 떠올리게 했다. 도른슈트랑으로 떠나기 전과 외관상 달라진 게 없어 보이건만 이제 모든 것이 달라졌다. 인간이 아엘프스탄을 지배하고, 엘리야가 패배했다. 게다가 트리스탄이 불사의 몸이 됐다니. 트리스탄이 치명적인 마법에도 당하지 않을 거라 호언장담하던 아녜이의 말이 이런 뜻이었던 걸까? 마론은 제가 없는 사이 무슨 일이 벌어진 건지 최대한 빨리 알아내고 싶었다.

성안으로 안내한 보초병이 그들을 곧장 대연회장으로 인도했다. 에냐도르의 네 종족 대표가 참석한 연회가 진행 중이었다. 연회 식탁의 제일 끝부분에는 성의 일꾼, 하녀, 마구간지기, 하인 등이 앉아 있었다. 좀 더 상석에는 종족별로 구분하여 배치된 좌석에 기사들과 병사들이 착석했다. 마론은 데몬들을 보는 것만으로도 목덜미에 난 솜털이 쭈뼛 섰다. 추한 외모에 음침한 분위기를 풍기는 데몬들이 연회장의 가장 우측에 자리 잡고 꿀술을 들이켜며 부엌에서 대령한 산해진미를 즐기고 있었다. 데몬의 무시무시한 안광으로부터 드래곤과 인간을 막아 주려는 듯 엘프들의 식탁이 그 가운데에 가로놓여 있었다. 하지만 겉으로 보기에는 네 종족 모두 어찌 처신해야 할지 잘 알고 있는 것처럼 보였다.

마론은 통치자들이 앉은 상석에서 툴을 발견했다. 지금까지 마론이 단 한 번도 보지 못했던 소름 끼치는 데몬 옆에 앉아 있었다. 그리고 그 옆에 어린 데몬족 소녀가 있었고, 이어 베리안, 엘프의 왕 님룬트 그리고 카이를 곁에 대동한 엘리야가 있었다. 사피라와 트리스탄의 모습은 보이지 않았다. 이스타리엘, 아그네스 그리고 이조라도 없었다. 제왕의 모습을 보자 심장이 방망이질 쳤고 눈물이 날 지경이었다. 마론이 이곳을 떠날 때만 해도 왕은 항상 어깨를 곧게 세우고, 감히 범접할 수 없는 능력을 적에게 과시하기 위해 갑주까지 마다했던 위풍당당한 사람이었다. 하지만 지금 그의 얼굴은 창백했고, 갑자기 확 늙어 버린 것처럼 자세도 약간 구부정했다. 그의 등 뒤에 프레지오라이트가 장식된 마법 지팡이가 없었더라면 지금 저 식탁에 앉아 있는 사람이 엘리야 폰 도르슈트랑이 아니라 얼간이 광대나 악사라고 생각했을 지경이었다.

“그레타! 맙소사, 제발 뭐라도 좀 걸치지!” 갑자기 뒤에서 다급한 아담의 목소리가 들렸다. 돌아선 마론의 눈에 그들을 향해 팔을 벌리고 다가오는 그레타의 모습이 보였다. 왠지 슬퍼 보이는 푸른 눈동자에도 입가에 웃음만큼은 잃지 않은 카이의 하녀였다. 하지만 아담의 핀잔에 그레타의 얼굴에 가득했던 미소가 단번에 사라졌다.

의아한 표정으로 자신을 한 번 내려다보더니 비둘기색 드레스를 쓰다듬었다. “뭘 입어야 한다니 그게 무슨 말이지?”

마론의 반응도 그레타와 같았다. 마론은 아담에게 의아한 시선을 던졌다. 그렇지만 아담은 황급히 제가 입은 케이프를 벗어 그레타의 어깨에 둘렀다. “우선 이거라도 걸쳐!” 아담은 여전히 헛소리 같은 말을 늘어놓았다. 그 주변에 앉아 있던 이들이 몸을 돌려 그들을 응시했다. 그레타에게는 분명 과한 관심이었을 것이다. 그레타는 아담이 두른 케이프를 벗어 그의 팔에 다시 안겨 주었다. “너 미쳤어?” 그레타가 잇새로 중얼거렸다.

“하지만 그레타… 넌 지금 알몸이잖아!” 아담이 그녀의 말에 응수했다.

그제야 마론은 무슨 일이 벌어진 건지 깨달았다. “아담.

잰 알몸이 아니야. 카이가 마법으로 옷을 지어 줬겠지. 여기에 있는 모두에게 그렇게 보여. 너만 아닌 거야."

"네 말은 그러니까…" 그레타는 황급히 그의 품에 돌려준 케이프를 다시 빼앗았다. "아담에게는 벗은 걸로 보인다는 거야?"

마론이 고개를 끄덕였다. "그의 눈빛은 모든 마법을 꿰뚫어 보거든. 그래서 내가 아담을 이리로 데려온 거야."

"지금 당장 다른 옷을 입어야겠어!" 그레타가 결정했다.

"그전에 그동안 무슨 일이 있었는지 간략하게 얘기 좀 해 봐. 엘리야 님에게 무슨 일이 생긴 거야?" 마론이 그레타에게 부탁했다. 이에 기둥 뒤로 몸을 숨긴 그레타가 케이프로 제 몸을 가린 채 마론의 귓가에 속삭였다. 카이와 엘리야의 감금부터 영웅 같았던 제 모험담을 비롯해 새로이 와이번의 정복자로 등극했었던 호리엘과의 결투까지. 그리고 엘리야를 배신한 후 더는 그와 얼굴을 마주할 수 없었던 이조라가 도망쳤다는 이야기도 덧붙였다. 그러더니 갑자기 말을 멈췄다.

"트리스탄은 어디 있어?" 마론이 질문했다.

"음… 파수꾼들의 부탁을 받고 이조라를 찾으러 갔지."

"그렇구나. 그런데 왜 트리스탄이 자기를 *불사*라고 부르는 거지?"

"왜냐면 정말 그러니까." 그레타가 설명했다. "벨타인이 엘리야에게서 불사의 권능을 앗아간 후 트리스탄에게 줘 버렸거든."

"그래서 왕이 저렇게 지쳐 보이시는 건가?" 마론의 시선이 고기를 넣어 만든 파이와 스테이크가 산더미처럼 쌓인 연회장 상석을 바라봤다. 그곳에 앉은 모두가 몹시 시장한 듯 열심히 음식을 공략하고 있었다. 엘리야만이 제 앞에 놓인 식기를 물끄러미 쳐다보고만 있었다. 흡사 그곳에 육즙이 가득한 염소 스테이크가 아니라 구더기와 파리가 들끓는 썩은 뼈라도 놓여 있는 것처럼.

"아니." 그레타가 소리를 낮춰 말했다. "그건 엘리야 님이 베리안의 저주를 돌려받았기 때문이야. 베리안에게 건 저주를 푸는 과정에서 뭔가가 잘못됐나 봐."

깊이를 가늠할 수 없는 무한한 슬픔이 마론을 덮쳤다. 이제 잔인한 숙명을 받아들여야 하는 저 용맹했던 한 남자를 향한 애도였다. 그럼에도 엘리야는 마치 운명의 여신 티케가 보낸 전령처럼 이곳에서 서서 에냐도르의 운명을 조율하고 있었다. 이제 아담의 등장이 그의 마음을 조금이나마 밝혀 줄 것이다. 마론은 엘리야와 접견하려면 어떻게 해야 할지, 혹은 이 연회가 끝날 때까지 기다리는 게 나을지 고민했다. 그때 베리안이 벌떡 자리에서 일어나 제 와인 잔을 들고는 엘리야를 향해 건배를 제의했다. "첫 시대를 연 대마법사이자 인간의 왕인 엘리야 폰 도른슈트랑을 위해 건배하오." 베리안이 말하자 인간들이 앉은 식탁에서 박수갈채가 울려 퍼졌다. "당신이 마법을 사용하여 날 저주에서 해방시켜 주었소. 그 저주에 당신이 당한 건 당신 제자와 염소를 탓해야 할 것이오."

베리안의 말에 연회장의 곳곳에서 수군거리는 소리를 들으며 마론은 지금까지 대다수가 그 사연을 알지 못했다는 걸 깨달았다. 엘리야는 그저 시선을 약간 아래로 낮췄을 뿐이었지만 카이는 눈매를 좁혔다 뜨며 위협적인 시선으로 웅성거리는 청중을 노려봤다. 그런 광경을 지켜보는 마론의 기분도 몹시 불편했다.

"고통으로 가득 찰 심장을 손수 느껴 볼 기회를 얻었다는 걸 기쁘게 생각하길 바라오. 그로써 정의가 실현된 것이니까." 베리안이 계속 말을 이어갔다. 이번에는 청중에게 돌아선 베리안이 식탁의 제일 끝자락에 앉은 누군가에게 잔을 들었다. 마론이 그의 눈짓을 따라가 보니 구불거리는 흑발과 손가락이 네 개뿐인 음침한 사내가 있었다. 지금까지 단

한 번도 보지 못한 사람이었다. 그는 하인들 무리에 섞여 눈에 띄지 않는 곳에 앉아 있었지만, 탐욕스러운 눈빛과 덜덜 떠는 무릎만 봐도 그가 몹시 초조한 상태란 걸 알 수 있었다. 그 사내는 얼어붙은 표정으로 줄곧 베리안의 눈치만 살피고 있었다.

"내 실례를 무릅쓰고, 뜻밖에 실패한 마법의 대가를 치르라는 의미로 두 짐승을 도살하여 요리하게 했소." 엘프가 말했다. "어떻게 살아 있는 놈보다 죽은 상태가 여러분 입맛에 맞으시는지!"

순간 날카로운 비명 소리가 울려 퍼지더니 갑자기 하늘에서 내리친 천둥 번개가 연회장을 뒤흔들었다. 그곳에 있던 모두가 어깨를 움츠리고는 카이를 바라봤다. 마법 지팡이를 움켜쥔 카이가 자리에서 벌떡 일어났다. 밝은 녹색으로 변한 그의 동공이 무시무시한 빛을 발산하고 있었다. 그의 앞에 앉았던 이들은 눈이 멀지 않도록 양손으로 두 눈을 가려야 할 정도였다. "어서 그바일로와 그의 암컷을 이곳에 데려와라. 방금 네가 한 말이 거짓말이라는 걸 입증할 시간을 딱 5분 주겠다!" 카이가 베리안에게 호통을 쳤다.

엘프가 목덜미를 긁적이며 유감이라는 듯 고개를 흔들었다. 이 모든 게 마치 흥미진진한 광대의 공연인 것처럼 이 광경을 지켜보는 모두가 손에 땀을 쥐고 그들의 대화에 귀를 기울였다. “지금 네 소원을 들어주고야 싶지, 꼬맹이 마법사. 허나 네 염소는 진즉에 여기에 있었는데 말이야. 일부는 네 접시에 그리고 또 다른 일부는 바로 내 접시에.” 베리안은 제 앞에 놓인 고깃덩이를 들어 한 입 베어 물었다. 육즙이 뚝뚝 떨어지며 그의 입가로 흘렀다. 그리고는 고기 뼈를 대충 옆으로 집어 던지고, 소매로 얼굴을 쓱쓱 닦았다.

카이는 아무 말도 없었지만 간신히 구토를 참는 모습이 멀리서도 뚜렷이 보였다. 손을 부들부들 떨며 마법 지팡이를 내렸다. 동시에 뜨거워진 눈시울로 제 접시에 놓인 반쯤 뜯겨나간 염소 뒷다리를 노려봤다. “말도 안 돼!” 그의 입에서 탄식이 터져 나왔다.

“안 될 건 또 뭐냐.” 베리안의 말이 주먹처럼 그를 강타했다. “그리고 이미 네가 저지른 일인데 뭘 어쩌겠느냐.”

잠시 모든 게 멈춰 버린 듯 아무 일도 일어나지 않았다. 얼마 후 카이가 다시 들어 올렸다. 제 시선과 마법 지팡이를 동시에. 그의 두 눈에서 섬광이 튀었다. 그리고 드디어 엘리야도 정신을 차린 것 같았다. 저를 괴롭히던 통증은 잠시 접어두고 벌떡 일어선 엘리야가 카이의 어깨를 붙잡았다. “진정해라!” 엘리야가 꾸짖었다. “베리안이 옳다. 우리는 전쟁을 치렀고 동맹과 정략혼을 맺어 관계를 재정비했어. 오늘부터 파수꾼의 시대가 열리는 거야. 그런데 새 시대가 또 다른 전쟁으로 시작되는 꼴은 절대 두고 볼 수 없구나. 그것도 고작 염소 한 마리 때문에!"

전신이 마구 떨릴 정도로 카이의 호흡이 거칠어졌다. 마론은 카이에서 시선을 돌려 의기양양한 미소를 짓고 있는 베리안을 바라봤다. 마론은 지금 무슨 일이 벌어진 건지 명확히 파악했다. 그들은 이미 엘리야에게 굴욕을 안겼다. 그리고 이번엔 카이 차례였다. 이제 두 번째 인간 마법사를 굴욕의 도마 위에 올려놓은 것이다. 엘리야와 달리 카이는 베리안과 직접적인 투쟁을 벌인 적이 없었다. 지금은 복수의 문제가 아니라 향후 이 에냐도르에서 발언권을 얻을 자가 누구냐를 놓고, 즉 에냐도르의 권력을 두고 다투는 중이었다. 마법사들을 앞장세운 인간 종족은 이제 너무 위협적인 존재로 부상했다. 샤텐발트의 마물은 물론 엘프, 데몬까지 정복했다. 하지만 그건 충분한 힘이 있을 때만 가능한 일이었다. 그리고 그 힘의 중심은 마력이었다. 그바일로는 카이를 무너뜨리는 데 가장 적합한 도구였다. 지금 여기서 카이가 이대로 굴복한다면 앞으로 그는 크게 위축될 것이다. 반대로 저항한다면 또 감옥행이 될 것이고. 참으로 교활한 계획이 아닐 수 없었다! 마론은 이런 엘프의 간계에 치가 떨렸다.

“물러서요!” 카이가 엘리야에게 말했다. 그의 음성은 깊고도 얼음장처럼 차가웠다.

왕은 고개를 저었다. “아이야.” 엘리야가 경고했다. “스타프린스를 공격하면 너와의 인연을 끝낼 것이다!”

“그러지 못할걸요!” 카이가 말했다.

그 말과 동시에 카이에게서 무시무시한 마력이 터져 나왔다. 엘리야 바로 옆에서 지옥 불처럼 활활 타오르는 섬광이 솟구치더니 식탁에 준비해 놓은 음식들을 한순간에 쓸어버리며 베리안을 덮쳤다. 순간 재빨리 탁자 아래로 몸을 숙인 베리안 위로 거센 녹색 화염이 스쳐 지나갔다. “네놈이 감히 왕가의 일원에게 마법 공격을 감행했단 말이냐? 도대체 정신이 있는 건가, 이 막돼먹은 촌놈이!” 베리안이 외쳤다.

하지만 카이는 꿈쩍도 하지 않았다. 재차 카이의 프레지오라이트가 번쩍이더니 그의 오른편에서 동그란 환처럼 에너지가 응축됐다. 분노에 눈이 먼 카이는 제 곁에 있던 엘리야가 몸을 일으키는 것조차 알아채지 못했다. 왕은 주머니에서 소금 한 움큼을 꺼내 카이에게 뿌렸다. 그러자 마법 올가미처럼 원을 그리며 카이의 다리 주변을 에워쌌다.

그 순간 마론은 안도의 한숨을 내쉬어야 할지, 아니면 실망해야 할지 알 수가 없었다. 항상 카이를 좋게 생각했던 마론으로서는 앞으로 카이에게 무슨 일이 닥칠지 짐작도 되지 않는 이 상황이 무척 걱정스러웠다. 분명 다시 감옥에 갇힐 것 같았다. 그러면 결국 엘프들이 승기를 잡게 될 것이고 인간 세력은 급격히 약해지고 말 것이다.

하지만 이번만큼은 마론의 추측이 틀렸다. 카이는 감옥행을 순순히 받아들이지 않았다. 굴복하는 대신 일단 재빨리 마법을 거둬들였다. 반사된 마력에 자기 자신이 다치지 않기 위해서였다. 그리고는 다시 마력을 응축했다. 이제 카이의 주변을 감싼 환한 광채가 눈부신 빛무리가 되어 그의 손바닥 위에서 구의 형태로 뭉치더니 살아 있는 심장처럼 약동하기 시작했다.

“젠장, 저이는 왜 또 저러는 거야?” 그레타가 다급하게 외쳤다.

엘리야 역시 뭔가를 외쳤지만, 그의 말은 성을 뒤덮은 천둥소리에 잠겼다. 번쩍이는 번개가 밤하늘을 갈랐고, 제비알만한 우박이 지붕에 우수수 떨어졌다.

“저 인간 사내는 제 염소를 진심으로 아꼈나 보네.” 또 경련이 찾아온 아담의 팔을 손가락으로 어루만지며 아레티가 말했다.

카이가 내디딘 한 발자국 발걸음에 모든 이들이 웅성거렸다. 그가 결계 밖으로 성큼 걸어 나왔기 때문이었다. 지금까지 그 누구도 카이에게서 전혀 보지 못한 확신에 찬 표정으로 제 의족을 들어 소금 결계를 건너간 뒤 멀쩡한 다리를 끌어당겼다. 그 과정이 전혀 힘들어 보이지 않았다. 피부에 수포가 올라오지도, 머리카락에 불이 붙지도 않았다. 엘리야 역시 그 광경에 깜짝 놀랐는지 아무 반응도 없었다.

카이는 빛으로 빚은 구가 응축된 제 손을 들어 올렸다. “널 공격 따위나 하려는 게 아니야. 이 세상에서 존재 자체를 지워 버리려는 거지.” 카이가 호통을 치자 그의 음성이 벽에 부딪혀 천 배로 메아리쳤다.

깜짝 놀란 베리안도 멍하니 그 자리에 서 있었다. 그의 얼굴에 가득했던 악의가 전부 사라졌다. 툴이 제 검은 눈동자를 카이에게 고정하고 있었고, 다른 데몬들도 일제히 그를 쏘아보며 공격을 개시했지만, 카이는 마법 갑주라도 입은 듯 무시무시한 데몬들의 안광을 모조리 튕겨냈다.

그런 뒤 베리안에게 마력의 진수를 쏘았다. 이번에는 스타프린스도 피할 재간이 없었다. 대신 제 곁에 있던 어린 데몬 소녀를 잡아당긴 후 그녀의 몸을 방패 삼아 제 가슴을 막았다. 데몬족 소녀가 찢어지는 비명을 질렀다. 서서히 베리안의 품에 쓰러지는 그녀의 붉은 두 눈에 죽음의 공포가 덮쳤다. 그녀의 육체가 제게 계속 쓸모가 있을지 판단이 서지 않았던 베리안은 일단 그녀를 붙들었다. 눈부시게 빛나던 카이의 프레지오라이트 빛이 마침내 소멸되자 베리안이 그녀를 내려놓았다. 연회장에 적막이 흘렀다. 아무도 꿈쩍하지 않았다. 카이도, 베리안도 그리고 엘리야마저도. 마치 몇 시간이 그렇게 흘러간 것 같았다. 이윽고 각 종족의 통치자들이 착석했던 식탁에서 천하최강 데몬이 천천히 일어섰다. 언뜻 보기에 그는 이 상황을 전혀 개의치 않는 것처럼 몹시 차분해 보였다. 하지만 조금만 더 세밀히 살펴보면 그가 분노와 고도의 흥분으로 두 손을 덜덜 떨고 있다는 걸 알아챌 수 있었다. "너희가 감히 내 딸을 살해하고, 평화를 깨트렸다. 그 대가를 꼭 치르게 될 것이다." 잠긴 음성으로 데몬족의 원수가 공표했다. "나, 무자비함의 상징이자 데모니아의 원수, 몰구르 폰 스키르가 이것으로 님룬트 폰 아엘프스탄과 엘리야 폰 도르슈트랑과 맺은 협약을 취하한다. 나는 드래곤을 다시 노예로 삼고, 엘프들의 씨를 말릴 것이다. 인간 종족을 이 땅에서 멸할 것이고 그들의 마법사를 화형에 처하리라."

"당신은 그럴 수 없어요!" 카이가 대답했다. "데몬족의 파수꾼인 툴 폰 갈린 역시 당신과 동등한 데모니아의 권한을 지녔으니까요."

아주 잠시 툴과 몰구르가 눈빛을 교환했다. 그들은 서로를 이해하는 데 말이 필요 없어 보였다. 어깨를 곧게 편 툴이 제 옆에 있는 두 왕을 바라봤다. "이것으로 나, 툴 폰 갈린은 엘프와 인간에게 전쟁을 선포하는 바이다. 우리가 지나가도록 당장 옆으로 물러서라. 그렇지 않으면 이 공간에 있는 인간은 모두 목숨을 잃을 것이다."

주변에 있던 사람들이 공포에 질려 웅성거렸다. 이곳에 있는 모두가 데몬들이 지닌 치명적인 힘을 잘 알았다. 그 무엇으로도 그들을 달랠 수 없다는 걸 모두 알고 있었다. 그렇다고 감히 칼을 뽑아 들 자도 없었다. 마침내 엘프 국왕이 자리에서 일어나 제 종족 앞에 섰다. 마론은 심하게 두근거리는 심장을 부여안고 그의 결정을 기다렸다. 어차피 엘프는 데몬의 무시무시한 안광에 아무 영향도 받지 않았다. 이 상황에서 님룬트가 엘프 전사들에게 몰구르를 공격하라는 명령을 내리기라도 한다면 그 순간 말로 표현하기 힘든 아수라장이 초래될 것이다. 그렇지만 선견지명이 있는 님룬트는 이스타리엘의 아버지답게 이성적으로 상황을 정리했다. 이스타리엘이었더라도 아마 같은 결정을 내렸을 것이다.

"데몬족이 이 홀을 통과하게 하라. 허나 그들 중 우리를 공격하는 자는 죽여도 좋다."

오늘은 에냐도르의 연대기에 반드시 기록될 것이다. 하지만 모두가 오매불망 바라던 평화의 날이 아니라 파수꾼 전쟁이 발발한 날로. 그리고 이 엄청난 역사적 사건의 도화선은 고작 염소 한 마리였다.

# 트리스탄

갈 곳이 없었다. 눌러앉아 살 근거지도, 그들을 받아 줄 종족도 없었다. 이조라의 곁에서 보내는 날이 차곡차곡 쌓여가면서 트리스탄의 심장에 괴로움도 커져만 갔다. 트리스탄은 그녀의 눈빛만 바라봐도 스멀스멀 기어오르는 저의 욕망을 증오했다. 그리고 아침마다 이조라의 옆에서 깨어나며 느끼는 쾌락의 찌꺼기를 혐오했다. 더 나아가 그녀의 말과 행동, 일거수일투족이 싹 다 마음에 들지 않았다. 트리스탄과 이조라는 처음엔 동으로, 그러다가 방향을 바꾸어 북으로 정처 없이 에냐도르 대륙을 배회했다. 목표도 의미도 없는 방랑이었다. 오직 아엘프스탄에서 최대한 멀리, 그들을 증오하며 뒤쫓을 자들에게서 벗어나야 한다는 생각뿐이었다.

사피라와 여행할 때는 모든 것이 수월했었다. 그녀는 불을 지피거나 토끼를 잡는 법도 알았고, 땔감을 찾으러 다닐 때 손에 생기는 굳은살도, 자연에서 처리해야 하는 용변 문제도 불평하지 않았다. 사피라가 진정한 여왕이라면, 이조라는 누군가의 시중이 필요한 애송이 공주에 불과했다.

"도대체 넌 우리가 어떻게 살 거라고 생각한 거야?" 토이펠 호숫가에서 멀리 떨어지지 않은 동굴을 숙소로 삼은 어느 날 아침, 트리스탄은 동굴 앞에서 하염없이 울고 있는 이조라에게 호통을 쳤다. 그새 이조라의 머리카락은 산발이 되었고, 드레스도 얼룩과 오물로 더럽혀졌다. 그녀는 양손으로 등허리를 떠받치고 문질렀다. 여정 내내 딱딱한 침소에 눕느라 통증을 느끼는 것이리라.

"모르겠어!" 그녀의 눈망울에서 눈물이 터져 나왔다. "내가 읽은 책에는 이렇게 더럽고, 배고픈 환경에 대해서는 한마디도 없었어. 난 그저 어딘가에는 우리가 행복하게 살 곳이 있을 거라 생각했었단 말이야."

"우리 같은 사람에게는 그런 행복이 찾아오지 않아." 트리스탄이 대답하자 이조라의 눈에서 또 다른 눈물방울이 뚝뚝 떨어졌다.

"그러니까 나랑 온 걸 후회한다는 말이야?"

"아니. 내 목숨이 다하는 날까지 널 지켜 줄 거다. 널 위해 뭐든 할 거야!"

"하지만 넌 날 증오한다고 했었잖아!" 이조라가 흐느끼며 말했다.

"그러는 넌 내가 밉지 않다는 거냐?" 이조라가 소리 내어 답하지 않았지만 트리스탄은 이 물음에 대한 그녀의 대답이 무언지 알고 있었다. 트리스탄은 가슴이 찢어지는 듯 아팠다. 그리고 이 현실을 받아들이고 싶지 않았다. 하지만 어쩔 수 없었다. 이조라가 침묵했다. 어깨를 축 늘어뜨린 채 그 자리에 멍하니 서 있는 이조라의 얼굴 위로 헝클어진 금발 한 가닥이 흩날렸다. 간간이 들썩이는 어깨를 보니 그녀가 다시 울음을 터트렸다는 걸 알 수 있었다. 트리스탄은 이조라를 제게 끌어당겨 안으며 위로해 주고 싶은 충동을 느꼈다. 모든 일이 잘 될 거라고 달콤한 약속을 속삭이고 싶었다. 정말 형언키 어려운 감정이었다. 잠시 그 감정에 저항했지만 결국 이조라에게 다가가 그녀를 품에 감싸 안았다. 그러자 이조라의 서러운 흐느낌이 더욱 강렬해졌다.

"정말 어떻게든 해야겠어." 그가 이조라의 귓가에 속삭였다. "우린 이 저주를 풀어야 해."

이조라가 힘없이 고개를 끄덕였다. 그런 다음 턱을 들고 트리스탄의 표정을 샅샅이 관찰하려는 듯 그를 바라봤다.

마치 그의 시선을, 피부 모공 하나하나를 영원히 기억 속에 각인하려는 것처럼. 트리스탄이 이조라의 입술에 제 입술을 살포시 덮었다. 또다시 거세게 방망이질하는 심장을 느꼈다. 모든 감각을 마비시키는 마법의 장막이 온몸을 휘감았다. 와인이나 늪의 약초에 중독되면 꼭 저런 느낌이겠지. 이조라를 만지기만 해도 곧바로 저를 무너뜨려 버리는 이런 절정과 환희의 감정만 보더라도 자신이 그녀 곁에 있는 것이 애당초 잘못된 일이라는 걸 다시금 깨달았다.

갑자기 들린 큰 소리에 트리스탄은 황급히 그녀를 제 등 뒤로 숨겼다. 하지만 트리스탄이 미처 문스워드를 꺼내기도 전에 마력 돌풍이 날아와 그를 덮치며 손에서 검을 떨쳐 버렸다. 트리스탄이 왼쪽으로 고개를 돌리자 평생을 기다렸었던 그 남자가 거기 서 있었다. 왕의 품격에 맞는 예복을 걸친 엘리야가 번쩍이는 프레지오라이트 지팡이를 움켜쥔 채 검정 망토를 바람에 휘날리며 근엄한 표정으로 말 위에 앉아 있었다. 다만 그의 눈 밑엔 유난히 짙은 그늘이 드리워져 있었다. 그 사이 그에게 무슨 일이 생겼는지는 몰라도 엘리야는 여전히 천하무적 남부의 왕이자 가장 강력한 인간 마법사였다. 그런 엘리야가 몸소 트리스탄을 응징하러 온 것이다. 트리스탄은 침착해지려고 애를 썼다. 트리스탄은 머뭇거리면서 엘리야에게 고개를 숙였다. “아버지.”

엘리야는 트리스탄의 인사를 받지 않았다. “설마 내가 너희들을 못 찾을 거라 생각한 거냐?” 말에서 훌쩍 뛰어내린 엘리야가 다가왔다. 트리스탄의 등 뒤에 있던 이조라가 발작에 가까운 딸꾹질을 터트렸다. 두 사람은 그래 봤자 아무 소용이 없다는 걸 알면서도 자꾸 뒤로 물러섰다. 이제 그들의 도피는 막다른 절벽에 도달한 거나 다름없었다. 엘리야가 몇 미터 간격을 두고 그들 앞에 멈춰 섰다. “부인.” 그가 이조라를 향해 말했다. “내 사랑을 이런 식으로 보답하는 건가?”

답을 얻으려는 질문이 아니었다. 몰라서 묻는 게 아니었으니까. 핑계나 변명을 들으려는 것도 아니었다.

“사랑의 묘약이라. 내 잘 알고 있지.” 엘리야가 계속 말을 이어나갔다. “상대에게 쓸 수 있는 최악의 물약이지. 그리고 그걸 마신 이상 너희 중 누구도 죄책감을 느끼지 못했겠지.”

엘리야의 말에 트리스탄의 마음속에 갑자기 희망이 소용돌이쳤다. 엘리야가 제게 무슨 일이 생긴 건지 알고 있는 걸까? 자신이 저지른 짓을 용서해 주려는 걸까? 이런 생각에 잔뜩 긴장했던 근육이 다소 느슨해졌다.

“그 묘약이 너희를 지배하는 동안은 어쩔 수 없었겠지. 감정을 통제할 수 없었을 테니까." 엘리야가 말했다. 그런 뒤 다시 곧바로 표정을 굳혔다. "하지만 감히 그런 짓을 저지르다니!"

순간 트리스탄은 용서는 절대 없다는 걸 예감했다. 엘리야가 절 죽이고, 제게서 이조라를 빼앗아 갈 것이다. 번뜩이는 그의 눈에 확고한 의지가 선명히 보였다.

"18년 전에 나도 너와 똑같은 짓을 저질렀지." 매우 의도적이고 계산된 발언이었다. 함축적이고도 간명했다. 엘리야는 상황을 단순하고 짧게 정리하려는 모양이었다.

아버지의 얼굴이 분노로 일그러졌다. 도저히 감당하지 못할 진실 앞에 선 평범한 인간의 표정이었다. 이윽고 그가 마법 지팡이의 끝을 정확히 트리스탄의 가슴에 겨눴다. 아들을 겨눈 마법사 왕의 가슴이 점점 더 격렬하게 오르내렸다.

트리스탄은 내면에서 끓어오르는 화염을 느꼈지만 온 힘을 다해 그것을 억눌렀다. 제 내면에 탐욕스럽게 타오르는 이 열화가 얼마나 강력한지, 또 이 세상에 어떤 지옥계를 펼칠 수 있는지 테스트해 보고 싶은 욕구가 밀려 왔지만 트리스탄은 아버지의 공격에 저항하지 않기로 했다. 아직은 아니다. 지금은 이조라가 저에게 가져온 고통을 끝내야 할 순간이다.

엘리야도 그와 같은 생각인지는 알 수가 없었다. 트리스탄을 향해 쏜 번개가 그의 심장을 강타했다. 지금까지 두 사람이 맞이했던 여러 차례의 죽음 가운데 가장 편안한 죽음이었다.

트리스탄의 심장이 다시 뛰기 시작했을 때 거친 산바람이 그를 휘감고 있었다. 트리스탄이 깨어나 처음 느낀 것은 고독이었다. 그에겐 아무도 없었다. 그를 걱정해 줄 사람도 함께 있어 줄 사람도. 까마귀 떼만이 흥분한 듯 까악 거리며 제 주변을 빙빙 돌고 있었다. 동굴 옆에는 트리스탄의 말이 아직도 그대로 묶여 있었다. 불안한 듯 연신 발만 구르며 겁에 질린 눈을 부릅떴다. 가슴에는 통증이 여전했다. 엘리야가 쏜 번개에 맞은 바로 그 지점이 점점 더 아파져 왔다. 자리에서 일어나 앉은 트리스탄은 제 옷에 붙은 모래와 이끼를 툴툴 털어내고 제 검을 찾아 두리번거렸다. 트리스탄은 엘리야가 저를 위해 검을 두고 갔을 거라 짐작했다. 어차피 하피 떼가 몰살당하다시피 했기에 엘리야에게 더는 가치가 없는 물건이었다. 이제 하피의 정복자란 칭호는 세상에서 사라졌다. 트리스탄 폰 도른슈트랑 그리고 인간의 파수꾼이란 명칭과 함께.

이제 남은 건 *불멸의 트리스탄*이 전부였다. 그리고 또 하나 남은 게 더 있다면 그것은 마지막 소원일 것이었다. 다시는 사랑에 빠지지 않는 것.

그가 굳은 얼굴로 바닥에서 검을 집어 들어 다시 검집에 넣었다. 슈투름 산맥의 북쪽 끝자락에서 벨타인과 헤어진 지 아마 사나흘쯤 지난 것 같았다. 조만간 말을 놔두고 이동해야 할 때가 오겠지만 아직은 저 말이 적어도 몇 킬로미터쯤은 더 버텨 줄 것이다. 처음 방문했을 때부터 벨타인은 자신이 그를 다시 찾아오리라 예견했지만 트리스탄은 그 말을 믿으려 하지 않았다. 그리고 이제 트리스탄은 제게 소중했던 모든 것을 잃었다.

예전에 카이가 꿨다던 되크 발두르의 악몽이 불현듯 떠올랐다. 화염이 활활 타오르는 검을 들고 북쪽에서 온 악마. 환상 속에서 그 악마가 트리스탄을 뒤에서 찔러 죽였다고 했다. 바로 그 상황이 이제 곧 펼쳐질 것이다. 트리스탄은 그 악마가 저를 죽이면 죽이는 대로 놔둘 생각이다. 어차피 저는 죽지 않을 몸이니까. 하지만 적어도 마음의 평화를 찾게 되겠지. 트리스탄의 내면에서는 여전히 탐욕스러운 화염이 타오르고 있었다. 앞으로 나아가려면 우선 정신을 차려야 했다. 확실한 건 단 한 가지. 되크 발두르는 북쪽에서 나타날 것이다. 슈투름 산맥 꼭대기, 바로 그곳이 그가 탄생할 곳이기에.

**—《에냐도르의 화염》 끝—**

**에냐도르 시리즈 마지막 이야기**
**《에냐도르의 유산》으로 이어집니다.**

ENYADOR 4

# 에냐도르의 유산

글루온

에냐도르 시리즈 마지막 이야기

# 에냐도르의 유산

Das Vermächtnis von Enyador

미라 발렌틴 Mira Valentin | 한윤진 옮김

파수꾼의 결속은 깨졌다.
트리스탄은 대마법사 벨타인의 손아귀에서 조종당하는 처지가 되고 급기야 요정의 여왕 웨이요나를 죽이라는 명령을 받고 페엔 산맥으로 떠난다.
그러는 사이, 이스타리엘 역시 엄청난 힘을 장착한 무기를 손에 넣게 되고, 옛 동지였던 둘은 절망에 자리를 내어 준 마지막 희망을 품에 안은 채 이제 곧 숙명적인 대결을 펼쳐야만 한다.
이렇게 에냐도르의 네 종족은 전쟁의 참화 속으로 빨려 들어가는데…. 산천초목과 신마저도 전율할 지옥계가 에냐도르에 펼쳐진다.
눈이 먼 운명의 여신 티케는 에냐도르 대륙에 어떤 색상의 양탄자를 자으려는가?
미라 발렌틴의 베스트셀러 〈에냐도르〉 시리즈의 종결편.

**저자: 미라 발렌틴(Mira Valentin)**

미라 발렌틴은 청소년과 여성 분야 그리고 승마 관련 매거진 분야의 전문 저널리스트로 활동 중이다. 저자는 말을 타거나 인라인 혹은 자전거를 타며 헤센 지역을 따라 길게 뻗은 숲을 감상하는 걸 즐긴다고 한다. 깊은 숲속 어딘가에 있을 신비한 샘과 장엄한 채석장을 떠올리며 주로 청소년 및 판타지 소설의 영감을 얻었다. 도서 관련 행사에 자신이 집필한 책의 등장인물 혹은 친한 저자들의 주인공처럼 꾸미고 나오는 코스프레를 즐긴다.

2016년 〈러블리북스〉 독일 신인작가상 2위

2017년 〈킨들 스토리텔러〉 대상

**역자: 한윤진**

연세대학교 독문학과를 졸업했으며 독일 뷔르츠부르크 대학에서 수학했다. 현재 번역 에이전시 엔터스코리아에서 출판기획자 및 전문번역가로 활동하고 있다. 옮긴 책으로는 《에냐도르의 전설》, 《에냐도르의 파수꾼》, 《사랑한다고 상처를 허락하지 마라》, 《결혼의 문화사》, 《유언》, 《내 행복에 꼭 타인의 희생이 필요할까》 등 다수가 있다.

**"에냐도르 시리즈"를 만나 보세요. (총4권)**

Ⅰ. 에냐도르의 전설

Ⅱ. 에냐도르의 파수꾼

Ⅲ. 에냐도르의 화염

Ⅳ. 에냐도르의 유산 (9월 출간 예정)